Nar

Natale 2013

Con l'augurio
che questa lettura
ti regali momenti
intensi ma leggeri,
che ti distragga
dal tuo quotidiano
per farti sognare e
volare leggera e per
ricordarti che anche
tu sei dotata di un
corpo che richiede
attenzioni!
Con tanto affetto
Katy

Daniel Pennac
Storia di un corpo

Traduzione di Yasmina Melaouah

Titolo dell'opera originale
JOURNAL D'UN CORPS

Traduzione dal francese di
YASMINA MELAOUAH

Prima edizione ne "I Narratori" ottobre 2012

Stampa Nuovo Istituto Italiano d'Arti Grafiche - BG

ISBN 978-88-07-01921-0

Storia di un corpo

Avvertenza

La mia amica Lison – la mia vecchia, cara, insostituibile, esasperante amica Lison – è maestra nel fare regali imbarazzanti, la scultura incompiuta che occupa due terzi della mia camera da letto, per esempio, o le tele che lascia asciugare per mesi nel mio corridoio e nella mia sala da pranzo con la scusa che il suo atelier è diventato troppo piccolo. Fra le mani avete l'ultimo regalo in ordine di tempo. Una mattina mi è piombata in casa, ha spazzato via tutto dal tavolo dove speravo di fare colazione e ha lasciato cadere una pila di quaderni ereditati dal padre recentemente scomparso. Gli occhi rossi dicevano che aveva passato la notte a leggerli. Cosa che ho fatto anch'io la notte seguente. Taciturno, ironico, diritto come un fuso, accompagnato da una reputazione internazionale di vecchio saggio di cui non si curava minimamente, il padre di Lison, che ho incontrato cinque o sei volte in vita mia, mi intimidiva. Se c'era una cosa che non potevo assolutamente immaginare di lui era che avesse passato tutta la vita a scrivere queste pagine! Trasecolato, ho chiesto il parere del mio amico Postel, che era stato a lungo suo medico (come lo fu della famiglia Malaussène). La risposta è giunta immediata: Pubblicare! Senza esitazioni. Manda tutto al tuo editore e pubblicate! Ma c'era un piccolo problema. Chiedere a un editore di pubblicare il manoscritto di una personalità relativamente nota che pretende di conservare l'anonimato non è un'impresa facile! Devo forse provare qualche rimorso per avere estorto un simile favore a un onesto e rispettabile lavoratore del libro? A voi giudicare.

D.P.

3 agosto 2010

Cara Lison,

sei appena tornata dal mio funerale, ed eccoti a casa, un po' tristanzuola, anche se c'è Parigi che ti aspetta, e gli amici, l'atelier, qualche tela rimasta in sospeso, i tuoi mille progetti, fra cui le scenografie per l'Opéra, le tue passioni politiche, il futuro delle gemelle, la vita, la tua vita. Sorpresa: al tuo arrivo una lettera del notaio R. ti annuncia in termini burocratici che il suddetto detiene un pacco di tuo padre destinato a te. Caspita, un regalo post mortem di papà! Ovviamente ti precipiti. E quel che il notaio ti consegna è davvero uno strano regalo: niente meno che il mio corpo! Non il mio corpo in carne e ossa, ma il diario che di esso ho tenuto all'insaputa di tutti nell'arco della mia vita. (Solo tua madre ne era al corrente, negli ultimi tempi.) Sorpresa, quindi. Mio padre ha tenuto un diario! Che ti è saltato in mente, papà, un diario, tu così raffinato, così inaccessibile? E per tutta la vita! Non un diario intimo, figlia mia, sai quante riserve ho sul resoconto dei nostri mutevoli stati d'animo. Né vi troverai alcunché sulla mia vita professionale, le mie opinioni, le mie conferenze, o ciò che Etienne chiamava pomposamente le mie "battaglie", nulla sul padre sociale e nulla su come va il mondo. No, Lison, solamente il diario del mio corpo, davvero. E la cosa ti sorprenderà proprio perché non sono mai stato un padre molto "fisico". Non credo che i miei figli e i miei nipoti mi abbiano mai visto nudo, raramente in costume da bagno, e non mi hanno mai sorpreso a gonfiare i bicipiti davanti a uno specchio. Non penso neppure, ahimè, di essere stato molto prodigo di gesti affettuosi. Quanto a parlarvi delle mie magagne fisiche, a te e a Bruno, piuttosto la morte – cosa che peraltro è avvenuta, ma a tempo debito. Il corpo non era un argomento di conversazione tra di noi, e ho lasciato che tu e Bruno ve la sbrogliaste da soli con l'evoluzione del vostro. Non vedere in ciò un particolare segno di indifferenza o di pudore; sono nato nel 1923, ero semplicemente un borghese della mia epoca, di quelli che usano ancora il punto e virgola e non si presentano mai al tavolo della prima colazione in pigiama, ma freschi di doccia, ben rasati, nel loro impeccabile abito da giorno. Il corpo è un'invenzione della vostra generazione, Lison. Almeno per l'uso che se ne fa e per lo spettacolo che ne viene dato. Ma, sui rapporti che la mente stabilisce con esso in quanto scatola delle sorprese e distributore di deiezioni, oggi il silenzio è altrettanto fitto che ai miei tempi. A ben guardare, non c'è nessuno di più pudico degli attori porno più smutandati o degli artisti di body art più scarificati. Quanto ai medici (a quando risale la tua ultima visita?), è molto semplice: oggi il corpo non lo toccano più. A loro importa soltanto il puzzle cellulare, il corpo radiografato, ecografato, tomografato, analizzato, il corpo biologico, genetico, molecolare, la fabbrica di anticorpi. Vuoi che ti dica una cosa? Più lo si analizza, questo corpo moderno, più lo si esibisce, meno esso esiste. Annullato, in misura inversamente proporzionale alla sua esposizione. Di un altro corpo ho tenuto il diario quotidiano; del nostro compagno di viaggio, della nostra macchina per essere. Diario quotidiano è dir troppo; non aspettarti di leggere un diario completo, non si tratta di un resoconto giorno per giorno, semmai sorpresa per sorpresa – il nostro corpo ne è prodigo – dal mio dodicesimo al mio ottantottesimo e ultimo anno, scandito da lunghi silenzi, vedrai, in quei momenti della vita in cui il nostro corpo si fa dimenticare. Ma ogni volta che il mio corpo si è manifestato alla mia mente, mi ha trovato con la penna in mano, attento alla sorpresa del giorno. Ho descritto queste manifestazioni il più scrupolosamente possibile, nei limiti delle mie capacità, senza pretese scientifiche. Figlia mia amatissima, questa è l'eredità che ti lascio: non un trattato di fisiologia ma il mio giardino segreto, che per molti versi è il nostro terreno più comune. Te lo affido. Perché proprio a te? Perché ti ho adorato. Non te l'ho detto quando ero vivo, concedimi questo piccolo piacere postumo. Se Grégoire fosse vissuto, probabilmente avrei lasciato questo diario a lui, l'avrebbe interessato come medico e divertito come nipote. Dio quanto ho amato quel bambino! Grégoire morto così giovane e tu oggi nonna siete il mio bagaglio di felicità, il mio viatico per il grande viaggio. Bene. Fine della parentesi sentimentale. Di questi quaderni, fa' quel che vuoi; buttali nella spazzatura se un simile regalo di un padre alla figlia ti pare inopportuno, distribuiscili in famiglia se ti fa piacere, pubblicali se lo reputi necessario. In questo caso, assicurati che l'autore resti anonimo – tanto più che potrebbe essere chiunque –, cambia i nomi delle persone e dei luoghi, va' a sapere che non ci sia qualcuno di suscettibile. Non pensare a una pubblicazione integrale, non te la caveresti più. Peraltro alcuni quaderni si sono persi nel corso degli anni e molti altri sono puramente ripetitivi. Saltali; penso per esempio a quelli dell'infanzia nei quali annotavo il numero delle flessioni e degli addominali, o a quelli della giovinezza in cui stilavo l'elenco delle avventure amorose da perfetto ragioniere della mia sessualità. Insomma, fanne quello che vuoi, come vuoi, e sarà ben fatto.

Ti ho amata.

Papà

1.

Il primo giorno

(settembre 1936)

La mamma era l'unica
che non avevo chiamato.

64 anni, 2 mesi, 18 giorni *Lunedì 28 dicembre 1987*

Uno scherzo stupido fatto da Grégoire e dal suo amico Philippe alla piccola Fanny mi ha ricordato la scena originaria di questo diario, il trauma da cui è nato.

Mona, che adora fare piazza pulita, ha ordinato un grande falò di roba vecchia risalente perlopiù all'epoca di Manès: sedie sbilenche, paglericci ammuffiti, un vecchio carretto, pneumatici fuori uso, in sostanza un gigantesco e pestilenziale autodafé. (Il che, tutto sommato, è meno triste delle cose messe in vendita sul marciapiede davanti a casa.) Ne ha affidato l'incarico ai ragazzi, che hanno deciso di rimettere in scena il processo a Giovanna d'Arco. Sono stato distolto dal mio lavoro dalle urla della piccola Fanny, reclutata per fare la parte della santa. Per tutta la giornata Grégoire e Philippe le hanno vantato i meriti di Giovanna, di cui Fanny, dall'alto dei suoi sei anni, non aveva mai sentito parlare. Le hanno magnificato a tal punto i pregi del paradiso che all'approssimarsi del sacrificio lei batteva le mani saltando dalla gioia. Ma quando ha visto il rogo dove avevano intenzione di gettarla viva è corsa da me urlando. (Mona, Lison e Marguerite erano uscite.) Le sue manine si sono aggrappate a me come artigli terrorizzati. Nonno! Nonno! Ho provato a consolarla con dei "su, su", "è tutto finito", dei "non è niente" (altro che niente, era una cosa gravissima, ma non ero al corrente di quel progetto di canonizzazione). L'ho presa sulle ginocchia e ho sentito che era umida. Peggio, se l'era proprio fatta addosso, se l'era fatta sotto dal terrore. Il cuore le batteva a un ritmo spaventoso, aveva il fiato corto. Stringeva così forte le mandibole che temevo stesse per avere le convulsioni. Le ho fatto un bagno caldo. E lì mi ha raccontato, a spizzichi, fra gli ultimi singhiozzi, il destino che le avevano riservato quei due cretini.

E torno così alla creazione di questo diario. Settembre 1936. Ho dodici anni, quasi tredici. Sono scout. Prima ero lupetto, con uno di quei nomi di animali venuti di moda dopo il *Libro della giungla.* Adesso sono esploratore, è importante, non sono più lupetto, non sono più piccolo, sono grande, sono un grande. È la fine delle vacanze estive. Partecipo a un campo scout nelle Alpi. Siamo in guerra con un altro gruppo che ci ha rubato il guidone, la nostra bandiera. Dobbiamo andare a riprenderlo. La regola del gioco è semplice. Ciascuno di noi porta il fazzolettone sulla schiena, infilato nella cintura dei pantaloncini. Ciò vale anche per i nostri avversari. Quel fazzoletto lo chiamiamo "la promessa". Non solo dobbiamo tornare dall'incursione con il nostro guidone, ma anche con il maggior numero di promesse. Le chiamiamo anche scalpi, e li appendiamo alla cintura. Chi ne prende di più è un guerriero temibile, è un "asso della caccia", come quegli aviatori della Grande Guerra che decoravano le carlinghe di croci tedesche man mano che abbattevano aerei nemici. Insomma, giochiamo alla guerra. Siccome non sono molto forte, perdo la promessa all'inizio delle ostilità. Sono caduto in un'imboscata. Due nemici mi immobilizzano a terra, un terzo mi strappa via la promessa. Mi legano a un albero perché non sia tentato di riprendere a combattere. E mi lasciano lì. In mezzo al bosco. Attaccato a un pino la cui resina mi si incolla alle gambe e alle braccia nude. I miei nemici se ne vanno. Il fronte si allontana, a tratti sento qualche voce sempre più tenue, poi più niente. Il grande silenzio dei boschi piomba sulla mia immaginazione. Quel silenzio pieno di tutti i rumori possibili: gli scricchiolii, i fruscii, i sospiri, i versi, il vento fra gli alberi... Penso che tra poco spunteranno le bestie, disturbate dai nostri giochi. Non i lupi, ovvio, io sono grande, non credo più ai lupi che mangiano gli uomini, no, non i lupi, ma magari i cinghiali. Che cosa fa un cinghiale a un ragazzino legato a un albero? Probabilmente niente, non se lo fila. Ma se è una femmina, accompagnata dai piccoli? Comunque non ho paura. Mi limito a pormi gli interrogativi che sorgono in una situazione in cui tutto è da scoprire. Più sforzi faccio per liberarmi, più la corda si stringe e la resina mi si appiccica alla pelle. Chissà se si indurirà. Una cosa è certa, non riuscirò a slegarmi, gli scout sono esperti nei nodi inestricabili. Mi sento molto solo ma non penso che non mi ritroveranno più. So che è un bosco frequentato, incontriamo spesso persone che vengono a raccogliere mirtilli e lamponi. So che quando saranno concluse le ostilità qualcuno verrà a liberarmi. Anche se i miei avversari mi abbandonano qui, la mia pattuglia noterà la mia assenza, avvertiranno un adulto e sarò liberato. Quindi non ho paura. Mi metto il cuore in pace. Il mio ragionamento domina senza problemi tutto ciò che il contesto propone all'immaginazione. Una formica mi sale sulla scarpa, poi sulla gamba nuda, e mi fa un po' di solletico. Questa formica solitaria non avrà ragione della mia ragione. In sé, la reputo inoffensiva. Anche se mi pizzica, anche se mi entra nei pantaloncini, poi nelle mutande, non è un dramma, saprò sopportare questo dolore. Nei boschi capita di essere pizzicati dalle formiche, è un dolore conosciuto, tollerabile, è pungente e passeggero. È questo il mio atteggiamento, serenamente entomologico, finché lo sguardo non mi cade sul formicaio vero e proprio, a due o tre metri dal mio albero, ai piedi di un altro pino: un enorme tumulo di aghi di pino brulicante di una vita nera e feroce, un mostruoso brulichio immobile. Quando vedo la seconda formica arrampicarsi sul sandalo perdo il controllo della mia immaginazione. Adesso il problema non è essere pizzicato, sarò coperto da quelle formiche, divorato vivo. L'immaginazione non mi raffigura la cosa in dettaglio, non penso che le formiche mi saliranno lungo le gambe, mi divoreranno il sesso e l'ano o si introdurranno dentro di me attraverso le orbite, le orecchie, le narici, mi mangeranno dall'interno avanzando dagli intestini e dalle altra cavità, non mi vedo come un formicaio umano legato a quel pino e intento a vomitare dalla bocca morta colonne di operaie che mi trasportano una briciola dopo l'altra nello spaventoso stomaco brulicante su se stesso a tre metri da me, non mi raffiguro questi supplizi, ma sono tutti nell'urlo di terrore che adesso caccio, con gli occhi chiusi, la bocca immensa. È un grido di aiuto che deve coprire il bosco, e il mondo al di là di esso, uno stridore che frantuma la voce in mille aculei, e tutto il corpo urla con la voce del bambino che sono tornato a essere, gli sfinteri urlano smisuratamente come la bocca, e me la faccio sulle gambe, lo sento, ho i pantaloncini pieni, e la diarrea si mischia alla resina amplificando il mio terrore perché l'odore, penso, l'odore ecciterà le formiche, attirerà altri animali, e nelle grida di aiuto mi si sbriciolano i polmoni, sono coperto di lacrime, di saliva, di moccio, di resina e di merda. Eppure capisco che il formicaio non si cura di me, ma continua sordamente a lavorare per conto proprio, a occuparsi delle sue svariate piccole incombenze, e che a parte quelle due formiche vagabonde, le altre, che sono forse milioni, mi ignorano completamente, lo vedo, lo sento, lo capisco anche, ma è troppo tardi, lo spavento è più forte, ciò che si è impadronito di me non tiene più conto della realtà, è tutto il mio corpo a esprimere il terrore di essere divorato vivo, terrore originato solo dalla mia mente, senza la complicità delle formiche, tutto questo confusamente lo so, certo, e più tardi quando il reverendo Chapelier – si chiamava Chapelier – mi domanderà se credevo davvero che le formiche mi avrebbero divorato, risponderò di no, e quando mi dirà di confessare che era tutta una commedia, risponderò di sì, e quando mi chiederà se mi sono divertito a terrorizzare con le mie urla i gitanti che poi mi hanno slegato risponderò non lo so, e non ti sei vergognato di farti riportare davanti ai compagni tutto scagazzato come un neonato, risponderò di sì, tutte domande che mi fa lavandomi con la canna, togliendo il grosso con la canna, senza nemmeno levarmi i vestiti, che sono un'uniforme, ti rammento, l'uniforme degli scout, ti rammento, e ti sei domandato per un attimo che cosa avrebbero pensato degli scout quei due gitanti? No, scusi, no, non ci ho pensato. Ma dimmi la verità, quella commedia però ti ha divertito, no? Non mentire, non dirmi che non ci hai preso gusto! Ci hai preso gusto, vero? E non credo di aver saputo rispondere a questa domanda perché non ero ancora entrato in questo diario che per tutta la vita successiva si riproponeva di distinguere il corpo dalla mente, di proteggere d'ora in poi il corpo dagli assalti dell'immaginazione, e l'immaginazione dalle manifestazioni intempestive del corpo. E che cosa dirà tua madre? Hai pensato a cosa dirà tua madre? No, no, non ho pensato alla mamma, e mentre mi faceva questa domanda mi sono reso conto che l'unica persona che non avevo chiamato mentre gridavo era la mamma, la mamma era l'unica che non avevo chiamato.

Mi espulsero. La mamma venne a prendermi. L'indomani cominciai il diario scrivendo: Non avrò più paura, non avrò più paura, non avrò più paura, non avrò più paura, non avrò mai più paura.

2.

12 – 14 anni

(1936-1938)

Dal momento che a questo devo assomigliare,
a questo assomiglierò.

12 anni, 11 mesi, 18 giorni *Lunedì 28 settembre 1936*

Non avrò più paura, non avrò più paura, non avrò più paura, non avrò più paura, non avrò mai più paura.

12 anni, 11 mesi, 19 giorni *Martedì 29 settembre 1936*

L'elenco delle mie paure:
– Paura della mamma.
– Paura degli specchi.
– Paura dei miei compagni. Soprattutto di Fermantin.
– Paura degli insetti. Soprattutto delle formiche.
– Paura di aver male.
– Paura di farmela addosso se ho paura.

È stupido che faccia un elenco delle mie paure, ho paura di tutto. E comunque la paura ti coglie sempre di sorpresa. Non te l'aspetti e due minuti dopo sei in preda al panico. Come mi è successo nel bosco. Potevo aspettarmi di aver paura di due formiche? A quasi tredici anni! E prima delle formiche, quando gli altri scout mi hanno aggredito, mi sono buttato a terra senza difendermi. Mi sono lasciato prendere il fazzolettone e legare all'albero come se fossi morto. Ero *morto di paura*, davvero morto!

L'elenco dei miei propositi:

– Hai paura della mamma? Fa' come se non esistesse.

– Hai paura dei tuoi compagni? Parla con Fermantin.

– Hai paura degli specchi? Guardati allo specchio.

– Hai paura di aver male? Quello che ti fa più male è la paura.

– Hai paura di fartela addosso? La tua paura è più disgustosa della tua merda.

Ancora più stupido che fare l'elenco delle paure è fare l'elenco dei buoni propositi. Non li mantengo mai.

12 anni, 11 mesi, 24 giorni — *Domenica 4 ottobre 1936*

Da quando mi hanno espulso dagli scout, la mamma è fuori di sé dalla rabbia. Stasera mi ha tirato fuori dalla tinozza senza aspettare che mi insaponassi. Mi ha costretto a guardarmi nello specchio del bagno. Non mi ero neppure asciugato. Mi teneva per le spalle come se volessi scappare. Le sue dita mi facevano male. Continuava a ripetere guardati, ma guardati! Ho stretto i pugni e chiuso gli occhi. Lei gridava. Apri gli occhi! Guardati! Ma guardati! Avevo freddo. Stringevo le mandibole per non battere i denti. Tremavo tutto. Non usciremo di qui finché non ti sarai guardato! Guardati! Ma io non ho aperto gli occhi. Non vuoi aprire gli occhi? Non vuoi guardarti? Sempre la solita commedia? Benissimo! Preferisci che ti dica io che aspetto hai? Che aspetto ha il ragazzo che vedo? Che aspetto ha, secondo te? Che aspetto hai? Vuoi che te lo dica? Un aspetto insignificante! Hai un aspetto *assolutamente insignificante*! (Trascrivo esattamente *tutto* quello che mi ha detto.) Se n'è andata sbattendo la porta. Quando ho aperto gli occhi, lo specchio era appannato.

12 anni, 11 mesi, 25 giorni *Lunedì 5 ottobre 1936*

Se avesse assistito alla scenata della mamma, papà mi avrebbe detto in un orecchio: Un ragazzo assolutamente insignificante, di' un po', questo sì che è *interessante*! Che aspetto vuoi *mai* che abbia un ragazzo *assolutamente* insignificante? Assomiglierà alla tavola anatomica del Larousse? Quando papà insisteva su una parola, sembrava che la pronunciasse in corsivo. Poi taceva per darmi il tempo di riflettere. Penso alla tavola del Larousse perché io e papà abbiamo studiato parecchio l'anatomia su quella tavola. So com'è fatto un uomo. So dove si trova l'arteria splenica, conosco ogni osso, ogni nervo, ogni muscolo con il suo nome.

13 anni, compleanno *Sabato 10 ottobre 1936*

La mamma ha fatto di nuovo a Dodo la scena del fazzoletto pulito. Naturalmente ha aspettato il momento del pranzo e che fossero arrivati tutti. Dodo passava gli antipasti. Lei gli ha chiesto *cortesemente* di posare i piatti e l'ha attirato piano a sé, come per fargli le coccole. Invece ha preso il fazzoletto. Gliel'ha passato dietro le orecchie, nella piega dei gomiti e in quella delle ginocchia. Dodo se ne stava tutto rigido. Ovviamente il fazzoletto (che la mamma ha mostrato a tutti!) non era più bianco. Anche le unghie non erano in ordine. Un bambino così sudicio non può giocare a fare la signorina di casa! A strigliarsi, giovanotto! A Violette, indicando Dodo, ha detto: Controlli lei, per favore. E non si scordi l'ombelico, mi raccomando! Vi do dieci minuti. In questi momenti di cattiveria, la mamma ha sempre la sua voce squillante da ragazzina.

Quando ero piccolo e Violette mi faceva il bagno, mi descriveva il sudiciume della corte di Luigi XIV come se ci fosse vissuta. Ah, dai retta a me, era proprio la fiera degli odori! Quella gente là si profumava come si nasconde la polvere sotto il tappeto. A Violette piace anche il biglietto di Napoleone a Joséphine (lui di ritorno dalla campagna d'Egitto): "Non lavarti, sto arrivando". Tutto questo per dirti, bel fusto, che noialtre non abbiamo bisogno di profumare di gelsomino per piacere. Ma non dirlo in giro!

A proposito di pulizia, un giorno che gli sfregavo la schiena con il guanto di crine, papà mi ha detto: Ti sei mai chiesto dove va a finire tutta questa sporcizia umana? Che cosa sporchiamo quando ci laviamo?

13 anni, 1 mese, 2 giorni *Giovedì 12 novembre 1936*

L'ho fatto! L'ho fatto! Ho tolto il lenzuolo dall'armadio e mi sono guardato allo specchio! Avevo deciso che era ora. Ho fatto cadere il lenzuolo, ho stretto i pugni, ho preso un gran respiro, ho aperto gli occhi e mi sono guardato! *MI SONO GUARDATO!* Era come se mi vedessi per la prima volta. Sono rimasto a lungo davanti allo specchio. Non ero davvero io quello lì dentro. Era il mio corpo, ma non ero io. Non era neppure un amico. Mi ripetevo: Sei me? Sei tu, me? Io sono te? Siamo noi? Non sono matto, so benissimo che giocavo con l'*impressione* che quello non fossi io ma un ragazzo abbandonato dentro lo specchio. Mi chiedevo da quanto tempo fosse lì. Questi giochetti che mandano fuori dai gangheri la mamma non spaventavano affatto papà. Figliolo, non sei matto, *giochi con le sensazioni*, come tutti i ragazzini della tua età. Le interroghi. E non smetterai mai di farlo. Anche da adulto. Anche quando sarai molto vecchio. Tieni bene a mente una cosa: *Per tutta la vita, dobbiamo sforzarci di credere ai nostri sensi.*

È vero che la mia immagine riflessa mi è apparsa come un bambino abbandonato nello specchio dell'armadio. Questa sensazione è assolutamente vera. Facendo cadere il lenzuolo, sapevo benissimo chi avrei visto, ma è stata comunque una sorpresa, come se quel ragazzino fosse una statua abbandonata lì ben prima della mia nascita. Sono rimasto a lungo a guardarlo.

Ed è stato allora che ho avuto l'idea.

Sono uscito dalla mia camera, sono andato nella biblioteca in punta di piedi, ho aperto il Larousse, ho tagliato la tavola anatomica con il righello (nessuno se ne accorgerà, la mamma usa il Larousse solo per metterlo sotto il sedere di Dodo quando mangiamo in sala da pranzo), sono tornato in camera, ho chiuso a chiave la porta in modo che non potesse entrare nessuno, mi sono spogliato, ho infilato la tavola nello specchio dell'armadio e ho confrontato l'uomo lì raffigurato e me.

In realtà non abbiamo *assolutamente nulla in comune.* Il tizio della tavola anatomica è un atleta adulto. Ha le spalle larghe. Se ne sta dritto sulle gambe muscolose. Io invece ho un aspetto insignificante. Sono un ragazzetto flaccidino, bianco, con il torace incavato, così magro che mi si potrebbe infilare la posta sotto le scapole (Violette *dixit*). Tuttavia una cosa ci unisce: siamo tutti e due *trasparenti.* Ci si vedono le vene, ci si possono contare le ossa, però nessuno dei miei muscoli è visibile. Ho soltanto la pelle, le vene, la carne molle e le ossa. Non c'è *struttura*, come direbbe la mamma. È vero. Perciò chiunque può rubarmi il fazzoletto da scout, legarmi a un albero, abbandonarmi nel bosco, innaffiarmi con la canna, prendermi in giro o dire che ho un aspetto insignificante. Non saresti certo tu a difendermi, vero? Mi lasceresti divorare dalle formiche, tu! Mi cagheresti addosso!

Ebbene, *io* ti difenderò! Ti difenderò anche da me stesso! Ti farò i muscoli, ti fortificherò i nervi, mi occuperò di te ogni giorno, mi interesserò a *tutto* quello che *senti.*

12 anni, 1 mese, 4 giorni *Sabato 14 novembre 1936*

Papà diceva: qualsiasi oggetto è *in primo luogo* oggetto di interesse. Quindi il mio corpo è un oggetto di interesse. Scriverò il diario del mio corpo.

13 anni, 1 mese, 8 giorni *Mercoledì 18 novembre 1936*

Voglio scrivere il diario del mio corpo perché tutti parlano d'altro. *Tutti i corpi sono abbandonati negli armadi a specchio.* Quelli che tengono un diario, come Luc o Françoise, parlano del più e del meno, delle emozioni, dei sentimenti, di storie di amicizia, di amore, di tradimento, giustificazioni a non finire, quel che pensano degli altri, quel che credono gli altri pensino di loro, i viaggi che hanno fatto, i libri che hanno letto, ma non parlano mai del loro corpo. L'ho visto quest'estate con Françoise. Mi ha letto il suo diario "in gran segreto", anche se lo legge a tutti, me l'ha detto Etienne. Scrive sull'onda dell'emozione, ma di rado ricorda *quale* emozione. Perché hai scritto questo? Non lo so. Di conseguenza non è più tanto sicura del *senso* di ciò che scrive. Io voglio che quello che scrivo oggi dica la stessa cosa fra cinquant'anni. Esattamente la stessa cosa! (Fra cinquant'anni avrò sessantatré anni.)

13 anni, 1 mese, 9 giorni *Giovedì 19 novembre 1936*

Ripensando a tutte le mie paure, ho fatto un elenco di sensazioni: la paura del vuoto mi fa strizzare le palle, la paura delle botte mi paralizza, la paura di avere paura mi angoscia per tutto il giorno, l'angoscia mi provoca le coliche, l'emozione (anche piacevolissima) mi fa venire la pelle d'oca, la nostalgia (per esempio pensare a papà) mi inumidisce gli occhi, la sorpresa mi fa sobbalzare (anche una porta che sbatte!), il panico può farmi scappare la pipì, il benché minimo dispiacere mi fa piangere, la rabbia mi soffoca, la vergogna mi rattrappisce. Il mio corpo reagisce a tutto. Ma non so mai *in che modo* reagirà.

13 anni, 1 mese, 10 giorni *Venerdì 20 novembre 1936*

Ci ho riflettuto. Se descrivo *esattamente* tutto quello che provo, il mio diario sarà un *ambasciatore* tra la mente e il corpo. Sarà il *traduttore* delle mie sensazioni.

13 anni, 1 mese, 12 giorni *Domenica 22 novembre 1936*

Non descriverò soltanto le sensazioni forti, le grandi paure, le malattie, gli incidenti, ma proprio *tutto* ciò che prova il mio corpo. (O che la mia mente fa provare al mio corpo.) La carezza del vento sulla pelle, per esempio, il rumore che fa il silenzio dentro di me quando mi tappo le orecchie, l'odore di Violette, la voce di Tijo. Tijo ha già la voce che avrà da grande. È una voce *roca*, come se fumasse tre pacchetti di sigarette al giorno. A tre anni! Quando sarà adulto, ovviamente, la sua voce non sarà più acuta, ma sarà la stessa voce roca, con il riso dietro le parole, ne sono certo. Come dice Violette a proposito delle urlate di Manès: Uno può gridare quanto gli pare, ma la sua voce resta quella che è!

13 anni, 1 mese, 14 giorni *Martedì 24 novembre 1936*

La nostra voce è la musica che fa il vento quando ci attraversa il corpo. (Be', quando non esce da sotto.)

13 anni, 1 mese, 26 giorni *Domenica 6 dicembre 1936*

Tornando da Saint-Michel ho vomitato. Se c'è una cosa che mi fa andare in bestia è vomitare. Vomitare vuol dire essere rivoltato come un sacco. Ti si rivolta la pelle. A strattoni. Strappata via. Tu resisti ma sei rovesciato. Il dentro fuori. Esattamente come quando Violette scuoia un coniglio. Il rovescio della pelle. È questo vomitare. Mi vergogno e mi fa andare fuori dai gangheri.

13 anni, 1 mese, 28 giorni *Martedì 8 dicembre 1936*

Calmarsi, sempre, prima di annotare qualcosa.

13 anni, 2 mesi, 15 giorni *Venerdì 25 dicembre 1936*

Ieri sera il regalo della mamma è stato questa domanda: Credi *davvero* di esserti meritato un regalo di Natale? Ho ripensato agli scout e ho risposto di no. Ma l'ho fatto soprattutto perché da lei non volevo niente. Lo zio Georges mi ha regalato due pesi da due chili e Joseph un arnese per sviluppare i muscoli che si chiama estensore. Sono cinque cordoni di gomma collegati a due maniglie di legno. Bisogna afferrare le maniglie e tendere l'estensore quante più volte si può. Nelle istruzioni si vede la foto di un uomo prima dell'acquisto e lo stesso uomo sei mesi dopo. Irriconoscibile. Il torace è raddoppiato e i muscoli elevatori gli fanno un collo taurino. Eppure ne faceva soltanto *dieci minuti al giorno.*

13 anni, 2 mesi, 18 giorni *Lunedì 28 dicembre 1936*

Io ed Etienne abbiamo giocato a svenire. È stato divertente. L'altro si mette dietro di te, ti abbraccia, ti comprime il petto più forte che può e intanto tu ti svuoti i polmoni. Una volta, due volte, tre volte, lui stringe con tutte le sue forze, e quando non hai proprio più aria, ti ronzano le orecchie, ti gira la testa e svieni. È piacevolissimo. Ti senti *partire*, dice Etienne. Sì, o vacillare, o colare a picco... In ogni caso, è davvero piacevolissimo!

13 anni, 3 mesi — *Domenica 10 gennaio 1937*

Dodo mi ha svegliato in piena notte. Piangeva. Gli ho chiesto il perché, non ha voluto dirmelo. Allora gli ho chiesto perché mi avesse svegliato. E così mi ha detto che i suoi amici lo prendevano in giro perché quando faceva pipì lui arrivava meno lontano di loro. Ho chiesto fino a dove. Mi ha detto non lontano. La mamma non ti ha insegnato? No. Gli ho chiesto se adesso gli scappava. Sì. Gli ho chiesto se arrotolava bene il calzino prima di fare pipì. Mi ha detto: come, il calzino? Siamo andati sul balcone e gli ho mostrato come si fa ad arrotolare il calzino. È una cosa che mi ha insegnato Violette quando ero piccolo, facendomi il bagno: Arrotolati un po' il calzino, non sia mai che ti vengono i funghi! La punta è uscita fuori e lui ha pisciato lontanissimo, fin sul tettuccio della Hotchkiss dei Bergerac. Era parcheggiata sotto casa. Ha pisciato fino all'altro lato del marciapiede. Era così contento che faceva pipì ridendo. E questo mandava il getto ancora più lontano, a raffiche. Ho avuto paura che la mamma si svegliasse e gli ho messo la mano sulla bocca. Ha continuato a ridere nella mia mano.

13 anni, 3 mesi, 1 giorno — *Lunedì 11 gennaio 1937*

I maschi pisciano in tre modi: 1) Seduti. 2) In piedi senza arrotolare il calzino. 3) In piedi arrotolandolo. (Il calzino è il prepuzio. Confermato dal dizionario.) Quando lo arrotoli, pisci molto più lontano. Ed è *incredibile* cha la mamma non l'abbia insegnato a Dodo! Anche se in realtà dovrebbe essere istintivo. Se è così, perché Dodo non l'ha scoperto da solo? Che sarebbe di me se Violette non mi avesse mostrato il trucco? È possibile che certi uomini passino la vita a innaffiarsi i piedi solo perché non gli è mai venuto in mente di arrotolarsi il calzino? Ci ho pensato tutto il giorno sentendo parlare i miei professori: Lhuillier, Pierral, Auchard. Con l'infinità di cose che sanno sulle "tappe della civiltà" (come direbbe la mamma), magari non gli è mai venuto in mente di arrotolarsi il calzino! Il professor Lhuillier, per esempio, con quella sua aria di voler insegnare tutto a tutti, sono sicuro che si piscia sui piedi e si chiede perché.

13 anni, 3 mesi, 8 giorni — *Lunedì 18 gennaio 1937*

La cosa che mi piace quando mi addormento è svegliarmi per il piacere di riaddormentarmi. Svegliarsi nell'istante stesso in cui ci si addormenta è fantastico! È stato papà a insegnarmi *l'arte di addormentarsi.* Osservati: le palpebre si fanno pesanti, i muscoli si rilassano, la testa sembra finalmente sprofondare nel guanciale, senti che ormai ciò che pensi non è affatto *pensato*, come se incominciassi a sognare, eppure sai che non dormi ancora. Un po' come se io camminassi in equilibrio su un muretto e stessi per cadere dal lato del sonno? Proprio così! Appena senti che stai per precipitare dal lato del sonno, scuoti la testa e svegliati. Resta sul muretto. Il tuo risveglio durerà alcuni secondi durante i quali potrai dire: Adesso mi riaddormento! È una *promessa* deliziosa. Svegliati ancora per goderne una seconda volta. Se occorre datti un pizzicotto appena senti che stai per cedere! Torna in superficie più volte che puoi, quindi lasciati *finalmente* colare a picco. Ascolto papà mormorarmi le sue lezioni di addormentamento. Ancora, ancora! È ciò che, grazie a lui, chiedo ogni sera al sonno.

13 anni, 3 mesi, 9 giorni *Martedì 19 gennaio 1937*

Forse è proprio così, morire. Sarebbe molto piacevole se non avessimo tanta paura. Forse ci svegliamo ogni mattina solo per rimandare il momento delizioso in cui stiamo per morire. Quando papà è morto, si è addormentato un'ultima volta.

13 anni, 3 mesi, 20 giorni *Sabato 30 gennaio 1937*

Soffiandomi il naso poco fa, mi sono ricordato che quando Dodo era piccolo cercavo di insegnargli a soffiarsi il naso.

Ma lui non soffiava. Gli mettevo il fazzoletto sotto il naso dicendogli dai, soffia, e lui soffiava dalla bocca. Oppure non soffiava affatto, soffiava all'interno, si gonfiava come un pallone e non usciva niente. All'epoca credevo che Dodo fosse scemo. Ma non era così. È che sul proprio corpo l'uomo deve imparare tutto, assolutamente tutto: impariamo a camminare, a soffiarci il naso, a lavarci. Non sapremmo fare niente di tutto questo se qualcuno non ce l'avesse spiegato. All'inizio l'uomo non sa niente. Niente di niente. È stupido come una bestia. Le uniche cose che non ha bisogno di imparare sono respirare, vedere, sentire, mangiare, pisciare, cagare, addormentarsi e svegliarsi. Ma neanche. Sentiamo, ma dobbiamo imparare ad *ascoltare*. Vediamo ma dobbiamo imparare a *guardare*. Mangiamo ma dobbiamo imparare a tagliare la carne. Caghiamo ma dobbiamo imparare a farla nel vasino. Pisciamo ma quando non ci pisciamo più sui piedi dobbiamo imparare a *prendere la mira*. Imparare vuol dire prima di tutto imparare a *essere padroni del proprio corpo.*

Quando sottolinea *foneticamente* le parole chiave dei suoi *ragionamenti*, lo fa perché mi ritiene un *imbecille*? mi domanda il professor Lhuillier davanti a tutta la classe. L'ha fatto imitandomi, il che ovviamente ha suscitato le risate di tutti. Pensa forse che il suo insegnante di storia abbia dovuto aspettare lei per considerare la revoca dell'Editto di Nantes un *errore oneroso*? Peraltro non le sembra che *errore oneroso* sia un pochino *pomposetto* per un ragazzo della sua età? Non si dà forse il caso che lei sia un tantino *snob*, figliolo? La invito a una maggiore *semplicità* e ad astenersi dall'*ostentare il suo sapere.*

Ho provato un'immensa tristezza nel vedere papà sbeffeggiato a causa dei miei corsivi. (I miei corsivi sono i suoi, quindi sbeffeggiavano lui.) Avrei voluto rispondere a Lhuillier imitando la sua voce un po' stridula invece sono diventato rosso, ho trattenuto il fiato per non scoppiare a piangere e sono rimasto zitto. Alla campanella, panico. Uscire dall'aula e ritrovarli tutti fuori, no! È bastato il pensiero a paralizzarmi. Letteralmente. Le gambe si sono rifiutate di reggermi. Sono rimasto seduto. Non avevo più un corpo. *Ero tornato dentro l'armadio!* Ho fatto finta di aver perso qualcosa e di cercarlo nella cartella sotto il banco. Che vergogna! Alla fine è stato il rifiuto di quella vergogna a darmi la forza di alzarmi. Dopo tutto, che mi piglino pure per il culo, non importa. Possono anche picchiarmi o uccidermi, chissenefrega.

Invece no, fuori c'era Violette che mi aspettava. Era andata a fare la spesa e ne aveva approfittato per passare a prendermi. Tu, bel fusto, hai avuto paura di qualcosa, ce l'hai scritto in faccia! In faccia? Bianca come un uovo di anatra. Ma niente affatto! E invece sì! Le nostre facce parlano più a lungo di noi; guarda Manès, quando gli monta il sangue alla testa poi gli dura tutta la giornata. E sento che il cuore ti batte forte. Non sentiva un bel niente, ma era Violette, e aveva indovinato. A casa mi ha preparato la merenda (pane, mosto cotto, latte freddo). Le ho detto di non venire più a prendermi a scuola. Vuoi difenderti da solo, bel fusto? È tipico della tua età. Non aver paura di nessuno, che se torni a casa con qualche bernoccolo poi ti curo io.

13 anni, 3 mesi, 27 giorni *Sabato 6 febbraio 1937*

Quando ho fatto notare a papà che non ero più un bambino e che non doveva più parlarmi in corsivo, ha risposto: Impossibile figliolo, è il mio côté *inglese.*

13 anni, 4 mesi *Mercoledì 10 febbraio 1937*

All'inizio la mamma pensava che fosse una commedia per non andare a scuola. Invece era proprio un'angina rossa. Con una febbre altissima nei primi due giorni. Più di 40°. L'impressione di vivere in uno scafandro di brodo di pesce (Violette *dixit*). Il dottore temeva fosse scarlattina. Dieci giorni a letto. All'inizio è come se una mano ti strangolasse *da dentro* e ti impedisse di deglutire. Anche la saliva. Dolorosissimo. Tanto più che noi produciamo *ininterrottamente* saliva. Moltissimi litri al giorno, che mandiamo giù perché sputare non sta bene. Produrre saliva, deglutire, sono funzioni del corpo meccaniche come respirare. Senza, diventeremmo secchi come un'aringa. Mi chiedo quanti quaderni ci vorrebbero solo per descrivere tutto ciò che il nostro corpo fa senza che noi ci pensiamo. Le funzioni meccaniche sono *innumerevoli*? Non ci facciamo caso, ma basta che una si inceppi e non pensiamo ad altro! Quando riteneva che mi lamentassi troppo, papà mi citava sempre la stessa frase di Seneca: *Ogni uomo crede di portare il fardello più pesante.* Ebbene, questo succede quando una delle nostre funzioni si inceppa! Diventiamo l'essere più sfortunato del mondo. All'inizio dell'angina ero soltanto la mia gola. L'uomo *focalizza*, diceva papà, tutto dipende da questo! Per gli uomini non esiste nulla fuori da una cornice. Figliolo, ti consiglio di romperla, quella cornice.

13 anni, 4 mesi, 6 giorni *Martedì 16 febbraio 1937*

Durante questa settimana la mia camera è diventata un'infermeria. Violette faceva bollire in cucina l'acqua per i gargarismi e li preparava sul tavolino da gioco di papà, messo accanto alla finestra e coperto da una tovaglia bianca. La suora di Saint-Michel le aveva mostrato come si fanno i cataplasmi. Non lesini sui semi, figliola. (Anche se Violette avrebbe potuto essere sua nonna!)

Violette stende il panno sulla tovaglia, ci versa sopra la pappetta di farina di lino, la cosparge di farina di senape, ripiega uno sull'altro i bordi del panno, me lo posa sul collo, e via con un quarto d'ora di supplizio. Quella roba pizzica, scalda, brucia, mille aghi ti trafiggono la gola, che allora per forza ti fa meno male, perché non pensi ad altro che a quel bruciore. *Sostituzione delle passioni, caro mio, ecco il trucco!* (Firmato papà.) *Per dimenticare il male, vai col peggio!* (Firmato Violette.) Il peggio del peggio furono le pennellature fatte dalla suora di Saint-Michel. Mi ha ficcato il bastoncino in fondo alla gola e le ho subito vomitato sul camice. Gliene ho dette di tutti i colori e non è più voluta tornare. La mamma ne ha fatto un dramma: Non vuoi curarti? Vuoi ritrovarti con l'albumina nelle urine? E i reumatismi? Si può morire sai! Alla fine ti prendono il cuore! Quando le fa Violette, le pennellature sono una passeggiata: Apri bene la bocca, bel fusto, continua a respirare senza chiudere la valvoletta là in fondo. Non chiuderla, t'ho detto! (Intende la glottide.) Eeeeeeecco fatto. E se fai la pipì verde non svenire, è per via del blu della pennellatura! Esatto: il blu di metilene mischiato al giallo dell'urina ti fa pisciare verde. Fortuna che mi ha avvisato, è la classica sorpresa che mi avrebbe fatto svenire.

13 anni, 4 mesi, 7 giorni *Mercoledì 17 febbraio 1937*

Cataplasmi, gargarismi, pennellature, riposo, sì, ma il rimedio migliore è addormentarmi nell'odore di Violette. Violette è la mia casa. Odora di cera, di verdure, di fuoco di legna, di sapone nero, di varechina, di vino vecchio, di tabacco e di mela. Quando mi prende sotto il suo scialle, entro nella mia casa. Sento borbottare le sue parole nel petto e mi addormento. Quando mi sveglio lei non c'è più, ma lo scialle mi copre ancora. Così non ti perdi nei sogni, bel fusto. I cani che si perdono tornano sempre all'abito del cacciatore!

13 anni, 4 mesi, 8 giorni *Giovedì 18 febbraio 1937*

Il mio corpo è anche il corpo di Violette. L'odore di Violette è come la mia seconda pelle. Il mio corpo è anche il corpo di papà, il corpo di Dodo, il corpo di Manès... Il nostro corpo è anche il corpo degli altri.

13 anni, 4 mesi, 9 giorni *Venerdì 19 febbraio 1937*

Le gambe molli ma niente più febbre. Il dottore è tranquillo: dice che una scarlattina "si sarebbe già dichiarata". L'espressione mi ha colpito perché, quando Violette parla di suo marito, dice sempre che era "caruccio quando si è dichiarato!". (È morto in guerra, subito, nel settembre del '14.) Anche le guerre si dichiarano.

13 anni, 4 mesi, 10 giorni *Sabato 20 febbraio 1937*

Ne vuoi ancora? Di cosa? Di febbre, ne vuoi ancora? E perché dovrei volerne ancora? Per non andare a scuola, diamine! Dodo è tutto contento di potersi infilare ancora nel mio letto. Non la smette di cianciare. Se ne vuoi ancora devi scaldare il termometro, ma non metterlo sulla stufa che può scoppiare, meglio dargli dei colpetti da sopra, dall'estremità che si infila, l'altra, quella tonda! Dai dei colpetti leggeri con l'unghia, e quello sale, puoi farlo sotto le lenzuola, anche se la mamma ti tiene d'occhio, ma non troppo forte altrimenti il mercurio fa tutti i puntini, capito? (Tace poi riattacca subito.) E il trucchetto della carta assorbente, lo conosci? Se infili un foglio di carta assorbente asciutto nella scarpa, fra la pianta del piede e i calzini, ti viene la febbre appena cominci a camminare. Ma cosa dici? Te lo giuro. Chi te l'ha detto? Un mio amico.

13 anni, 4 mesi, 15 giorni *Giovedì 25 febbraio 1937*

La mamma si domanda come faccia a piacermi il mosto cotto di Violette. Dice che preferirebbe lasciarsi morire di fame piuttosto che mangiare una cucchiaiata di quell'"orrrrrore"! Pretende che tenga il vasetto in camera mia. Non voglio quella porcheria in cucina, chiaro? Solo l'odore mi dà il voltastomaco! A me del mosto cotto piace tutto. L'odore, il colore, il sapore, la consistenza. Odorato, vista, gusto, tatto, un piacere di quattro sensi su cinque, niente di meno!

1) L'odore. Uva fragola. Mi vedo con Tijo, Robert e Marianne, sotto il pergolato. L'ombra è calda. Profuma di fragola. Si sta benissimo.

2) Il colore. Quasi nero su fondo viola. Quando immergo la fetta di pane e mosto nel latte si crea un alone che si scom-

pone dal viola nero all'azzurro pallido passando per tutte le sfumature dei rossi e dei lilla. Stupendo!

3) Il sapore di fragola. Ma più deciso della fragola.

4) La consistenza. Tra la confettura e la gelatina. Si scioglie ma non scivola. Violette fa la stessa cosa con le more.

5) Ah! Dimenticavo, anche la temperatura. Se lascio il vasetto tutta la notte sul davanzale della finestra e immergo la fetta di pane e mosto nel latte bollente, il contrasto fra caldo e freddo è meraviglioso.

Ma quello che più mi piace è il fatto che sia *il mosto cotto di Violette.* E sono sicuro che è il motivo per cui alla mamma non piace.

Domanda: I nostri sentimenti per le persone influenzano le nostre papille gustative?

13 anni, 4 mesi, 17 giorni — *Sabato 27 febbraio 1937*

Poco fa, in bagno, Dodo si lavava gli occhi per via dell'omino della sabbia. Violette gli ha detto che l'omino della sabbia passava tutte le sere e appena hanno cominciato a pizzicargli gli occhi lui è andato subito a lavarseli. Gli ho spiegato che non è l'omino della sabbia, ma il *sonno* a far pizzicare gli occhi. Che ciò che chiamiamo l'omino della sabbia è la voglia di dormire. Ha risposto: E infatti, è l'omino della sabbia! Dodo è ancora *succube delle immagini.* Io scrivo questo diario per liberarmene.

13 anni, 4 mesi, 27 giorni — *Martedì 9 marzo 1937*

Lo zio Georges ha risposto alla mia lettera. Insieme con Violette, è l'unico adulto che risponde alle domande dei ragazzini. Di conseguenza Etienne sa molte più cose di me.

Mio caro,

[...] Mi domandi se ho "perso i capelli in seguito a uno spavento o a un'emozione forte". [...] Figliolo, sono diventato calvo durante la Grande Guerra e non sono l'unico. Una mattina mi sono svegliato con manciate di capelli nell'elmetto, poi di nuovo la stessa cosa la mattina seguente, e ancora la mattina seguente. Sono diventato calvo in poche settimane. Il medico la chiamava alopecia, diceva che sarebbero ricresciuti. Come no! [...].

Poi mi domandi se, "in quanto rappresentante del genere calvo", ho dei "brividi sul cranio". Ebbene, sappi che mi è accaduto almeno una volta: quando ho visto Sarah Bernhardt a teatro, subito dopo la guerra. Non puoi immaginare cosa fosse la voce di Sarah Bernhardt [...].

Quanto alle cose che mi domandi riguardo alle "mestruazioni eccetera", non sono davvero in grado di risponderti. La Donna, mio caro, è un mistero per l'Uomo, e disgraziatamente non è vero il contrario [...].

Juliette e io ti abbracciamo con tanto affetto. Trasmetti i saluti alla signora mamma e vieni a Parigi quando vuoi a mostrarci i tuoi bicipiti.

Zio Georges

Sulle mestruazioni, quello che dice è un modo gentile per farmi capire che non sono argomenti per la mia età. Un po' me lo aspettavo. Nel frattempo Violette mi ha spiegato le cose principali. Glielo avevo chiesto per via di una frase di Fermantin sulla sorella: che aveva "le sue cose", e che bisognava "prenderla con le molle". Il resto lo copio dal dizionario.

Mestruazione. Dizionario Larousse:

La mestruazione comprende: 1. Il periodo di comparsa che coincide generalmente con la pubertà; 2. Il periodo attivo che corrisponde alla vita fertile della donna; 3. Il periodo di cessazione o menopausa.

Il ciclo mestruale, o intervallo fra l'inizio di due mestrua-

zioni successive, varia, a seconda delle donne, fra i venticinque e i trenta giorni.

Le mestruazioni sono quasi sempre sospese durante la gravidanza e abitualmente durante il parto.

13 anni, 5 mesi — *Mercoledì 10 marzo 1937*

Ricordo una conversazione fra lo zio Georges e papà. Papà non si alzava più dal letto. Non mangiava quasi niente. Lo zio Georges gli diceva di tirarsi su. Lo supplicava, persino. Aveva le lacrime agli occhi. Impossibile, diceva papà, io, caro mio, sono diventato calvo *dentro*! E anche qui, come sulla tua zucca pelata, non ricresce più niente. Lo zio Georges e papà si volevano molto bene.

13 anni, 5 mesi, 6 giorni — *Martedì 16 marzo 1937*

Papà mi aveva avvisato! Ma una cosa è saperlo, un'altra è quando ti succede! Mi sono svegliato e sono saltato giù dal letto. Avevo il pigiama tutto bagnato e le mani appiccicose! Ce n'era pure sulle lenzuola. In realtà ce n'era dappertutto. Il cuore mi batteva all'impazzata. Togliendomi il pigiama mi è venuto in mente quello che diceva papà. Eiaculazione, ragazzo mio. Se ti succede di notte, non aver paura, non hai ricominciato a far pipì a letto, *è il futuro che arriva.* Niente panico, tanto vale che ti abitui, perché produrrai sperma per tutta la vita. All'inizio lo controlli poco: una strusciatina, piacere e oplà, fuori tutto! E poi ti abitui, impari a trattenerti, e alla fine ne fai un ottimo uso.

Il pigiama mi si appiccicava alle cosce come carta gommata. Dodo mi ha raggiunto in bagno mentre mi lavavo. E non ha potuto esimersi dal fare lo sbruffone. Era tutto eccitato. Non è niente di che, sono gli spermatozoi, servono per fare i bambini, metà sono nei maschi e l'altra metà nelle femmine!

13 anni, 5 mesi, 7 giorni *Mercoledì 17 marzo 1937*

Asciugandosi sulla pelle, lo sperma si crepa. Sembra della mica.

13 anni, 5 mesi, 8 giorni *Giovedì 18 marzo 1937*

Non ricordo tanto bene il viso di papà. Ma la sua voce, sì. Oh, sì! Mi ricordo *tutto* quello che mi ha detto. La sua voce era un soffio. Mi sussurrava vicino all'orecchio. A volte mi domando se davvero è un ricordo o se papà sussurra ancora in me.

13 anni, 5 mesi, 18 giorni *Domenica 28 marzo 1937*

Infilato di nuovo la tavola anatomica nello specchio. Dal momento che a questo devo assomigliare, a questo assomiglierò.

13 anni, 5 mesi, 19 giorni *Lunedì 29 marzo 1937*

È fatta. Sono andato da Fermantin. Gli ho chiesto di mostrarmi dei trucchi per farmi i muscoli. All'inizio mi ha preso per i fondelli. Mi ha definito un caso disperato e mi ha detto che non si sarebbe abbassato a tanto. Anche se ti faccio i compiti di matematica? Ha smesso di ridere. Che c'è, vuoi farti i muscolazzi per conquistare le ragazze? (Immagino si riferisse ai bicipiti, ai deltoidi e ai muscoli elevatori.) Vuoi farti la tartaruga? (Con ogni probabilità i muscoli addominali: il retto, il piccolo obliquo, e anche i grandi dentati.) Allora devi fare un sacco di addominali, e caterve di flessioni! Fermantin ha solo due anni più di me ma è già un vero ginnasta. Di solito nei giochi di squadra come il calcio o la palla prigioniera la sua squadra vince sempre. È iscritto a numerose palestre e vorrebbe che ci andassi con lui. Neanche per idea. Prima devo uscire dal mio armadio. Niente sport collettivi, ma piegamenti (quelli che lui chiama flessioni) e addominali. Sono tutte cose che si possono fare da soli. E poi corda, sbarra, corsa di resistenza, e che mi insegni anche ad andare in bici (Violette mi presterà la sua), e pure a nuotare. Manès mi ha già fatto vedere come si fa, ma quando mi butta nella conca io mi limito a galleggiare imitando le rane. Per la corsa, la bici e il nuoto, Fermantin vuole che gli faccia i temi e i compiti di inglese. Siamo d'accordo.

13 anni, 6 mesi, 1 giorno *Domenica 11 aprile 1937*

Il piegamento (la flessione) consiste nel formare con il corpo perfettamente allineato dalla punta dei piedi alle braccia tese un angolo di circa 15 gradi con il pavimento, poi nel piegare i gomiti fino a toccare terra con il mento e quindi tirarsi su, il tutto ripetuto tante volte quanto resistono le braccia. Il corpo deve restare teso, la schiena non deve inarcarsi e alla fine della flessione le ginocchia non devono toccare terra, e il petto deve appena sfiorarla. Puoi anche mettere i piedi sul bordo del letto per far lavorare di più le braccia. Questa è la flessione base. Poi ce ne sono molte altre. Fermantin me ne ha dato una dimostrazione. In musica le chiameremmo variazioni sul tema. La flessione con battimani: gli avambracci spingono il corpo abbastanza in alto perché si possano battere le mani prima di posarle di nuovo a terra. (Non provarci subito, la testa arriverebbe per prima e ti spaccheresti i denti.) La flessione con battimani dietro la schiena: stessa operazione, ma l'impulso deve essere più forte per darci il tempo di battere le mani *dietro* la schiena. (Non pensarci nemmeno. Oppure falla su un materasso.) Ancora più difficile, la flessione piroetta: il corpo ruota su se stesso prima di ricadere nella posizione di partenza. La flessione su un solo braccio, poi sull'altro, la flessione su tre dita (ottima per le falangi degli alpinisti) ecc.

*

NOTA PER LISON

Mia cara Lison,

i quattro quaderni seguenti (aprile 1937 – estate 1938) sono un esempio di quelli che puoi saltare. Ci troverai solo resoconti dell'evoluzione della mia muscolatura (bicipiti, avambracci, torace, cosce, polpacci, cintura addominale...). In tutta questa prima adolescenza ho passato il tempo a misurarmi; con un metro da sarto in mano, ero diventato il mio etnografo e il mio buon selvaggio. Oggi ne sorrido, ma credo mi fossi davvero messo in testa di assomigliare alla tavola anatomica del Larousse! A Le Briac, dove Violette mi portava a passare le vacanze dopo che ero stato espulso dagli scout, sostituivo la ginnastica con i lavori nei campi e nei boschi. Manès e Marta erano stupiti che un ragazzino di città prendesse così a cuore la vita della fattoria. Non sospettarono mai che in realtà sceglievo i lavori in base a criteri rigorosamente muscolari: il taglio della legna per i bicipiti e gli avambracci, il carico del fieno per le cosce, gli addominali e i dorsali, la corsa dietro alle capre e la smania di nuotare per lo sviluppo della cassa toracica. Oggi mi sento un po' in colpa per averli ingannati sui miei secondi fini, ma Violette aveva capito benissimo, e non c'era nulla che mi rendesse più felice di un segreto condiviso con Violette.

Senti, Lison, dato che non vi ho mai parlato della mia infanzia, mi rendo improvvisamente conto che forse non capisci granché di questi esordi catastrofici: la morte del padre, la madre rabbiosa, il giovane corpo abbandonato nell'armadio a specchi, e quel ragazzino di tredici anni che scrive già con la pompósità di un membro dell'Académie française. È ora che ti dica due parole.

Vedi, io sono nato da un'agonia. Mio padre era uno degli innumerevoli morti viventi che la Grande Guerra restituì alla vita civile. Con la mente piena di orrori, i polmoni distrutti dai gas tedeschi, tentò invano di sopravvivere. Gli ultimi anni (1919-1933) furono la battaglia più eroica di tutta la sua vita. Io sono nato da quel tentativo di resurrezione. Mia madre aveva deciso di salvare il marito mettendomi al mondo. Un figlio gli avrebbe fatto un gran bene, un figlio è vita! Immagino che sulle prime lui non avesse né la forza né il desiderio per quel progetto, ma mia madre lo rimise abbastanza in forma perché io facessi la mia comparsa il 10 ottobre 1923. Fu del tutto inutile: l'indomani della mia nascita mio padre ripiombava nell'agonia. Mia madre non ci perdonò mai questo fallimento, né a lui né a me. Non so come fossero i loro rapporti prima della mia nascita, ma sento ancora la litania dei rimproveri materni. Lui "dava troppo peso ai suoi acciacchi", non "reagiva abbastanza", "se ne infischiava di tutto", se ne stava "seduto", lasciandola "tutta sola", in una vita in cui lei doveva "pensare a tutto e fare tutto". Questi insulti a un moribondo furono la musica costante della mia infanzia. Mio padre non rispondeva. Forse per compassione – a insultarlo era una donna infelice –, ma soprattutto per sfinimento, una prostrazione che lei scambiava per una subdola forma di indifferenza. Quella donna non aveva ottenuto da quell'uomo ciò che si aspettava, e in alcuni temperamenti inquieti questo basta per vivere nel rancore, nel disprezzo e nella solitudine. E tuttavia rimase. Non lo lasciò. All'epoca non si divorziava, o si divorziava di rado, o meno di oggi, o non a casa nostra, o non lei, non so.

Poiché la mia nascita non le aveva resuscitato il marito, lei mi considerò subito un oggetto inutile, un buono a nulla, letteralmente, e mi abbandonò a lui.

Io ho adorato quell'uomo. Ovviamente non sapevo che stesse morendo, pensavo che il suo languore fosse l'espressione di una grande dolcezza e lo amavo per questo, e poiché lo amavo, lo imitavo in tutto, fino a fare di me un piccolo moribondo ideale. Come lui, mi muovevo poco, mangiavo a stento, sincronizzavo i miei gesti sull'estrema lentezza dei suoi, crescevo senza irrobustirmi, insomma mi impegnavo a non prendere corpo. Come lui, tacevo molto o mi esprimevo con un'ironia mite posando su ogni cosa lunghi sguardi colmi di un amore impotente. Uno dei miei testicoli si rifiutava ostinatamente di palesarsi, come se avessi preso la decisione di vivere solo a metà. Verso gli otto o i nove anni la chirurgia lo mise a posto suo malgrado, ma per molto tempo ho creduto di essere guercio da quelle parti.

Mia madre chiamava me e mio padre i suoi fantasmi. "Ne ho fin sopra i capelli di questi due fantasmi!" sentivamo dietro le porte che sbatteva. (Passava il tempo a fuggire da ferma, da cui lo sbattere di porte.) Ho quindi vissuto i miei primi dieci anni con la sola compagnia di quel padre evanescente. Mi guardava come se gli rincrescesse andarsene dal mondo abbandonando lì il figlio estortogli dall'ottimismo della specie. Ma non aveva alcuna intenzione di lasciarmi privo di munizioni. Nonostante la debolezza, si mise in testa di istruirmi. E senza risparmiarsi, credimi! Gli ultimi anni della sua vita furono una corsa sfrenata tra lo spegnersi della sua coscienza e lo sbocciare della mia. Morto lui, voleva che suo figlio sapesse leggere, scrivere, declinare, contare, calcolare, pensare, memorizzare, ragionare, tacere quando è opportuno e cionondimeno pensare. Questo era il suo progetto. Giocare? Non c'era tempo. E peraltro con quale corpo? Ero uno di quei bambini apatici e perplessi che si vedono ai margini dei giardinetti, paralizzati dall'energia dei loro simili. "E questo qui," diceva mia madre indicandomi, "è l'ombra del fantasma!"

Ma che testa, figlia mia! Da subito! Prima ancora di aver

imparato a leggere, sapevo a memoria una gran quantità di favole. Mio padre e io ne commentavamo insieme la morale in lunghi conciliaboli che lui chiamava i nostri esercizi di "piccola filosofia". Ai quali ben presto aggiunse le massime dei moralisti, quegli acquarelli del pensiero che possono essere di grande profitto per un bambino per poco che lo si accompagni nei loro paraggi, cosa che lui faceva, con commenti sussurrati poiché la sua voce era sempre più debole – negli ultimi due anni della sua vita parlava solo a mormorii –, ma anche, credo, perché amava presentarmi le verità eterne sotto forma di confidenze tra amici. Sicché in breve tempo mi sono arricchito di un sapere universale che ho curato come l'eredità di un amore unico. Quando da piccoli tu e Bruno mi prendevate in giro perché mi sentivate recitare, come se canticchiassi, mentre mi allacciavo le scarpe, o lavavo i piatti, un frammento di Montaigne, tre righe di Hobbes, una favola di La Fontaine, un pensiero di Pascal, una massima di Seneca ("Papà parla da solo, papà parla da solo!"), ti ricordi? Ebbene, erano bolle di piccola filosofia che riaffioravano dalla mia infanzia.

A sei anni, quando giunse il momento di consegnarmi alla scuola, mio padre volle tenermi con sé. L'ispettore scolastico – si chiamava Monsieur Jardin – che mia madre convocò affinché si opponesse a questo progetto, rimase stupefatto dal livello, dalla vastità e dalla varietà delle nostre conversazioni sussurrate. Ci lasciò carta bianca. Dopo che mio padre fu scomparso, mia madre mi consegnò direttamente all'Istituzione scolastica, previo esame di ingresso in prima media, debitamente passato. Più ancora che la qualità delle mie conoscenze o il fatto che scrivessi e parlassi come un libro (sussurrando come il consigliere di un principe e sottolineando con corsivi esasperanti l'essenza delle mie frasi), ciò che i miei professori soprattutto ammiravano era l'impeccabile grafia notarile di cui mi aveva dotato il rigore paterno. Sii leggibile, diceva mio padre, non dar motivo di sospettare che cerchi di dissimulare con una grafia indecifrabile un pensiero che non padroneggi. Quanto ai rapporti con il resto della classe, puoi immaginare che sorte mi avrebbero riservato i compagni se il corpo insegnante non avesse preso sotto la sua protezione quel misero orbettino.

La morte di mio padre mi ha lasciato doppiamente orfano. Non soltanto l'avevo perso, ma insieme con lui ogni traccia della sua esistenza. Come fanno talora le vedove – che siano pazze di dolore o ebbre di libertà – l'indomani della sua morte mia madre aveva spazzato via tutto ciò che poteva rammentarle l'esistenza di quell'uomo. I vestiti andarono alla parrocchia, mentre gli oggetti personali finirono nella spazzatura o venduti all'asta. È così che sono diventato il suo fantasma! Privato del benché minimo ricordo tangibile di mio padre, vagavo per la casa come un'ombra senza corpo. Mangiavo sempre meno, non parlavo più, e sviluppavo un vero e proprio terrore degli specchi. Mi sentivo fatto così poco di carne che i loro riflessi mi parevano sospetti. (E tu, che sei perspicace, mi hai fatto notare spesso la mia diffidenza nei confronti degli specchi e delle fotografie, retaggio di quel terrore infantile, presumo.) Di notte più ancora che di giorno, l'idea di passare davanti a uno specchio mi raggelava il sangue. Benché con tutte le luci spente non potessi vedermi, non riuscivo a levarmi dalla testa che contenesse la mia immagine. Insomma, tesoro mio, a dieci anni tuo padre pesava poco e ingranava male. Fu allora che mia madre decise di incarnarmi una volta per tutte iscrivendomi dapprima ai lupetti, poi agli scout. Le attività all'aria aperta e lo "spirito di corpo!" (lo diceva senza alcuna ironia) mi avrebbero fatto un gran bene. Fiasco completo, come ben sai. Non è il genere di ambiente dove fai carriera quando hai cominciato con un testicolo solo.

No, la persona che mi ha davvero dato corpo, fino a fare di me un ragazzo con le palle che godeva sfrontatamente delle proprie doti fisiche, è stata Violette, che a casa nostra faceva le pulizie, il bucato e cucinava, Violette, la sorella di Manès, la zia di Tijo, di Robert e di Marianne. Mia madre metteva a dura prova la pazienza dei domestici: appena assunti, se ne andavano accusati di tutti i peccati del mondo. Fino al giorno in cui Vio-

lette prese il timone e tenne la barra dritta contro tutto e tutti perché aveva segretamente adottato il bambino larvale che si aggirava in quella casa. Sotto la sua ala sono sbocciato. Eliminata l'istituzione degli scout, pensata per alleviare la mamma della mia presenza, Violette rimase l'unica istituzione in grado di sbarazzarla di me portandomi per le vacanze scolastiche, fra cui i lunghi mesi estivi, alla fattoria, dal fratello Manès e dalla cognata Marta. Violette, che fu l'amore assoluto della mia infanzia, era soltanto una soluzione di comodo. Vedrai che si parla spesso di Violette in questo diario, e ben oltre la sua morte.

Ecco. Fine della nota biografica. Puoi tornare alle cose serie. Alla fattoria, da Manès e Marta. Estate 1938. Vedrai, stavo molto meglio.

*

14 anni, 9 mesi, 8 giorni — *Lunedì 18 luglio 1938*

Per combattere le vertigini, ho chiesto a Manès il permesso di farmi il letto nel granaio della frutta. (A quattro metri di altezza.) Marta era d'accordo. Salire è ancora facile, la scala a pioli è verticale e guardi verso l'alto. Scendere, invece, è un altro paio di maniche! All'inizio stringevo la scala come un disperato. Mi è capitato di restare cinque minuti buoni su un piolo a metà strada! Robert, che mi aspettava sotto, mi gridava di non guardare giù e di respirare a fondo. Tieni gli occhi all'altezza dei pioli! Oppure molla tutto così arrivi più in fretta!

14 anni, 9 mesi, 19 giorni — *Venerdì 29 luglio 1938*

Il salto nel grano, da Peluchat, è un'altra cosa! Fino alla settimana scorsa non avevo il coraggio, sempre a causa delle vertigini. Marianne mi prendeva in giro: lo fa persino Tijo, che ha cinque anni! Robert: Non ti piace la spiaggia? Robert lo chiama andare in spiaggia per via che il grano è "biondo come la sabbia, a meno che non sia il contrario". Prima di salire sulla scala bisogna spogliarsi perché non rimangano dei chicchi sui vestiti. Saltare nel grano è proibito e un chicco nei vestiti è una prova inconfutabile. Se Manès o Peluchat ci trovano addosso anche solo un chicco, ci fanno il culo a fette. (Robert *dixit.*) Il colmo del tetto è a sette metri, la trave maestra a cinque e il grano arriva fino a due. Si sale su con la scala, si corre lungo la trave maestra e si salta. Un salto di tre metri nel vuoto! Assolutamente senza gridare! Se ci sentono e ci beccano a saltare *biotti* nel loro grano, ci fanno a fette tutti e *due* i culi! (Ancora Robert.) Fino alla settimana scorsa non riuscivo a correre sulla trave, nemmeno a starci sopra in piedi. Mentre Tijo prima di buttarsi saltella, io potevo solo avanzare a quattro zampe e tuffarmi chiudendo gli occhi. La prima volta mi ha spinto Marianne. Per lo spavento ho urlato. Siamo rimasti nascosti nel grano senza muoverci per almeno cinque minuti, con Robert che teneva fermo e zitto Tijo che voleva subito saltare di nuovo. Ma nessuno ha sentito il mio grido. Ho dovuto saltare da solo le tre volte successive, era il prezzo da pagare. Senza gridare! E devi stare in piedi sulla trave! E quando salti tieni gli occhi aperti. Un salto di tre metri, le viscere che ti salgono in gola, il buco cricchiante che fa il corpo nel grano, il calore del frumento appena trebbiato sulla pelle nuda, quella carezza così viva... Meraviglioso! Adesso lo faccio senza problemi. Spesso da solo con Tijo. Eppure sento che ho ancora le vertigini: puoi *padroneggiare* le vertigini, ma non le *sconfiggerai* mai.

14 anni, 9 mesi, 21 giorni *Domenica 31 luglio 1938*

Ho le vertigini ma me ne infischio. Quindi possiamo impedire alle sensazioni di paralizzare il corpo. Si possono ammansire come animali selvatici. E il ricordo della paura accresce il piacere! Vale anche per la paura dell'acqua. Adesso mi tuffo nella conca come se avessi addomesticato un gatto selvatico. Saltare nel grano, pescare le trote con le mani, dar da mangiare a Mastouf senza paura di essere morso, riportare indietro il cucciolo dal prato sono tutte paure che ho sconfitto. *I tuoi ponti di Arcole,* avrebbe detto papà.

14 anni, 9 mesi, 25 giorni *Giovedì 4 agosto 1938*

La paura non ti protegge da nulla e ti espone a tutto! Il che non vuol dire che non si debba essere prudenti. Papà diceva: La prudenza è l'intelligenza del coraggio.

14 anni, 10 mesi *Mercoledì 10 agosto 1938*

Due trote, la terza mi è scivolata via. L'anno scorso non potevo nemmeno tenere una trota viva in mano. Mi faceva senso. La lasciavo andare subito come se tutta quella vita mi desse la scossa. Ciò detto, Robert ne prende sei o sette quando io ne prendo una o due. Il giorno in cui ci si metterà Tijo, spopolerà il torrente!

14 anni, 10 mesi, 10 giorni *Sabato 20 agosto 1938*

Due *concezioni* del dolore.

Stamattina alla mungitura una vacca rovescia il secchio. Robert si inginocchia per far scorrere il latte nel canale di scolo, si rialza con il secchio in mano e *un'asse inchiodata al ginocchio.* Si è inginocchiato sul chiodo! Stacca l'asse senza fare una piega e si rimette al lavoro. Gli dico che deve disinfettarsi subito: ma sì, finita la mungitura. Gli chiedo se gli fa male: un pochino. Alle quattro mi taglio il polpastrello affettando il pane per la merenda. Esce sangue, mi viene la nausea, mi gira la testa, mi lascio scivolare lungo la parete e mi siedo per terra per non svenire. Questa è la differenza tra Robert e me. Se domandassero alla mamma da dove viene questa differenza, lei risponderebbe: "È solo perché quella gente lì non ha alcuna immaginazione!". L'ha detto spesso di Violette. (Per esempio quando Violette ha perso la figlia e non piangeva.) Sicché il mio svenimento sarebbe dovuto al mio sublime grado di civiltà! Capirai! Robert, che ha la mia età, vive in amicizia con il suo corpo, tutto qua. Il suo corpo e la sua mente sono stati tirati su *insieme*, sono buoni amici. Se il corpo di Robert sanguina, lui non si stupisce. Se il mio sanguina, lo stupore mi fa svenire. Robert sa benissimo di essere pieno di sangue! Sanguina perché vive in un corpo. Come sanguina il maiale che viene sgozzato! Io, ogni volta che mi capita qualcosa di nuovo, *scopro di avere un corpo*!

14 anni, 10 mesi, 13 giorni — *Martedì 23 agosto 1938*

Sostituita la scala del granaio della frutta con una corda. Soprattutto per impedire a Tijo di salire. Finora mi arrampico solo fino a metà senza i piedi.

14 anni, 10 mesi, 14 giorni — *Mercoledì 24 agosto 1938*

Tijo è il contrario di com'ero io da bambino. Assolutamente fisico. Niente a che vedere con il piccolo buddha cicciotto come sono spesso i bambini della sua età. È una specie di ragno, tutto nervi, muscoli e tendini. Molto immobile e di colpo velocissimo. Mai un gesto lento. È così rapido che è impossibile evitare i disastri prodotti dalla sua energia. Gli do tre settimane e si arrampicherà sulla corda che porta al mio granaio. La settimana scorsa si è messo in testa di seguire un tasso nella sua tana. Manès l'ha tirato fuori scavando con il badile, come per i cani. Tasso molto contrariato, *ma non l'ha graffiato*! Né morso. Se Tijo fosse stato un cane, il tasso l'avrebbe preso a unghiate! (Gli animali selvatici hanno forse il senso dell'infanzia?) Tijo tutto sporco ma bello ridanciano. Ogni giorno una prodezza fisica del genere. E tuttavia la sera mi chiede una storia, da bravo bambino. Ascolta, immobile nel suo letto, con gli occhi spalancati sotto la zazzera nera (ieri era *Pollicino*), è tutto nel suo viso, inquieto, impaziente, scandalizzato, partecipe, scoppia a ridere poi, di colpo, dorme.

14 anni, 10 mesi, 18 giorni *Domenica 28 agosto 1938*

Calcolato male il tuffo nella conca. Sono andato giù troppo dritto, ho dato il colpo di reni troppo tardi. Risultato, i palmi delle mani e le ginocchia sbucciate. Sott'acqua non ho sentito granché, ma fuori un dolore cane! ("Cocente" sarebbe la parola giusta!) Quando Violette mi ha detto che avrebbe disinfettato tutto con il calvados di Manès, non ho potuto fare a meno di chiederle se avrebbe fatto male. Certo, cosa credi, l'acquavite di Manès non è mica sciacquatura di bicchieri! Dammi la gamba. Ho teso la gamba aggrappandomi alla sedia. Sei pronto? (Tijo teneva d'occhio l'operazione con molto interesse.) Ho stretto i denti e le palpebre. Ho fatto cenno di sì, Violette ha sfregato la ferita e non ho sentito assolutamente niente! *Perché lei si è messa a gridare al mio posto.* Un vero grido di dolore come se la scuoiassero viva! All'inizio sono rimasto sbalordito, poi io e Tijo siamo scoppiati a ridere. Quindi ho sentito sul ginocchio il fresco dell'alcol che evaporava. Portava via una parte del dolore. Ho detto a Violette che con il secondo ginocchio non avrebbe funzionato perché ormai il trucco lo conoscevo. Scommettiamo? Dammi l'altra gamba. Stavolta ha cacciato un *altro* grido. Un grido di uccello incredibilmente acuto che mi ha perforato i timpani. Stesso risultato. Di nuovo sentito niente. Questa, bel fusto, si chiama *anestesia uditiva.* Pulendomi le mani non ha gridato e il suo silenzio mi ha stupito ancora più delle grida. Prima che potessi sentire qualcosa era tutto finito.

Quindi, se si riesce a distrarre la mente dal dolore, una persona ferita non lo sente. Violette mi ha detto che ha scoperto il trucco curando Manès quando era piccolo. Manès era fifone? Ha sorriso: Anche Manès è stato bambino.

14 anni, 10 mesi, 20 giorni *Martedì 30 agosto 1938*

Trovato Tijo nel mio letto andando a dormire. Quindi si è arrampicato sulla corda! Non ho avuto cuore di cacciarlo via. Come avrei fatto, poi? Avrei dovuto legarlo e calarlo *con* la corda! Ha il sonno di un cagnolino. Si gira e mugola. E contemporaneamente il sonno di un bambino. Non lo sveglierebbero neppure le cannonate. Io ho sempre avuto il sonno leggero. Anche se sono stanchissimo, la mente resta vigile. E poi c'è quella morsa che spesso mi stringe il cuore nel petto al risveglio! Sei come tua madre, dice Françoise, hai le ansie. È vero. Ma qui molto meno che a casa.

14 anni, 10 mesi, 23 giorni *Venerdì 2 settembre 1938*

Violette mi sorprende, nudo, nella piccola vasca sotto la conca. Mi lavavo dopo aver raccolto le more. Avevo le mani e le braccia rosse come quelle di un assassino. Mi guarda: Vedo che ti è spuntata l'erbetta intorno alla fontanella! (Nessuno parla mai dei nostri peli. Violette sì.) Spuntata anche sotto le ascelle? Alzo le braccia perché verifichi. Non conosceva più il mio corpo. Sono quasi tre anni che non mi lava più. Quando cresci, le persone che ti conoscono meglio non sanno più nulla della tua intimità. Tutto diventa segreto. Poi muori, e tutto riappare. È stata Violette a lavare per l'ultima volta papà.

14 anni, 10 mesi, 25 giorni *Domenica 4 settembre 1938*

Manès mi ha consigliato di fare pugilato. Sei agile, veloce, hai buoni muscoli, una volta cresciuto avrai un buon allungo, devi fare pugilato. Lui è stato campione militare durante la naja. La cosa più interessante di questo sport è la schivata. Manès ha disegnato sul pavimento del granaio orme di piedi, le une di fronte alle altre. Ciascuno entra nelle proprie e io devo cercare di toccarlo con i pugni. Forza, colpisci, cerca di toccarmi. Così funziona il gioco. Io sono nelle mie orme, lui nelle sue, a portata dei miei pugni, e devo toccarlo. Impossibile colpirlo. All'inizio facevo piano, ma lui continuava a ripetere, più in fretta! più forte! più in fretta! picchia più forte! Prova a colpirmi! Ancora! Ancora! È assolutamente impossibile. Schiva tutti i colpi. Si ritrae e il mio pugno arriva a fine corsa senza toccarlo (cosa che fa male al gomito), oppure si china e io passo sopra di lui (cosa che mi fa perdere l'equilibrio), oppure ruota il bacino e io colpisco di lato (cosa che mi costringe a uscire dalle orme). A volte schiva semplicemente girando la faccia da una parte o dall'altra. Di nuovo mancato. Sfiorato ma mancato. E il tutto tenendo le mani incrociate dietro la schiena e i piedi nelle orme. I miei pugni incontrano solo il vuoto. Se faccio finta di colpire da un lato per colpire dall'altro, lui schiva e ride: Ah, furbacchione! È incredibilmente stancante tirare di boxe contro un fantasma! Ti spompi, ti fanno male le spalle, i gomiti, i tendini, ti innervosisci e ti stanchi. E a quel punto l'avversario decide di contrattaccare. Con due o tre zampatine da gatto, Manès mi sfiora il fegato, il mento e il naso. È di un'agilità e di una rapidità inimmaginabili. Eppure Violette dice che dal 1923, data del suo servizio militare e della mia nascita, è diventato due volte quello che era.

14 anni, 10 mesi, 27 giorni *Martedì 6 settembre 1938*

A chi posso raccontare che un bambino di cinque anni si arrampica su una corda lunga quattro metri? Nessuno mi crederà. Eppure è quel che Tijo fa tutte le sere. Peraltro, è un bravo bambino. Dorme subito dopo che gli hai letto la storia. Quando si sveglia, tira pugni con me al sacco di crusca che Manès ha appeso alla mia trave. Manès ci ha disegnato sopra la sua faccia con un pezzetto di carbone: Devi cancellarmi. È questo l'ordine. Devo cancellare il disegno a furia di allenamenti. Molto somigliante, l'autoritratto! La zazzera, le sopracciglia, i baffi sono azzeccati: è proprio Manès.

14 anni, 10 mesi, 28 giorni *Mercoledì 7 settembre 1938*

Violette è morta, Violette è morta, Violette è morta, Violette è morta, Violette è morta, Violette è morta, Violette è morta, Violette è morta, Violette è morta

Violette è morta Violette è morta Violette è morta Violette è morta Violette è morta Violette è morta, Violette è morta. È finita.

*

NOTA PER LISON

Mia cara Lison,

ancora una volta puoi saltare il quaderno che segue. Ci troverai solo questa frase, ripetuta all'infinito. Violette era morta, infatti. E, per il ragazzo che ero, non avrebbe dovuto morire. Era sotto la mia protezione, capisci. Tutta la forza che avevo attinto dalla sua antica forza aveva fatto di me il suo protettore naturale. Non poteva accaderle nulla, finché le vivevo accanto. E invece è morta. È morta e io ero lì. C'ero soltanto io. Sono stato l'unico testimone della sua morte. Un pomeriggio in cui avevo preso cinque trote risalendo il torrente mentre lei mi aspettava, seduta sul suo seggiolino pieghevole di tela rossa (mi aveva insegnato a pescare le trote con le mani, tienile ben ferme contro il sasso e non aver paura dei serpenti che tanto gli animali piccoli non mangiano quelli grossi), cinque trote che quel pomeriggio avevo gettato vive nella sua cesta (era lei che le uccideva, con un colpo secco su un sasso), lei è morta. Alla sesta trota. L'ho trovata che era caduta dal seggiolino, e soffocava, cercando l'aria come il pesce che avevo lasciato andare correndo verso di lei, e ho urlato il suo nome, e le ho dato delle pacche sulla schiena, pensando che le fosse andato qualcosa di traverso, e le ho slacciato la blusa, e ho immerso la camicia nel torrente per farne una compressa fresca, e intanto lei rincorreva il respiro, agguantava l'aria che la soffocava, l'aria che doveva salvarla e che adesso la soffocava, con gli occhi stupefatti da quel tradimento della vita, le mani aggrappate alle mie braccia come quelle di un'annegata all'ultimo ramo a disposizione, senza potermi parlare, nemmeno dirmi che stava morendo, solo quelle dita gelide, quelle grida strozzate, quell'orribile strappo della trachea, quella morte roca e livida, perché stava morendo, io e lei lo sapevamo. Violette non voglio che tu muoia! Questo urlavo, non aiuto, aiutateci, Violette non voglio che tu muoia! ripetuto fino all'istante in cui non mi sono più visto nei suoi occhi, oppure i suoi occhi così vicini non mi hanno più guardato, l'istante in cui il suo peso nelle mie braccia era quello di una donna morta. Allora non ci siamo più mossi. Il suo corpo si è svuotato di tutta l'aria che l'aveva soffocato e ho lasciato che venisse sera. Quando Robert e Marianne ci hanno trovati, la trota era ancora viva.

La mamma mi ha riportato a casa e mi sono chiuso in camera mia dove ho cominciato a riempire un quaderno con quest'unica frase: "Violette è morta", ripetuta all'infinito. È il quaderno che hai sotto gli occhi, l'ottavo del mio diario, e dopo aver riempito quel quaderno avevo intenzione di riempirne altri, era questo il mio progetto, tutti i quaderni successivi, con quest'unica frase, Violette è morta, quaderno dopo quaderno, un modo per scrivere senza prendere fiato fino a non avere più forza. A giudicare dall'accuratezza della calligrafia, era una decisione pacata, Violette è morta, già la mia grafia di oggi, impeccabile, tondi, pieni e filetti, un urlo austero in puro stile Terza Repubblica, diligenti pagine di bella calligrafia al servizio di un dolore atroce. Ho urlato Violette è morta finché lo sfinimento non mi ha fatto cadere di mano la penna. Non era la stanchezza di scrivere, era per via della pancia vuota. Perché avevo iniziato uno sciopero della fame. La mamma non era venuta al funerale di Violette, la mamma parlava di Violette morta come lo faceva di Violette viva, la mamma, pensavo, insultava la memoria di Violette – non insulto nessuno, dico quello che penso! – e avevo iniziato uno sciopero della fame per non vivere più con la mamma. All'epoca non sapevo che mia madre non pensava, ma apparteneva alla folta schiera di coloro che, "in coscienza", chiamano "opinione", "convinzione", "certezza" e addirittura "sentimento" e addirittura "pensiero", le sensazioni vaghe e tuttavia tiranniche che armano i loro giudizi. Violette era subdola, Violette era volgare, Violette non conosceva le buone maniere, Violette probabilmente rubava, Violette era sciatta, alcolizzata, intemperante, Violette puzzava, Violette doveva finire così, e io non volevo più vivere con la mamma. Il collegio o la morte, fu questo il mio motto. E lo sciopero della fame la mia arma di pressione.

*

14 anni, 11 mesi, 3 giorni — *Martedì 13 settembre 1938*

Lo sciopero della fame, tu? Ne riparliamo domani! Si sbaglia. Io tengo duro. In fondo non è così terribile. Non baro. Non mangio di nascosto. Quando ho troppa fame bevo un bicchiere d'acqua, come è consentito prima della comunione. A ogni pasto lei mi ripropone lo stesso piatto, come fa con Dodo quando a lui non piace quello che gli mette in tavola. Togliti pure dalla testa che si butti via il cibo! Non capisce proprio niente. È interessante, qualcuno che crede di sapere tutto e capisce così poco le persone. Ma non voglio occuparmi di lei. Non dirò mai più mamma.

14 anni, 11 mesi, 4 giorni *Mercoledì 14 settembre 1938*

Sono andato in bagno per l'ultima volta. Adesso sono davvero vuoto. Lo stomaco (o è l'intestino?) brontola, perché l'apparato digerente lavora inutilmente. Quando si ha davvero fame, si dorme in posizione fetale. Ci si rannicchia sul proprio stomaco. Come se lo si comprimesse per dimenticare quel vuoto. Durante il giorno non si pensa ad altro che a mangiare. La saliva diventa dolce. Credo si potrebbe mangiare qualsiasi cosa. Dodo vuole che lo porti con me in collegio. Dice che non resterà qui da solo.

14 anni, 11 mesi, 5 giorni *Giovedì 15 settembre 1938*

Ieri sera ho masticato il lenzuolo. Questo non significa barare, era solo per avere qualcosa in bocca. Quando mi sono addormentato credo che lo stessi ancora masticando. Dodo ne ha approfittato per minacciarmi. Mi ha fatto promettere di portarlo con me. Mi ha detto, se non mi porti con te, vengo qui con tutto quello che c'è di più buono da mangiare e lo mangio davanti a te. Abbiamo riso.

14 anni, 11 mesi, 6 giorni *Venerdì 16 settembre 1938*

Stamattina lei voleva darmi un bacio. Sono saltato giù dal letto. Non voglio che mi tocchi. Ma mi girava la testa e sono caduto. Ha voluto tirarmi su, sono rotolato sotto il letto perché non mi prendesse. Ha detto che non mi mandava in collegio ma in manicomio. Ha aggiunto comunque è tutta scena, mangi di nascosto, ti ho visto! Lo ripete in continuazione, per tranquillizzarsi. Me l'ha detto Dodo.

14 anni, 11 mesi, 7 giorni *Sabato 17 settembre 1938*

Il cibo è energia. Io non ho più energia. Cioè, non ne ho più per il corpo. Per la volontà, invece, non è cambiato niente. Non ricomincerò a mangiare e a parlare finché lei non avrà detto sì al collegio. Qualsiasi collegio, non m'importa.

Non devo restare a letto. Non devo dormire. Devo uscire. Devo camminare. Meno si mangia, più ci si sente pesanti e più le distanze sembrano lunghe. In strada, procedo andando da un lampione all'altro. Quando ne ho raggiunto uno, mi fermo per prendere fiato, guardo il successivo e riparto. Devo fare almeno dieci lampioni per ogni passeggiata. Dieci all'andata, dieci al ritorno. Forse è così che camminerò quando sarò vecchio. Contando i lampioni.

14 anni, 11 mesi, 8 giorni *Domenica 18 settembre 1938*

Ha assunto una nuova cuoca: Rolande. Siccome lei non viene più in camera mia, manda Rolande a portarmi il pranzo. Le fa preparare i miei piatti preferiti. Oggi a pranzo pasta con pomodoro e basilico (la salsa dei vasetti di Violette!). Stasera *gratin dauphinois* e latte cagliato con il mosto. Non ho toccato niente. Mi sono soltanto chinato sopra i piatti per respirare a fondo, con un tovagliolo sulla testa, come quando si fanno i fumenti. Il profumo del pomodoro e del basilico riempie davvero. Si diffonde in tutto il vuoto che la fame ti ha scavato dentro. Anche il profumo della noce moscata. Non ti sei nutrito ma ti sei riempito. Rolande porta via i piatti pieni. Penserà di essere finita in un manicomio. Dodo dice che sono proprio tosto.

I pomodori con il basilico, avevo aiutato Violette a prepararli ad agosto. Non bisogna conservare i vasetti troppo a lungo, bel fusto, al massimo un mese e mezzo, due, altrimenti il basilico altera l'olio di oliva e gli dà un cattivo sapore. (In effetti non c'era più molta aria nella sua voce.) Ho pianto.

14 anni, 11 mesi, 9 giorni *Lunedì 19 settembre 1938*

Per le flessioni, comincia a diventare difficile. Non ho più forza nelle braccia. Non ne faccio più di sei. Prima dello sciopero della fame, non le contavo neppure. Passi dimagrire, non importa, ma non voglio perdere i muscoli. Solo che non ho molto grasso da perdere. Nonostante la canottiera, la camicia di velluto, il maglione spesso e la coperta di papà, ho freddo. È per via della fame. Il grasso si scioglie e hai freddo. A Violette non avrebbe fatto piacere vedermi piangere così tanto. Smettila, bel fusto, che qui dimagrisci davvero! Molto tempo fa, per consolarmi dopo la morte di papà, mi aveva portato alle giostre, e al tiro con l'arco avevo vinto dodici chili di zucchero. Il giostraio era furibondo. Ma questo sbarbato è un tiratore scelto, ci rovinerà, adesso basta! Avevo solo nove anni e mezzo! Ci eravamo fatti riaccompagnare in auto e avevamo dato un pacco di zucchero all'autista. Violette, Violette, Violette... Ho ripetuto Violette, Violette, Violette, Violette, Violette, senza fermarmi, versando tutte le mie lacrime, Violette, Violette, Violette, Violette, fino a che il suo nome non significasse più niente.

14 anni, 11 mesi, 10 giorni *Martedì 20 settembre 1938*

Stamattina ho buttato la prima colazione dalla finestra. La tentazione era troppo forte. Rolande non mi ha più portato niente, né a pranzo né a cena. Ho pensato a papà guardandomi le costole nello specchio dell'armadio. Anche papà doveva contare i lampioni. Alla fine non usciva più. Non ricordo più bene il suo viso, ma sento ancora la sua mano sulla testa. Era molto grande in fondo al braccio così magro. E molto pesante. Faceva uno sforzo terribile per sollevarla. Il più delle volte la posava sulla mia ed ero io a portarmela sulla testa. Ma dovevo tenerla perché non ricadesse. Oppure posavo la testa sulle sue ginocchia, per lui era più semplice. Non aveva mai fame. Rimaneva a tavola molto a lungo, anche dopo i pasti, quando era già tutto sparecchiato. Non aveva la forza di alzarsi, credo. E non aveva voglia di parlare. Un giorno una mosca gli si è posata sul naso. Non ha fatto niente per cacciarla via. A tavola, tutti guardavano quella mosca. Ha detto: Credo che mi prenda già per il mio cadavere.

14 anni, 11 mesi, 11 giorni *Martedì 21 settembre 1938*

Quando uno non mangia, non ha voglia di parlare. Anche se volessi, parlerei con difficoltà. Tacere non mi costa. Mi riposa. A Dodo faccio piccoli cenni con la punta delle dita, gli bastano, e capisce. Tacere a lungo è come pulirsi a fondo. E poi non ho più saliva. Adesso ho la bocca secca. Resto molto tempo sul letto.

14 anni, 11 mesi, 13 giorni *Venerdì 23 settembre 1938*

Andando in bagno sono caduto dalle scale. Lei non c'era. Ho il braccio pieno di lividi, e anche la coscia e il petto. Mi fa male dappertutto, specie quando respiro. Posso prendere pochissima aria alla volta. Respirare mi lacera i polmoni come si strappa un pacchetto. Rolande mi ha portato fino al letto. I lividi l'hanno spaventata. E soprattutto il bernoccolo dietro la testa. Santo Dio se è mica possibile! Continuava a ripetere: Santo Dio se è mica possibile! Ha mandato a chiamare il dottore. Non ho niente di rotto ma forse mi sono incrinato una costola. Quando il dottore è uscito dalla stanza, ci sono state urla. Lui urlava che era "inammissibile". Rolande rispondeva che insomma, però, non era mica colpa sua. Ripeteva "Insomma, però!". Dov'è la signora? Che ne so, io? Mi sono addormentato. Mi ha svegliato lo zio Georges. Non è tornato a Parigi dopo le vacanze. Rimane fino alla fine di settembre a casa di Joseph e Jeannette. Va a caccia di farfalle con Etienne. A lui ho parlato. Gli ho detto del collegio. Trova che sia una buona idea. Ti farai un sacco di amici. Rolande è venuta ad avvertirlo che la signora era rincasata. Si sono chiusi in salotto ma litigavano a voce così alta che ho sentito alcune parole, addirittura intere frasi. La voce dello zio Georges: Completamente impazzita! La voce di lei: È *mio* figlio! La voce dello zio Georges: È il figlio di Jacques! La voce di lei: Jacques non era un padre! La voce di lui, molto adirata: È mio nipote e stia pur sicura che io sarò uno zio! La voce di lei, sempre più acuta: Come si permette di darmi lezioni su come si educa un figlio? In casa mia! Nel privato di casa mia! La porta del salotto ha sbattuto, poi quella della sua camera da letto. C'è stato un lungo silenzio e mi sono riaddormentato. È stato di nuovo lo zio Georges a svegliarmi. Mi ha detto, al collegio ci penso io, andrai in quello di Etienne. E adesso cosa vuoi mangiare? Cosa ti farebbe più piacere? Ho risposto una tazza di latte freddo con una fetta di pane e mosto cotto. Quando mi ha portato il vassoio mi ha detto di non farlo mai più: Non si scherza così con la propria salute. Il tuo corpo non è un giocattolo! Manda giù questa roba e poi vestiti che ti porto da Joseph e Jeannette.

3.

15 – 19 anni

(1939-1943)

D'ora in avanti, quando un adulto mi raccomanderà
di prendere in mano la mia vita,
potrò promettergliela senza correre il rischio di mentirgli.

15 anni, 8 mesi, 4 giorni *Mercoledì 14 giugno 1939*

Mi sa che abbiamo fatto un cazzata enorme in dormitorio. Per colpa mia. Un esperimento. Volevo verificare il ruolo dei cinque sensi nella fase del risveglio, era una cosa scientifica. Quando ci svegliamo, è sempre per un segnale lanciato da uno dei cinque sensi. L'udito, per esempio: una porta sbatte e mi sveglio. La vista: apro gli occhi nell'istante in cui il professor Damas accende la luce del corridoio. Il tatto: la mamma mi svegliava sempre scuotendomi; cosa peraltro inutile poiché bastava che mi sfiorasse e mi svegliavo di soprassalto. L'odorato: Etienne sostiene che a casa dello zio Georges basta l'odore della cioccolata e del pane tostato per strapparlo al sonno. Ci mancava da verificare il gusto. Una persona può essere svegliata dalla stimolazione del gusto? Così è cominciato il nostro esperimento. Etienne mi ha messo un po' di sale in bocca e mi sono svegliato. L'indomani ho infilato del pepe macinato fine tra le labbra di Etienne, stesso risultato. Allora mi sono chiesto cosa succederebbe se fossero stimolati *tutti i cinque sensi contemporaneamente*: l'udito, il tatto, la vista, l'odorato e il gusto. Che tipo di risveglio si avrebbe? Etienne ha battezzato il nostro esperimento il risveglio totale. Voleva a ogni costo essere il primo a "tentare l'opera". Siccome lo volevo anch'io, abbiamo fatto testa o croce e ho vinto io. Dovevano svegliarmi compiendo cinque azioni simultanee: chiamarmi, scuotermi, abbagliarmi, mettermi del sale in bocca e farmi annusare qualcosa di molto forte. Per l'odore, Etienne è sceso in economato a fregare un po' dell'ammoniaca con cui puliscono il pavimento di piastrelle dei bagni. Abbiamo fatto l'esperimento stamattina, un quarto d'ora prima della sveglia ufficiale. Tutti i cinque sensi, dunque, simultaneamente. Malemain mi ha scosso, Rouard mi ha infilato un cucchiaio di aceto in bocca, Pommier mi ha abbagliato con una torcia, Zafran mi ha messo un tampone di ammoniaca sotto il naso mentre Etienne gridava il mio nome nell'orecchio. A quanto pare ho lanciato un urlo terrificante e sono rimasto impietrito, con gli occhi sbarrati, teso come un arco, incapace di dire una parola. Etienne ha provato a calmarmi mentre gli altri correvano a letto. Quando è arrivato il professor Damas, ero ancora in quelle condizioni. Il mio malessere è durato più di mezz'ora. Hanno chiamato un dottore. Il dottore ha dichiarato che ero in "stato di catalessi" e mi ha mandato in infermeria. Ha ipotizzato che potessi essere epilettico e ha raccomandato che mi tenessero sotto controllo. Dopo che il dottore se n'è andato, il professor Damas ha riferito tutto al professor Vlache che ha convocato Etienne per chiedergli come fossero *realmente* andate le cose. Etienne ha giurato e spergiurato che non sapeva, che mi aveva sentito gridare come se stessi facendo un incubo e che aveva tentato inutilmente di farmi tornare in me. Vlache l'ha congedato senza aver l'aria di credergli. Quanto a me, non ricordo niente. Molto stupito di svegliarmi in infermeria, e abbastanza rintontito. L'impressione di essere passato sotto un rullo compressore.

Risultato: se vengono stimolati contemporaneamente i cinque sensi di un dormiente, si rischia di ammazzarlo.

16 anni *Martedì 10 ottobre 1939*

Capelli unti. Forfora (molto visibile se porto una giacca scura). Due foruncoli rossi in faccia (uno sulla fronte e uno sulla guancia destra). Tre punti neri sul naso. Capezzoli gonfi, soprattutto il destro, se premo fanno male. Dolore acuto, come fossi trafitto da un ago. Cosa succederà alle ragazze? Presi dieci chili e cresciuto di dodici centimetri in un anno. (E guadagnato allungo a pugilato, aveva ragione Manès.) Mi fanno male le ginocchia, anche di notte. Dolori della crescita. Violette diceva che il giorno in cui fossero finiti, avrei cominciato a rimpicciolire. La mia immagine nel grande specchio delle docce. *Non mi riconosco!* O meglio, ho l'impressione di crescere senza di me. Per questo il mio corpo diventa un oggetto di curiosità. Quale sorpresa, domani? Non sappiamo mai da dove il corpo ci sorprenderà.

16 anni, 4 mesi, 27 giorni *Venerdì 8 marzo 1940*

Etienne sostiene che frate Delaroué si tocca durante l'ora di studio sorvegliato. Quello che noi facciamo sotto le lenzuola lui lo farebbe sotto la cattedra. La cosa non mi sembra né normale né anormale; solo *fuori luogo*, benché forse molto frequente. Non mi passerebbe mai per la testa di farmi una sega in pubblico, ma è possibile che il fattore rischio aumenti l'intensità del piacere. Etienne dice che frate Delaroué tira fuori qualcosa dalla cartella, probabilmente una foto, di sicuro non una rivista, è qualcosa di molto più piccolo di "Paris-Plaisirs", che lui guarda accarezzandosi di nascosto. Forse è vero, ma non è possibile verificare perché frate Delaroué posa sempre l'enorme cartella sulla cattedra, creando una muraglia tra lui e noi. Etienne insiste: Ma sì, ti assicuro, con la mano destra, guarda! Allora vuol dire che è destrimano. È quasi impossibile farsi una sega come si deve con la mano sinistra quando si è destrimani. Parola di specialista.

16 anni, 5 mesi *Domenica 10 marzo 1940*

Rouard mi ha messo KO in piedi nell'angolo del ring. Siccome non avevo abbassato la guardia e le corde mi sostenevano, non si è reso subito conto delle mie condizioni e ha continuato a colpire finché non sono crollato davvero. È il mio primo KO. (L'ultimo, spero.) Esperienza interessante. Innanzitutto ho avuto il tempo di ammirare la schivata di Rouard: flessione delle ginocchia, del busto e del collo; si è infilato sotto la mia guardia e si è tirato su come una molla. Ero ancora in una posizione instabile, tutto preso ad ammirare la sua rapidità e a constatare che ero spacciato, quando il pugno mi ha beccato sotto il mento. Ho sentito una specie di "plof", come se il mio cervello fosse diventato liquido. Mentre colpiva, continuavo a sentire quello che si diceva intorno a me, ma non capivo più niente. Mi ha *scollegato*, pensavo. In quella semi-incoscienza, infatti, pensavo molto nitidamente, ragionavo persino, in un tempo diventato immobile, mi dicevo: È un bel controtempo, violentissimo! Per forza, in un controtempo l'urto è prodotto dallo slancio e dal peso dei *due* corpi! E poi: Così impari a credere di essere il più veloce. E ancora: Quando uno sostiene di essere il più veloce, *deve* essere il più veloce. Cadendo, ho capito che svenivo. Il coma è durato sette o otto secondi.

16 anni, 5 mesi, 1 giorno *Lunedì 11 marzo 1940*

Effetti secondari del KO. Pressione interna sugli occhi, stamattina. Come se qualcuno cercasse di spingerli fuori dalle orbite. Passata nell'arco della giornata.

16 anni, 6 mesi, 6 giorni *Martedì 16 aprile 1940*

Stasera, in refettorio, uova sode su sterco di spinaci. Malemain ci fa notare che oggi hanno tosato il prato. Ed è vero. Secondo lui succede tutte le volte. Anche se non ci credo – che ci facciano brucare l'erba – l'osservazione di Malemain condiziona a tal punto la mia percezione gustativa da dare a quella purea di spinaci bolliti un sapore di verde. Il sapore di quell'odore verde che aleggia sopra i prati dopo che hanno tagliato l'erba. Una quintessenza vegetale. Sono sicuro che questo resterà per me il sapore degli spinaci fino alla fine dei miei giorni. Un sapore Malemain.

16 anni, 6 mesi, 9 giorni *Venerdì 19 aprile 1940*

È vero, frate Delaroué si tocca durante le ore di studio sorvegliato. O comunque aveva l'occorrente in cartella: cartoline con signore nude. Adesso non ce l'ha più. Mentre io lo attiravo in lavanderia per mostrargli una perdita d'acqua (provocata da me), Etienne gliele ha fregate. È un furto che ovviamente il poveretto non può denunciare, cosa che gli dipinge in volto un'espressione smarrita, un misto di rabbia, vergogna e sospetto. Etienne e io abbiamo deciso di sfruttare a nostro vantaggio le signore. Sono centoventicinque! Siccome ci aspettiamo un'ispezione dei dormitori con un pretesto qualsiasi, le abbiamo nascoste nella cappella dove nessuno andrà a cercarle. Ogni tanto ne scegliamo una, oggetto esclusivo del nostro amore. Ciascuno la propria. E l'amiamo. Fino alla successiva.

Chissà se le ragazze fanno la stessa cosa con l'immagine degli uomini. Chissà se i corpi di Cristo o di san Sebastiano artisticamente denudati nel martirio suscitano la loro estasi.

La questione del seno. (Delle donne.) Non credo ci sia oggetto di adorazione più incantevole, più commovente e più complesso del seno femminile. La mamma mi diceva sovente: Mi hai fatto venire un ascesso al seno. Parlava dell'epoca in cui mi allattava. È stato un periodo molto breve della sua vita, ma ne parlava come se ne subisse ancora le conseguenze a distanza di anni. Mi sono chiesto prima di tutto – ero davvero piccolo – cosa fosse un ascesso. Dopo essermi fatto un'idea sul dizionario (*raccolta di pus in un tessuto o in un organo*), ho cercato di raffigurarmi un ascesso al seno. Benché non ci riuscissi – immaginare un capezzolo purulento andava al di là delle mie forze –, ne ho provato un sincero dispiacere. Non ero triste per la mamma, ma per il seno delle donne in generale. Quella parte così commovente del loro corpo doveva essere ben fragile se la bocca sdentata di un bebé poteva trasformare il capezzolo in un ascesso purulento! Eppure, quando Marianne mi ha mostrato il suo e mi ha permesso di toccarlo, non mi è sembrato fragile. Anzi, era piccolo e duro; le areole molto larghe, di un rosa pallido, sembravano la papalina di un cardinale. Il capezzolo brillava come un bottone di madreperla. È vero che all'epoca Marianne aveva solo quattordici anni. Il suo seno si stava formando. A giudicare dalle foto del nostro divino harem, il seno cambia molto con l'età. Si ingrossa e diventa più morbido. In proporzione, l'areola sembra rimpicciolirsi, il capezzolo si allunga e sembra meno brillante, più carnoso. Etienne mi ha prestato la sua lente da collezionista di farfalle perché potessi vedere più in dettaglio. Il seno diventa anche più elastico e prende tutte le forme. La pelle, però, sembra sempre delicatissima, soprattutto la pelle di sotto, quella che collega il seno al busto. Trovo incredibile che una parte così bella del corpo femminile possa essere *funzionale*. Che questa meraviglia debba servire per ingozzare neonati che ciucciano famelici e sbavano dappertutto è da considerarsi quasi un sacrilegio! Per farla breve, io adoro i seni femminili. Di certo quelli delle nostre centoventicinque amiche, cioè *tutti* i seni di *tutte* le donne, quali che siano le dimensioni, la forma, il peso, la densità, la carnagione. Mi sembra che il palmo della mia mano sia fatto per accogliere il seno femminile, che la mia pelle sia abbastanza delicata per la delicatezza della loro pelle. Non passerà molto tempo prima che lo verifichi una volta per tutte!

16 anni, 6 mesi, 17 giorni — *Sabato 27 aprile 1940*

Montaigne, Libro III, capitolo 5:

"Che cosa ha fatto agli uomini l'atto genitale, così naturale, così necessario e così giusto, perché non si osi parlarne senza vergogna e lo si escluda dai discorsi seri e moderati? Noi pronunciamo arditamente: uccidere, rubare, tradire: e questo, non oseremmo dirlo che fra i denti. Vuol dire che meno ne esprimiamo in parola, più abbiamo diritto d'ingrandirne il pensiero?".*

16 anni, 6 mesi, 18 giorni — *Domenica 28 aprile 1940*

La cosa straordinaria, quando mi masturbo, è il momento che chiamo il passaggio dell'equilibrista: l'istante in cui, appena prima di venire, non sono ancora venuto. Lo sperma è lì, pronto a schizzare fuori, ma io lo trattengo con tutte le mie forze. L'anello del glande è così rosso, il glande stesso così gonfio, così pronto a scoppiare che io lascio andare il pene. Trattengo lo sperma con tutte le mie forze guardando il sesso che freme. Stringo talmente forte i pugni, le palpebre e le mandibole

* Michel de Montaigne, *Saggi*, a cura di Fausta Garavini e André Tournon, Bompiani, Milano 2012, p. 1567. [*N.d.T.*]

che il mio corpo freme quanto lui. Questo è il momento che chiamo il passaggio dell'equilibrista. Strabuzzo gli occhi dietro le palpebre, il respiro diventa affannoso, caccio via tutte le immagini eccitanti – i seni, i culi, le cosce, la pelle di seta delle nostre amiche –, e lo sperma si ferma in quella colonna incandescente, appena sull'orlo del cratere. In effetti, viene proprio in mente un vulcano poco prima dell'eruzione. Non bisogna che la lava torni indietro. E questo capita: se qualcosa ci coglie di sorpresa, quando per esempio il professor Damas apre la porta del dormitorio. Ma non va bene. Sono quasi sicuro che costringere lo sperma a fare dietrofront faccia malissimo alla salute. Appena sento che torna indietro, stringo l'anello con il pollice e l'indice e gioco a mantenerlo proprio sull'orlo, tutto fremente (di lava, sì, o di linfa, visto che in quei momenti l'uccello sembra un ramo teso e nodoso!). Occorre essere molto cauti, molto precisi, è una questione di millimetri, forse persino meno. Tutto l'uccello è così sensibile che, se solo gli soffiassi sopra o lo sfiorasse il lenzuolo, il glande potrebbe esplodere. Posso trattenere l'eruzione ancora una volta, due volte, ed è sempre una vera goduria. Ma la goduria suprema è quando finalmente sono sconfitto, quando lo sperma sommerge tutto e cola bollente sul dorso della mano. Ah! Che meraviglioso scacco! Anche questo è difficile da descrivere, tutto questo dentro che esce fuori mentre il piacere ti sommerge... Un'eruzione che è un inabissarsi! È la caduta dell'equilibrista nel cratere bollente! Ah! Un abbagliamento nelle tenebre! Etienne dice che è un'"apoteosi".

16 anni, 6 mesi, 20 giorni *Martedì 30 aprile 1940*

L'infamia che copre questa apoteosi della sensazione sta tutta nella bruttezza delle parole che si usano per parlarne. "Farsi una sega" suona nevrotico, "menarselo" è idiota, "accarezzarsi" fa tanto cagnolino, "masturbarsi" è disgustoso (c'è qualcosa di spugnoso in questo verbo, anche in latino), "toccarsi" non vuol dire niente. "Ti sei toccato?" domanda il confessore. Certo! Altrimenti come faccio a lavarmi? Ne ho discusso a lungo con Etienne e i compagni. Credo di aver trovato l'espressione giusta: *prendersi in mano.* D'ora in avanti, quando un adulto mi raccomanderà di prendere in mano la mia vita, potrò prometterglielo senza correre il rischio di mentirgli.

16 anni, 6 mesi, 24 giorni *Sabato 4 maggio 1940*

Un gioco dell'oca! Grandissima idea! È la decisione che abbiamo preso per le nostre centoventicinque amiche. Usare le più carine per illustrare un gioco dell'oca erotico. Per l'esattezza, *Il gioco dell'oca della prima volta.* Si chiamerà così. Alla fine di un percorso di sessantatré caselle, il vincitore avrà diritto all'iniziazione sessuale. *Hai vinto. Puoi giacere con lei.* Un gioco a soldi. Il denaro delle penalità andrà in una cassa comune. Formeremo un club di otto giocatori affinché il piatto cresca abbastanza in fretta. Ne faranno parte Malemain, Zafran e Rouard, tutti entusiasti dell'idea. La finale si svolgerà dopo l'orale del Bac, appena prima delle vacanze estive. Il vincitore intascherà tutto il piatto con l'obbligo di usarlo a soli fini di iniziazione sessuale. Cui seguirà relazione scritta. Amen. L'immagine ricorrente del gioco sarà il volto di Monna Lisa, il suo sorriso enigmatico che si presta a ogni interpretazione.

GIOCO DELL'OCA DELLA PRIMA VOLTA

Regole del gioco

Si gioca con due dadi.

Per cominciare occorre avere le borse piene e fare un tiro doppio.

Se arrivi alla casella:

2 *Aspetta di essere cresciuto. Stai fermo 3 giri.*
4 *Tua madre ti controlla la biancheria ed è scandalizzata da macchie sospette. Ti porta dal medico, che ti mette un apparecchio contro le polluzioni notturne. Vai alla casella 3 e stai fermo 2 giri.*
6 *Il professor Damas ti ha colto in flagrante delitto di piacere solitario. Ti impone delle docce fredde. Vai alla casella 5 e stai fermo 2 giri.*
8 *Hai commesso con il pensiero il peccato di lussuria. Vai a confessarti alla casella 7 e stai fermo 1 giro.*
10 *Le tue fantasie ti hanno turbato. Con discrezione vai a fare il bucato alla casella 9.*
12 *Lo zio Georges scopre per caso la tua biancheria sporca e si congratula con te: sei diventato un uomo. Tira due volte i dadi e avanza di tante caselle quanto è la cifra totale.*

Se poi arrivi alla casella:

15 *(Qui è raffigurato il volto enigmatico di Monna Lisa.) Ti ha sorriso! Gioca di nuovo.*
19 *Per piacere alle ragazze bisogna essere forti. Ti fai i muscoli in palestra. Paga 3 e stai fermo 2 giri.*
21 *(Monna Lisa.) Ti ha sorriso ma era un sorriso ironico. Vai a macinare pensieri tristi alla casella 17.*
23 *Per piacere alle ragazze bisogna saper nuotare bene. Prendi lezioni. Paga 4 e stai fermo un giro.*
27 *(Monna Lisa.) Cerchi di baciarla e lei ti molla uno schiaffo. Vai a rimuginare la tua delusione alla casella 13.*
29 *Per piacere alle ragazze bisogna saper ballare. Prendi lezioni. Paga 5 e stai fermo 1 giro.*
33 *(Monna Lisa.) Ti trova sporco. Vai a lavarti alla casella 11.*
39 *(Monna Lisa.) Trova che hai un taglio di capelli orribile. Vai dal barbiere alla casella 31 e paga 1.*

41 *L'amore rende ciechi. Stai fermo 1 giro aspettando di vederci chiaro.*
43 *Hai la lingua sporca e l'alito fetido. Prendi una purga e stai fermo 1 giro.*
45 *(Monna Lisa.) Ti trova malvestito. Vai a farti fare un vestito alla casella 37 e paga 10.*
47 *Ti è spuntata l'acne. Curala e stai fermo 1 giro.*
51 *(Monna Lisa.) Ti trova troppo ignorante. Torna indietro a farti una cultura alla casella 1.*
53 *Perdi tempo prezioso a farti bello. Stai fermo 1 giro.*
57 *(Monna Lisa.) Non dire a nessuno che cosa ti ha fatto. Lei è in visibilio e tu pure. Gioca di nuovo.*
59 *L'amore mette le ali. Gioca di nuovo.*
61 *Il professor Damas vi sorprende a giocare a questo gioco. Tutti i giocatori tornano alla casella di partenza.*
63 *Hai vinto, puoi giacere con lei! E in più ricevi tutto il denaro del piatto!*

Per vincere bisogna arrivare esattamente alla casella 63. Se i dadi ti portano oltre, torni indietro contando tante caselle quanti sono i punti in più.

16 anni, 7 mesi, 2 giorni *Domenica 12 maggio 1940*

A volte, in dormitorio, quando mi sveglio in piena notte in preda all'angoscia (il più delle volte sto sognando papà o Violette), riesco pian piano a calmarmi lasciandomi pervadere dalla sensazione che io e tutti gli altri che dormono siamo un unico corpo. Un grande corpo addormentato nello stesso respiro, che sogna, geme, suda, si gratta, si rigira, tira su col naso, tossisce, scoreggia, russa, eiacula, fa incubi, si sveglia di soprassalto, e subito si riaddormenta. Ciò che provo in quei momenti non è tanto un sentimento di cameratismo quanto la sensazione che, da un punto di vista organico, il nostro dormitorio (siamo sessantadue) costituisce un solo e unico corpo. Se uno di noi morisse, il grande corpo comune continuerebbe a vivere.

*

NOTA PER LISON

Per inciso, Lison, scrivevo questo due giorni dopo l'offensiva tedesca del 10 maggio. Seconda guerra mondiale. La specie umana aveva riaperto le danze. Quel giorno avevo giurato a me stesso, in memoria di papà, che non avrei partecipato alla festa. Come vedrai, le circostanze hanno deciso diversamente.

*

16 anni, 8 mesi, 13 giorni *Domenica 23 giugno 1940*

Incontriamo persone che camminano curve, con lo sguardo vuoto, i gesti lenti. Alcuni sono proprio persi. Nel vero senso della parola. Profughi laceri, cenciosi, con la barba lunga, che vagano per le vie di una città che non conoscono. Faccio fatica a immaginare che solo un mese fa conducevano, a Parigi, una vita normale. Corpi alla deriva...

Il giorno dopo

Rinviata *sine die* la finale del gioco dell'oca, Rouard ha perso il fratello a Dunkerque. Gli voleva molto bene. Le nostre verginità aspetteranno tempi migliori.

Mérac. Mi sono graffiato il petto, la pianta dei piedi, l'interno delle braccia e delle cosce sulla corteccia di un faggio. Scorticato vivo, insomma. Letteralmente scuoiato. Per colpa di Tijo. Si era messo in testa di snidare un piccolo di corvo, ma i genitori dell'uccello si sono mostrati contrari a questo progetto di adozione. Siccome Tijo si rifiutava di mollare la preda, l'hanno attaccato sul serio. Lui teneva l'uccellino contro il petto e con l'altra mano tentava di cacciar via i genitori. Il tutto a sei metri buoni d'altezza, a cavalcioni su un ramo! Ai piedi dell'albero, Marta gli urlava di mollare l'uccellino, e Manès è andato a prendere il fucile per far fuori i corvi. Ciascuno, insomma, difendeva la propria prole. Di sicuro Manès avrebbe sparato, perciò mi sono arrampicato in fretta fino a Tijo. Per i primi tre metri mi sono arrampicato come una scimmia o come un impiegato della luce, stringendo il tronco senza rami con le mani e con la pianta dei piedi. Siccome tornavo dalla pesca dei gamberi ero a piedi nudi e in costume da bagno. Per salire nessun problema. Avevo l'impressione di stringere un corpo vivo. Nella discesa il peso di Tijo mi sbilanciava, perciò mi sono stretto al tronco. Ma siccome Tijo mi strangolava con il braccio sinistro (non voleva mollare il suo nuovo amico), ho allentato un po' la stretta all'albero per accelerare la discesa. È stato in questa fase dell'operazione che mi sono scorticato sfregando contro la corteccia. Soprattutto quando ho voluto rallentare perché arrivavamo giù un po' troppo in fretta. Quando abbiamo toccato terra io sanguinavo, e ovviamente il piccolo corvo era morto, soffocato dall'affetto di Tijo. Marta urlava: Ma quante ce ne combina, questo qui! Appena sette anni e ce ne combina di tutti i colori! Naturalmente mi è toccato farmi disinfettare i graffi con l'acquavite, stavolta senza anestesia uditiva. Marta non è Violette. Mentre mi conficcavo le unghie nelle palme, Manès progettava di dare una bella strigliata al figlio minore, intento a seppellire la sua vittima. Ma ci ha rinunciato, con un'ombra di orgoglio nella voce: Comunque sia, quello stronzetto non ha paura di niente! Risultato, io dormo nudo, lenzuola e coperte di lato, gambe divaricate, mentre brucio vivo nella rete dei miei nervi. Ormai sarà questa la mia rappresentazione dell'inferno: una combustione senza fiamme, perenne, con gli occhi spalancati su una notte senza fine. Il supplizio di Marsia.

16 anni, 9 mesi, 23 giorni *Venerdì 2 agosto 1940*

Che gioia, però, arrampicarsi sugli alberi! Soprattutto sulle querce o sui faggi. Tutto il corpo dispiega le ali. I piedi, le mani ti strappano alla tua condizione. Con che rapidità si afferra la presa! Com'è preciso il gesto! Non è tanto il fatto di salire, non è alpinismo (mi sa che la montagna mi darebbe le vertigini), quanto il libero attraversamento delle fronde! Dove siamo? Né in terra né in cielo, siamo nel cuore dell'esplosione. Vorrei vivere sugli alberi.

16 anni, 11 mesi, 6 giorni *Lunedì 16 settembre 1940*

Quando mi viene la testa pesante a furia di star chino sui libri, vado a tirare di boxe al sacco. Manès ha sostituito la sua caricatura con quella di Laval.* Dacci dentro! Cancellalo! (Folto ciuffo di capelli, palpebre cascanti, labbro sporgente, sigaretta all'angolo della bocca, piuttosto somigliante!) Siccome la canapa mi graffia le giunture, mi bendo le mani con un paio di calzini.

* Pierre Laval dal luglio 1940 fu vice primo ministro della Repubblica di Vichy. [*N.d.T.*]

16 anni, 11 mesi, 10 giorni *Venerdì 20 settembre 1940*

Mérac. Tennis, nel granaio. Ho tracciato una linea all'altezza della rete sulla parete in fondo. Siccome l'intonacatura e il pavimento sono irregolari, i rimbalzi sono imprevedibili; non c'è niente di meglio per i riflessi. Se ci aggiungo i salti nel grano con Tijo e gli altri, le corse dietro alle capre disobbedienti e i lavori della fattoria con Robert che è assolutamente instancabile, i miei soggiorni qui equivalgono a un addestramento in un reparto d'assalto.

17 anni, 1 mese, 14 giorni *Domenica 24 novembre 1940*

Manès si è tagliato il polpaccio con un falcetto nascosto dalla paglia. L'igiene secondo Manès e Marta: l'acquavite per pulire la ferita, come sempre, ma per fasciarla una ragnatela sporca di cacca di cavallo che Manès è andato a prendere nella stalla. Asciuga, dice con la sua solita laconicità. Inutile parlargli di tetano, ovviamente. Abbiamo sempre fatto così e non è mai morto nessuno. Immagino che la seta del ragno abbia una proprietà astringente o cicatrizzante. Ma la cacca di cavallo? La verità è che finora questi impiastri non hanno ucciso nessuno in famiglia.

17 anni, 2 mesi, 17 giorni *Venerdì 27 dicembre 1940*

Di passaggio a Mérac, lo zio Georges mi domanda se mi piacerebbe diventare medico. (È la strada che ha deciso di intraprendere tuo cugino Etienne.) Io no. I disordini del corpo, no grazie! Ho cominciato così, mi pare! Quanto a curare le persone... Prima occorre spendere molto tempo per guarirle dalle frottole che si raccontano a proposito di un corpo considerato solo dal punto di vista morale. Non avrò la pazienza di spiegare alla zia Noémie che il problema non è sapere se lei si "merita" o meno il suo enfisema. E allora che cosa ti interessa, nella vita? mi domanda il caro zio. L'osservazione del mio corpo perché mi è intimamente estraneo. (Cosa che non gli dico, ovviamente.) Per quanto approfonditi, gli studi di medicina non ridurrebbero questa sensazione di estraneità. Erborizzare, insomma, come faceva Rousseau nelle sue passeggiate. Erborizzare fino all'ultimo giorno, e per me solo, se voglio sperare che un domani tutto ciò possa *servire* a qualcuno. Quanto al mestiere, è un'altra cosa. E comunque non troverà posto in questo diario.

17 anni, 5 mesi, 8 giorni *Martedì 18 marzo 1941*

Ieri sera io ed Etienne abbiamo fatto una litigata coi fiocchi a proposito di Voltaire e Rousseau, lui a favore dell'ironico deista, io in difesa di Jean-Jacques. Quel che mi resterà impresso della lite non saranno tanto le nostre argomentazioni (a dire il vero non avevamo gli strumenti per argomentare), quanto la reazione di Etienne, che ha preso il lungo righello della lavagna e ne ha affondato una estremità nel mio stomaco e l'altra nel suo. Ogni volta che uno dei due, spinto dalla forza della sua convinzione, faceva per camminare verso l'altro, il righello ci si conficcava nell'addome. Doloroso! Se indietreggiavamo, il righello cadeva. Fine della discussione. Ecco quel che si dice fare discorsi misurati. Sistema da brevettare.

17 anni, 5 mesi, 11 giorni *Venerdì 21 marzo 1941*

Questa ondata di desiderio che a volte mi prende nei momenti più impensati. Nell'entusiasmo di certe letture, per esempio. Ingorgo dei corpi cavernosi per lo stimolo dei neuroni! Leggo, e mi viene duro. E non parlo di un Apollinaire o di trovato nelle "dépendance" e li ho castigati per tre volte di fila. I rampolli del duca di Montmorency giustiziati dall'ultimo gradino della plebe! Mi è costato l'eventuale affetto della sorella che non mi lasciava indifferente. Pazienza, ho vendicato Violette, che – i tre fratelli non lo sapevano – da giovane aveva lavorato per la famiglia ed era stata cacciata per aver fatto da nave scuola a un cugino di trentadue anni! (Com'è vero Iddio.)

Sensazione esaltante, in queste partite, di avere solo il corpo da opporre alla loro arroganza. E neanche un corpo preparato, perché nessuno mi ha insegnato a giocare a tennis. Il granaio di Manès e l'osservazione dei giocatori sono stati i miei unici insegnanti. Colpire una pallina da tennis senza aver preso lezioni significa sentire il proprio corpo adattarsi alle circostanze senza l'aiuto del *movimento giusto*. Faccio troppi gesti, la maggior parte sono sbagliati, esteticamente orribili e fonte di un enorme spreco di energia (mancanza di ritmo, balzi, corpo scoordinato, arti squinternati, pagliacciate acrobatiche), ma il fatto che questi movimenti non abbiano nulla a che fare con il "saper giocare" mi procura un'intensa sensazione di libertà fisica, di continua novità: mai lo stesso movimento! Godo di tutte le sorprese che l'occhio fa alle mie gambe e alla mia racchetta. Nessun colpo è preparato, nessuno assomiglia al precedente, nessuno corrisponde alla gestualità accademica a cui si attengono i miei distinti avversari. Di conseguenza risulto loro assolutamente imprevedibile, le mie palle li spiazzano, non è mai il colpo che si aspettano. Protestano, alzano gli occhi al cielo, esasperati e insieme sprezzanti, specie dinnanzi a certe palle molli, come se non combattessi secondo le regole della guerra. Sono stupito dalla mia rapidità, dalla mia scioltezza, dalla mia abilità, sono sbalordito dai miei riflessi (ah, la certezza del tiro giusto nel microsecondo in cui si colpisce la palla!) e, soprattutto, sono instancabile, rimando di là tutto. Questo libero uso del corpo mi incanta. Le mie pagliacciate demoralizzano gli avversari, e un Pierre Louÿs, che ci fanno gentilmente di questi regali, ma di Rousseau, per esempio, che sarebbe stato molto stupito di sapere che mi veniva duro alla lettura del suo *Contratto sociale*! E oplà, un piccolo orgasmo di cui solo la mente è responsabile.

18 anni, 9 mesi, 5 giorni *Mercoledì 15 luglio 1942*

Scritto niente durante la preparazione del Bac e l'anno di corso propedeutico per l'ingresso all'Ecole Normale. Ablazione del corpo. Tirato di boxe, giocato a calcio e nuotato per rilassarmi. Ogni tanto un aiuto a Manès nei campi. Tre parti di vacche, sei agnellature. Ancora incapace di ammazzare il maiale. Ma non di mangiarlo. Quel poveretto veniva a prendere le carezze mentre studiavo. La fiducia ottusa delle bestie nella specie umana...

18 anni, 9 mesi, 25 giorni *Martedì 4 agosto 1[illegible]*

Tennis: rifilato una batosta ai fratelli de G. Nessuno [illegible] tre ha vinto più di due giochi sui sei set delle tre pa[illegible] L'incontro è iniziato con un tentativo di umiliazione. Il [illegible] giore mi ha ripreso sulla questione della particella nob[illegible] facendomi notare che non si dice i *de* G. quando si [illegible] di una famiglia di aristocratici, ma semplicemente i "[illegible] buona educazione esige l'elisione della particella. Ins[illegible] lo sanno tutti! Benissimo. L'altra cosa era che non a[illegible] i pantaloncini né le scarpe di tela e non era "opp[illegible] che "giuocassi così malcombinato", quand'anche in [illegible] po privato (il loro, nella fattispecie), contro avver[illegible] tenuta impeccabile. Mi hanno quindi prestato la [illegible] chiesta: pantaloncini, maglietta, calzini, scarpe [illegible] più bianche non si può. Ho stretto i pantalonci[illegible] nalmente troppo larghi?) con un pezzo di cord[illegible] vedere la loro sicurezza sgretolarsi mi riempie di gioia. Non è la vittoria a esaltarmi, ma la faccia della loro sconfitta. Anche gli "straccioni di Valmy" nell'omonima battaglia mancavano di stile. (E, come loro, anch'io sono *sansculotte.*) Il mio giuramento: Vivere, in ogni situazione, come gioco a tennis!

19 anni, 15 giorni *Domenica 25 ottobre 1942*

La scena si svolge in un bistrot. Sei con una ragazza, una studentessa come te. Vi fate gli occhi dolci. A un tratto lei si lancia: Fammi vedere la mano. Te l'afferra decisa e scruta la palma con la massima attenzione, come se tutto ciò che ha bisogno di sapere sul tuo conto dipendesse dalle tue linee della vita, del cuore, della testa, del destino e non so che altro. Sono molte, all'oggi, le ragazze che mi hanno studiato le linee della mano. E non ce n'è una le cui conclusioni corrispondano a quelle di un'altra. Tutte veggenti, ma non vedono la stessa cosa. Un tale entusiasmo per la superstizione è forse un segno di questi tempi orribili? Tutto è perduto fuorché gli astri? Criterio definitivo di selezione: scegliere la ragazza che mi si getterà fra le mani con gli occhi chiusi.

19 anni, 1 mese, 2 giorni *Giovedì 12 novembre 1942*

Visti i crucchi sfilare al passo. Versione orribile del corpo unico.

19 anni, 2 mesi, 17 giorni *Domenica 27 dicembre 1942*

Non sono capace di ballare. Françoise, Marianne e altri hanno provato a trascinarmi, e ancora ieri sera, a casa di Hervé, ci ha provato la splendida Violaine, sorella della padrona di casa. Si lasci guidare. Niente da fare. Perdo subito il ritmo e il mio corpo è solo un peso fra le braccia della partner. I saltelli grotteschi con cui tento di recuperare la cadenza danno il colpo di grazia al mio coraggio. La danza è uno dei rari ambiti in cui il mio corpo e la mia mente non riescono ad accordarsi. Per l'esattezza, la metà inferiore del corpo: le mani possono anche battere il ritmo, i piedi però si rifiutano di seguire. Un direttore d'orchestra paraplegico, ecco cosa sono. Quanto alla testa, appena le cose si complicano, comincia a girarmi. E la danza è per natura rotatoria, un'arte volteggiante, non si danza senza ruotare su se stessi! Vertigini, nausea, pallore, che cos'ha, non si sente bene? Mi sento benissimo, cara Violaine, ma venga, facciamo due chiacchiere, ed ecco che tento di spiegare la cosa alla bella Violaine la quale dichiara che insomma, *tutti* sanno ballare! Tutti tranne me, a quanto pare. È solo perché non *vuole*! Questa poi! E perché mai dovrei privarmi di questa risorsa, bella mia, quando vedo i vantaggi che ne traggono i miei amici? Non si lascia andare, è troppo cerebrale, non è abbastanza *selvaggio.* Non abbastanza selvaggio? Che mi portino un letto, santo Dio, un materasso, subito! E invece mi sento spiegare a Violaine che il fenomeno risulta anche a me del tutto incomprensibile giacché in altre circostanze che richiedono l'uso di braccia e gambe, per esempio il pugilato o il tennis, i miei quattro arti sono perfettamente accordati e a scuola i miei compagni litigavano per far parte della mia squadra di palla prigioniera in cui risultavo assolutamente imbattibile, e mi sento dire a quella splendida ragazza che a quindici anni ero un campione di palla prigioniera e chiudi il becco mi dico mentre illustro i meriti della palla prigioniera, un gioco assolutamente completo, in cui sono richieste tali doti fisiche, una così perfetta sincronia tra braccia testa e gambe che un giorno diventerà, non ne dubiti cara Violaine, uno sport collettivo al cui cospetto il calcio passerà per uno svago da pinguini, ma che ti prende, che ti prende razza di idiota? Non contento di aver fatto la parte del sacco di patate fra le braccia di questo splendore che vuoi stendere sotto di te, adesso la sfinisci pure con la palla prigioniera, "gioco altamente strategico e tattico, mia cara Violaine", ma chiudi il becco, testa di cazzo, che quello era un gioco al massacro in cui due bande di brufolosi assassini passavano il tempo a provocarsi lanciandosi pallonate in faccia, e lì puoi star certo che la graziosa Violaine avrebbe avuto la sua bella dose di spirito selvaggio, e se è vero che eri un campione non sarà certo con questa carta che ti porterai a letto quella ragazza, la quale peraltro prende il largo dichiarando che le tue prodezze le hanno fatto venire sete e va a servirsi un *drink*.

19 anni, 2 mesi, 19 giorni *Martedì 29 dicembre 1942*

E invece è venuta. La sera stessa. Ed è stato peggio del ballo. Ero in camera da letto, a notte fonda, nella casa di Hervé finalmente addormentata, seduto a questa specie di tavolino scacchiera, intento a scrivere il patetico resoconto del ballo, quando la porta si è aperta, alle mie spalle, così piano che l'ho solo sentita richiudersi, e per questo mi sono voltato, e l'ho vista, in camicia da notte, un tessuto di organza bianca, o qualcosa del genere, che le lasciava una spalla nuda come una tunica greca, una bretellina sottile annodata sull'altra spalla, un piccolo nodo le cui volute sembravano ali di una farfalla, non ha detto una parola, non sorrideva, mi fissava con uno sguardo insistente, e io ero assolutamente incapace di parlare, le spalle tonde, le braccia lunghe, bianche e affusolate, le mani abbandonate lungo le cosce, i piedi nudi, il respiro affannoso, il seno alto e pieno, la camicia da notte appesa ai capezzoli, che cadeva dritta, creando un vuoto fra la nudità e la stoffa, i miei occhi hanno cercato il disegno dei fianchi, il ventre, le cosce, la forma complessiva del corpo, ma la piccola lampada accanto a me non era fonte di trasparenza, avrebbe dovuto essere dietro di lei per disegnarle la figura, all'inizio pensavo solo a questo, alla posizione sbagliata della lampada che rendeva opaca quella promessa di trasparenza, sarebbe stato diverso se la lampada fosse stata dietro di lei, eravamo tutti e due immobili, non mi ero neppure alzato, non ho fatto il minimo gesto verso di lei, che se ne stava in piedi, con la porta richiusa alle spalle, e io seduto, girato di tre quarti verso di lei, con una mano ancora sul tavolo, che chiude a tentoni il quaderno, si seccherà l'inchiostro sul pennino della stilografica mi sono detto, sì ho pensato a questo, che non potevo certo richiudere la penna mentre cercavo di indovinare il corpo di Violaine sotto il tessuto opaco, il cui biancore adesso mi abbagliava, allora ho visto il suo braccio destro risalire lungo il petto, le dita aprirsi arrivando all'altezza della spalla, il pollice e l'indice afferrare l'estremità della bretellina e tirarla piano, slacciando il nodo, e la camicia da notte le è caduta ai piedi, con tutto il peso del tessuto, rivelando il suo corpo nudo, e credo che non vedrò mai un corpo di donna più bello, improvvisamente offerto nella luce dorata di quella lampada, mio Dio che bellezza, che bellezza mi sono ripetuto, se la luce si fosse spenta per sempre sarei morto con il ricordo di quella bellezza, credo di essere stato sul punto di gridare, senza però alzarmi, assolutamente paralizzato dalla sorpresa e dalla beatitudine, che bellezza, che perfezione, e credo di aver provato un sentimento di gratitudine, nessuno mi aveva mai fatto un regalo simile, anche questo ho pensato, ma senza muovermi di un pollice, è stata lei a muoversi, è andata a stendersi sul letto, non mi ha fatto segno di venire, non ha teso il braccio verso di me, non ha parlato, non ha sorriso, aspettava che venissi, cosa che ho fatto, alla fine, venire verso di lei, e sono rimasto in piedi al suo capezzale, non potevo distogliere gli occhi da lei, devi spogliarti mi sono detto, tocca a te, e l'ho fatto, goffamente, discretamente, senza alcuna generosità, voltandole le spalle, seduto sul bordo del letto, più nascosto che offerto, e quando ho finito mi sono coricato accanto a lei, e non è successo niente, non l'ho né accarezzata né baciata perché in me qualcosa era morto, o non voleva nascere che poi è la stessa cosa, perché il mio cuore pompava il sangue ovunque tranne che dove era atteso, il sangue a incendiarmi le guance, a schizzare sulle pareti del cranio, a pulsare impazzito alle tempie, ma non una goccia tra le gambe, niente tra le gambe, non mi dicevo nemmeno non ti si rizza, non sentivo niente tra le gambe, pensavo solo a questo, a questa inesistenza tra le gambe, c'è da dire che lei non mi ha aiutato, non una parola neanche lei, non un gesto, finché di colpo si è alzata, e ho sentito la porta richiudersi alle sue spalle.

19 anni, 2 mesi, 21 giorni *Giovedì 31 dicembre 1942*

Con il fiasco Violaine è scoccata l'ora del bilancio. Di passaggio a casa, nudo davanti al mio armadio a specchi, considero i risultati ottenuti a partire dall'infanzia nella costruzione sistematica del mio corpo. È indubbio che l'orgia di piegamenti, di addominali, di esercizi fisici dei più disparati ha trasformato il ragazzino dall'aspetto insignificante in qualcuno che assomiglia alla tavola anatomica del Larousse di nuovo infilata nella scanalatura dello specchio. Dal confronto, rilevo che i muscoli sono tutti al loro posto, assolutamente visibili, grandi pettorali, bicipiti, deltoidi, addominali, radiali, tibiali e, se mi volto, flessori, gemelli, glutei, gran dorsali, brachiali, trapezi, all'appello non manca niente, la tavola anatomica è il mio ritratto sputato, un vero successo, di che passare la vita davanti allo specchio. Io che avevo un aspetto "assolutamente insignificante" adesso assomiglio al dizionario! Aggiungo che non ho più paura. Di niente. Nemmeno di avere paura. Più nessuna paura che non possa essere dominata dall'esercizio della stessa volontà che ha scolpito il corpo. Provateci un po', se ci riuscite, a portarmi via la promessa degli scout, provateci, a legarmi a un albero! Sì, sì, caro mio, ma questo capolavoro di equilibrio fisico e mentale è rimasto lettera morta quando l'hai steso accanto alla bella Violaine. Mio povero ragazzo, sei davvero insignificante. Tornatene alla tua ginnastica e ai tuoi cari studi, concentrati sul corpo e sul concorso, sei solo capace di "allenarti" e di "diventare qualcuno". Mio Dio, che sensazione di *inesistenza* dà all'uomo il pene flaccido! Eppure quante volte l'ho preso in mano! Quante volte il mio desiderio l'ha scolpito? Appunto, sì, quante volte? Cento? Mille volte? Ramo nodoso che una semplice evocazione bastava a gonfiare di sangue! Si potrebbe calcolare la quantità di sperma che scaturiva da quelle incredibili eruzioni di vergine. Quanto? Litri? Litri riversati giocando all'uomo davanti alle foto rubate al povero frate Delaroué. E poi quel corpo morto nel letto di Violaine. Neanche capace di ballare. Grottesco nei preliminari, inesistente nell'azione. Paralizzato da cosa, giovanotto, se non dalla paura che millanti di aver sconfitto? Ecco quel che mi dicevo stamattina, più o meno confusamente, nudo davanti allo specchio, di fronte alla tavola anatomica del Larousse. E la prossima volta? Che cosa succederà la prossima volta? In quale *disposizione mentale* il tuo corpo oserà adesso avvicinarsi al corpo di una donna? Questo mi dicevo stamattina, questo scrivo ora, con la tavola anatomica sempre davanti agli occhi. Quando, all'improvviso, un particolare: *anche fra le gambe dell'uomo della tavola anatomica non c'è niente*! Nessuna rappresentazione del pene o dei testicoli! I due muscoli più vicini menzionati sono lo psoas e il pettineo, che non hanno nulla a che fare. Il tizio della tavola anatomica non ha niente tra le gambe. Il pene non è un muscolo, d'accordo. Un organo? Un membro? Il quinto membro? Di che natura, questo membro? Spugnosa. Una spugna assorbisangue. Ebbene, non c'è nulla nemmeno sulla tavola che rappresenta la circolazione sanguigna! Il corpo intero irrorato fino all'inguine, ma niente sulla vascolarizzazione che pompa la vita nel membro che la origina. Niente tra le gambe. A quanto pare, il pene è bandito dalla famiglia Larousse. Parti vergognose. Ciborio dello Spirito Santo. Vedi un po' tu. Il signor Larousse è un eunuco.

19 anni, 2 mesi, 22 giorni *Venerdì 1° gennaio 1943*

Un particolare che ho dimenticato di annotare. La mamma che apre la porta di camera mia e mi sorprende nudo davanti all'armadio: Cos'è, ti trovi bello?

19 anni, 2 mesi, 24 giorni *Domenica 3 gennaio 1943*

Sesso maschile: pene, verga, pisello, membro, cazzo, uccello, manico, minchia, birillo, fava, batacchio, pennello, piffero, asta, bega ecc. Testicoli: palle, balle, borse, acini, zebedei, bartolomei, marroni, coglioni, taralli, pendagli, santissimi ecc. Un'orgia lessicale per nominare l'apparato genitale che al fisiologo ripugna rappresentare.

19 anni, 3 mesi, 4 giorni *Giovedì 14 gennaio 1943*

Inaspettato epilogo della vicenda Violaine. Il tutto comincia in strada con una piazzata di Etienne che reputa "inqualificabile" il mio comportamento con la sorella del suo amico Hergé. Attirare quella ragazza in camera tua e non toccarla, ti rendi conto dell'umiliazione? E io che figura ci faccio con Hervé? Dopo tutto sono io che ti ho fatto invitare! Etienne fuori di sé e io pronto a mollargli un cazzotto in faccia. Per fortuna una sua frase mi ha trattenuto. È vero che quella ragazza non è proprio carinissima, ma non è un buon motivo! Avresti potuto accorgertene prima, in fondo l'avevi già vista altre volte! Sono mesi che parla di te a suo fratello! E adesso sono giorni e giorni che piange! Rischi grosso, amico mio, ho fatto una gran fatica a calmare Hervé! Non proprio carinissima? Violaine? No, Violaine si trova brutta, un viso orribile, troppo piatto, un viso da carpa, secondo lei, e il colorito troppo scialbo, lo dice anche il fratello. Non trovi che sia bruttina? Violaine brutta, no, non direi proprio. Certo che no! Mio Dio, quello splendore convinta di essere stata respinta perché brutta! Per colpa mia! Offesa fino alle lacrime! Violaine sola di fronte a uno specchio di sofferenza! Proprio come me! Dunque vergogna, panico, ignoranza e solitudine da entrambe le parti?

19 anni, 3 mesi, 6 giorni — *Sabato 16 gennaio 1943*

In un lodevole tentativo di rompere il ghiaccio tra di noi, stasera Etienne sottolinea l'aspetto paradossalmente umoristico della situazione: un fratello furibondo perché la sorella non è stata disonorata! Che roba la modernità, eh! Allora gli ho raccontato tutto. Ha concluso, con spirito pratico: Fiasco da prima volta? Fai come fanno tutti, vai al bordello, è un'ottima scuola! Ci sei andato, tu? No. E Rouard? Neppure. E Malemain? Dice che non ha voluto perché la puttana era petainiste.
E la cosa è morta lì.

*

NOTA PER LISON

Mia cara Lison,

ora una nota relativa al contesto. "Nel frattempo" come dicevano i fumetti della tua infanzia, Marsiglia subiva gli attentati al Vecchio Porto: per la precisione il 3 gennaio. Una bomba in un bordello riservato alle truppe tedesche, un'altra nella sala da pranzo dell'Hotel Splendide. Numerose vittime. Poi, una serie di rastrellamenti in cui sparì il mio amico Zafran, quindi la distruzione del quartiere del Panier da parte dei tedeschi: millecinquecento edifici fatti saltare e il timpano del mio orecchio sinistro danneggiato per qualche tempo. A fine gennaio veniva creata la Milizia e a febbraio cominciava la caccia per il Servizio di lavoro obbligatorio. A coloro che erano demoralizzati dal peggiorare della situazione, Etienne spiegava che vi scorgeva invece una svolta decisiva della guerra. I crucchi erano nervosi, era l'inizio della fine nazista. Aveva ragione.

*

19 anni, 6 mesi, 9 giorni — *Lunedì 19 aprile 1943*

Rissa generale in refettorio causata dalla sparizione di Zafran. Malemain, che prendeva le sue parti, è caduto in un'imboscata. Ho picchiato sodo, con cattiveria, per tirarlo fuori. Energia moltiplicata dall'umiliazione sessuale, immagino. Signore e signori, fate attenzione al verginello imbranato, è un assassino in erba. Almeno in questo, il mio corpo risponde all'appello. Aiutato dalla perfetta conoscenza del tizio della tavola anatomica, mi sono concesso il piacere feroce di picchiare dove fa male. Ebbrezza della lotta senza paura! Anche Rouard e i suoi ottantotto chili non se la sono cavata male. Probabile espulsione. Preparazione del concorso da privatista. Se me lo consentono...

19 anni, 6 mesi, 13 giorni — *Venerdì 23 aprile 1943*

Incontrato Etienne sul treno che mi riporta a casa con in tasca le motivazioni dell'espulsione. Serissimo, come se avesse letto l'informazione sul manuale di medicina che tiene aperto sulle ginocchia, Etienne domanda agli altri tre passeggeri del nostro scompartimento – due uomini, una donna – se sapevano che i nervi e le arterie da cui dipende il nostro apparato genitale portano i nomi di *nervo pudendo* e *arteria pudenda.* Tutti levano la testa dal giornale, distolgono gli occhi dal paesaggio, si interrogano con lo sguardo, e no, tutti convengono con un sorriso imbarazzato che non lo sapevano. Etienne, in tono secco, afferma che in questi tempi di rivoluzione nazionale la cosa è assolutamente scandalosa. Guarda la copertina del manuale, legge ad alta voce il nome dell'autore e dichiara che considerare gli organi della riproduzione oggetti di vergogna quando il Maresciallo ci esorta ogni domenica a ripopolare la Francia è un atteggiamento deliberatamente antipatriottico! E lei, signore, che sembra non essere interessato alla questione, che cosa ne pensa?, mi domanda come se non ci conoscessimo. Fingo la sorpresa prima di proporre timidamente, interrogando con lo sguardo gli altri tre passeggeri, che i nervi e le arterie sunnominate siano ribattezzati *Nervo dell'Erezione Nazionale* e *Arteria della Famiglia Numerosa.* Nessuno ha sentore dello scherzo, tutti prendono un'aria pensosa e, serissimi, annuiscono. La signora fa anche altre proposte.

Gran brutti tempi.

19 anni, 6 mesi, 16 giorni *Lunedì di Pasqua, 26 aprile 1943*

Fermantin e due tizi sono passati da casa per reclutarmi. Fermantin non sa dell'espulsione, pensa che io sia in vacanza. La mamma lo accoglie con gioia e lo manda in camera mia. Con la divisa e il basco da miliziano ha un aspetto molto da commedia dell'arte. In versione poco simpatica. Stavo studiando per il concorso e, in uno di quegli "accessi di posa" che negli altri mi fanno sorridere, ho dichiarato al mio ex compagno che non sarei mai entrato nella milizia, e che anzi consideravo quella proposta un insulto. Si è voltato verso i suoi due compari (non li conoscevo, uno di loro era anche lui in divisa) e ha detto: Un insulto? Ma no, questo è un insulto! E mi ha sputato in faccia. Fermantin sputa su chiunque fin da piccolo. Sono uno dei pochi sui quali non aveva ancora scaracchiato; perciò lo sputo mi ha colto alla sprovvista ma non mi ha stupito. Siccome una cosa compensa l'altra, sono riuscito a mantenere la calma. Non ho battuto ciglio, né ho cercato di schivarlo. Ho udito il "ptcchh", ho visto arrivare lo sputo, l'ho sentito schiantarsi sulla fronte, poi colare tra il dorso del naso e lo zigomo sinistro, molto simile, parola mia, a uno schizzo di acqua tiepida. Non mi sono asciugato. Mi sono concentrato sulla sensazione – molto banale – a scapito del simbolo, ritenuto infamante. Se avessi battuto ciglio, mi avrebbero massacrato. Sulla pelle la saliva non cola veloce come l'acqua. È schiumosa, procede a scatti. Si asciuga senza davvero evaporare. Uno degli altri due tizi, quello che portava la divisa (lui e Fermantin erano armati), ha detto che comunque loro reclutavano solo uomini. Non ho ribattuto. Ho sentito i resti dello sputo tremare all'angolo sinistro delle labbra. Per un attimo ho pensato che avrei potuto recuperarlo con la lingua e rispedirlo al mittente, ma mi sono astenuto, avevo già sacrificato abbastanza alla posa. Ci rivedremo, ha detto Fermantin senza distogliere lo sguardo. E indietreggiando è uscito dalla stanza, teatrale, con un dito puntato verso di me: Ci rivedremo, frocetto. Scrivo questa pagina prima di rimettermi a studiare. Domani mi trasferisco a Mérac.

4.

21 – 36 anni

(1945-1960)

Punteggiatura amorosa di Mona:
Datemi questa virgola
e ne farò un punto esclamativo.

NOTA PER LISON

Mia cara Lison,

dopo questa aggressione, noterai un buco di due anni. È successo che Fermantin e i suoi compari sono venuti a cercarmi fino a Mérac, figurati un po', per farmela pagare. Fortunatamente Tijo li aveva sentiti arrivare (all'epoca aveva nove anni ma era già sveglio come l'hai conosciuto tu) e mi ha avvisato, così sono riuscito a filarmela. Dopo di che, ovviamente, non c'era altra soluzione che entrare nel maquis. È stato Manès a introdurmi. Io non sapevo che lui e Robert fossero nella Resistenza. Manès fingeva di parlarne malissimo, e lui è uno cui si crede sulla parola. Siccome però non parlava neppure bene dell'occupante, conservava la sua reputazione di scontroso solitario cui non si dovevano rompere le scatole. L'adesione di Manès al Partito è stata una delle grandi sorprese della mia vita. Peraltro lui è stato comunista fino alla fine, nonostante il muro di Berlino, nonostante l'Ungheria, nonostante i gulag, nonostante la destalinizzazione, nonostante tutto. Manès, una volta che aveva un'idea, era quella.

Se non vi ho mai parlato di questo periodo della mia giovinezza, è perché in fondo sono entrato nella Resistenza per caso. Senza la banda di Fermantin, probabilmente sarei rimasto a tirar pugni al sacco di sabbia e a sgobbare sui libri fino alla fine delle ostilità.

Eccellere negli studi, collezionare diplomi, farmi una buona posizione era il tributo che dovevo pagare alla memoria di mio padre. Di sicuro non entrare in guerra! Mi avrebbe maledetto! "Quel che più mi rattrista della specie umana non è tanto che passi il tempo a uccidersi, quanto che poi sopravviva." È stato necessario l'impatto di uno sputo perché mi gettassi nella tempesta. La mia partecipazione è frutto delle leggi della balistica, niente di più.

Morale, dalla primavera del '43 all'autunno del '45 (arruolato nell'armata de Lattre) ho dovuto abbandonare gli studi e interrompere la stesura di questo diario. La lunga traccia che la scrittura lascia dietro di noi non si addice alla clandestinità. Troppi compagni sono caduti per colpa della scrittura! Niente diari, niente lettere, niente appunti, niente rubriche di indirizzi, nessuna traccia. Soprattutto durante le missioni di collegamento che mi sono state affidate negli ultimi dieci mesi! In tutto questo tempo mi sono disinteressato del mio corpo. In quanto oggetto di osservazione, s'intende. Erano subentrate altre priorità. Restare vivo, per esempio, badare all'esecuzione degli incarichi e delle missioni e rimanere in uno stato di vigilanza assoluta nelle interminabili settimane in cui non succedeva nulla. La vita del soldato clandestino è una vita da coccodrillo. Restare immobile nella propria tana fino all'istante in cui si balza fuori per colpire, quindi sparire altrettanto in fretta e aspettare di nuovo. Fra un'incursione e l'altra non abbassare mai la guardia, tenere a bada i nervi, moltiplicare gli esercizi, essere pronti a ogni eventualità. Le minacce esterne riducono al silenzio le piccole sorprese del corpo.

Non so se qualcuno ha mai considerato la questione della salute durante le guerre clandestine, ma è un argomento che meriterebbe di essere approfondito. Ho visto ben pochi malati fra i miei compagni. Ai nostri corpi abbiamo imposto di tutto: la fame, la sete, i disagi, l'insonnia, lo stanchezza, la paura, la solitudine, l'isolamento, la noia, le ferite, eppure non facevano una piega. Non ci ammalavamo. Una sporadica dissenteria, un raffreddore subito risolto dalle esigenze di servizio, nulla di grave. Dormivamo con la pancia vuota, camminavamo con una caviglia slogata, non eravamo un bello spettacolo, ma non ci ammalavamo. Non so se la mia osservazione può valere per tutti gli uomini del maquis, in ogni caso è quel che ho constatato nel mio gruppo. Ben diversa era la situazione dei ragazzi costretti al lavoro obbligatorio. Quelli morivano come mosche. Gli incidenti sul lavoro, la depressione, le epidemie, le infezioni più disparate, le automutilazioni di coloro che volevano scappare decimavano le fabbriche; quella manodopera gratuita pagava con la salute un lavoro che coinvolgeva solo il corpo. In noi erano i pensieri a essere mobilitati. Quale che fosse il nome che gli davamo, spirito di rivolta, patriottismo, odio verso l'occupante, desiderio di vendetta, gusto della lotta, ideale politico, fraternità, prospettiva della Liberazione, qualunque cosa fosse ci manteneva in salute. I nostri pensieri mettevano il corpo al servizio di un grande corpo di combattimento. Va da sé che ciò non impediva le rivalità, ogni tendenza politica preparava la pace a modo suo, si faceva un'idea propria della Francia liberata, ma nella lotta contro l'invasore mi è sempre sembrato che la Resistenza, per quanto composita, formasse un corpo *unico. Tornata la pace, il grande corpo ha restituito ciascuno di noi al suo mucchietto di cellule personali e quindi alle sue contraddizioni.*

Durante le ultime tre settimane di guerra ho conosciuto Fanche, alla quale tu hai voluto così bene. Pur non essendo medico, sfruttava un dono innato per la chirurgia in un mattonificio abbandonato dove si ammassavano i nostri feriti. Come ben sai, è grazie a lei se non ho perso il braccio. Ma quel che non sai è che le avevo insegnato la tecnica dell'anestesia uditiva secondo Violette, e lei la metteva in pratica con ottimi risultati. Urlava così forte, quando ci rifaceva le medicazioni, che il dolore si ritraeva in fondo al cervello. E un'altra cosa che non sai è che, nonostante la testa dura, gli occhi allungati, l'accento galloromanzo e il carattere di ferro, Fanche non era affatto bretone. Da piccola si chiamava Conchita, figlia di spagnoli rifugiati in Bretagna, poi ribattezzata Françoise per gratitudine nei confron-

ti della nostra Repubblica. Fanche è il diminutivo maschile che le avevano dato gli amichetti bretoni per celebrare le sue doti di ragazzo mancato.

*

21 anni, 9 mesi, 4 giorni *Sabato 14 luglio 1945*

In nome del Governo Provvisorio della Repubblica francese e in virtù dei poteri che mi sono conferiti...

Per cosa ho pianto durante la cerimonia? Era dalla morte di Violette che non piangevo. Tranne che per il male, negli ultimi tempi, a causa del gomito spappolato. Morale, ho pianto senza ritegno per tutta la cerimonia, ho pianto ininterrottamente, senza bisogno di singhiozzi, come se mi sfogassi, senza fare un gesto per asciugarmi. Mi sfogavo ancora quando Lui ha decorato Fanche e me. Lungi dallo scandalizzarsi, mi ha concesso un virile: "Adesso ne ha il diritto!". Benché fossi appiccicoso come carta gommata, mi ha sfiorato la guancia in un abbraccio sincero. Neanche lui si è asciugato. Quando si dice l'eroismo! Dopo due anni di interruzione, la prima cosa che voglio annotare qui sono proprio queste lacrime. In effetti stamattina ho proprio versato *tutte le lacrime che avevo in corpo.* Sarebbe più giusto dire che il corpo ha versato tutte le lacrime accumulate dalla mente nel corso di quest'inverosimile carneficina. La quantità di sé che viene eliminata con le lacrime! Piangendo si fa molta più acqua che pisciando, ci si pulisce infinitamente meglio che tuffandosi nel lago più puro, si posa il fardello dello spirito sul marciapiede del binario d'arrivo. Una volta che l'anima si è liquefatta, si può celebrare il ricongiungimento con il corpo. Stanotte il mio dormirà bene. Ho pianto di sollievo, credo. È finita. In verità lo era da qualche mese, ma mi ci è voluta questa cerimonia per chiudere l'episodio.

Finito. Lui ha decorato questo: la fine della mia *resistenza*. Onore alle lacrime!

21 anni, 11 mesi, 7 giorni *Lunedì 17 settembre 1945*

Ho ripreso a studiare per il concorso. Ho ritrovato immediatamente tutte le sensazioni fisiche del lavoro intellettuale. Il silenzio vibrante dei libri, la peluria delle pagine sotto i polpastrelli, lo scricchiolio del pennino sulle fibre della carta, il profumo acre della colla, i riflessi dell'inchiostro, il peso del corpo immobile, le formiche nei piedi rimasti troppo a lungo incrociati e che mi fanno balzare di colpo sulle gambe per tirare pugni al sacco, danzando e colpendo, mollando diretti con il destro e il sinistro, ganci, uppercut, combinazioni, riprese (ovviamente non riesco più a stendere del tutto il sinistro, ma può sempre colpire con ganci e uppercut), in testa il mormorio dei versi recitati al ritmo della boxe, le meningi che ripetono le frasi regalate dai secoli mentre le gambe danzano, i pugni picchiano, il sudore cola, l'acqua fresca presa dal pentolone del bucato, sciàcquati, asciùgati, rimettiti la camicia, al lavoro, al lavoro, e di nuovo l'immobilità, la sensazione di planare sopra le righe! Il falco pellegrino incombe sul vasto campo della pagina stampata, nascondetevi care idee, mie prede e mio nutrimento, non soltanto vi mangerò, ma vi assimilerò, futuro cibo della mia testa! Accidenti, dove sto andando a finire? Fermiamoci qui, per stasera, mi si chiudono gli occhi e la mia penna vaneggia. Dormiamo. *Corichiamoci sulla terra e dormiamo.*

21 anni, 11 mesi, 10 giorni *Giovedì 20 settembre 1945*

Mi sono concesso una pausa per rileggere buona parte di questo diario. (È stato Tijo a restituirmi i quaderni, l'altro giorno. Li aveva nascosti – "senza leggere niente, ti giuro!".) Ho ritrovato Dodo con stupore e grande emozione. Dodo, che mi ero inventato quando vivevo a casa con la mamma perché mi tenesse *fisicamente* compagnia. Dodo fratello minore fittizio, cui insegnavo a fare pipì, Dodo cui insegnavo a mangiare quello che non gli piaceva, Dodo cui insegnavo la sopportazione, Dodo cui insegnavo le verità del sesso – toccami, mio piccolo Dodo, che ho la linfa in ebollizione! Dodo che istigavo in silenzio contro l'orgogliosa, menzognera e pontificante imbecillità materna. Non posso dire che Dodo fosse me, no, ma era un esercizio di incarnazione convincente. Mi sentivo esistere così poco – così poco vivo – fra un padre morente e le bugie che la madre chiamava "vita", la vita *non è* questo, la vita *non è* quello... Per quanto immaginario, il piccolo corpo febbrile di Dodo (lo sentivo respirare nel sonno accanto a me quando la paura lo induceva a lasciare il suo letto per il mio) era ben più reale e concreto della "vita" secondo Santa Madre. Mentre scrivo questo, mi rendo conto che negli ultimi anni la voce del maresciallo Pétain è stata per le mie orecchie la perfetta duplicazione della voce materna. Ciò che quel tremolio suggeriva della vita parlando della Patria era riconducibile alla stessa immobile, secolare, paurosa, ipocrita e risibile menzogna. Dentro di me è stato Dodo a fare la Resistenza. Ed è stato lui a essere decorato. Se non altro, sono sicuro che non se ne vanterà.

22 anni, 3 mesi, 1 giorno *Venerdì 11 gennaio 1946*

Il sapore ritrovato del caffè dopo tutti questi anni di cicoria! Il caffè nero, forte, amaro. Quella morsa *dentro* la bocca che, mandata giù la sorsata, induce a un piccolo schiocco di lingua soddisfatto. Quel bruciore sotto lo sterno che sferza e sveglia, che accelera i battiti del cuore e collega i neuroni. Spesso schifoso, peraltro, il caffè. Mi sembra che fosse molto migliore prima della guerra. Ma perché oggi dovrebbe essere meno buono? Nostalgia di un prima?

22 anni, 5 mesi, 17 giorni *Mercoledì 27 marzo 1946*

La questione degli incubi. In questi due anni ne ho fatti pochissimi. Tornata la pace, l'offensiva riparte. Non li considero una produzione della mente bensì deiezioni cerebrali del mio organismo. Ho deciso di ammansirli trascrivendoli. Un taccuino vicino al letto e appena mi sveglio l'incubo è annotato. Questa abitudine produce due effetti sui sogni. Li struttura come racconti e toglie loro ogni capacità di farmi paura. Non suscitano più terrore ma curiosità, quasi sapessero che li aspetto per metterli su carta e lo reputassero un onore letterario, quegli idioti! Benché rimangano sinistri, hanno perduto la loro caratteristica di incubi. Anche stanotte, nel momento più terrificante di uno di essi, ho pensato distintamente: ricordati che questo devi trascriverlo quando ti svegli. Questo, nella fattispecie, era il braccio strappato del gendarme di Rosans che scriveva sul cielo.

22 anni, 6 mesi, 28 giorni *Mercoledì 8 maggio 1946*

Primo anniversario della Vittoria. È come se tutti i malanni da cui mi hanno preservato quei mesi di lotta si scatenassero di colpo per celebrarlo: coriza, coliche, insonnie, incubi, ansia, accessi di febbre, problemi di memoria (non trovo l'orologio e il portafoglio, ho perso l'indirizzo di Fanche, gli appunti su Svetonio, tutte le mie dispense ecc.). Morale, il corpo si scatena. Come se riallacciasse di colpo i rapporti con quello del bambino febbrile che ero. (Non è niente, diceva Violette, sono i nervi.) Sta di fatto che stamattina al risveglio avevo i nervi a fior di pelle, il naso chiuso, l'intestino liquefatto, un nodo in gola e la febbre a 38,2°. Prendersi il raffreddore sotto tre strati di coperte e la sciolta dopo un ottimo bollito misto: che sia una protesta del corpo contro le comodità ritrovate? Quanto all'ansia, sono bastate due ore di studio a sciogliere il nodo che mi ostruiva la gola; la traduzione del buon vecchio Plinio mi ha calmato. In compenso la dissenteria mi lascia prostrato e fatico a tirare pugni al sacco. Viva la guerra, condizione di buona salute? In ogni caso, nei due anni in cui sono entrato nella danza macabra il mondo ha avuto i nervi a fior di pelle al posto mio.

23 anni *Giovedì 10 ottobre 1946*

Passato da Fanche appena arrivato a Parigi. Domani, colloquio al ministero. Fanche mi chiede se ho un posto dove dormire. Un albergo, nel quattordicesimo arrondissement. Finché son viva io, petardo mio, niente albergo, specie il giorno del tuo compleanno. (Toh, si ricorda del mio compleanno!) Mi porta a casa di una mezza dozzina di musicisti che occupano un grande appartamento requisito, in boulevard Rochechouart. Gente che beve, ride un sacco, razionamento poco, semmai allegra irrazionalità. Via che si va. Bell'atmosfera. A un certo punto si esce tutti: si va in una *cave*. Fanche conosce un rifugio che è stato trasformato in un locale fantastico, in rue Oberkampf, dai vieni! Tentenno. Sono stanco. Ho ancora il treno addosso. Nessuna voglia di mettere a repentaglio il colloquio di domani. Se mi va male, non mi resta che tornarmene a casa. No grazie, vado a dormire. Fanche mi mostra una camera, un letto, è qui. Vuoi farti un bagno? Un bagno? In una vera vasca? È possibile? Lì, rimetto insieme un corpo distrutto da diciassette ore di treno. Dopo il bagno mi addormento subito, nudo e caldo. Per risvegliarmi nel cuore della notte. Qualcuno si è infilato sotto le lenzuola. Un corpo altrettanto nudo e caldo, morbido, quanto mai femminile, solo tre parole, ssst, non muoverti, lascia fare a me, per poi inghiottirmi, e il mio sesso subito cresce nella bocca, e si fa carne degna, autentica e duratura, mentre due mani mi accarezzano la pancia, mi scivolano fino al petto, mi disegnano le spalle, mi torniscono come mani di vasaio, mi afferrano i glutei che fiduciosi vi si alloggiano, delicatamente massaggiati, mentre sono all'opera labbra carnose e tenere, una lingua vellutata, oh! continua, ti prego, continua, ma sento l'onda salire, sì, e il ventre si fa incavato, trattieniti bello mio, trattieniti, non uccidere questa eternità, e come si fa a trattenere un vulcano in eruzione, da dove lo si trattiene, non basta stringere i pugni e le palpebre, mordersi le labbra, inarcarsi sotto un'amazzone che non voglio affatto disarcionare, è tutto inutile, la cosa cresce, balbettamenti, fermati, piano, aspetta, fermati, fermati, le mie mani che respingono le sue spalle, aspetta, aspetta, ma così tonde le sue spalle, così piene che le mie dita vi indugiano, vigliacche, dita di gatto che impasta, adesso, e so che non riuscirò più a trattenermi, lo so, e il ragazzo educato pensa subito, non in bocca, *di sicuro non sta bene*, è quasi una certezza, non in bocca, ma lei respinge le mie mani e mi tiene lì, mentre io godo dal più profondo di me stesso, mi tiene in bocca e beve a lungo, pazientemente, risolutamente, lo sperma della mia prima volta.

Dopodiché, mi scivola fino all'orecchio dove la sento mormorare: Fanche ci ha detto che era il tuo compleanno, ho pensato che sarebbe stato un regalo accettabile.

23 anni, 3 giorni — *Domenica 13 ottobre 1946*

Il mio regalo di compleanno si chiama Suzanne, arriva dritta dal Québec, esperta di esplosivi, sminatrice per essere esatti, che è anche questo un *lavoro di pazienza e precisione*. Grazie a lei il mio colloquio è andato bene. Traboccavo di energia. C'è notte in bianco e notte in bianco. Come ha spiegato tranquillamente Suzanne al tavolo comune della prima colazione, abbiamo infatti passato tutta la notte "in amore": nessuno doveva restare "a bocca asciutta", quindi è poi toccato a lei il "diritto di pieno godimento", poi di nuovo a me, poi a tutti e due, esplosione sincrona questa volta, e ancora uno o due "giri di giostra", perché quel "*chum*,* proprio incredibile la quantità di amore che aveva in cascina!". Scrivo tra virgolette queste frasi quebecchesi, e mi perdo a fantasticare sugli accenti che attraversano i secoli e gli oceani. Mentre la tavolata rideva, mi è venuto il sospetto che forse Louise Labé versificava con l'accento di Suzanne, o anche Corneille, opportunamente citato da Fanche: *Car le désir s'accroit quand l'effet se recule*.**

23 anni, 4 giorni — *Lunedì 14 ottobre 1946*

Mi piace la carne degli accenti!

23 anni, 5 giorni — *Martedì 15 ottobre 1946*

C'è qualcosa di fisico, quasi di animalesco, in ogni caso di primitivamente sessuale, nel confronto fra il vecchio capufficio e il giovane candidato. Perlomeno è questa la sensazione che mi ha lasciato il colloquio appena fatto. Due maschi si osservano. Il vecchio dominante e il giovane che aspira a far carriera. Nessuna affabilità in questo annusamento delle competenze e delle intenzioni. Fin dove sai, fin dove andrai? domanda il muso del capo. Che trappola mi tendi? domanda il naso del candidato. Due generazioni si affrontano, quella morente e quella in procinto di sostituirla. Non c'è alcuna

* Nel francese del Québec, "ragazzo". [*N.d.T.*]
** Poiché il desiderio aumenta quando l'effetto sfuma. [*N.d.T.*]

amabilità. Malgrado le apparenze, qui la cultura o i titoli di studio hanno poco peso. Conta avere i coglioni. Sei degno di perpetuare la casta? Ecco cosa interessa al capo. Meriti ancora di vivere? Ecco cosa domanda il candidato. Grugniti, grugniti, in un afrore di sperma rancido e di sborra fresca.

23 anni, 16 giorni *Sabato 26 ottobre 1946*

Poco fa, dopo l'amore, steso a pancia in giù, in un bagno di sudore, svuotato, soddisfatto, già mezzo addormentato, ho sentito cadermi sulla schiena, sulle cosce, sul collo, sulle spalle, a intervalli regolari, delle gocce fresche. Un lento e delizioso goccia a goccia, piacevolissimo anche perché non sapevo né dove né quando sarebbe caduta la successiva, e ogni goccia mi faceva scoprire un punto preciso del mio corpo, rimasto fino ad allora, mi pareva, inesplorato. Alla fine mi sono voltato: Suzanne, inginocchiata sopra di me con un bicchiere d'acqua in mano, mi innaffiava con la punta delle dita, concentrata come su una mina. La sua pelle, costellata di efelidi e di nei, è un cielo stellato. Con la biro ho ricostruito la mappa celeste del mese, Orsa maggiore, Orsa minore ecc. E adesso, mi ha detto Suzanne, vediamo un po' *il tuo cielo e i tuoi cieli.* Ma niente, né davanti né dietro, neppure un neo, niente. Pagina bianca. Cosa che mi rattrista, ma che lei traduce a modo suo: Sei tutto nuovo.

23 anni, 3 mesi, 11 giorni *Martedì 21 gennaio 1947*

Susanne è partita, tornata nel suo Québec. Le guerre finiscono per tutti. Celebrato dignitosamente la separazione:

Un graffio sulla guancia destra.

Il segno di un morso sul lobo dell'orecchio sinistro.

Un succhiotto sul collo, a destra, dove pulsa l'arteria.

Un altro succhiotto a sinistra, sotto il mento.

Il segno di un morso sul labbro superiore, tumefatto, bluastro.

Quattro graffi paralleli distanti circa un centimetro che vanno dalla punta superiore dello sterno al capezzolo sinistro.

Sfregi simili in cima alla schiena.

Un succhiotto sul capezzolo destro.

Un morso abbastanza profondo nel polpastrello del pollice.

Le palle dolorosamente prosciugate.

E, suggello finale, l'impronta di un bacio nella regione inguinale sinistra. "Quando il rossetto sarà andato via, dovrai ricominciare a vivere."

Ancora una volta Fanche mi cura le ferite. Dicendomi per esempio che Suzanne non si è infilata nel mio letto solo per la faccenda del compleanno. No? No, petardo, ha avuto l'ordine di venire a farti da nave scuola. Sul serio? Sul serio! Ci preoccupavi un po'. È estremamente raro un agente di collegamento casto. Tanti pericoli, tanta tensione, la maggior parte di voi compiuta la missione finivano a letto. Gli agenti di collegamento esorcizzavano la guerra dandoci dentro con l'amore. Bisogno di energia vitale e di braccia protettrici, tanto i maschi quanto le femmine! Tu no. Lo sapevamo tutti. Quindi, i dubbi: Prete? Vergine? Impotente? Cadaverino? Scottato dall'amore? Erano le domande che ci facevamo su di te. Suzanne è andata a cercare la risposta sul campo. Ultima prodezza della Resistenza, petardo mio!

*

NOTA PER LISON

Fanche mi chiamava "petardo" da quel pomeriggio del marzo 1945 quando, dopo la battaglia di Colmar, una scheggia di mina aveva rischiato di portarmi via mezzo braccio sinistro su una strada dell'Alsazia. Guidavo con il gomito fuori dal finestrino di una Traction Avant, noncurante, come se la guerra fosse già finita. Fanche chiamava così i suoi feriti. Con il nome dell'arma che li aveva colpiti. "Petardo" per via di quella mina, "raffica" per Roland che era uscito da un'imboscata con le budella in mano, "vasca da bagno" per Edmond sopravvissuto a un interrogatorio energico. Petardo: da allora mi ha sempre chiamato così.

*

2 anni, 3 mesi, 28 giorni *Venerdì 7 febbraio 1947*

Dopo ogni raffreddore, mi sveglio con il naso tappato. Asciutto, ma tappato. Soprattutto la narice sinistra, ostruita da un'escrescenza della mucosa che sento molto bene con la punta dell'indice se lo infilo abbastanza in profondità. Dormo con la bocca aperta e mi sveglio con la gola prosciugata, come una carogna rinsecchita. Sono forse allergico all'aria di Parigi?

23 anni, 4 mesi e 9 giorni *Mercoledì 19 febbraio 1947*

Che sia la partenza di Suzanne, che sia il tiro di sbarramento con cui Chapelin si oppone a tutte le mie proposte, che sia quel cretino di Parmentier che mi esaspera con la sua fissa delle quote, sta di fatto che mi ritrovo con l'acidità di stomaco. Già da bambino avevo disturbi da vecchio. Di quei disturbi che ti accompagnano per tutta la vita e che alla fine delineano un temperamento. Sono forse *acido*, e fra qualche anno *inacidito*?

23 anni, 5 mesi, 21 giorni *Lunedì 31 marzo 1947*

Mangiucchiato appena. Dormito male. Non va giù niente e niente esce. Dolore quasi costante all'altezza dell'esofago. Ho lasciato correre e adesso mi preoccupo. Etienne mi consiglia di fare un esame. Utile soprattutto per calmare l'ansia, precisa. Il gastroenterologo al quale mi raccomanda può vedermi fra due settimane all'ospedale Cochin. Le compresse di antiacido Rennie mi danno ancora un po' di sollievo. Nessuna notizia di Suzanne.

23 anni, 5 mesi, 30 giorni *Mercoledì 9 aprile 1947*

Altri cinque giorni di attesa. Quanto tempo perso, santo Dio! E ancora nessuna notizia di Suzanne. Che cosa ti aspetti da quella ragazza? mi domanda Fanche, ti ha aperto le porte della vita, petardo, ora non ti resta che entrarci! Aspetto che mi torni l'appetito. Compreso l'appetito sessuale. E l'appetito di vivere. E invece quel che torna sono i miei terrori infantili. Sotto forma di ipocondria! poiché ciò che provo, inutile nascondermelo ancora, è la paura irragionevole del cancro. Ipocondria: squilibrio della coscienza che induce una percezione ipertrofica delle manifestazioni del corpo. Forma di delirio di persecuzione nel quale noi siamo contemporaneamente il persecutore e il perseguitato. La mia mente e il mio corpo *si* fanno degli scherzi. Sensazione peraltro nuova, quindi interessante. Sono ipocondriaco per natura o vittima di una crisi passeggera? Il cancro allo stomaco: essere divorato da dentro dall'organo stesso della digestione! Terrore mitologico.

23 anni, 6 mesi, 2 giorni *Sabato 12 aprile 1947*

Non mi posso più digerire.

23 anni, 6 mesi, 4 giorni *Lunedì 14 aprile 1947*

La visita è durata sette minuti. Ne sono uscito terrorizzato. Non ricordo nemmeno un quarto di quel che mi ha detto il gastroenterologo. Non sarei in grado di descrivere il suo studio. Strana paralisi della mente. È fortunato, un paziente ha annullato l'appuntamento perciò posso vederla fra tre giorni. È la verità o mi ha rifilato questa frottola per non dirmi che ero un caso urgente? Invece di ascoltarlo, scrutavo la sua faccia. Asciutto, preciso, mi comunicava che fra tre giorni mi avrebbe infilato un tubo nello stomaco per vedere cosa succede lì dentro. Sulla faccia dello specialista non c'era assolutamente nient'altro da leggere tranne questa informazione, eppure la mia ipocondria attribuiva a ciascuno dei suoi lineamenti inconfessabili pensieri reconditi. Ti sta dando di volta il cervello, mio povero ragazzo, reagisci come se questo camice bianco fosse un infiltrato delle SS!

23 anni, 6 mesi, 6 giorni *Mercoledì 16 aprile 1947*

Non riesco a leggere. Non riesco a concentrarmi su nulla. Solo il lavoro riesce ancora a distrarmi un po'. Anche se stamattina Josette e Marion mi hanno trovato l'una assente e l'altra pensieroso. Le compresse Rennie non mi danno più alcun sollievo. Tutti i nervi scossi. Certezza che i giochi siano fatti, che mi gusto per l'ultima volta da non-malato questo vino, queste olive, questa purea – che peraltro non vanno giù – e che non vedrò mai più fiorire gli ippocastani del Jardin du Luxembourg. Da quant'è che t'importa degli ippocastani, razza di idiota? Li hai sempre trovati libreschi! È vero, ma la certezza della morte imminente ti farebbe innamorare di uno scarafaggio. Paura della malattia più spaventevole della malattia stessa. Che arrivi la diagnosi, così mi riprendo! Poiché dinanzi all'inevitabile cancro, saprò come comportarmi! M'immagino persino qualche atteggiamento eroico. Nel frattempo, mani sudate, lievissimo tremore dei polpastrelli, vampate di panico che trasformano la costipazione in cagotto, come quando avevo dodici anni. *Non avrò più paura, non avrò più paura, non avrò mai più paura*... Hai voglia! Che non abbia imparato niente? Che questo diario, iniziato per esorcizzare il panico, non sia servito a nulla? Mi toccherà forse convivere fino alla fine con quel moccioso invertebrato che si cagava sotto alla minima strizza? Piantala di piagnucolare, piantala un po', insomma! Guardati da fuori, razza di idiota: sei uscito vivo da una carneficina planetaria e una meraviglia di donna ti ha finalmente dato il battesimo del fuoco!

23 anni, 6 mesi, 7 giorni *Giovedì 17 aprile 1947*

Subìto la *gastroscopia* in uno stato di completa abdicazione. Avevo reso le armi alla facoltà di Medicina. Fiducia cieca, senza alcuna illusione quanto al risultato. Tranquillo fatalismo. Per tutto il tempo in cui il gastroenterologo, aiutato dal suo specializzando, mi introduceva il tubo in gola, quindi me lo infilava nell'esofago per poi esplorarmi lo stomaco fino al piloro, ho combattuto il mio orrore per il vomito pensando al mangiatore di spade che avevo visto da bambino un giorno in cui mio padre mi aveva portato al circo. Mentre mi esploravano, i medici chiacchieravano. Mi controllavano le tubature e intanto parlavano delle loro prossime vacanze. Andava bene così. Che la vita continui quando finisce! Una bella notizia: l'esame ha mostrato solo una banale irritazione dell'esofago. Una brutta notizia: vogliono rivedermi con i risultati di un prelievo del sangue. Terapia: protettori gastrici e dieta. Eliminare le carni in umido. (Questo medico non mi sembra particolarmente toccato dal razionamento!)

23 anni, 6 mesi, 18 giorni *Lunedì 28 aprile 1947*

I miei esami sono assolutamente *nella norma.* Non ho niente! E questo suscita in me sentimenti contrastanti: esultanza e insieme vergogna per aver avuto così tanta paura. Ma siccome alla fine il sollievo ha la meglio su ogni altra considerazione, sono andato al ristorante con Estelle. Ho ordinato una *andouillette*, patate rosolate in padella e una bottiglia di Brouilly. Finora, niente acidità. Bella passeggiata con Estelle al Jardin des Plantes. Il mio corpo ritrovato. Oh, sì, Montaigne, *la belle lumière de la santé*!

23 anni, 6 mesi, 28 giorni *Giovedì 8 maggio 1947*

Un passante mi chiede la direzione del Trocadéro. Invece di dargliela, gli rispondo istintivamente, con l'accento di Suzanne, che nossono de qui, sono dil Québec, Trocdero non conosc. Quando Suzanne imitava l'accento francese, il *mio* accento, mi offriva la fisiologia della nostra lingua. Il viso le si faceva stretto, le sopracciglia si sollevavano, raddrizzava la testa, socchiudeva le palpebre, protendeva una bocca altezzosa e imbronciata: Voialtri maledetti francesi, sempre a parlare con quella bocca a culo di gallina, neanche ci cagaste in testa delle uova d'oro, a noialtri poveretti!

23 anni, 6 mesi, 29 giorni *Venerdì 9 maggio 1947*

L'accento, diceva Suzanne, è la lingua come la si mangia! Tu il francese lo sbocconcelli, io me ne abboffo.

*

Mesi di interruzione dopo l'episodio ipocondriaco. I piaceri della vita ritrovata, l'esaltazione della carriera nascente e delle sfide politiche hanno avuto la meglio sul diario. Dopo lo scherzetto che mi aveva fatto, il corpo si è messo da parte. E poi, nell'immediato dopoguerra la vita era al culmine.

*

24 anni, 5 mesi, 19 giorni *Lunedì 29 marzo 1948*

Dopo l'amore, Brigitte mi chiede se tengo un diario. Rispondo di no. Lei sì. Le chiedo se parlerà della nostra notte. Forse, dice lei, con quel falso pudore delle ragazze che, dopo aver confessato l'essenziale, credono di poter custodire il segreto lesinando sui particolari. Certo che ne parlerai, ho pensato, ed è precisamente questo il motivo per cui io non tengo un diario. Quel che mi resta della nostra notte è anzitutto una sensazione persistente di tensione dolorosa al frenulo del prepuzio, quasi uno strappo. È la sola cosa che devo annotare qui. Il resto, più piacevole, non riguarda alcun diario.

24 anni, 5 mesi, 22 giorni *Giovedì 1° aprile 1948*

"Arrotolare il calzino" è comunque più grazioso che non "scappellare". Ma vatti a fidare delle cose graziose in materia di fisiologia. Comunque "scappellare" suona un po' come "scappottare" e viene subito in mente un'auto decappottabile, cosa che non mi dispiace affatto. Senza contare la "cappella" della chiesa. Scappellamento, e via, oggi niente santa messa.

24 anni, 6 mesi, 6 giorni *Venerdì 16 aprile 1948*

Sono andato da un certo dottor Bêk, consigliato dallo zio Georges, per questi palloni-sonda che dopo ogni raffreddore mi ostruiscono le narici per settimane (soprattutto la narice sinistra). Sono dei polipi, e non si può fare niente. Disturbo di cui soffrirò per tutta la vita? Allo stato attuale della medicina, direi proprio di sì, giovanotto. Non si può fare proprio niente? Cerchi di non prendersi il raffreddore in autunno e in primavera. In che modo? Eviti i luoghi pubblici: metropolitana, cinema, teatri, chiese, musei, stazioni, ascensori... Elenco che sciorina come se dettasse una prescrizione e che conclude con questo consiglio: E si astenga dai contatti boccali. (Evitare il genere umano, in sostanza.) E operare, no? Glielo sconsiglio, i polipi non sono come le tonsille, ricrescono sistematicamente. Il vecchio dottor Bêk mi congeda comunque con una buona notizia: il polipo nasale è di rado cancerogeno, diversamente da quelli che forse un giorno le troveranno nella vescica o nell'intestino.

24 anni, 6 mesi, 14 giorni *Sabato 24 aprile 1948*

Il mio prete ha perso la sua cappella: il frenulo del prepuzio alla fine ha ceduto e il mio pene straziato ha inondato di sangue me e Brigitte. Dopo essersi controllata, Brigitte ha decretato: "Questo è il mondo alla rovescia".

24 anni, 6 mesi, 21 giorni *Sabato 1° maggio 1948*

Quindi, astinenza. Peraltro Brigitte ha la pelle un po' granulosa. Non credo che potrei passare tutte le notti appiccicato a un sedere granuloso. La vita con lei forse sì, le notti contro il suo sedere no.

25 anni *Domenica 10 ottobre 1948*

Orgasmi dal profondo del corpo, orgasmi in punta d'uccello. Ormai con Brigitte mi capita di venire perché così dev'essere. Un orgasmo educato, piccolo piacere limitato alla zona che lo produce, una concessione del glande alla seguente parola d'ordine: visto che bisogna scopare, scopiamo, e visto che bisogna concludere, veniamo. Orgasmo di principio, nel quale la mente non coinvolge la totalità del corpo. Ben ti sta, mormora in me una voce edificante: Per svuotarsi bisogna prima riempirsi, ragazzo mio. Ama, riempiti d'Amore con la a maiuscola; ama con tutto il tuo Cuore e godrai a sazietà! Ingiunzione contraddetta ieri sera da una signorina a pagamento di rue Mogador che mi sono concesso per il mio compleanno. Era così poco avara del suo tempo, così convincente nella sua arte e così generosa con il suo corpo, che il mio, testa compresa, è letteralmente esploso, come ai tempi di Suzanne.

25 anni, 2 giorni *Martedì 12 ottobre 1948*

I compleanni mi ricordano quella prima parte della mia vita in cui la mamma mi chiedeva cosa pensavo di "essermi meritato" come regalo. Mi sembra ancora di sentirla: Secondo te, che cosa ti sei meritato per il tuo compleanno? Con quell'intento pedagogico che sottolineava ogni sillaba e quegli occhi spalancati che le uscivano dalla testa come a significare che non le sfuggiva nulla. Una donna peraltro così poco attenta agli altri. Così priva di attenzioni. Tossivo apposta, mentre spegnevo le candeline. Come papà. Quel che mi avrebbe fatto davvero piacere per il mio compleanno: una bella tubercolosi!

25 anni, 3 mesi, 6 giorni *Domenica 16 gennaio 1949*

Ho passato un tempo che mi è parso lunghissimo a tirar fuori quel che credevo fosse il filamento di un porro incastrato fra l'incisivo superiore destro e il canino accanto. Prima con l'unghia, poi con l'angolo di un biglietto da visita, e alla fine con un fiammifero tagliato. Ma non c'era nessun filamento di porro. Si trattava di un messaggio erroneo inviatomi dalla gengiva, a sua volta tratta in inganno dal ricordo di un fastidio anteriore. Non è la prima volta che mi fa uno scherzetto del genere. La mia gengiva si fa delle illusioni!

25 anni, 3 mesi, 12 giorni *Sabato 22 gennaio 1949*

Inutile che continui a nascondermelo. Non desidero Simone. E la cosa è reciproca. I nostri corpi non si accordano. Prima o poi questa incompatibilità fisica avrà la meglio sulla nostra complicità. Già ora siamo in piena compensazione. L'intesa perfetta che ostentiamo e che fa di noi una coppia così "pubblica" ci nasconde il nostro fiasco sessuale. Non voglio che un figlio soffra un giorno di questo malinteso.

25 anni, 3 mesi, 14 giorni *Lunedì 24 gennaio 1949*

A letto con Simone cerco di applicare il metodo che avevo insegnato a Dodo per mangiare quello che non gli piaceva. Trasposizione ahimè impossibile. Il mio fratellino immaginario doveva pensare intensamente a ciò che aveva in bocca e soltanto a quello, identificare ogni elemento costitutivo del boccone, non farne una di quelle rappresentazioni di fantasia che i bambini traggono più dalla consistenza degli alimenti che dal loro sapore. Il riso al latte non è vomito, gli spinaci non sono cacca ecc. Ebbene, a letto, dove quasi tutto è una faccenda di consistenza, questo metodo non funziona. Più so che cosa stringo, meno riesco ad accettarlo: questa pelle secca, questa clavicola aguzza, questo omero che subito senti sotto il bicipite, questo seno troppo muscoloso, questo ventre duro, questa peluria ispida, questo sedere così sodo, troppo piccolo per le mie mani, questo corpo da sportiva, insomma, mi fa puntualmente sognare il suo contrario. Peggio ancora, *devo* fare appello a rappresentazioni di fantasia per consumarlo. Altrimenti, flaccidume, scuse improbabili, notte cupa, malumore mattutino.

25 anni, 3 mesi, 22 giorni — *Martedì 1° febbraio 1949*

E poi, non mi piace il suo odore. Lei mi piace, ma non la *sento*. In amore, non c'è peggior tragedia.

25 anni, 3 mesi, 25 giorni — *Venerdì 4 febbraio 1949*

Montaigne: *L'odore più perfetto di una donna è non avere alcun odore*. Proprio così. Dove sei Violette? Il tuo odore era il mio mantello. Ma Montaigne non parlava di te. Dove sei Suzanne? Il tuo profumo era la mia bandiera. Ma non parlava neanche di te.

25 anni, 4 mesi — *Giovedì 10 febbraio 1949*

Simone e io siamo "fatti l'una per l'altro", peccato che i nostri corpi non si *dicano* niente. Andiamo d'accordo ma non facciamo corpo. A dire il vero, ad attrarmi inizialmente non è stato tanto il suo corpo quanto i suoi modi: lo sguardo, l'andatura, la grana della voce, la grazia un po' brusca dei gesti, la lunga eleganza, il sorriso carnoso in quel viso scettico, e tutto ciò (che ho scambiato per il suo corpo) si accordava a tal punto con ciò che diceva, pensava, leggeva, taceva, da promettere un accordo totale. E alla fine mi ritrovo a letto con una campionessa di tennis, tutta muscoli, tendini, riflessi, controllo e misura. Forse sarebbe diverso se il pugilato e gli esercizi fisici non avessero reso anche me così muscoloso. Addominali contro addominali, ci respingiamo. E se d'ora in avanti optassi per una molle obesità? Lasciare che il mio corpo si gonfi fino ad assorbire morbidamente il suo mentre lo penetra. Lei si concederebbe abbandonandosi fra le mie pieghe. Pauline R., alla domanda di Fanche sul perché le piacessero solo gli uomini molto grassi, aveva risposto, con lo sguardo e la voce estatici: Ah! è come fare l'amore con una nuvola!

25 anni, 4 mesi, 7 giorni *Giovedì 17 febbraio 1949*

Stamattina il nostro letto è quasi intatto.

25 anni, 5 mesi, 20 giorni *Mercoledì 30 marzo 1949*

La carie o la tentazione del dolore. Svegliato di soprassalto da una carie dentale. Dopo avermi fatto fare un balzo, questa carogna mi è sembrata *interessante*. La carie folgora. È un dolore simile a una scarica elettrica. E come ogni folgorazione suscita sorpresa. La lingua cincischia ignara in bocca e, di colpo, due o tremila volt! È estremamente doloroso, ma istantaneo. Un lampo isolato in un cielo di temporale. È un dolore che non si diffonde, rimane circoscritto al suo perimetro di nequizia e si attenua quasi subito. Tanto che, dopo aver creato la sorpresa, suscita il dubbio. Allora comincia il gioco pericoloso della verifica. La lingua va a vedere, molto cauta, con prudenza da sminatore, testando la gengiva, le pareti del dente sospetto, prima di avventurarsi sulla cresta sbreccata e scivolare poi nell'abisso, con circospezione da lumaca, le antenne a tastoni. In barba alle precauzioni, ti becchi un'altra scossa da saltare al soffitto e a quel punto hai imparato la lezione. Tuttavia è difficile mantenere a lungo la consapevolezza di un dolore così passeggero. Quindi ricominci. Altra scossa! Subito il mollusco si ritrae. È dispettosa, una carie.

25 anni, 5 mesi, 24 giorni *Domenica 3 aprile 1949*

Caroline è una carie. Le scariche della sua cattiveria si dimenticano subito. Tanto che, dopo aver incassato il colpo, dubiti che lei l'abbia inferto. Una ragazza così tenera! Una voce così dolce! La pelle così pallida! Gli occhi così azzurri! La chioma così botticelliana! Allora ci riprovi. Verifichi. E ne esci bastonato. Mi ha fatto questo, mi ha fatto quello. Le vittime non mancano. Caroline è una delle carie prodotte dal nostro insaziabile bisogno di essere amati. Una volta smascherata, lei fa il dente malato: Sono stata una bambina così infelice. Si atteggia a carie innocente: Non è colpa mia, è stata la cattiveria degli uomini a rendermi così. E le sue vittime, numerose, indossano i panni del dentista. Io ti guarirò, sì, ti guarirò io! Quella carie ha un certo fascino. Tutti se la contendono. Fidati dei miei rimedi, del mio amore, del mio trapano, io lo so che in fondo non sei così! E la nostra lingua cede al fascino dell'abisso. Predìco a quella ragazza una brillante carriera politica.

25 anni, 5 mesi, 25 giorni *Lunedì 4 aprile 1949*

Ma con queste considerazioni sulla compagna Caroline scivolo nel diario intimo. Domanda: quando il mio corpo produce metafore illuminanti sulla natura dei miei simili, posso permettermi un'espansione verso quello che potrebbe essere preso per un diario intimo? Risposta: no. Ragione principale di questo divieto? Caroline tiene sicuramente un diario nel quale condisce la realtà con la salsa dei suoi desideri. E molte altre metafore sarebbero calzanti per descrivere il temperamento di quella ragazza: la zecca, per esempio, che si nutre segretamente del tuo sangue e che scopri sempre troppo tardi. Oppure lo stafilococco aureo, che dorme profondamente tra un risveglio devastatore e l'altro. No, no, niente espansioni verso il diario intimo!

25 anni, 6 mesi, 3 giorni *Mercoledì 13 aprile 1949*

Per la prima volta in vita mia sono andato da un dentista (consigliato dallo zio Georges). Risultato, una guancia gonfia da non potermi più far vedere in ufficio. In cambio di una scossa intermittente ho ottenuto un dolore continuo, un braciere il cui combustibile sarebbe il mio mascellare superiore sinistro, portato al massimo grado di incandescenza. Se ha male, prenda questo. Ho preso questo e ho ancora male. Il dolore è cominciato con l'anestesia. Mi sono ritrovato con un ago piantato in perpendicolare nel cratere del molare e, per tutto il tempo in cui il mio carnefice azionava la siringa per iniettarmi la droga, il mio corpo era convinto di essere un asse da stiro. Non è molto piacevole, ma è veloce. Non è stato né piacevole né veloce. Dopo aver iniettato il liquido, ha cominiciato a perforarmi la mandibola con un trapano che mi rimbombava nella testa neanche fossimo nella miniera di una colonia penale. Tutto questo casino per estrarre dalle viscere del mondo minuscoli filamenti grigi. Guardi, è il suo nervo. Adesso le faccio la medicazione, poi quando sarà cicatrizzato ci occuperemo della corona.

Mi ha anche consigliato di lavarmi i denti un po' più seriamente. Non meno di due minuti mattina e sera. Dall'alto in basso e da destra a sinistra. Come i soldati americani del quartier generale delle Forze Nato.

25 anni, 6 mesi, 9 giorni *Martedì 19 aprile 1949*

Negoziazioni serrate con M&L, e all'improvviso un fortissimo odore di merda. Così inaspettato e brusco da farmi sobbalzare. A quanto pare, i miei interlocutori non sentono niente. Eppure è un odore bello tosto! È acido, è soffocante, ti prende davvero "alla gola", ed è inequivocabilmente escrementizio. Come se fossi caduto in una fossa biologica. Questo schifo mi perseguita tutto il giorno, a folate, mentre chi mi circonda sembra non accorgersi di nulla. In ufficio, nella metropolitana, a casa, una porta si apre e si richiude su immonde latrine il cui lezzo mi toglie il fiato. Illusione olfattiva, è questa la mia diagnosi. Non sono caduto in una fossa biologica, *sono io* la fossa, satura di un fetore che per fortuna non esporto. Un'illusione di odore in una fossa stagna, è sempre la stessa cosa. Ne ho parlato con Etienne per fugare ogni dubbio. Mi ha chiesto se sono andato di recente dal dentista. Sì, la settimana scorsa, da quello di tuo padre. Un molare superiore? Sì, a sinistra. Tutto chiaro, ti ha perforato un seno paranasale e ora ti ritrovi collegato direttamente alle fosse nasali. Ne avrai per qualche giorno, il tempo che cicatrizzi. Fosse nasali? Ma su cosa danno, queste fosse? Allora vuol dire che l'anima puzza di merda? Ne dubitavi? Etienne mi spiega meglio questo fetore *sui generis*. Non è l'anima a essere pestilenziale, sono i nostri seni paranasali che, spesso infetti, producono questo odore di pus, detto anche di decomposizione organica, di cui si pasce il nostro apparato olfattivo al minimo slittare del trapano del dentista. Incidente frequente e privo di gravità. Questa connessione diretta con l'interno della testa agisce come una lente di ingrandimento sugli odori di decomposizione interna. (All'esterno il fetore si attenua diffondendosi.) Quanto all'odore, è proprio reale, non è un'illusione: un concentrato di cellule in putrefazione.

25 anni, 6 mesi, 15 giorni — *Lunedì 25 aprile 1949*

Sei giorni passati a puzzare di merda senza che nessuno se ne sia accorto. Anche durante la discussione della tesi. La commissione non ha fatto una piega. Felicitazioni unanimi. E io a mollo nella mia fossa. Una specie di Lady Macbeth.

25 anni, 7 mesi, 4 giorni — *Sabato 14 maggio 1949*

Gesti rapidi del sarto che mi prende le misure con il metro a nastro. Lunghezza delle braccia, delle gambe, vita, collo, larghezza delle spalle. Tocchi precisi e neutri nella zona del cavallo. (Mi domando di sfuggita se *puzzo*.) Ma il sarto non bada al corpo. In realtà non mi tocca. Non ha nulla del medico che visita. Le sue dita che puntano gli spilli valutano un volume, disegnano un'apparenza. Da lui esce l'uomo sociale, l'uomo vestito della propria funzione. Il mio corpo si sente stranamente nudo in questo completo nuovo.

25 anni, 7 mesi, 5 giorni — *Domenica 15 maggio 1949*

Una domanda del sarto che non ho capito. Lo porta a destra o a sinistra? Ha dovuto spiegarmi. Dopodiché, ho dovuto rifletterci. Più a sinistra, direi. Sì, direi a sinistra. Il mio sesso è incline a tenere la sinistra. Non ci avevo mai pensato.

Erano mesi che non scrivevo, come sempre quando mi succede qualcosa di importante. Nel caso specifico, un colpo di fulmine. La priorità non era annotare ma vivere. Il soffocamento amoroso! Non facile da descrivere se non si vuole annegare nella melassa sentimentale. Per fortuna l'amore riguarda di brutto il corpo! Tre mesi fa, dunque, serata a casa di Fanche. L'appartamento è pieno. Suonano alla porta, io sono quello più vicino, apro. Lei dice soltanto: "Sono Mona", e io me ne sto lì impalato, a sbarrarle il passaggio, travolto da un amore improvviso, incondizionato e definitivo. È pazzesco quanto credito il desiderio dà alla bellezza! Questa Mona, di sicuro l'apparizione più desiderabile che ci possa essere, è proclamata subito la più intelligente, la più simpatica, la più raffinata, la più gentile, la più affettuosa che ci sia! Una perfezione superlativa. Il mio cuore è saltato come un fusibile. Fosse stata anche la più scema, la più cattiva, la più prevedibile, la più avida e calcolatrice e bugiarda e stronza e fottuta borghese o temporanea zoccola, e mi avessero affidato il suo dossier per un esame preliminare, il cuore avrebbe dato retta solo agli occhi! La mia vita aspettava solo lei! Quella che se ne sta in piedi davanti a me nel vano della porta, e che mi sembra non abbia neanche lei molta fretta di entrare, è la mia! La donna maiuscola! La mia donna! Aggettivo possessivo! Con eterna certezza! E nell'istante in cui il fulmine ci colpisce, è tutta la nostra cultura che il flusso delle ghiandole ci fa riaffiorare al cuore, tutte le canzonette d'amore da due soldi e tutte le opere liriche più altolocate, il primo sguardo del Montecchi sulla Capuleti e quello del Nemours su Madame de Clèves, e le vergini e le Veneri e le Eve dei Cranach e dei Botticelli, tutta la spaventosa quantità di amore che riaffiora dalla strada e dai musei, dai rotocalchi e dai romanzi, dalle foto pubblicitarie e dai testi sacri, Cantico dei cantici dei cantici, tutta la somma dei desideri accumulati dalla nostra giovinezza, celebrati dalle nostre seghe ardenti, tutti quei colpi sparati a salve da adolescenti nelle immagini e nelle parole, tutte le mire della nostra anima appassionata, ecco cosa ci gonfia il cuore, ci incendia la mente! Ah! l'abbagliamento dell'amore! Che ti rende subito chiaroveggente! E impalato come un cretino davanti alla porta aperta. Dove per fortuna era appeso il mio cappotto. L'ho preso, e da tre mesi Mona e io non abbandoniamo più il letto dove ci siamo esaminati all'ingrosso e in dettaglio, per ora e per sempre. Madreperla, seta, fiamma e perla, perfezione del sesso di Mona! Per limitarmi all'essenziale, poiché c'è anche l'appetito del suo sguardo, e il velluto finissimo della pelle, e la delicata pesantezza del seno, e la morbida sodezza del sedere, e l'opportuna rotondità dei fianchi, e la curva perfetta delle spalle, tutto per la mia mano, tutto a mia esatta misura, alla mia giusta temperatura, per le mie narici e il mio gusto – ah, il sapore di Mona! – ci vuole un Dio perché una porta si apra sul tuo complemento perfetto! Ci vuole almeno l'esistenza di un Dio per l'incastro così convincente dei nostri sessi! La progressione è d'obbligo, prima si sono scoperte le mani e le labbra, poi i sessi, che abbiamo blandito, accarezzato, stuzzicato, manipolato, accordato, per autorizzarli infine a visitarsi-inghiottirsi, ad allungare sapientemente la nota del piacere fino al do di petto, e adesso ogni scusa è buona per divorarsi e solcarsi, detto fatto, senza il nostro permesso, alla cieca, sulle scale, contro la porta, al cinema, nella cantina di un antiquario, nel guardaroba di un teatro, fra i cespugli di un giardinetto pubblico, in cima alla Tour Eiffel, e scusate se è poco! Perché dico il nostro letto, ma il nostro letto è Parigi, Parigi e dintorni, sulla Senna e sulla Marna! Dei nostri sessi facciamo uso sfrenato, li prepariamo e li puliamo con la lingua, come fondi di scodelle, come dorsi di cucchiai, li contempliamo nella gloria e nello sfinimento, con una tenerezza idiota da ubriaconi che traduce il tutto in termini di amore e di futuro e di discendenza, ben venga la prole, purché Mona non se ne vada dal mio letto, crescere e moltiplicarsi, perché no se il piacere non ne risente e se la somma si chiama felicità? Vada per l'orda di marmocchi, quanti ne vogliamo, un pupo per ogni botta se è il caso, e poi affittiamo una caserma per ospitare questo esercito dell'amore! Insomma, così stanno le cose. Potrei lasciar correre ancora la penna, se una priorità completamente nuda di traverso nel mio letto non mi sussurasse che non è il momento della commemorazione ma dell'azione, ancora e sempre! Non si tratta di celebrare il tempo passato bensì di onorare quello che non passa!

26 anni, 7 mesi, 9 giorni *Venerdì 19 maggio 1950*

Ieri pomeriggio, giovedì dell'Ascensione, sei volte, io e Mona. Anzi, sei e mezzo. E sempre più lunghe. Radiosamente esausti, nel senso letterale del termine. Come pile completamente esauste dopo aver dato tutta la luce. Mona si alza e cade mollemente ai piedi del letto. Ride: Non ho più uno scheletro. Di solito dice che non ha più gambe. Abbiamo battuto un record.

26 anni, 9 mesi, 18 giorni *Venerdì 28 luglio 1950*

A che punto il corpo beneficia dell'energia dell'amore! In questo momento mi riesce tutto, assolutamente tutto. I miei capi mi trovano infaticabile.

26 anni, 10 mesi, 7 giorni *Giovedì 17 agosto 1950*

In fatto di piacere, il lessico non ha trovato nulla di più evocativo del verbo impazzire. È vero che sembra di impazzire! In realtà, però, fino a non molto tempo fa nessuna accezione del verbo riguardava il piacere. Indicava solo la triste perdita dell'equilibrio e della ragione.

26 anni, 11 mesi, 13 giorni *Sabato 23 settembre 1950*

Punteggiatura amorosa di Mona: Datemi questa virgola e ne farò un punto esclamativo.

27 anni, compleanno *Martedì 10 ottobre 1950*

Mona e io abbiamo trovato ciascuno il proprio animale giusto. Tutto il resto è letteratura. Sorvolo sulla grazia dei suoi modi, la luce del suo sorriso, la nostra complicità in tutto, sorvolo sulle cose che sarebbero di pertinenza di un diario intimo per limitarmi alla constatazione dell'animalità soddisfatta: ho trovato la mia femmina e da quando dividiamo la stessa cuccia per me rientrare a casa è come tornarmene nella tana.

27 anni, 29 giorni *Mercoledì 8 novembre 1950*

Non si può vivere con il naso tappato. Probabilmente russo. Mona non me lo dice, ma probabilmente russo. E avendo io lunga esperienza di dormitori, so che si può arrivare a soffocare con il cuscino qualcuno che russa. Ripudiato per l'abitudine di russare? Mai e poi mai! Ho fissato un appuntamento di prima mattina con il dottor Bêk per farmi togliere questo polipo dalla narice sinistra. Non importa se in breve tempo la bestia immonda si riformerà, alla chirurgia chiedo di permettermi di respirare per sei mesi in totale libertà. È proprio sicuro? La rimozione di un polipo non è una passeggiata! Comunque sia, ci aiuterà mio nipote. Il nipote in questione è un colosso senegalese di una ventina d'anni, tanto largo quanto alto, che sta finendo gli studi di filosofia alla Sorbona e intanto si guadagna da vivere al servizio di quello "zio" cui fa da segretario in assoluto mutismo. Paghi pure da mio nipote è l'ultima frase che i pazienti sentono quando escono dallo studio del dottor Bêk. Il nipote porge la fattura, prende i soldi, dà il resto e timbra la ricevuta senza un sorriso e senza una parola. Lui si applica alla meticolosa distruzione del mito del negro sorridente e bonario. Nel caso specifico il suo aiuto consiste nell'immobilizzarmi la testa, con una mano sulla fronte e una sotto il mento, tenendola riversa contro il poggiatesta in similpelle della poltrona chirurgica mentre lo zio mi ordina di aggrapparmi ai braccioli e, "se possibile", di non muovermi più. Dopodiché costui mi introduce nella narice sinistra una lunga pinza a gomito (detta pinza di Politzer), alza al cielo due occhi scandagliatori, esita, poi il suo sguardo si ferma: Ah! L'ho preso, il fetente. Faccia un bel respiro! E senza tanti complimenti il dottore tira il polipo che resiste con tutte le sue fibre e mi strappa un grido di sorpresa, subito soffocato dalla mano enorme del nipote, il quale non vuole tanto impedirmi di urlare quanto di minare il morale della sala d'attesa, riempita sin dall'alba dalla fama del dottore. Scricchiolio dei legamenti nella cassa di risonanza del cranio. Ah! Non viene via, la carogna! Giacché si tratta ormai di una questione assolutamente personale fra il polipo e il dottore, con il primo che si aggrappa con tutti i tentacoli alle pareti della caverna e l'altro che si accanisce tendendo allo spasimo i muscoli dell'avambraccio mentre io soffoco nella mano del nipote, ed è come se il dottor Bêk avesse deciso di estrarmi la totalità del cervello dalla narice sinistra e nessuno sa quanto durerà questa eternità durante la quale trattengo tutto il fiato della mia vita, con i polmoni in procinto di scoppiare, le dita conficcate fino al metallo nei braccioli della poltrona, le gambe scagliate nello spazio con la V di una vittoria raggelata, e l'orecchio interno – scricchiolii, strappi, urla della carne – in cui riecheggia il combattimento di titani in corso fra la materia viva del mio cranio e quel pazzo furioso che strabuzza gli occhi, si morde le labbra e ora suda abbondantemente dalla testa tanto che gli occhiali appannati fanno pian piano di lui un cieco. È uno sforzo impressionante, neanche mi stesse strappando la lingua. Ah! Ci siamo! Eccolo! Lo sento! Viene! Sìììììì! Un geyser di sangue accompagna l'orgasmo della vittoria. Bella bestia, eh? esclama il dottore contemplando il pezzo di carne che gocciola dalla sua pinza. Poi, al nipote, in un mormorio distratto: Lo pulisca e gli metta un tampone. Parla di me. Di quel che rimane.

Chi l'ha ridotta in questo stato? mi domanda Tomassin quando mi siedo alla mia scrivania. Con la narice tumefatta da cui spunta un batuffolo di cotone insanguinato e l'occhio mezzo chiuso per reazione meccanica, sembro uscito da un interrogatorio pesante in commissariato. Siccome l'altra narice è tappata dalla pressione della prima sulla parete del naso, respiro con la bocca aperta, con le labbra secche, e mi esprimo solo con labiali degne di un avvinazzato. Tomassin mi avrebbe anche fatto andare a casa (non tanto per compassione quanto per sua igiene personale), ma dobbiamo ricevere gli austriaci e "non possiamo permetterci di pregiudicare questo contratto". Ahimè, quando mi chino per baciare la mano guantata della moglie del ministro, la baronessa von Trattner (nome di battesimo Gerda), il tappo salta e il geyser di sangue che schizza il merletto di Venezia compromette irrimediabilmente il contratto. *Verzeihen Sie bitte, Baronin!*

27 anni, 5 mesi, 13 giorni *Venerdì 23 marzo 1951*

Settimana di Pasqua. Viaggio di nozze. Secondo Mona, Venezia, dove tutto è offerto alla vista, è il paradiso dei ciechi.

Qui non occorrono occhi per sentirsi pienamente vedenti. Questa capitale del silenzio è la città sonora per eccellenza. Fra il mesto scalpiccio dei turisti e il battere deciso dei tacchi veneziani, il volo dei piccioni sulle piazze e lo stridio dei gabbiani, le grida singolari dei mercati – fiori, pesce, frutta, robivecchi –, il campanello dei vaporetti, lo *staccato* dei martelli pneumatici, l'accento veneziano meno ritmato, più lagunare di tutti gli altri dialetti italiani, tutto qui si rivolge all'orecchio. Cannaregio non risuona come le Zattere, nessuna calle, nessuna piazza riecheggia allo stesso modo. Venezia è un'orchestra, sostiene Mona che mi obbliga a riconoscere i nostri tragitti dai loro suoni, con gli occhi chiusi, la mano sulla sua spalla, e mi fa promettere che se un giorno uno di noi due perderà la vista l'altro si trasferirà qui con lui. Ciliegina sulla torta, l'acqua alta ci dà il permesso di camminare nelle pozzanghere.

27 anni, 5 mesi, 14 giorni *Sabato 24 marzo 1951*

Ieri Venezia con le orecchie, oggi Venezia con il naso, sempre a occhi chiusi. Immagina di essere cieco *e* sordo, propone Mona, per non perderti dovresti riconoscerli all'olfatto, questi sestieri! Quindi forza, annusa: Rialto sa di pesce, i paraggi di San Marco sanno di pellame di lusso, l'Arsenale sa di cordami e catrame, afferma Mona il cui odorato risale fino al XII secolo. Quando insisto per visitare almeno uno o due musei, lei obietta che i musei sono nei libri, cioè nella nostra biblioteca.

27 anni, 5 mesi, 16 giorni *Lunedì 26 marzo 1951*

Venezia è l'unica città al mondo in cui si possa fare l'amore appoggiati ciascuno a una casa.

27 anni, 7 mesi, 9 giorni *Sabato 19 maggio 1951*

Vedendo Etienne ammirarsi in uno specchio, mi rendo conto che io non mi sono mai veramente guardato allo specchio. Mai una di quelle occhiate innocentemente narcisistiche, mai una di quelle sbirciate malandrine che ti fanno godere della tua immagine. Ho sempre considerato gli specchi per la loro mera funzione pratica. Funzione di inventario quando da adolescente controllavo lo sviluppo dei muscoli, funzione vestimentaria quando occorre intonare cravatta, giacca e camicia, funzione di vigilanza quando mi faccio la barba al mattino. Ma non mi soffermo sulla visione d'insieme. Non entro nello specchio. (Paura di non uscirne?) Etienne, invece, *si* guarda davvero; come tutti, si tuffa nella sua immagine. Io no. Gli elementi del mio corpo mi costituiscono senza caratterizzarmi. Insomma, io non *mi* sono mai guardato veramente in uno specchio. Non è virtù, semmai distanza, l'irriducibile distanza che questo diario cerca di colmare. Qualcosa nella mia immagine mi rimane estraneo. Tanto che mi capita di trasalire quando la incontro inaspettatamente nella vetrina di un negozio. Chi è? Niente, calma, sei solo tu. Fin da quando ero piccolo, impiego a riconoscermi un tempo che non ho mai recuperato. Come riflesso, preferisco quello nello sguardo di Mona. Vado bene? Benissimo, sei perfetto. O quello di Etienne, prima di andare a un meeting. Vado bene? Benissimo, non farai strage di cuori ma porterai a casa opinioni favorevoli.

27 anni, 7 mesi, 10 giorni *Domenica 20 maggio 1951*

In fondo, avrei molte difficoltà a dire *che aspetto ho.*

28 anni, 3 giorni *Sabato 13 ottobre 1951*

Credevo di aver sconfitto le vertigini da bambino e invece le sento sempre qui, acquattate nei testicoli, appena mi avvicino al vuoto. Si impone allora una piccola lotta. L'ho sperimentato di nuovo ieri, sulle falesie di Etretat. Perché in me le vertigini si manifestano subito con lo strizzamento dei testicoli? Agli altri succede la stessa cosa? Nel mio caso, in quei momenti le palle sono al centro di tutto; una strettoia da cui la paura si diffonde in raffiche fortissime, verso l'alto e verso il basso. Come se le palle si sostituissero al cuore per pomparmi nelle vene un geyser di sabbia che mi abrade tutto il reticolo sanguigno, braccia, torace, gambe. L'esplosione di due palle di sabbia che poco prima mi paralizzava.

28 anni, 4 giorni *Domenica 14 ottobre 1951*

Chiesto a Mona se anche le ovaie sono le sentinelle delle vertigini. Risposta: no. In compenso mi son sentito di nuovo strizzare i testicoli quando l'ho vista avvicinarsi all'orlo della falesia. Ho avuto le vertigini al posto suo. Palle empatiche?

Durante questi esperimenti mi è tornato in mente l'aneddoto di quell'escursionista caduto da una falesia. Fa un passo falso, scivola per qualche metro sui sassi e precipita nel vuoto. Gli amici, terrorizzati, continuano a urlare quando lui ha già smesso di avere paura. Sostiene che il terrore l'ha abbandonato nell'istante in cui ha capito di essere spacciato. Per tutta la vita si è ricordato di questa perdita della speranza come dell'esperienza stessa della beatitudine. Alla fine l'hanno salvato i rami di un albero. La paura è tornata insieme alla speranza che qualcuno venisse a tirarlo fuori da lì.

28 anni, 1 mese, 3 giorni *Martedì 13 novembre 1951*

Fine pranzo, in mensa. Martinet fa un rutto discreto, coprendosi la bocca con il pugno. Una volta di più mi rendo conto che il rutto di un altro, tramite il quale ho accesso diretto alla fermentazione del suo stomaco, mi disturba molto più dei suoi peti, il cui odore mi sembra meno intimo, più universale. In altri termini, mi trovo più *indiscreto* sentendo un rutto che non annusando un peto.

28 anni, 2 mesi, 17 giorni *Giovedì 27 dicembre 1951*

Nascita di Bruno. Abbiamo un bambino. È a casa *come se fosse qui da sempre*! Rimango senza parole. Mio figlio è per me un oggetto di *stupore familiare.*

28 anni, 3 mesi, 17 giorni *Domenica 27 gennaio 1952*

Diventare padre significa diventare monco. Da un mese a questa parte ho solo un braccio, l'altro regge Bruno. Monco dall'oggi al domani. Ci si fa l'abitudine.

28 anni, 7 mesi, 23 giorni *Lunedì 2 giugno 1952*

Risveglio con un nodo alla gola, il fiato corto, i polmoni rattrappiti, i denti stretti e l'umore nero senza alcun preciso motivo. Quel che la mamma chiamava: "avere le ansie". Stai un po' buono che ho le ansie! Quante volte l'ho sentita pronunciare questa frase mentre io non facevo altro che condurre accanto a lei la mia vita di bambino troppo giudizioso? In quei frangenti aveva la fronte aggrottata, lo sguardo cupo (i suoi occhi così azzurri!), una faccia che, se posso dire, si guardava con cattiveria da dentro, incurante dell'effetto che produceva fuori. A Dodo dicevo: Cos'altro hai fatto alla mamma?

28 anni, 7 mesi, 25 giorni *Mercoledì 4 giugno 1952*

Una delle manifestazioni più strane dei miei stati di ansia è la mania di divorarmi l'interno del labbro inferiore. È qualcosa che risale alla primissima infanzia. Nonostante il proposito di non farlo più, a ogni crisi ricomincio con meticolosa crudeltà. Fin dai primi sintomi, l'interno del labbro pare anestetizzato e i premolari *si divertono* a strappare piccoli lembi di una pelle che sembra morta. Vengono via senza dolore, come se pelassi un frutto. Per qualche secondo gli incisivi giocano con quelle bucce di me stesso, dopodiché le inghiotto. Questo autodivoramento prosegue finché i denti raggiungono una profondità del labbro in cui la carne diventa sensibile al morso. Arrivano il primo dolore e la prima goccia di sangue. È stato raggiunto un limite. Bisogna fermarsi. Ma il desiderio di stuzzicare la ferita è grande. Posso approfondirla con piccoli morsi che accentuano il supplizio fino a farmi venire le lacrime agli occhi, posso comprimere il labbro ferito accennando una suzione che lo fa sanguinare ancora di più. Il gioco sta allora nel verificare su un fazzoletto o sul dorso della mano quanto è rosso il sangue. Strana tortura che infligge a se stesso sin dall'infanzia un tizio non particolarmente incline alle pratiche masochiste. Mi maledirò per tutta la durata della cicatrizzazione, con il vago timore di avere raggiunto il limite del supplizio oltre il quale la carne così sollecitata si rifiuterà di cicatrizzarsi. Piccolo rituale isterico con una componente suicida praticato da quando? Dalla perdita dei denti da latte?

29 anni *Venerdì 10 ottobre 1952*

Il mio compleanno. Non me lo dimenticherò! Tenendo sollevato Bruno per presentarlo agli invitati come l'ottava meraviglia del mondo, sono caduto con lui giù dalla scala.

Sono caduto in avanti e sono rotolato fino in fondo agli scalini. Undici, per l'esattezza. Istintivamente mi sono richiuso su Bruno. Mentre rotolavo gli ho tenuto la testa contro il petto, l'ho protetto con i gomiti, con i bicipiti, con la schiena, ero un guscio richiuso su mio figlio e tutti e due rotolavamo fino in fondo agli scalini in un grande concerto di urla. Tutti gli invitati erano arrivati. Ho sentito il taglio degli scalini contro il dorso delle mani, le ossa del bacino, le rotule, le caviglie, la colonna vertebrale, le spalle, ma sapevo, mentre rotolavo, con il petto incavato e lo stomaco in dentro, che Bruno era perfettamente al sicuro stretto a me. Mi sono trasformato d'istinto in un ammortizzatore umano. Bruno avrebbe corso più rischi avvolto in un materasso. Eppure non ho mai fatto judo, non ho mai imparato a cadere. Manifestazione spettacolare dell'istinto paterno?

29 anni, 2 mesi, 22 giorni — *Giovedì 1° gennaio 1953*

Ieri sera veglione a casa R. Distribuzione di sigari. Dibattito sui pregi rispettivi di Cuba, Manila e non so quali altri paesi produttori di tabacco. Mi chiedono un parere. Ma, a vedere quegli intenditori tagliare con aria compunta quei tronchi, non sono riuscito a togliermi dalla testa l'idea che l'ano, sezionando lo stronzo, svolge la funzione di un tagliasigari. E il volto, in entrambe le circostanze, mostra la medesima espressione concentrata.

29 anni, 5 mesi, 13 giorni — *Lunedì 23 marzo 1953*

Non pensavo che un bambino potesse nascere sorridendo. Eppure è questo il caso di Lison, nata oggi pomeriggio, alle cinque e dieci, tonda, liscia, riposata, con il sorriso di un piccolo buddha massiccio e calvo, che posa sul mondo uno sguardo in cui è racchiuso un palese intento pacificante. La mia prima reazione di fronte a un neonato – è già successo alla nascita di Bruno – non è tanto giocare al puzzle delle somiglianze quanto cercare su quel viso recentissimo i segni di un temperamento. Mia piccola Lison, non fidarti di un padre che, appena arrivata, ti attribuisce la facoltà di pacificare il mondo.

29 anni, 7 mesi, 28 giorni *Domenica 7 giugno 1953*

La differenza fra le coccole di puro affetto e quelle che si concedono per far smettere di piangere. Nel primo caso il bebè si sente al centro dell'amore, nel secondo sente che lo si vuole buttare dalla finestra.

30 anni, 1 mese, 4 giorni *Sabato 14 novembre 1953*

Da dove viene a Mona questa disinvoltura nel maneggiare i bambini piccoli? Io ho sempre paura di romperli. Anche perché, quando ho in braccio Lison, Bruno scalpita per fregarle il posto. Lacuna della lingua francese: ero monco quando tenevo in braccio Bruno, monco resto quando tengo in braccio Bruno *e* Lison. Che tu abbia perso un braccio o tutti e due, hai a disposizione una sola parola: monco. I guerci e i ciechi sono trattati meglio.

30 anni, 3 mesi, 18 giorni *Giovedì 28 gennaio 1954*

Sogno irraccontabile. Svegliato con l'angoscia alle cinque del mattino. Per meglio dire, so che l'angoscia mi aspetta al varco all'uscita dal sonno. Dormo ancora ma so che sto per essere strappato al sonno dal forcipe dell'angoscia, il cuore stretto come la testa di un bambino. Ah, no, stavolta no! Non voglio! No! Con un abile contorcimento, il cuore si sottrae alla presa e il corpo sfugge all'angoscia; si rituffa nel sonno con l'agilità di un delfino, sonno che ha cambiato natura, o meglio consistenza, sonno diventato materia lucida di un benessere familiare, rifugio in cui la torpida angoscia non potrà raggiungermi, un sonno che COMPRENDE TUTTO: *Il mio corpo si è immerso nei* Saggi *di Montaigne*! Dopodiché mi sveglio e annoto subito che mi sono rifugiato nel fluido spessore dei *Saggi*, nella materia stessa di quel libro, di quell'uomo!

*

NOTA PER LISON

Interruzione di due anni. Anche in questo caso la stesura del diario ha lasciato il posto alla costruzione dell'uomo sociale. Ascesa professionale, battaglie politiche, confronti di ogni genere, articoli, discorsi, incontri, viaggi ai quattro angoli del mondo, conferenze, convegni, materia prima delle Memorie che, trent'anni dopo, Etienne voleva assolutamente che scrivessi. Mona non aveva la stessa visione delle cose: Salviamo il mondo, salviamo il mondo, ma lontano dai neonati! Infatti Bruno mi ha spesso rinfacciato di essersi sentito orfano in questo periodo. Da ciò, probabilmente, i nostri dissapori.

*

32 anni, 4 mesi, 24 giorni — *Lunedì 5 marzo 1956*

Accogliendo stamattina Tijo all'uscita di prigione, mi sono improvvisamente ricordato della sua nascita. O, per l'esattezza, di averlo visto nascere! Nel vero senso della parola, "in diretta", spuntare tra le cosce di Marta, con le palpebre e i pugni chiusi, come se piombasse nella vita già ben deciso a menare le mani. All'epoca avevo dieci anni, e avevo completamente rimosso questa immagine. Ma nel vederlo sbucare stamattina dalla porticina della casa circondariale (una fessura ritagliata nell'enorme lamiera nera del portone, a sua volta incastonato nel pietrame rosso del muro di cinta), mi è subito tornata in mente la sua apparizione fra le cosce di Marta, la quale urlava a più non posso, cosa che doveva avermi spinto ad aprire la porta della sua camera, da cui Violette, non particolarmente turbata dagli strepiti della prosperosa cognata, mi aveva cacciato, "Ma cosa ci fai tu qui, via, sciò!", e dopo aver chiuso la porta ero subito corso a incollare il naso alla finestra, per vedere Violette sollevare Tijo, Violette tutta allegra, nonostante le mani insanguinate, e Marta fradicia di sudore in un letto paludoso, Tijo scuro e paonazzo, che urlava anche lui a pieni polmoni, mentre una forza gigantesca mi strappava improvvisamente dalla finestra e mi ritrovo di fronte a un Manès livido che, tra i vapori della grappa, mi chiede, come se dalla risposta ne andasse della mia vita: Allora, è un maschio o una femmina? Era un maschio. Ma così piccolo che appena battezzato Joseph (in onore di Stalin) è diventato Petit Jo, e subito Tijo. La porticina della prigione si è richiusa alle sue spalle, Tijo ha lanciato un'occhiata a destra e a sinistra sulle sue prospettive di libertà, poi mi ha visto sul marciapiede di fronte e mi ha spalancato le braccia ridendo.

32 anni, 5 mesi, 1 giorno *Domenica 11 marzo 1956*

Bruno passa parte della mattinata con la lingua mollemente penzoloni, come la lingua di un cane perso nei suoi sogni. Quando gli chiedo il perché di questa esibizione, lui risponde serissimo: La lingua dentro si annoia, allora ogni tanto la porto fuori. Il bambino percepisce ancora se stesso come un puzzle con tutti gli elementi sparpagliati. Fa conoscenza con i pezzi che lo costituiscono come con amici occasionali. Sa benissimo che si tratta della sua lingua, non ne dubita neppure un secondo, ma può ancora giocare a crederla estranea, a portarla fuori come si porta fuori il cane. Lui e la sua lingua, ma anche il suo braccio, i suoi piedi o il suo cervello – chiacchiera molto con il suo cervello, ultimamente: State zitti che sto parlando al mio cervello! –, tutti quei pezzi di se stesso possono ancora incantarlo. Fra qualche mese non pronuncerà più frasi del genere, fra qualche anno non vorrà credere di averle pronunciate.

32 anni, 6 mesi, 9 giorni *Giovedì 19 aprile 1956*

Tijo mi fa notare che quando starnutisco dico ETCIÙ, letteralmente. Vede in questo uno scrupolo conformista. Tu e le tue buone maniere! Sei così educato che se il tuo culo potesse parlare direbbe "prot".

32 anni, 10 mesi *Venerdì 10 agosto 1956*

Guardando i bambini lavarsi accuratamente i denti, devo confessare a me stesso che io non applico nessuna delle regole che Mona e io imponiamo loro: lavarsi i denti tre volte al giorno *senza pensare ad altro*, prima i denti di sopra – dall'alto in basso, prego! –, poi i denti di sotto – dal basso in alto, prego! –, davanti e dietro, per finire con un lungo spazzolamento circolare, metodico e paziente, minimo tre minuti. Io ormai mi limito al lavaggio dei denti serale, frettoloso e disordinato, giusto per non imporre a Mona il sapore rimasto dalla cena. In altri termini, non mi piace lavarmi i denti. So benissimo che il tartaro fa il suo lavorìo di deposito, che con il passare degli anni mi verrà un sorriso giallo e malfermo, che un giorno o l'altro bisognerà affrontare questa muraglia con il martello pneumatico, che il ponte e la dentiera incombono, ma niente da fare, la prospettiva di lavarmi i denti mi fa subito venire in mente altre cose più urgenti da fare, la spazzatura da portare fuori, una telefonata, l'ultimo dossier da chiudere... È come se la procrastinazione, che ho sconfitto molto presto su tutti i fronti, avesse eretto il proprio campo trincerato in questa storia dell'igiene dentale. Da cosa dipende? Dalla noia. Elevata qui al rango di metafisica. Lavarmi i denti è l'anticamera dell'eternità. C'è solo la messa che mi annoia di più.

33 anni, 18 giorni *Domenica 28 ottobre 1956*

Mona e Lison sono andate a zonzo e ho passato tutta la giornata con Bruno. A parte un'ora di sonnellino comatoso, non ha smesso di agitarsi, di *produrre movimento*, e ho avuto l'intuizione che nessun adulto al mondo, per quanto giovane, robusto, allenato, instancabile, nessun adulto all'apice della forza nervosa e muscolare sarebbe in grado di produrre, nell'arco di una giornata, metà dell'energia consumata dal corpo di questo bambino.

33 anni, 4 mesi, 17 giorni *Mercoledì 27 febbraio 1957*

Uscito stamattina non abbastanza coperto. Il freddo mi è saltato addosso e mi è entrato dentro. Con il gran caldo provo la sensazione inversa. L'inverno ci invade, l'estate ci assorbe.

33 anni, 4 mesi, 18 giorni *Giovedì 28 febbraio 1957*

Essere a temperatura ambiente, ecco tutta la mia ambizione.

33 anni, 5 mesi, 13 giorni *Sabato 23 marzo 1957*

Svegliato di malumore e con la bocca cattiva. Sono davvero incapace di resistere al cibo, indipendentemente dal fatto che la compagnia sia piacevole o noiosa. Nel primo caso mangio per entusiasmo, nel secondo per noia, in entrambi i casi mangio e bevo troppo. Il giorno dopo, puntualmente, la pago: risveglio amaro, la bocca e l'umore pieni di fiele. Quanto a ieri, la colpa va a un'abbuffata di salame con pane imburrato e tre whisky per aperitivo. Burro e salame non hanno passato la dogana. Né l'ha passata il quintale di *cassoulet* che è seguito. (Quante volte l'ho ripreso? Due? Tre?) La bocca amara del mattino denuncia il tutto all'autorità garante, che mi rimprovera una volta di più di non essermi controllato. All'aperitivo, divoro come un passerotto meccanico. I piattini invitano a spilluzzicare. Spilluzzico e chiacchiero, chiacchiero e spilluzzico. Un passerotto. Questo nesso fra il cibo e la noia – o l'entusiasmo – risale alla mia primissima infanzia. Al periodo in cui la mamma mi faceva fare la "signorina di casa", cioè passare gli antipasti agli invitati proibendomi di servirmi. Anche la punizione risale molto indietro nel tempo: quel che avevo in bocca stamattina era olio di fegato di merluzzo.

33 anni, 5 mesi, 14 giorni *Domenica 24 marzo 1957*

Stasera, merda pesante e appiccicosa. Non bastano due sciacquoni a togliere le strisce sulla ceramica né a cancellare le tracce marroni in fondo al water. Quindi: vai di scopino. E a questo punto, rivelazione: da bambino non sapevo a cosa servisse lo scopino del cesso. Credevo fosse un ornamento, con la sua testa di porcospino eternamente a mollo in una scodella immacolata. Mi era familiare e letteralmente insignificante. A volte lo trasformavo in un giocattolo, uno scettro che brandivo seduto sul trono. Questa ignoranza dipendeva dal fatto che la cacca dei bambini non si incolla, o si incolla pochissimo, al water. Scivola giù da sola e sparisce nella cataratta senza lasciare tracce. Resti d'angelo. Niente scopino. E poi un bel giorno la materia ha il sopravvento. Oppone resistenza. Ecco perché ci *feci* caso. Non le si dà molta importanza – nessuno guardava mai dentro al water – fino al giorno in cui l'adulto di turno ti fa notare la cosa ed esige che tutto venga pulito.

Quando è stata, allora, la prima volta in cui ho fatto il gesto di passare lo scopino, che oggi mi si impone tanto spesso? L'evento non è stato consegnato a questo diario. Eppure fu un giorno importante della mia vita. Una perdita dell'innocenza.

Una lacuna del genere conferma i miei pregiudizi nei confronti dei diari intimi: non registrano mai niente di significativo.

33 anni, 6 mesi, 11 giorni — *Domenica 21 aprile 1957*

Giardino zoologico di Vincennes. Mentre Lison, Bruno, Mona e io contempliamo una coppia di scimpanzé intenti a spulciarsi (cosafannopapà?), penso all'espressione animalesca dell'intimità propria di quasi tutte le donne che ho conosciuto: la caccia ai punti neri. La pelle del mio petto strizzata fra i due pollici e il comedone lentamente espulso dalla congiunzione delle unghie. Bisogna vedere, allora, l'espressione di Mona! Quanto a me, con un'occhiata al verme bianco dalla testa nera finito sulla sua unghia, mi sottometto a questo parto con lo stoicismo sognante dell'amico scimpanzé.

33 anni, 6 mesi, 13 giorni *Martedì 23 aprile 1957*

È l'ossidazione del sebo a contatto con l'aria a fare al comedone la sua testa nera. Quel cumulo grasso di residui cellulari resta di un bianco immacolato finché rimane sotto la protezione del derma. Appena sbuca fuori, si annerisce. L'invecchiamento non è altro che questo fenomeno di ossidazione generalizzata. Noi arrugginiamo. Il gesto di Mona toglie la ruggine.

33 anni, 6 mesi, 21 giorni *Martedì 1° maggio 1957*

Stamattina mentre mi lavavo i capelli ho ripensato alla fioritura di unto dell'adolescenza. Da allora un giorno in più me li fa sentire estranei al cranio, uno strofinaccio cadutomi per caso sopra la testa. In altre parole, mi lavo i capelli per dimenticarli.

33 anni, 9 mesi, 5 giorni *Lunedì 15 luglio 1957*

Facendo pipì nel bagno della mensa, mentre mi si riempiva il prepuzio e ne eliminavo il contenuto prima di aprire seriamente le cateratte, mi sono ricordato che a dodici o tredici anni non ero capace di controllare il getto. Mancanza di maturità, atto di resistenza nei confronti della mamma, marcatura animalesca del territorio? Perché quando l'uomo dei cessi pubblici fa pipì manca sempre il bersaglio? Poi, quando la mamma ha smesso di farmi notare i miei sbandamenti, ho cominciato a fare centro.

33 anni, 9 mesi, 8 giorni *Giovedì 18 luglio 1957*

A proposito dell'uomo che fa pipì, Tijo ama raccontare questa storiella:

STORIA SCHIZZINOSA DELL'UOMO ALL'ORINATOIO

Un uomo è in piedi davanti a un orinatoio, con le mani aperte, rigide, visibilmente incapace di fare il benché minimo gesto. Il vicino, che si sta riabbottonando, gli chiede educatamente cosa gli succede. L'uomo, in grande imbarazzo, mostra le mani paralizzate e gli chiede se può avere la cortesia di aprirgli la patta. L'altro, cristianamente, ubbidisce. Allora l'uomo, sempre più in imbarazzo, gli chiede se, già che c'è, può essere così gentile da tirargli fuori il pene. Cosa che l'altro fa, molto a disagio ma lo fa. E ovviamente, preso nell'ingranaggio della carità, si ritrova costretto a reggere l'uccello del povero infermo affinché costui non si innaffi i piedi. L'altro fa una bella pisciata, con un senso di sollievo che gli inumidisce le palpebre. Sbrigata la cosa, l'uomo con le mani paralizzate chiede al suo benefattore se non potrebbe... potrebbe per favore... sgocciolarmelo? E così di seguito: sgocciolarmelo, rimettermelo a posto, chiudermi la patta... Quando tutto è ben reimpacchettato, l'uomo stringe calorosamente le mani al proprio benefattore, il quale, allibito nel veder funzionare quelle mani che credeva paralizzate, gli domanda che cosa gli impedisse di fare da solo.

"A me? Oh, niente, ma sapesse come mi fa schifo!"

33 anni, 11 mesi, 4 giorni *Sabato 14 settembre 1957*

Incontrato un certo Roland in boulevard Saint-Michel. Impossibile ricordare come si chiama. Impossibile dare un nome a quel volto vagamente familiare. Impossibile ricordare le ragioni di questa familiarità. Chi è quest'uomo che, a sentir lui, avrei frequentato in circostanze indimenticabili? Parlo dell'incontro a Fanche, descrivendo l'uomo in questione, e lei mi dice: Ma è Roland! Era uno dei miei feriti, nel periodo in cui c'eri anche tu, appena prima della fine, non te lo ricordi? Nonostante i particolari elencati da Fanche – un dinamitardo! È scampato a un'imboscata con le budella fuori –, questo Roland non prende forma. La mia amnesia l'ha svuotato della propria sostanza. Ormai è solo una forma d'uomo che fluttua in un luogo sperduto della mia memoria. E ovviamente il suo vero nome non mi dice molto di più del suo pseudonimo da *maquisard*. Mi capita spesso, e da sempre. Qualcosa nel mio cervello non svolge la propria funzione. La memoria è l'arnese meno affidabile di tutto il mio arsenale. (Tranne per quel che riguarda gli aforismi di papà e le massime che mi faceva imparare a memoria, assolutamente indelebili.) Almeno, conclude Fanche, se i crucchi ti avessero torturato, non avresti cantato.

34 anni, 1 mese, 25 giorni *Giovedì 5 dicembre 1957*

I miei simili, i miei fratelli, come me tutti fermi in macchina al semaforo con le dita nel naso. E tutti che quando si sentono osservati si interrompono come se fossero stati colti in flagrante delitto di maialata. Strano pudore. Che poi è un'occupazione sanissima, anche rilassante, lo scaccolamento al semaforo. La punta dell'unghia esplora, trova la caccola, ne circoscrive i contorni, la stacca delicatamente, e infine la tira fuori. Purché non sia appiccicosa, perché allora liberarsene è un casino. Ma quando ha la consistenza elastica e molle della pasta della pizza, che piacere farla rotolare all'infinito tra il pollice e l'indice!

34 anni, 1 mese, 27 giorni *Sabato 7 dicembre 1957*

E se la caccola fosse solo un *pretesto*? Un pretesto per giocherellare con quella bambolina di cartilagine che è la punta del naso. A cosa pensava, quell'automobilista? A cosa pensavo io stesso prima di osservarlo? A niente che mi ricordi. Fantasticherie latenti, aspettando che il semaforo diventi verde.

Ecco a cosa ci serve quella cartilagine: ad aspettare pazientemente che la vita ricominci. Ipotesi confermata stasera dallo spettacolo di Bruno seduto tranquillo nella vasca da bagno, intento ad attorcigliarsi il prepuzio intorno all'indice, con in viso la stessa *inespressione* di un automobilista fermo al semaforo. Il prepuzio, la punta del naso, i lobi delle orecchie non sono propriamente oggetti transizionali. Non rappresentano nulla di particolare, quindi non svolgono il ruolo simbolico attribuito alla bambola o all'orsacchiotto. Si limitano a occupare le nostre dita quando la mente è altrove. Richiamo discreto della materia ai pensieri che vagano. La ciocca di capelli che attorciglio leggendo *Delitto e castigo* mi sussurra che non sono Raskolnikov.

34 anni, 4 mesi, 22 giorni — *Martedì 4 marzo 1958*

Quel piccione morto, sulla grata del tombino. Distolgo lo sguardo, come se guardandolo rischiassi di "prendermi qualcosa" . Pura fantasia di inquinamento visivo! C'è qualcosa di particolarmente infettivo nell'immagine di un uccello morto. La prefigurazione di una pandemia. I ricci, i gatti, i cani investiti da un'auto, le carogne di cavalli e persino i cadaveri di esseri umani non mi fanno questo effetto. Quando ero bambino i pesci erano troppo vivi nella mia mano, quel piccione nel canaletto di scolo è troppo morto.

34 anni, 6 mesi, 9 giorni — *Sabato 19 aprile 1958*

Seguo la cottura delle uova alla coque mentre Lison disegna in silenzio, con la mano richiusa sul suo mozzicone di matita. Finito il disegno, Lison me lo mostra e io esclamo oh che bel disegno senza distogliere lo sguardo dalla lancetta dei secondi del mio orologio. È un uomo che grida nella sua testa, precisa l'artista. È proprio così: dalla testa di un uomo pensieroso spunta una testa urlante, con due ovali e pochi tratti che dicono tutto. Con i disegni dei bambini è come con le uova alla coque: sono capolavori ogni volta unici, ma così numerosi in questo mondo che né l'occhio né le papille vi si soffermano. Eppure basta isolarne uno, quest'uovo domenicale o questo *uomo che grida nella sua testa*, concentrarsi pienamente sul sapore dell'uovo e sul significato del disegno, ed entrambi si impongono come meraviglie fondatrici. Se tutte le galline meno una dovessero scomparire, le nazioni si farebbero la guerra per possedere l'ultimo uovo, poiché non c'è niente di meglio al mondo di un uovo alla coque, e se restasse soltanto un disegno di bambino, chissà cosa non leggeremmo in quel disegno unico!

Lison è nell'età in cui il bambino coinvolge nel disegno l'intero corpo. A disegnare è tutto il braccio: spalla, gomito e polso. Occorre tutta la superficie della pagina. *L'uomo che grida nella sua testa* si sviluppa su un foglio doppio strappato da un quaderno. La testa urlante che spunta dalla testa pensierosa (pensierosa o scettica?) occupa tutto lo spazio disponibile. Disegno in espansione. Fra un anno, l'apprendimento della scrittura avrà la meglio su questa vastità. La riga detterà legge. Con spalla e gomito stretti, polso immobile, il gesto si limiterà all'oscillazione del pollice e dell'indice richiesta dai minuziosi orli della calligrafia. I disegni di Lison soffriranno di questa sottomissione, cui devo la mia grafia da copista, così perfettamente leggibile. Quando avrà imparato a scrivere, Lison comincerà a disegnare delle cosine che galleggeranno nella pagina, disegni atrofizzati come un tempo i piedi delle principesse cinesi.

34 anni, 6 mesi, 10 giorni *Domenica 20 aprile 1958*

Guardando Lison disegnare, ho rivissuto il mio apprendimento della scrittura. Mio padre aveva riportato dalla guerra una gran quantità di acquerelli nei quali aveva colto tutto ciò che non era stato toccato dai bombardamenti. Interi villaggi nei primi mesi, poi case isolate, poi pezzi di giardini, aiuole fiorite, un fiore, un petalo, una foglia, un filo d'erba, in una specie di restringimento di campo del suo ambiente di soldato che raccontava il divoramento totale della guerra. Solo immagini di pace. Non un campo di battaglia, non una bandiera, non un cadavere, non uno scarpone, non un fucile! Solo resti di vite, frammenti colorati, schegge di felicità. Ne aveva quaderni interi. Appena la mia mano fu in grado di chiudersi su una matita, mi divertii a disegnare i contorni di quegli acquerelli. Anziché risentirsi, papà mi guidò; con la mano sopra la mia, mi aiutava a dare alla realtà abbozzata dai suoi pennelli il contorno più preciso possibile. Dal disegno, passammo alla scrittura. Sempre con la mano che guidava la mia, un portapenne invece della matita, mi faceva tracciare le lettere dopo avermi fatto disegnare i contorni delle margherite. Così ho imparato a scrivere: passando dai petali alle aste e ai gambi. Tracciali con cura, sono i petali delle parole! Non ho più ritrovato quei quaderni di acquerelli, spariti nel grande autodafé materno, ma mi accade ancora di sentire la mano di mio padre sulla mia nel piacere infantile che provo a tracciare le lettere con cura.

35 anni, 1 mese, 18 giorni — *Venerdì 28 novembre 1958*

Manès è morto schiacciato da un toro contro il muro della stalla. Quando Tijo me l'ha annunciato, prima ancora del dolore, ho sentito fisicamente l'urto, la rottura delle costole, lo sfondamento della cassa toracica, l'esplosione dei polmoni, lo stupore e, dato che Manès è Manès fino alla fine, un ultimo scatto di rabbia. Elogio funebre di Tijo: Doveva andare a finire così, perché picchiava le bestie.

La famosa madeleine di Proust ha picchiato duro dopo il funerale di Manès (dove Fanche, Robert e io abbiamo dovuto svolgere un ruolo ufficiale in mezzo a tutta la combriccola del Partito e della Resistenza). Tornati alla fattoria, mentre Robert stappava le bottiglie, Marianne mi ha messo davanti una fetta di pane e mosto cotto e una tazza di latte freddo, con la scusa che era "ora di merenda" e che mi dovevo "tirar su". La tazza, il pane, la compagnia fraterna di Robert e di Tijo, le espressioni di Marianne che citava Violette ("eh, bel fusto!") sarebbero bastati a ricordarmi quei momenti della mia infanzia, ma il vero viaggio l'ho fatto sulla fetta di pane e mosto, quella marmellata di uva fragola inventata da Violette per il mio spuntino pomeridiano. Ho tuffato la fetta di pane nel latte freddo, non tanto perché ne avessi davvero voglia (non digerisco molto bene il latte adesso), quanto per giocare al gioco del ricordo con Marianne. Quel profumo di lampone un po' ammuffito, quelle sfumature di rosso, di viola e di blu sul bianco del latte, il primo boccone fresco e spugnoso, la croccantezza laterale della crosta, la consistenza vellutata e appena granulosa del mosto cotto tra la lingua e il palato – niente a che vedere con una gelatina ma neanche più una marmellata –, l'invasione del ricordo grazie alla fusione istantanea di tutti questi elementi mi hanno subito ridato la certezza di *essere stato quel boccone* tanto da esserlo di nuovo! Ho finito la fetta di pane e la tazza rifiutando i bicchieri che Robert mi porgeva (Basta con quella roba, fatti un cicchetto). Tijo ha esclamato: Ma allora è proprio vero che gli piace, il suo pane e mosto! Non lo mangiavi per far contenta Violette? Ti piaceva veramente? Certo, ho risposto, a voi no? Manco morto! Ed ecco illuminato sotto una luce nuova un intero capitolo gastronomico della mia infanzia. Mentre io credevo di godere di un trattamento di favore da parte di Manès e Violette (Guai a chi tocca il mosto cotto, è per il piccolo, che deve rimettersi in forze!), in realtà ero colui che permetteva di smaltire uno stock di marmellata aborrita. E quando mi capitava di offrirla all'uno o all'altro, i rifiuti terrorizzati (no grazie, se lo sa Manès!) non erano che l'espressione di un pavido sollievo. Finché oggi tutti mi hanno confessato che detestavano il mosto cotto di Violette, con il suo "odore di vomito" e il suo "retrogusto di polvere". Molto semplice, se i crucchi ce l'avessero imposto, avremmo confessato tutto!

Ma a Violette, ho chiesto, a lei almeno piaceva il suo mosto?

Mica detto. Si dà il caso che io fossi entrato per caso in cucina il giorno in cui lei aveva tentato l'esperimento di questa marmellata (apri la bocca e assaggia un po' qua!) e avevo manifestato una tale estasi – poi una tale fedeltà nell'estasi – che lei non aveva mai osato interromperne la produzione.

35 anni, 1 mese, 23 giorni *Mercoledì 3 dicembre 1958*

Una storia del gusto non può prescindere da un trattato sulla suggestione.

35 anni, 1 mese, 24 giorni *Giovedì 4 dicembre 1958*

Sempre al funerale di Manès, Fanche mi dice: Tu, petardo, potresti anche travestirti da Apache, da pigmeo, da cinese o da marziano, ti riconoscerei dal sorriso. E questo mi induce a interrogarmi sulle emanazioni del corpo rappresentate dalla figura, dall'andatura, dalla voce, dal sorriso, dalla calligrafia, dalla gestualità, dalla mimica, uniche tracce lasciate nella nostra memoria da coloro che abbiamo davvero guardato. Del fratello, abbattuto nel suo aereo da caccia, Fanche dice: Le labbra, la bocca, certo, possono essere fatte a pezzi, ma il sorriso no, è impossibile. E ricorda la madre dalla sua minuscola calligrafia, di cui evoca con emozione i riccioli perfetti delle *r* e delle *v*.

Di mia madre, invece, mi resta l'immagine di uno sguardo che chiedeva i conti. "Te la sei meritata, la tua esistenza?" Due occhi ipertiroidei e una voce acuta. Credeva di avere lo sguardo penetrante, era solo fuori delle orbite, la voce cristallina, era solo acuta. Il ricordo di quegli occhi e di quella voce mi fa tornare in mente non tanto una persona quanto un atteggiamento: l'autoritarismo ottuso, perfido, con cui lei "faceva il bene" punteggiando la propria carità di piccoli precetti morali, nauseabondi come peti dell'anima. E pensare che era una bella donna, con i ricci biondi, lo sguardo luminoso, il sorriso smagliante, tutte le foto lo attestano. A Fanche, dico: Non fidarti del mio sorriso, è quello di mia madre.

35 anni, 1 mese, 25 giorni *Venerdì 5 dicembre 1958*

Il corpo della mamma non è mai stato ritrovato. Probabilmente scomparso sotto le macerie del tunnel Nazionale, il 27 maggio '44. Era andata in città a riscuotere i suoi affitti. Quel pomeriggio gli Alleati hanno bombardato. Appena si è sentito l'urlo delle sirene, c'è stato un grande movimento di popolazione verso la stazione Saint-Charles che era proprio accanto al suo palazzo. È probabile che anche lei si sia rifugiata nel tunnel. Ahimè, il bersaglio era la stazione e durante il bombardamento il tunnel è crollato. Molti morti e dispersi. Ironia della sorte, il palazzo è stato l'unico del quartiere a non essere stato colpito. Fu una lettera dello zio Georges, due mesi dopo, ad annunciarmi la scomparsa della mamma. E che avevo ereditato quel palazzo.

35 anni, 6 mesi, 22 giorni *Sabato 2 maggio 1959*

Il mio sguardo cade su Lison, del tutto immobile, ma sorprendentemente animata all'interno. Mi sorride e, continuando a non muoversi, mi dice: Il mio corpo non danza, ma il cuore invece sì. Oh! Mia Lison! La felicità senza alcun altro motivo che la felicità di esistere. Anche a me capita ancora di provarla, questa esultanza interiore che mi fa danzare il cuore in giornate in cui costringo il corpo a stare fermo. Alle riunioni di sintesi, per esempio, quando Bertholieu, con il suo pince-nez d'altri tempi mezzo coperto dalle mostruose sopracciglia, ci parla di "diffrazione" e di "linee di convergenza, egregi signori". Danza, cuore mio, danza!

36 anni, 4 mesi, 11 giorni *Domenica 21 febbraio 1960*

Ieri, giornata di pioggia. Bruno gioca agli indiani e cowboy con i soldatini che lo zio Georges gli ha regalato per il suo compleanno. Un'ora intera di attacchi e contrattacchi, di offensive, di ritirate strategiche, di calumet della pace, di tregue infrante, di accerchiamenti, di avanzate fulminee, di attacchi alle spalle che si concludono con la sanguinosa sconfitta dei cowboy, massacrati fino all'ultimo. Un'ora di estrema agitazione in un corpo pressoché immobile. L'adulto che sono lo guarda giocare con uno stupore da etnologo – ero così a otto anni? Quali sensazioni proverei oggi se mi mettessi a giocare per un'ora o due agli indiani e cowboy?

Verificato oggi pomeriggio. Mentre Mona porta i bambini allo zoo (no, papà non viene con noi, deve lavorare), mi siedo a gambe incrociate sul tappeto di Bruno. Appena ho disposto le truppe in ordine di combattimento, il mio corpo manifesta con un crampo improvviso la sensazione che sto perdendo tempo prezioso. Troppo grande per giocare con i soldatini. Troppo voluminoso per rinchiudermi in quella scatola magica. Nel frattempo allo zoo i bambini sono incantati dagli specchi deformanti. Anch'io, dirà Mona al ritorno. Come se fossi tornata bambina!

36 anni, 7 mesi, 3 giorni *Venerdì 13 maggio 1960*

Per annunciare che va a fare pipì, Tijo butta sempre lì la stessa frase: Vabbé, vado a lavarmi le mani sotto un albero. Oggi, dopo pranzo, una strana pulsione mi ha fatto prendere l'espressione alla lettera. Ho passato le mani sotto il getto. A quanto ricordo, non l'avevo mai fatto, nemmeno da bambino. Mi ha stupito il calore dell'urina. Quasi la sensazione di essere scottato. Siamo alambicchi in perenne ebollizione. Non molto più consistenti di meduse, ci spingiamo avanti pisciando caldo. Sapere cosa mi è preso a voler fare questo esperimento, oggi, all'età di trentasei anni, dopo aver negoziato un accordo della massima importanza con i nostri fornitori tedeschi, è di per sé un buon motivo di riflessione.

36 anni, 10 mesi, 1 giorno *Venerdì 11 agosto 1960*

Alla fattoria di Mérac, che Tijo, Robert e Marianne ci hanno venduto (e così Robert ha potuto finalmente comprarsi la sua officina meccanica), la caldaia e la doccia hanno esalato l'ultimo respiro. Offro quindi ai bambini le gioie del lavaggio all'antica nella grande tinozza di zinco dove Violette mi strigliava trent'anni fa (tinozza che aspettava il passaggio generazionale nella penombra della lavanderia). Come Violette, ci do dentro con innaffiatoio, sapone di Marsiglia e guanto da bagno, perlustro rotolini, pieghe e tutti gli angoli dove si rintana la sporcizia, dove il sudore dissemina la carne di puntini rossi. Lison e Bruno scalpitano, strillano, protestano che "è bagnato", che "è freddo", che “pizzica”, probabilmente come facevo io alla loro età, ma vado avanti, senza pietà per il loro fiato corto e il battere dei denti, poiché quel che ritrovo non è tanto il mio supplizio infantile quanto i gesti di Violette, la precisione brutale della sua perlustrazione, dietro le orecchie, nell’ombelico, fra le dita dei piedi, con l’acqua fredda e senza curarsi troppo se il sapone mi bruciava gli occhi o mi infiammava le narici, mentre io prima protestavo poi ero ben felice di volteggiare tra quelle mani efficienti, e giocavo a scappar via dopo esser stato risciacquato, a far schioccare la pianta dei piedi bagnati sul cemento della lavanderia, e urlavo inseguito da un grande telo fantasma, per essere poi raggiunto, e sfregato, e frizionato con la canfora, e talora cosparso di borotalco se lo esigeva il solco arrossato dei glutei, tutte cose che oggi infliggo ai miei figli, i quali devo ammettere non paiono proprio entusiasti. Lison dice in fretta, in fretta, in fretta aspirando l’aria fra le labbra strette (“’nfrett, ’nfrett...”), Bruno chiede ufficialmente la riparazione della caldaia, e io sfrego, con il guanto, con il sapone, ogni volta stupito dalla densità di quei piccoli corpi, come se maneggiassi energia allo stato puro, tutta l’energia di due esistenze a venire fantasticamente racchiusa in quella carne infantile così compatta, sotto quella pelle così delicata. Non saranno mai più così densi, né i lineamenti dei visi saranno mai più così netti, né così bianco il bianco dei loro occhi, né le orecchie così perfettamente disegnate, né così compatta la grana della pelle. L’uomo nasce nell’iperrealismo per dilatarsi pian piano fino a un puntinismo alquanto approssimativo per poi disperdersi in una polvere di astrattismo.

36 anni, 10 mesi, 2 giorni — *Venerdì 12 agosto 1960*

Io, da bambino, non avevo *consistenza.*

36 anni, 11 mesi, 7 giorni *Sabato 17 settembre 1960*

Ieri, a cena, il vecchio generale M.L., ferito nella Grande Guerra, dice del testicolo che ha perso a Verdun: È tutto quello che ho lasciato all'ossario di Douaumont. Malgrado ciò, ha generato una di quelle famiglie numerose di cui solo i militari hanno il segreto. Se non ci fosse stata la guerra, conclude aritmeticamente, ne avrei fatti il doppio. La moglie non raccoglie.

36 anni, 11 mesi, 21 giorni *Sabato 1° ottobre 1960*

Ai giardinetti, Bruno e un bambino della sua età obbediscono al rituale immemorabile del confronto dei bicipiti. Due braccine piegate ad angolo retto, due pugni chiusi, due bicipiti tesi, due visi teatralmente contratti dallo sforzo. Passiamo la vita a confrontare i nostri corpi. Ma, una volta usciti dall'infanzia, in maniera furtiva, quasi vergognosa. A quindici anni, sulla spiaggia, studiavo i bicipiti e gli addominali dei ragazzi della mia età. A diciotto o vent'anni il gonfiore sotto il costume. A trenta, a quaranta, gli uomini paragonano i capelli (guai ai calvi!). A cinquant'anni la pancia (non metterla su), a sessanta, i denti (non perderli). E adesso, in queste adunate di vecchi avvoltoi che sono le nostre autorità tutorie, la schiena, i passi, il modo di asciugarsi la bocca, di alzarsi, di infilarsi il cappotto, l'età, insomma, semplicemente l'età. Tizio dimostra molti più anni di me, non trova?

5.

37 – 49 anni

(1960-1972)

Neanche a parlarne di istituirmi specialista delle mie malattie.

37 anni, compleanno *Lunedì 10 ottobre 1960*

Durante una riunione particolarmente soporifera sui problemi di distribuzione, ho ceduto alla tentazione di verificare se lo sbadiglio è un fenomeno contagioso. Ho finto di sbadigliare, con un incredibile squartamento della faccia, seguito da un breve "chiedo scusa", e il mio sbadiglio si è propagato, diciamo, ai due terzi dei presenti – fino a tornare a me, facendomi sbadigliare sul serio!

37 anni, 3 giorni *Giovedì 13 ottobre 1960*

Bruno, invece, ha constatato che sbadigliare rende sordi. Quando il maestro lo annoia lui sbadiglia, non tanto per manifestare la noia quanto per non sentire più il maestro. Quando spalanca le mandibole, dice, le orecchie gli ronzano come se fossero attraversate da un vento forte. Allora ascolto il vento. Aggiunge che invece gli starnuti lo rendono cieco. Ha notato che gli si chiudono gli occhi nell'istante in cui gli esplodono le narici. Constata che non può sbadigliare e starnutire nello stesso tempo. Cieco e sordo, ma alternativamente. Esattamente il genere di osservazioni che avrei potuto rilevare alla sua età se avessi goduto del mio corpo anziché doverlo conquistare.

37 anni, 4 giorni *Venerdì 14 ottobre 1960*

Perfezionata l'esperienza dello sbadiglio nello studio G.L.R. Questa volta ho sbadigliato, ma fingendo di *nascondere* lo sbadiglio. Perciò ho sbadigliato senza aprire la bocca, con le mascelle contratte, le labbra strette, e come ieri ho visto lo sbadiglio propagarsi, tentativo di dissimulazione compreso. In talune circostanze, quindi, il dato acquisito si propaga con la stessa naturalezza del gesto meccanico. (Accessoriamente: il breve crepitio nelle orecchie quando sbadiglio. Il rumore della carta stagnola che avvolge le tavolette di cioccolato.)

37 anni, 7 giorni *Lunedì 17 ottobre 1960*

Tijo, al quale racconto i miei esperimenti sulla propagazione dello sbadiglio, mi dice che a proposito di contaminazione mimetica lui da qualche tempo è incuriosito da quella che chiama la "variazione delle opinioni conniventi". Due ore dopo mi fa la dimostrazione al tavolo del ristorante dove pranziamo con tre interlocutori di Z. Rivolgendosi a tutta la tavolata, Tijo dichiara: Ieri mia moglie (ovviamente non è sposato) mi ha portato a vedere l'ultimo di Bergman, è veramente... E qui, anziché concludere, tace, dando al proprio volto un'espressione di biasimo che rasenta il disgusto (narici strette, bocca a culo di gallina, fronte aggrottata, viso che si ritrae all'indietro ecc.), espressione che vedo subito abbozzarsi sulla faccia dei nostri commensali. Quando ha ben attecchito, Tijo finisce la frase esclamando, con un sorriso raggiante: È veramente *un capolavoro*, no?, manifestazione di entusiasmo che sconvolge all'istante la geografia dei volti, improvvisamente aperti, sorridenti, illuminati dall'espressione di una totale approvazione.

37 anni, 13 giorni *Domenica 23 ottobre 1960*

La prima cosa che si legge sui nostri volti quando siamo in società è il desiderio di far parte del gruppo, l'insopprimibile bisogno di *esserci*. Questo si può senz'altro attribuire all'educazione, al gregarismo, alla debolezza di carattere – è la tentazione di Tijo –, ma io la vedo più come una reazione arcaica alla solitudine ontologica, un moto istintivo del corpo che si aggrega al corpo comune, rifiuta istintivamente la solitudine dell'esilio, fosse anche solo per la durata di una conversazione superficiale. Quando osservo tutti noi nei luoghi pubblici dove conversiamo – salotti, giardini, *brasseries*, corridoi, metropolitana, ascensori –, ciò che più mi colpisce nei movimenti del nostro corpo è questa propensione a dire sì. Fa di noi una banda di uccelli che annuiscono meccanicamente: Sì, sì, fanno i piccioni che camminano fianco a fianco. Contrariamente a quel che pensa Tijo, questa adesione di facciata non intacca affatto la nostra individualità. Il pensiero critico seguirà, forse è addirittura già all'opera, ma istintivamente privilegiamo la coesione del gruppo prima di ammazzarci a vicenda. In ogni caso, è questo che facciamo dire ai nostri corpi.

37 anni, 6 mesi, 2 giorni *Mercoledì 12 aprile 1961*

Su uno stronzo perfetto, tutto d'un pezzo, assolutamente liscio e ben modellato, denso senza essere appiccicoso, che odora senza puzzare, dalla sezione netta e di un marrone uniforme, prodotto di una spinta unica e di un passaggio agevole, e che non lascia alcuna traccia sulla carta, l'occhiata dell'artigiano soddisfatto: il mio corpo ha fatto un buon lavoro.

38 anni, 7 mesi, 22 giorni *Venerdì 1° giugno 1962*

Lison in lacrime. Suo fratello l'ha insultata. Lison è particolarmente sensibile alle offese. In lei le parole trovano un senso. Ho verificato, Bruno le ha detto: *Vai a cagarti.* Ho sgridato Bruno e ho chiesto da dove viene questo insulto, così radicalmente fisico. È stato José! Chi è José? Un amico di scuola. Un piccolo *pied noir*, per l'esattezza, appena arrivato dall'Algeria con il suo dramma, la sua famiglia, il suo accento e il suo vocabolario. Tempo neanche dieci anni, e il suddetto vocabolario rinnoverà da cima a fondo il catalogo dei nostri insulti. "Vai a cagarti" ha comunque un'altra dimensione rispetto a "stronzo" o "vaffanculo". L'imperativo del verbo cagare coniugato in senso riflessivo pronominale è un'arma assassina. L'avversario ridotto all'escremento di se stesso al quale ordiniamo di defecarsi da solo, cosa si può dire di peggio?

38 anni, 8 mesi, 7 giorni *Domenica 17 giugno 1962*

Altro insulto ultra-fisico del piccolo José, venuto nel frattempo a giocare a casa nostra: *Che ti muoiano le ossa.*

39 anni, 3 mesi, 4 giorni *Lunedì 14 gennaio 1963*

Notte in bianco per l'ansia. Gola stretta, oppressione al petto, sorda vibrazione dei nervi! Alzato presto. Andato al lavoro a piedi facendo un giro larghissimo: République, Grands Boulevards, Opéra, Concorde, Jardin des Tuileries, Louvre, Pont des Arts... Passi dapprima puramente meccanici, il peso del corpo che cade su ogni piede, uno sforzo dopo l'altro, la creatura di Frankenstein a zonzo, l'occhio fisso e il fiato corto, finché *la cosa* pian piano si dissolve, le mandibole e i pugni allentano la stretta, gambe e braccia si fanno più sciolte, l'andatura aumenta, i polmoni si riempiono, la mente si svincola dal corpo, l'abito veste l'uomo sociale e il cittadino direttore fa il suo ingresso leggendariamente galvanizzante in ufficio: Buongiorno a tutti, come va il morale della truppa?

40 anni, 7 mesi, 13 giorni *Sabato 23 maggio 1964*

Nel pomeriggio, portato i bambini al Jardin du Luxembourg. Vista con la coda dell'occhio una tennista che si dava un'annusata sotto l'ascella. Tornava nello spogliatoio, con la racchetta sotto il braccio, e oplà, il gesto rapido del piccione che va vedere che aria tira sotto l'ala. E in uno di quei miracolosi istanti di empatia che ci fanno tutti membri della stessa specie, so esattamente che cosa prova: il piacere di un profumo familiare subito interpretato come odore da combattere. Godere della propria traspirazione va bene, puzzare no! Scommetto che appena varcata la porta dello spogliatoio si spalmerà sull'ascella un deodorante qualunque, un deodorante che la renderà qualunque.

Ci pasciamo in segreto dei miasmi che in pubblico tratteniamo. Un simile doppio gioco vale anche per i nostri pensieri e questa doppiezza è il Leitmotiv della nostra vita. Tornati ciascuno a casa propria, la mia giocatrice di tennis e io ci godremo, ciascuno per sé, uno di quei lunghi peti che faremo giungere fino alle narici grazie all'onda che con consumata scienza sappiamo imprimere alle lenzuola.

40 anni, 7 mesi, 14 giorni *Domenica 24 maggio 1964*

Divorato letteralmente Mona con le narici e con la lingua, stanotte. Infilato il naso sotto l'ascella, tra i seni, le cosce, i glutei, annusato, leccato, gustato il suo sapore, il suo odore, come da ragazzi.

41 anni, 2 mesi, 10 giorni *Domenica 20 dicembre 1964*

Nel ristorante in cui festeggiamo con i bambini il compleanno di Mona, Bruno ci chiede di spiegargli la frase enigmatica che ha letto alla toilette: "*Le signore sono pregate di non gettare nulla nel water.*" Due interrogativi lo tormentano. 1) Perché mai solo le signore? 2) E cosa dovrebbero buttare? L'ombra di un sorriso compare sulle labbra di Lison. Cosa? sbraita Bruno. Vigliaccamente, lascio a Mona il compito di spiegare tanto la frase quanto il sorriso.

41 anni, 7 mesi, 25 giorni *Venerdì 4 giugno 1965*

I testicoli possono strizzarsi di paura per gli altri, l'ho già notato a Etretat quando Mona mi ha fatto venire le vertigini avvicinandosi troppo al bordo delle falesie. Stamattina mi hanno ricordato questa tendenza all'empatia quando ho visto un ciclista investito da un taxi. Era passato con il rosso, il tassista non è riuscito a evitarlo. Risultato, l'urto, un volo, una gamba rotta, due o tre costole incrinate dall'orlo del marciapiede, un gran taglio sul cuoio capelluto, graffi sulla guancia, e le mie palle che si strizzano durante il volo. Non poteva essere altro che una paura empatica giacché, dopo tutto, quel povero ragazzo non cadeva certo addosso a me. Ne ho dedotto che le palle sono altruiste, capaci di temere per la vita altrui. Testicoli sede dell'anima?

41 anni, 7 mesi, 26 giorni *Sabato 5 giugno 1965*

Ripensato stanotte al mio ciclista volante. Mentre lo giravo sul fianco e gli tamponavo il sangue aspettando che arrivasse l'ambulanza, mi ha chiesto più volte se il suo orologio si era rotto.

42 anni, 3 mesi, 19 giorni *Sabato 29 gennaio 1966*

Cena da Chevrier, tornato in sede dopo due anni passati in Perù *ad majorem buxidae gloriam*. Ha portato da quel paese una collezione impressionante di ex voto incisi su targhette di metallo rettangolari non più lunghe di un pollice: mani, cuori, occhi, polmoni, seni, schiene, braccia, gambe, intestini, stomaci, fegati, reni, denti, piedi, nasi, orecchie, pancioni di donne incinte... Ex voto senza una preghiera, solo l'organo da guarire, inciso su una targhetta più o meno pesante di metallo più o meno prezioso. E nemmeno un sesso, né di donna né di uomo. I più numerosi, mi dice Chevrier, erano i cuori, gli occhi e le mani. Alla domanda se ci credo, rispondo di no. Il che non mi impedisce di scegliere senza esitare un paio di occhi quando mi propone di prenderne uno.

42 anni, 3 mesi, 20 giorni *Domenica 30 gennaio 1966*

Tutto considerato, mi dico nel buio di una breve insonnia, preferirei essere cieco piuttosto che sordo. Non sentire più... passare la vita in un acquario a guardare gli altri vivere? No, meglio non vederli e continuare, nella mia oscurità, a sentirli parlare, muoversi, soffiarsi il naso ecc. Sentire il respiro di Mona addormentata, gli scricchiolii della casa, il pendolo della biblioteca, ascoltare anche il silenzio. A questo punto mi riaddormento e faccio un sogno: sono steso su un tavolo operatorio. Parmentier, chino su di me, indossa un camice bianco da chirurgo, una calottina bianca e una maschera che non mi impedisce di vederlo sorridere. Il suo assistente mi fissa sugli occhi un apparecchio complicato che mi tiene sollevate le palpebre. Intanto Parmentier accende un becco Bunsen e ci mette sopra a scaldare un piccolo bicchiere tondo di rame. Capisco che è una specie di rito iniziatico, o meglio un'ordalia: la Direzione vuole sapere se sono degno di diventare una personalità *in vista*; perciò Parmentier mi verserà dell'olio bollente sugli occhi e *io non devo assolutamente diventare cieco.* Per fortuna a casa ho l'ex voto che mi ha regalato Chevrier. Lo cerco a tentoni, nel buio, folle di paura, urtando contro i mobili, lo cerco ma non riesco a trovarlo. Mi sveglio di soprassalto e rettifico subito: meglio sordo che cieco!

42 anni, 4 mesi — *Giovedì 10 febbraio 1966*

Né vagine né falli sulle pareti delle chiese sudamericane, dunque. Il mio spirito laico, sommamente sprezzante, ridacchia. E tuttavia di falli non ce ne sono neppure sulla tavola anatomica del Larousse che conservo religiosamente da quando ero piccolo, né sul libro di scienze molto laicamente naturali che avevamo in prima superiore e che avrebbe dovuto affrontare la fisiologia umana. Ho dimenticato il nome dell'autore (Dehousseaux? Dehoussières?) ma non il mio furore nello scoprire che venivano trattate *tutte* le funzioni – circolazione, sistema nervoso, respirazione, digestione ecc. –, tutte tranne la riproduzione!

43 anni, compleanno — *Lunedì 10 ottobre 1966*

Stanotte ho sognato un obelisco che si alzava così lentamente che solo io potevo percepirne il movimento. A dire il vero, non lo percepivo ma avevo la certezza di quell'erezione. L'obelisco era coricato, con la punta piramidale rivolta a est, e si tirava su millimetricamente, *millenariamente.* Io lo fissavo, affascinato dalla certezza che un giorno, avessi anche dovuto passarci la vita, avrei visto quell'obelisco oscillare sulla sua base, finalmente immobilizzarsi e puntare al cielo come la lancetta di mezzogiorno. Non svegliarti, mi raccomando, non svegliarti prima che sia in piedi! Avevo deciso di dormire finché non fosse perfettamente verticale. La sua ascesa era così lenta che quella notte prometteva di essere la più lunga della mia vita, e io godevo infinitamente di quella lentezza, non distoglievo gli occhi dall'obelisco, e quella notte era la mia stessa vita, e la mia vita questa pazienza interamente votata a guardar ergersi l'obelisco. Infatti mi sono svegliato nell'istante in cui, dopo un'esitazione vacillante, l'obelisco si è messo in piedi sulla propria base. E mi è subito venuta in mente la frase pronunciata ieri sera da Tijo durante la cena per il mio compleanno: Quarantatré anni, è l'età del tuo numero di scarpe! Un anno stabile! Con i piedi per terra!

43 anni, 2 mesi, 20 giorni *Venerdì 30 dicembre 1966*

Da una quindicina di giorni, sul secondo dito del mio piede destro è comparsa una specie di ciste mai vista prima. Che sia un callo, una verruca, un durone oppure un tiloma? In ogni caso è doloroso e, per la prima volta in vita mia, devo scegliere le scarpe di conseguenza. Non conosciamo mai bene il nome esatto dei mali che ci affliggono. Disponiamo soltanto di un linguaggio generico: un "brufolo", dei "reumatismi", una certa "acidità", un "callo".

43 anni, 2 mesi, 25 giorni *Mercoledì 4 gennaio 1967*

Mi sono informato, è proprio un callo. Ecco quindi cosa chiamiamo un callo. Mi sembra peraltro di averne già avuti quando ero nel *maquis:* scarpe troppo strette.

43 anni, 3 mesi, 5 giorni *Domenica 15 gennaio 1967*

Il corpo del padre. A un compagno che passa qui con lui il fine settimana, Bruno dichiara di non avermi mai visto arrivare a colazione in pigiama. Sempre impeccabile, papà, sbarbato pettinato incravattato fin dall'alba. Questa indiscrezione, un filino ironica, mi infastidisce, e nel tono più serio del mondo annuncio a mio figlio che Mona e io abbiamo per l'appunto deciso che la famiglia trascorrerà le prossime vacanze in un campo di naturisti, non te l'avevo detto? Effetto imprevedibile di questo scherzetto idiota. Bruno avvampa, posa la sua fetta di pane e burro e, seguito dall'amico, esce dalla cucina con in fronte il marchio di una vergogna biblica: Sem e Jafet che camminano a ritroso per coprire la nudità del padre. O troppi corpi o non abbastanza. Dall'epoca di Noè, il problema è tutto qui.

45 anni, 5 mesi, 19 giorni *Mercoledì 29 marzo 1967*

I miei cari polipi. Stamattina ne ho espulso uno starnutendo. Mi ostruiva la narice sinistra dall'ultimo raffreddore – tre mesi e rotti fa. Chino sul fazzoletto, starnutisco a pieni polmoni. Non uno di quegli starnuti a bocca aperta che ti svuotano i polmoni e riempiono la casa di un'allegra esplosione, ma uno starnuto puramente nasale, a bocca chiusa, con tutta la pressione dell'aria concentrata nella narice da stappare. Di solito è quasi impossibile liberare la narice dove prospera un polipo adulto e tenace. L'aria incontra l'ostacolo, torna indietro e ti tappa ermeticamente le orecchie. È come se il cervello ti si dilatasse, rimbalzasse contro la parete del cranio prima di ritrovare il volume iniziale. Ti senti completamente suonato. Ho stranutito *lo stesso.* (In fatto di starnuti, l'esperienza non può nulla contro la speranza.) Ho starnutito con premeditazione. Ho chiuso la bocca e gli occhi, ho tappato l'altra narice, ho lasciato che lo stimolo mi solleticasse la mucosa, salisse su per il naso, mi gonfiasse i polmoni, ho aperto il più possibile il fazzoletto per evitare di sparpagliare schizzi ovunque, e ho starnutito con tutte le mie forze dalla sola narice sinistra (quando si dice l'energia della disperazione). Miracolo, si è stappata! Un urto molle nel palmo della mano, una lunga colonna di aria vaporosa che filtra e, meraviglia, la strada del ritorno altrettanto libera! Per la prima volta dopo tutte queste settimane l'aria mi circolava liberamente nella narice! Ho aperto gli occhi su un fazzoletto punteggiato di rosso al centro del quale stava quello che sulle prime ho scambiato per un grosso coagulo di sangue ma che, al contatto, si è rivelato qualcosa di carnoso. Non sono svenuto. Non mi sono detto che avevo perso un pezzo di cervello. Ho pulito la cosa sotto l'acqua corrente, e si è rivelata molto simile alla polpa di una capasanta: molle e spessa, di un bianco rosato, vagamente traslucida e piuttosto fibrosa. 21 mm di lunghezza per 17 di larghezza e 9 di spessore. Eccoti qua, vecchio polipo! Sembra incredibile che un mostro simile abbia potuto abitare nella mia narice! Il buon dottor Bêk (quanti anni avrà?) a cui sono andato a farlo vedere saltava letteralmente dalla gioia. Espulsione spontanea di un polipo? Ma è rarissimo, sa! Non avevo mai visto una cosa del genere! L'ha tenuto per analizzarlo e non mi ha fatto pagare la visita, felice come se gli avessi regalato una perla gigante.

43 anni, 8 mesi, 24 giorni — *Martedì 4 luglio 1967*

Negli ultimi tempi, tirato troppo la corda: cene innaffiate da molto alcol, serate fuori fino a tardi, notti brevi, risvegli improvvisi, lavoro intenso, stesura di due articoli e della conferenza, disponibile per i miei, disponibile per gli amici, disponibile per l'ufficio, disponibile per i clienti, disponibile per il ministero, attenzione continua, reattività immediata, autorità, affabilità, convivialità, efficienza, controllo, controllo e tutto questo da otto o dieci giorni, in un'orgia divoratrice di energia in cui il mio corpo segue senza fiatare la bandiera sventolata dalla mia mente-Napoleone su un perenne ponte di Arcole.

Stamattina, niente più energia. L'ho sentito appena ho sollevato le palpebre. La carica non c'era più. Dopo aver "tirato la corda", arriva la tentazione di "mollare il colpo". Oggi tutto è andato avanti a furia di volontà, tutto è stato frutto di una decisione. Non di quelle decisioni che si susseguono con naturalezza nel corso delle giornate normali, ma una decisione per ogni atto, a ogni atto la sua decisione, a ogni decisione il suo sforzo specifico, senza nesso dinamico con la precedente, come se non fossi più alimentato da un'energia intima e continua ma da un gruppo elettrogeno esterno alla casa, che bisogna far ripartire – a manovella! – ogni volta che c'è una decisione da prendere.

La cosa più estenuante è lo sforzo mentale che devo compiere per dissimulare questa stanchezza a chi mi circonda, mostrarmi sempre affettuoso con i miei (che la stanchezza mi rende estranei), sempre professionale con gli altri (che mi rende indebitamente familiari), insomma tenere alta la mia reputazione di equanimità, sorvegliare l'equilibrio della mia statua. Se non mi riposo, se non concedo al mio corpo la sua dose di sonno, anche il gruppo elettrogeno andrà in panne e io mollerò il colpo. Giorno dopo giorno, il mondo sarà più pesante di quello che è. Allora l'angoscia si insinuerà nella mia stanchezza e non sarà più il mondo a sembrarmi troppo pesante, ma io stesso in seno al mondo, un io impotente, vano e bugiardo, ecco cosa mormorerà l'angoscia all'orecchio della mia coscienza esausta. E mi abbandonerò a uno di quegli accessi di collera che lasceranno ai miei figli il ricordo di un padre dall'umore pericolosamente mutevole.

43 anni, 8 mesi, 26 giorni *Giovedì 6 luglio 1967*

Come previsto, crisi di ansia. L'ansia si distingue dalla tristezza, dalla preoccupazione, dalla malinconia, dall'inquietudine, dalla paura o dalla rabbia per il fatto di essere priva di oggetto. Un puro stato nervoso dalle conseguenze fisiche immediate: oppressione al petto, fiato corto, nervosismo, goffaggine (rotta una tazza preparando la colazione), accessi di rabbia dei quali può fare le spese il primo venuto, imprecazioni soffocate che ti avvelenano il sangue, nessun desiderio e i pensieri corti come il fiato. Impossibile concentrarsi, dispersione assoluta, accenni di gesti, accenni di frasi, accenni di riflessioni, niente arriva fino in fondo, tutto rimbalza verso l'interno, l'ansia rimanda sempre al cuore dell'ansia. Non è colpa di nessuno – o di tutti, che poi è la stessa cosa. Scalpito dentro di me, accusando la terra intera di non essere che me. L'ansia è un male ontologico. Che cos'hai? Niente! Tutto! Sono solo come l'uomo!

43 anni, 9 mesi, 2 giorni *Mercoledì 12 luglio 1967*

Risveglio insanguinato. Il solco lasciato dalla mia testa sul cuscino è pieno di sangue nero mezzo rappreso. Così tanto che l'imbottitura non è riuscita ad assorbirlo tutto. Devo aver perso sangue dal naso durante il sonno. Mi alzo senza far rumore per non svegliare Mona. Prendo il cuscino e lo butto nella spazzatura. Le lenzuola non sono macchiate. In bagno la conferma: ho la guancia nera, tutta appiccicosa di sangue secco, la narice sinistra piena di grumi. Mi pulisco, mi soffio il naso, poi doccia, tutto a posto. Due ore dopo, in consiglio di amministrazione, un'altra emorragia. Sempre la narice sinistra. Il sangue cola quasi ininterrottamente e mi macchia la camicia. Riprendo la mia relazione, con la narice tappata da un batuffolo di cotone idrofilo, ben presto sostituito da un tampone nasale che Sabine è scesa a prendere in farmacia. Intanto ha comprato anche una camicia pulita. Alle 14.00, nuova crisi, in piena negoziazione con gli R. di V., all'ora del caffè. Una vera cataratta! Riesco a stento a non schizzare chi mi è vicino. Altro tampone emostatico, altra camicia, questa volta gentile omaggio del maître d'hotel. (Questo si chiama servizio!) Ritorno in ufficio e alle 18.00 quarta emorragia. Zaffamento al pronto soccorso otorinolaringoiatrico dell'ospedale "Enfants Malades". Secondo Etienne, è il miglior reparto di Parigi. Un interno con gli occhi trasparenti mi *zaffa.* L'operazione consiste nel ficcarti una quantità spaventosa di tessuto nella narice fino a riempire tutti i seni nasali, i quali protestano vigorosamente. Uno non immagina quanto sia cavo il cranio! Una sottile crosta ossea intorno a innumerevoli caverne, gallerie, fosse, anfratti, uno più innervato dell'altro. L'operazione è così lunga e dolorosa che devo trattenermi per non mollare un cazzotto in faccia al medico. Almeno potrebbe avvisare! Ho le lacrime agli occhi. Ecco, ho finito, dice. Ma quando sto per andare a letto, un'altra emorragia: il sangue ha intriso tutta la garza compressa e mi cola anche in gola. Ritorno all'ospedale. Un altro medico. Chi le ha fatto questo zaffamento? Eludo la domanda e preciso che le emorragie avvengono ogni quattro ore, quindi questa ha rispettato i tempi. Il mio collega era al corrente di questo intervallo? Non ricordo di averglielo segnalato. Spiacente, ma dobbiamo zaffarla di nuovo e trattenerla una notte in osservazione. La prospettiva di un altro zaffamento non mi alletta, ma quando si tratta di dolore preferisco il timore alla sorpresa. L'interesse che provo rende la cosa più sopportabile. Sempre che si possa ritenere sopportabile un puntaspilli ficcato nella narice nel modo in cui una volta i cannonieri caricavano i loro pezzi di artiglieria. Breve visione di Pierre Bezukhov che vaga tra gli artiglieri russi a Borodino. E l'immagine del topo di Orwell, brava bestiola intenta a scavare una galleria nel naso di un torturato per arrivare al suo cervello. In fondo, controllare il dolore significa accettare il reale per quello che è: ricco di metafore pittoresche. Per quanto tempo le metafore possono fungere da diversivo? Il problema è tutto qui. Bisognerebbe ordinare ai medici di avvertire i pazienti: Uno zaffamento, signore e signori, sono tre minuti e quarantotto secondi di un dolore pazzesco, non un secondo di più; io ve lo faccio in tre e quindici, cronometro alla mano, allacciatevi le cinture di sicurezza! E il medico partirebbe allora con il conto alla rovescia, come quando si annuncia agli astronauti un imminente lancio in orbita: meno dodici secondi... cinque, quattro, tre, due, uno... Ecco, è finita. Allora stanotte la teniamo qui.

Mona mi porta un pigiama, l'occorrente da toilette e qualcosa da leggere. Siccome tutti i posti-letto adulti sono occupati, divido la camera con due bambini (un'otite e il morso di un cane) che mandano a monte il mio progetto di lettura. Questo vecchio con il nasone tumefatto è una gran bella fonte di distrazione. Così, anche gli adulti possono ammalarsi? Al punto da dividere la stanza d'ospedale con dei bambini! In risposta alle loro domande, propongo di risolvere il problema dei rubinetti che perdono nella mia testa. Sapendo che tali rubinetti producono ogni quattro ore venti centilitri di sangue, calcolate la quantità totale persa in ventiquattr'ore. Tenendo conto, peraltro, che il corpo umano contiene in media cinque litri nell'età adulta, quanto tempo occorrerà al paziente per svuotarsi fino all'ultima goccia? Forza, al lavoro, non voglio sentire volare una mosca. Come sperato, si addormentano durante il calcolo e posso dedicarmi alla mia lettura, dove mi imbatto in questa confessione di Hobbes che mi calza a pennello: "*L'unica passione della mia vita è stata la paura*".

Dopo un ulteriore zaffamento, il medico di turno al mattino mi rimanda a casa, ottimista come se mi insediasse in una vita tutta nuova. Ma sono appena rientrato a domicilio quando un flusso denso mi lascia in gola un inconfondibile sapore metallico. Quattro ore dopo, ritorno al pronto soccorso, quarto zaffamento. (Chi l'ha detto che non ci si abitua al dolore?) Stavolta il medico è scettico: Glielo faccio per scrupolo di coscienza, signore, me lei non sanguina. Dottore, io sanguino *dentro*, ogni quattro ore. Signore, è un'*impressione*, la sua è un'epistassi, come capitano alla maggioranza dei bambini, forse è un pochino avanti con l'età ma la cosa non è affatto grave; lo zaffamento ha bloccato l'emorragia, lei non sanguina più.

Di nuovo a casa. Dove la sanguinosa "impressione" si manifesta come prima, con la medesima regolarità. Etienne mi manda uno dei suoi amici del servizio d'urgenza. Poiché siamo fra due svuotamenti, l'amico conferma la diagnosi dello specialista: Lei non sanguina, è solo un'impressione, dovuta probabilmente al panico, non si agiti, dorma e vedrà che passerà. Non mi agito, mi spengo. Mi spengo e Mona si allarma. Decide di togliere il tampone per capire una buona volta come stanno le cose. Vuole calcolare la quantità di sangue perso. Nuova emorragia: riempio una tazza intera. Sempre dalla narice sinistra. Quattro ore dopo, un'altra tazza. Torniamo all'ospedale per mettere le tazze sotto il naso del dottorino e chiedergli se sono *impressioni.* Niente da fare, ci imbattiamo in un altro medico. Nuovo zaffamento con la scusa che il precedente deve essere stato fatto male. È più delicato di quanto sembri, lo zaffamento, ma non si preoccupi, signore, l'epistassi è un fenomeno assolutamente innocuo.

Lunedì mattina il mio corpo torna al lavoro nel suo impeccabile abito da capo. Ogni quattro ore mi isolo per sanguinare in pace, come uno che va a pisciare. Insieme con il sangue, se ne vanno le forze. Con le forze, se ne va il buonumore. A ogni emorragia segue un'insopprimibile tristezza. Come se la malinconia riempisse lo spazio lasciato libero dal sangue perso. Mi sento assalito dalla morte. Che prende, lentamente ma inesorabilmente, il posto della vita. Mi sarebbe piaciuto tanto passare ancora una decina d'anni con Mona, veder crescere Bruno, consolare Lison nelle sue prime pene d'amore. Su questo si concentra il mio spleen di agonizzante: *gli amori di Lison.* Non voglio che Lison soffra. Non voglio che uno stronzo approfitti della sua grazia un po' maldestra, della sua febbrile attenzione al mondo, della sua ostinata ricerca di una verità della gioia. Insieme con questa angoscia, cala in me una specie di quiete, mollo il colpo, mi lascio portare dalla corrente, trascinato dal mio stesso sangue, la morte, mi dico, la morte è un tranquillo assopirsi...

L'indomani non ho più la forza di andare in ufficio. Passa Tijo, avvertito da Mona, che mi porta subito all'ospedale Saint-Louis dove lavora un infermiere di sua conoscenza, che è pappa e ciccia con un professorone, specialista di ORL e chirurgia di testa e collo, il quale, stupefatto dalla quantità di sangue persa in due giorni, ipotizza un errore diagnostico – si tratta di un'epistassi, certo, ma un'epistassi *posteriore*, che impone d'urgenza un'operazione in anestesia totale. La mano di Mona lascia andare la mia alla frontiera del blocco operatorio.

Al risveglio la mia testa è una zucca crivellata di frecce. Sono incredibilmente nervoso. Il mio corpo, all'apparenza immobile, non riesce a star fermo. Continuo a dimenarmi dentro me stesso come se fossi abitato da un altro, il quale secondo Mona ha delirato non poco. Questo effetto di possessione è una reazione frequente alla morfina, mi spiega l'infermiera, alla quale chiedo di sospenderla. Impossibile, signore, avrebbe troppo male! Casomai la riprenderò. Eliminata la morfina, torna il dolore, in un'ascesa che ognuno dei miei nervi segue con il più vivo interesse. Un san Sebastiano di cui gli arcieri prendessero di mira solo il volto. Puntano tutti fra gli occhi. Quando non hanno più frecce, il supplizio diventa sopportabile purché io resti immobile. Considerato il mio debole tasso di emoglobina, il chirurgo vuole trattenermi una decina di giorni, per rimettermi in sesto ed evitare la trasfusione. Mi prega di scusare la Medicina per questi errori di diagnosi: Cosa vuole, l'epistassi posteriore è molto rara e le medicina non è una scienza esatta. In fatto di diagnosi, aggiunge, bisogna sempre lasciare spazio al dubbio, come si lascia posto a teatro per i vigili del fuoco. I giovani, ahimè, lo imparano solo con l'esperienza.

43 anni, 9 mesi, 8 giorni *Martedì 18 luglio 1967*

Dieci giorni di ospedale metà dei quali passati a ronfare e l'altra metà a scrivere quel che precede. All'inizio gli enormi baffi di garza che mi passano dentro il naso ed escono dalle narici mi fanno assomigliare a un turco all'antica. Qui mi rimpinzano di ferro, leggiucchio, vago mollemente per i corridoi, imparo i nomi dei medici e degli infermieri, riscopro i ritmi e le abitudini del collegio, ritrovo il cibo da mensa, mi rilasso e mi riposo, libero da ogni impazienza. Unico neo, che aggiunge disperazione alla malattia, i miei orribili pigiami a righe. (Mona sostiene che il negozio non aveva altri modelli.)

Il mio vicino di stanza è un giovane pompiere finito sotto i manganelli della polizia durante le manifestazioni dell'inizio del mese. Voleva frapporsi tra le forze dell'ordine e un gruppo di manifestanti intrappolati in un ingresso della metropolitana di cui erano chiusi i cancelli. Siccome non era in uniforme, la Legge gli ha fatto saltare i denti, slogato la mandibola, fratturato il setto nasale, sfondato un'orbita, rotto qualche costola, fratturato una mano e una caviglia. Piange. Ha una gran paura. Piange dal terrore. Non sono in grado di calmarlo. La voce da papero emessa dalle mie fasciature incrina la saggezza delle mie parole di consolazione. I genitori e la fidanzata, una ragazzina in un mare di lacrime, non sono da meglio. Saranno i compagni di brigata a riportarlo in vita. Ogni sera piombano qui cinque o sei pompieri travestiti da alsaziane, bretoni, savoiarde, provenzali, algerine, per un happening folcloristico applaudito da tutte le infermiere del piano: cornamuse, pifferi, tamburelli, youyou, danze locali, biscotti bretoni, cuscus, *choucroute*, Kronenbourg, tè alla menta e vino bianco di Savoia, gran risate che sulle prime temiamo diano il colpo di grazia al nostro piccolo pompiere (le mandibole e le costole trasformano la sua risata in un supplizio) e che invece lo risuscitano.

43 anni, 9 mesi, 17 giorni — *Giovedì 27 luglio 1967*

Ritorno dall'ospedale. Festeggiato a letto con Mona. Ma l'emoglobina 9,8 anziché 13. Mi viene il dubbio che non mi abbiano rimesso bene in sesto quanto a globuli per irrorare i corpi cavernosi. Non avevo tenuto conto della tropicale ospitalità di Mona. Erezione coi fiocchi! Battiamo persino un record di durata.

L'erezione c'è, ma succede un'altra cosa: un fiume di lacrime a mo' di orgasmo! Singhiozzi inarrestabili, inframmezzati da scuse che li raddoppiano. Stesso episodio al lavoro, dove devo abbandonare una riunione per andare a farmi un gran pianto nel mio ufficio. Un magone senza oggetto, puro dolore di esistere, mi assale a ondate improvvise, devastanti come il crollo di una diga. Depressione post-operatoria, assai prevedibile a quanto pare, liquefazione dell'anima dopo lo svuotamento del sangue. Soluzione? Riposo, signore, molto riposo, lei è passato sotto un rullo compressore che l'ha completamente spompata, le ci vuole tempo per rimettersi in sesto, fegato di vitello, faccia una cura a base di fegato di vitello, che è ricco di ferro, fegato di vitello, carne di cavallo, sanguinaccio e riposo, non esageri con gli spinaci, è una leggenda che contengano ferro, eviti le emozioni, piuttosto faccia sport, rilanci il suo corpo nella corsa della vita!

Ed eccomi a Mérac, dove si asciugano le lacrime. Lunghe passeggiate hanno la meglio sugli ultimi sgocciolii malinconici. Stesi sull'erba, Mona e io ci godiamo tramonti come non ricordavamo da prima della figliolanza. Giardinaggio, prole (i bambini di Marianne e i nostri figli adolescenti), fricassee di funghi, musica, non si finirebbe mai di elencare le piccole gioie che alimentano l'istinto di vivere.

43 anni, 10 mesi, 1 giorno *Venerdì 11 agosto 1967*

I vestiti mi pizzicano da morire intorno alla vita. Punture di insetti? Forse che l'invisibile larva di trombidio, il subdolo ragno, il silenzioso tafano, la zecca nascosta hanno approfittato delle nostre effusioni nell'erba? Verifica: nessuna zecca ma una cintura di piccoli foruncoli dalla testa traslucida che, partendo dall'inguine destro, mi corrono sulla schiena fino all'altezza del rene destro. Diagnosi: herpes zoster. In altri termini, un virus della varicella che giocava alla Bella addormentata nel mio corpo e che la depressione ha riattivato sotto forma di infiammazione nervosa. È frequente, a quanto pare. Non si cura. È uno di quei disturbi che prima o poi si cureranno. Per ora bisogna aspettare che passi. Ricapitolando: un'epistassi provoca un'anemia che causa una depressione la quale risveglia un virus che gioca all'herpes zoster. E adesso cosa mi devo aspettare? Una tubercolosi da leggenda? Lo zelantissimo cancro? La lebbra con tanto di dita dei piedi che si sbriciolano?

43 anni, 10 mesi, 7 giorni *Giovedì 17 agosto 1967*

Frase villana di Bruno in reazione a un moto di stizza di Lison: "Cos'hai, il marchese?". Lison, che forse aveva le mestruazioni – spesso dolorose –, ammutolisce sbigottita. E Bruno avvampa. Una costante storica, queste battutine dei maschietti sul ciclo delle ragazze. Subodorano un mistero femminile dal quale sono esclusi, la presenza di una complessità che fa della donna un mistero... L'offesa alla ragazza diventata donna quando il maschio è ancora ben lontano dall'essere uomo è la vendetta abituale dei ragazzi. Ma la forza normativa prodotta dalla duplice omonimia della regola* li intimidisce. Questa sorella che fingo di disprezzare è detentrice della regola. Possiede lo strumento di misurazione. Stabilisce le regole. Regola il corso degli astri. I maschietti vorrebbero che la parola suscitasse disgusto, invece i suoi omonimi mettono soggezione, nonostante i sostituti più o meno degradanti trovati nel corso delle generazioni: la pioggia, le purghe, le noie, il tributo mensile, il mar rosso... Sempre foneticamente, il termine generico "mestruo" suggerisce dal canto suo una mostruosità vagamente ripugnante, di quelle che si "mostrano" ridacchiando.

Le mestruazioni... Sarà che mi sono documentato presto? Sarà per il silenzio che ne negava l'esistenza nel mio ambiente familiare? Sarà perché ho sentito le battute salaci dei miei amici più grandi? Sarà perché, tra Mona e me, non hanno mai ostacolato la pratica dell'amore? Sta di fatto che, lungi dal farmene la rappresentazione satanico-ripugnante che era la norma storica della nostra civiltà fino alla mia giovinezza, le ho prese subito in simpatia. Quando ho capito che le donne avevano certe *regole* e a cosa servissero, e che peraltro esse vivono più a lungo degli uomini nonostante i numerosi parti e gli effetti devastanti del dominio maschile, quando ho fatto la somma di questi elementi, ho attribuito alle mestruazioni la facoltà di allungare la vita alle donne. Superstizione che coltivo ancora oggi e che, per quanto ne so, è priva di qualsiasi fondamento scientifico. Ho subito considerato il sangue come un carburante. E sapere che le femmine rinnovavano ogni mese parte di questo carburante, purificando così l'intero serbatoio, mentre il nostro sangue circola a ciclo chiuso in un corpo che di conseguenza si abbonaccia più rapidamente del loro (da cui la mia epistassi coi fiocchi), presupporre questo, dico, mi ha

* In francese *règle*, il cui plurale *règles* significa anche mestruazioni. [N.d.T.]

ben presto convinto che le mestruazioni erano la garanzia primaria della longevità femminile. Credenza cui non sono mai venuto meno. Non dubito che sia un'idiozia, ma finora non ho trovato nessuno che me lo dimostrasse. Il mondo della mia infanzia era un mondo di vedove, il che avvalorava questa convinzione. E lo è anche il mondo di oggi, a giudicare da tutte queste vecchie senza vecchi. Che io sappia, queste vedove non hanno tutte assassinato il marito, e le guerre, per quanto devastatrici, non bastano a spiegare questa costante dell'umanità: le donne vivono, in media, più a lungo degli uomini. Grazie alle mestruazioni, dico io.

Ci penso ogni volta che trovo dei tamponi in un cassetto del bagno o nel beauty-case di Mona quando siamo in viaggio. Non che le contempli rapito o intenerito, ma quelle cartucce di avvenire, diligentemente allineate nella scatola, con la loro brava miccetta, mi ricordano immancabilmente la mia convinzione: grazie alle mestruazioni, le donne vivono più a lungo degli uomini.

43 anni, 10 mesi, 8 giorni *Venerdì 18 agosto 1967*

Secondo Mona, se mi aggrappo a questa certezza è perché la vedovanza non mi attrae: Preferisci che sia io a piangere sulla tua tomba. Tipicamente maschile! Sempre a camuffare le vostre paure in virtù. Sempre secondo Mona, le donne hanno cominciato a vivere più a lungo quando hanno smesso di morire di parto, semplicemente. Il fatto che oggi ci sorpassino in età è soltanto un modo per recuperare i millenni persi.

44 anni, 5 mesi, 1 giorno *Lunedì 11 marzo 1968*

Mai una stretta di mano quando Decornet e io ci incrociamo nei corridoi dell'ufficio: giusto un cenno del capo, buongiorno buonasera. Fa sempre in modo di avere entrambe le mani impegnate. In una l'ombrello, nell'altra l'impermeabile. Una valigetta degli attrezzi *e* la cornetta del telefono. Una macchina da scrivere *e* una pianta.

La spiegazione – l'ho saputo oggi da Sylviane – è che Decornet ha il terrore di stringere le mani. Il terrore, in verità, di qualunque contatto fisico. Quel gigante buono, sosia di Jacques Tati, vive nell'incubo costante di *prendersi qualcosa* – un microbo, un virus, una malattia infettiva. Si lava le mani dalle venti alle trenta volte al giorno e gira sempre con un flaconcino di disinfettante nel malaugurato caso in cui carne umana dovesse toccare la sua carne. Allora gli tocca inventare stratagemmi da Sioux per nettare la lordura senza essere visto. Quanto resisterà in questo posto senza conformarsi al rito dello *shake-hands*? Dal canto mio, non ho mai conosciuto una fobia del genere, persuaso da sempre che il nemico che mi ucciderà è già dentro di me. E mi chiedo con una certa curiosità da dove il mio corpo comincerà a sgangherarsi.

44 anni, 5 mesi, 12 giorni *Venerdì 22 marzo 1968*

Sylviane, sempre lei, mi ha detto che una delle stenografe della contabilità ha lasciato il marito perché si mangiava le caccole del naso ovunque. Anche a tavola. Uno psichiatra ci andrebbe a nozze, con questa persistenza dell'infanzia. Per non parlare di una moglie che chiede il divorzio per una ragione così palesemente pretestuosa.

44 anni, 6 mesi *Mercoledì 10 aprile 1968*

Scoperte all'interno dell'avambraccio destro, nel punto dove la pelle è più delicata, tre macchioline di un rosso vivo che disegnano esattamente la costellazione del Triangolo estivo. E che mi hanno fatto tornare in mente i miei giochi amorosi con quella ragazza così carina, regalo del mio ventitreesimo compleanno, Suzanne, la mia quebecchese. Che fine ha fatto, Suzanne? Non ho potuto fare a meno di congiungere, con la biro, quei tre puntini rossi.

44 anni, 6 mesi, 17 giorni *Sabato 27 aprile 1968*

Sono, mi dice il dermatologo, minuscoli angiomi chiamati *angiomi rubino*, che si moltiplicheranno con gli anni. Un effetto dell'età, dice a mo' di spiegazione: la pelle invecchia e si accende. E poi aggiunge, malinconicamente, che sin dalla più remota antichità i cinesi leggevano il futuro nella distribuzione degli angiomi rubino sul corpo, ma che questa pratica è stata probabilmente bandita dalla Rivoluzione culturale.

44 anni, 6 mesi, 23 giorni *Venerdì 3 maggio 1968*

"La pelle invecchia." Questa frase banale ha fatto centro. È una *vecchia ciabatta*, diceva la mamma parlando delle persone che non le piacevano (ma chi le piaceva?). Vecchia ciabatta, vecchio catorcio, vecchio rincoglionito, vecchia megera, vecchio bacucco, vecchio rottame, vecchio bavoso, vecchio decrepito, vecchio rimbambito, vecchio porco, vecchio scemo: le parole, la lingua, le espressioni idiomatiche lasciano intuire una qualche difficoltà a entrare nella vecchiaia a cuor leggero. *Quando* ci entriamo, peraltro? In quale momento diventiamo vecchi?

Maggio 1968

La piazza sta forse scrivendo il diario del corpo?

44 anni, 9 mesi, 24 giorni *Sabato 3 agosto 1968*

Stamattina, a Marsiglia, la mia prima sensazione di estate: la rapidità con la quale mi sono vestito. In quattro e quattr'otto, slip, pantaloni, camicia, sandali: ecco l'estate. Non sono stati i vestiti in sé, per quanto leggeri, a procurarmi questa sensazione di gioia estiva, ma la rapidità con cui me li sono infilati.

D'inverno per vestirmi mi ci vuole il tempo di un cavaliere con l'armatura. Ogni parte del corpo esige la congruenza del tessuto protettore: i piedi sono esigenti riguardo alla lana dei calzini; il busto vuole la tripla protezione della canottiera, della camicia e del pullover. D'inverno vestirmi significa trovare l'equilibrio fra la temperatura interna e quella dei vari fuori: fuori dal letto, fuori dalla camera, fuori di casa... Devo essere immerso nel giusto calore originario; nulla di più sgradevole e di più disdicevole che aver troppo caldo d'inverno. Questa vestizione invernale richiede un'attenzione e un tempo considerevoli. "Infilarsi i vestiti" è un'espressione estiva. D'inverno si mettono, verbo rudimentale; si mettono e si portano. Poiché c'è anche il peso. Ben prima delle sue doti calorifughe, è il peso del cappotto a proteggermi dal freddo.

(Dal punto di vista del tempo che impiegano, i toreri sono gli unici a vestirsi d'estate come se fosse inverno. Un torero non si infila mai i vestiti. Che razza di mestiere.)

44 anni, 9 mesi, 26 giorni *Lunedì 5 agosto 1968*

"A trentacinque anni amavo ancora" scrive Montesquieu nei suoi *Pensieri.* Riflettevo su questo mentre facevo l'amore con Mona. Che cosa intendeva? Propensione a innamorarsi come nella prima giovinezza? Constatazione di una virilità intatta? In tal caso, che cosa bisogna pensare di quell'"ancora"? Nel XVIII secolo era frequente che dopo i trent'anni non ti si rizzasse più? A questo pensavo fra le braccia di Mona, con il desiderio in piena ascesa, quando improvvisamente, mollata la presa, l'alpinista precipita... Come all'epoca dei miei primi tentativi. Il signore ha il sesso altrove, conclude Mona che si è sempre interessata a questo enigma maschile. Quanto a me, giungo ancora una volta alla linea di confine di questo diario: la frontiera tra il corpo e la psiche. Dal panico di essere troppo giovane al terrore di essere troppo vecchio, passando per la malattia dell'impotenza che uccise Pavese e mandò l'Octave di Stendhal a morire per l'indipendenza della Grecia, la mente e il corpo si accusano a vicenda di impotenza, in un processo dove regna un silenzio spaventoso.

44 anni, 9 mesi, 29 giorni *Giovedì 8 agosto 1968*

Portato i bambini al mare, sulla spiaggetta di Cagnes. Da quanto tempo non facevo il bagno! Nuotato sott'acqua, a lungo come quando avevo vent'anni. Sott'acqua rinuncerei volentieri a respirare e a tutti gli obblighi della superficie. Di questa carezza totale della pelle del mare sulla mia pelle avrei potuto fare una passione esclusiva, imparare a non respirare, fare la vita del delfino, condurre in questa seta un'esistenza priva di gravità, ogni tanto aprire la bocca e lasciarmi andare a nutrirmi. Ma facciamo scelte che riducono le nostre passioni più pregnanti a semplici idee di felicità. Sapere di stare bene sott'acqua è sufficiente a dispensarmi dal fare il bagno. A questo pensavo stamattina, sotto il Mediterraneo, prima di rimettere piede sulla spiaggia. Rimettere piede... Si fa per dire! Appena esco dall'acqua i sassi mi disarticolano come uno di quei giocattolini di legno – il più delle volte giraffe – che i bambini fanno cadere su se stessi premendo sotto lo zoccolo. Mentre io mi ritrovo a quattro zampe, Bruno e Lison, a piedi nudi come me, giocano a pallavolo con altri adolescenti galoppando come se corressero sulla sabbia.

44 anni, 10 mesi, 2 giorni *Lunedì 12 agosto 1968*

Stamattina avanzo verso il mare dopo aver rifiutato gli orribili sandali di plastica traslucida proposti da Mona. Mi tengo (mi mantengo) il più dritto possibile sui sassi, forse un pochino rigido, la schiena un filo inarcata, fingendo l'andatura sognante del tizio che si gode l'orizzonte prima di decidersi a tuffarsi. La pianta dei piedi, d'accordo con le caviglie, saggia ogni sasso – consistenza, temperatura, superficie, rotondità ecc. – trasmette queste informazioni alle ginocchia che subito ragguagliano le anche, e tutto procede, e *io* procedo, finché la somma dei dati da trasmettere diventa tale che il mio cervello va in tilt e il sasso inaspettato, più appuntito degli altri, gli ordina di mandare le braccia alla ricerca dell'equilibrio. Ed è così, mentre mulino le braccia, che mi trovo reincarnato in Violette! Non penso a Violette, non evoco Violette, non mi ricordo di Violette, io *sono* Violette che oscillava sui sassi quando andavamo a pescare. Sono il vecchio corpo barcollante di Violette, Violette cammina in me – non con me, *in* me! Un'assoluta possessione, piacevolmente accolta. Sono Violette nella sua andatura traballante verso la sedia pieghevole che spostavo sempre indietro di due o tre metri per farle uno scherzo. Quando avrai la mia età, anche tu non riuscirai più a stare in piedi sui sassi, diceva, mentre io sarò sempre capace di tenere un pesce vivo in mano! Solo che quando avrai la mia età io sarò morta. Oh Violette! Sei qui! Sei qui!

44 anni, 10 mesi, 3 giorni *Martedì 13 agosto 1968*

In fondo, mi piace pensare che i nostri *habitus* lasciano più ricordi di quanti ne lasci la nostra immagine nel cuore di coloro che ci hanno voluto bene.

44 anni, 10 mesi, 5 giorni *Giovedì 15 agosto 1968*

Ancora in spiaggia. Leggo, steso sull'asciugamano. Vado, dice Mona. La guardo camminare verso il mare. Che meraviglia questa continuità ininterrotta del corpo femminile! Va detto che Mona non porta mai quei costumi due pezzi che tagliano le donne in cinque.

45 anni, 1 mese, 2 giorni *Martedì 12 novembre 1968*

Dopo una cena silenziosa, Bruno va a letto senza dire una parola, in volto un'assenza di espressione che vorrebbe essere espressiva. Negli ultimi tempi, la scena si ripete spesso. Siamo in piena adolescenza. La faccia che rivolgiamo agli altri membri della famiglia ci esime dalla corvée orale. Pratichiamo il silenzio eloquente. Portiamo in giro il volto come una radioscopia dell'anima. Putroppo i volti non dicono niente. Appena un fondale dove si specchia la suscettibilità del padre. Che cosa ho fatto a mio figlio per meritarmi questa faccia da funerale? si domanda il padre con tutto l'infantilismo che un simile enigma porta con sé; poco ci manca che gridi: Non è giusto!

La faccia di Bruno mi ricorda quel cortometraggio di Kulesov (il regista russo) in cui si vede il volto di un uomo filmato di fronte, in primissimo piano, che si alterna con le inquadrature di un piatto di cibo, di una bambina morta in una bara e di una donna stesa languidamente su un sofà. Il volto dell'uomo è assolutamente inespressivo ma, quando è al di sopra del piatto, lo spettatore trova che esprima la fame, alla vista della piccola morta che esprima la disperazione, e un desiderio ardente alla vista della donna coricata. Eppure è la stessa inquadratura dello stesso volto, assolutamente inespressivo.

Parla, figlio mio, parla. Dammi retta, è ancora quel che abbiamo trovato di meglio per farci capire.

Decodificare le rare mimiche di Bruno affinché possa disporre anche lui di un lessico che, al momento buono, gli permetterà di leggere il volto del figlio.

Alzata di spalle associata a smorfie varie:

1) E allora?

2) Chissenefrega.

3) Non so.

4) Vedremo.

5) Non sono affari miei.

Scuotimenti laterali del capo, sopracciglia alzate, sguardo fisso davanti a sé, 30° al di sopra dell'orizzonte, poi leggero sospiro:

Cosa mi tocca sentire! (*Se il sospiro è più insistito*:) Ma quante cazzate!

Brevi scuotimenti verticali del capo, con evitamento dello sguardo:

Parla parla, che mi interessa un sacco.

Sguardo che fissa un punto qualsiasi, dita che tamburellano sulla tovaglia:

Questo me l'hai già detto cento volte!

Sorrisetto interiore, sguardo fisso alla tovaglia:

Anche se sto zitto, i miei pensieri li faccio.

Abbozzo di sorriso:

Se solo volessi, con le mie frecciate ironiche vi farei a pezzi.

Ruolo degli occhi:

Roteare di occhi del figlio incompreso, occhio sbarrato del figlio incredulo, palpebre cascanti del figlio sfinito...

Ruolo delle labbra:

Labbra strette della rabbia trattenuta, labbra all'ingiù del disprezzo, labbra gonfiate del sospiro fatalista.

Ruolo della fronte:

Rughe verticali della concentrazione inutile (cerco di capirvi, ma proprio no, niente da fare...). Rughe orizzontali dello stupore ironico (Ma va? Davvero? Sul serio?) Fronte liscia: al di là di qualsiasi espressione...

Eccetera.

45 anni, 3 mesi, 1 giorno *Sabato 11 gennaio 1969*

Lison si taglia il dito mangiando dei crostacei. Tijo glielo afferra d'autorità e lo immerge nel pepe macinato finissimo. Il sangue si coagula subito senza che lei senta il benché minimo dolore. E domani non vedrai nemmeno la cicatrice. Chiedo a Tijo chi gliel'ha insegnato. Chi vuoi che sia stato? Violette, perbacco!

45 anni, 5 mesi, 9 giorni *Mercoledì 19 marzo 1969*

Diciassette ore di negoziazioni. Adesso me ne starò zitto tre giorni. La cosa più stancante in simili attività non è tanto lo sforzo per avere sempre bene in mente tutti i dossier, né l'attenzione costante agli argomenti degli uni e degli altri, né tantomeno l'improvvisa rimessa in discussione di un punto che davi per acquisito, e neppure il tempo che passa senza la prospettiva di una pausa, no, la cosa più estenuante è il tormento dell'autocontrollo in questi temperamenti priapici. Infatti tutta questa gente ce l'ha sempre in tiro. Ed è stata proprio l'erezione permanente a collocarli a un tale livello di potere. Non ce la fanno più a starsene con le braghe che gli scoppiano, senza poter tirar fuori l'uccello per sbattere sul tavolo le loro convinzioni. Si sfiniscono in circonvoluzioni diplomatiche, e intanto sognano di incularsi a secco. Nei loro uffici è diverso, possono eiaculare senza problemi sui sottoposti, ma qui... Il big della politica è priapico per natura. È con quell'energia che si conquista il potere, oppure con il suo esatto contrario, la glaciale impotenza di un Salazar, graniticamente vergine.

Quando Chruščëv batte la scarpa sul tavolo delle Nazioni Unite, non è andato fuori dai gangheri, semplicemente si scarica, è il suo modo di concedersi un momento di tregua. Lo capisco, in diciassette ore i miei piedi sono raddoppiati di volume.

46 anni, 2 mesi, 29 giorni — *Giovedì 8 gennaio 1970*

Dal modo particolare in cui Chevrier ha cominciato a guardarmi, a pranzo, mentre commentavamo Ginevra davanti al nostro fegato di vitello, ho capito che mi era rimasto attaccato un pezzetto di prezzemolo dalle parti del labbro inferiore. Allora mi è tornato in mente un certo Valentin, che ammiravo molto all'epoca in cui preparavo il concorso. Un pozzo di scienza, digressioni affascinanti sull'amore cortese, i poeti rinascimentali o la *Carta del tenero.* Però non capiva questo genere di sguardi e mangiava come un maiale. Alla fine del pasto gli leggevamo il menu sulla barba. Era assolutamente disgustoso. E un segno annunciatore della deriva che anni dopo l'avrebbe fatto finire in ospedale psichiatrico, proprio lui, il miglior studente del suo anno.

46 anni, 8 mesi, 7 giorni — *Mercoledì 17 giugno 1970*

Per quanto sfinenti, le mie notti in bianco mi ricordano il mio antichissimo piacere di riaddormentarmi. Ogni risveglio è per me come una promessa di addormentamento. Tra un sonno e l'altro, fluttuo.

48 anni, 6 mesi — *Lunedì 10 aprile 1972*

Stamattina svegliato presto da un fischio simile a quello di una pentola a pressione dimenticata sul fuoco. Pensavo venisse da fuori e mi sono riaddormentato. Altro risveglio un'ora dopo. Sempre lo stesso fischio. Acuto, continuo, un condotto di aerazione, un fischio a vapore, qualcosa del genere. Lo dico a Mona. Quale fischio? Non lo senti? Non sento niente. Sei sorda? Tende l'orecchio. Un fischio, come un filo di vapore, acutissimo, no? No, ti assicuro di no. Mi alzo, apro la finestra, ascolto la strada. Infatti, il fischio è in strada. Richiudo la finestra, il fischio persiste! Stessa intensità. Mona, davvero non senti? Davvero non sente. Chiudo gli occhi. Mi concentro. Da dove può venire? Vado in cucina a fare il caffè, ritrovo il fischio, e continuo a non riuscire a determinarne l'origine. Controllo il tubo del gas, la fiammella dello scaldabagno, l'isolamento delle finestre... Tornando verso la camera da letto, con la caffettiera in mano, apro la porta di casa: è lì come altrove, di una tenacia da intontire, una linea tracciata con il righello fra le mie orecchie. Allora lo riconosco. È uno di quei fischi che a volte sento nella testa a fine pasto. Ma quei fischi poi passano. Nascono e si spengono come stelle cadenti. Alcune traiettorie sono più lunghe di altre ma alla fine si perdono tutte nello spazio infinito del mio cranio. Questa volta no. Mi tappo le orecchie: il fischio è sempre qui, nella mia testa, stabile, tra le orecchie! Panico. Due o tre secondi di una fantasia folle: e se durasse per sempre? L'idea di sentire questo suono per tutta la vita, senza poterlo interrompere né modulare, è assolutamente agghiacciante. Passerà, dice Mona.

E infatti passa: il frastuono della strada, il sibilo della metropolitana, il vociare dei corridoi, le conversazioni di lavoro, lo squillo del telefono, le negoziazioni che ne seguono, le proteste di Parmentier, le lamentele di Annabelle, l'alterco particolarmente sgradevole tra Raguin e Garet sulle spese di gestione, l'interminabile diatriba di Félix durante il pranzo, tutto quel brusio cittadino e professionale ha avuto la meglio sulla mia stella cadente, che in esso si è disintegrata.

Ma quando stasera la porta di casa si è richiusa alle mie

spalle (Mona era da N. e Lison nel suo studio), il fischio era lì, teso tra le mie orecchie, assolutamente identico a com'era stamattina. La verità è che non mi ha abbandonato per tutta la giornata. È stato solo coperto dai rumori della vita pubblica.

48 anni, 6 mesi, 4 giorni *Venerdì 14 aprile 1972*

L'otorino consigliatomi da Colette è, ovviamente, il miglior specialista sulla piazza. Dopo tre quarti d'ora di attesa, il miglior otorino mi annuncia in quattro punti:

1) Che soffro di acufene.

2) Che il cinquanta per cento degli acufeni non guariscono mai.

3) Che il cinquanta per cento dei pazienti affetti da acufene permanente optano per il suicidio.

4) Che queste belle notizie mi costeranno cento franchi, paghi pure alla segretaria.

Notte in bianco, va da sé. Una probabilità su due di avere un acufene cronico, in altre parole una radio costantemente accesa in testa, con un unico programma, che in me provoca un fischio continuo, in altri un ululato, in altri un tam-tam, in altri degli scampanellii, delle nacchere o un ukulele. Non mi resta che *pazientare*. Aspettare che passi o che si confermi, che il programma rimanga allo stadio di fischio o che l'intera orchestra prenda posto nella mia scatola cranica.

48 anni, 6 mesi, 5 giorni *Sabato 15 aprile 1972*

Mi rifiuto di andare a curiosare nelle librerie mediche. Mi rifiuto di documentarmi sugli acufeni. Neanche a parlarne di istituirmi specialista delle mie malattie.

48 anni, 7 mesi, 12 giorni *Lunedì 22 maggio 1972*

Negli ultimi giorni Mona mi trova così ansioso che mi consiglia di andare da qualcuno. Nel nostro ambiente, "andare da qualcuno" si riferisce a una sola categoria di medici: gli psichiatri.

48 anni, 8 mesi, 7 giorni *Sabato 17 giugno 1972*

La neuropsichiatra da cui sono andato ieri sembra più preoccupata per la salute dell'otorino che per la mia. A dire il vero, caro signore, sarebbe stato meglio che venisse il mio collega: il suo caso mi pare decisamente più grave. Secondo lei, gli acufeni permanenti sono disturbi così diffusi che se inducessero al suicidio la metà di coloro che ne soffrono diventerebbero la prima causa di mortalità.

Dopodiché cambia discorso e mi chiede da quanto tempo respiro senza badare ai polipi che mi ostruiscono le fosse nasali. Be', da sempre, direi. No, caro signore, non da sempre. Secondo lei, ho semplicemente dimenticato quando ha avuto inizio un disturbo cronico contro il quale non posso fare molto, che mi fa parlare con voce leggermente nasale e mi dà la sensazione di respirare attraverso una cannuccia. Ma ho imparato a conviverci. Il mio cervello si è abituato, come si abituerà a questi acufeni che presto classificherà come silenzio. In realtà, caro signore, oggi quel che la disturba di più è la sorpresa, lei è terrorizzato dalla novità di questi acufeni e dal timore della loro permanenza ma, conclude, nessuno vive in uno stato di stupore permanente.

E si dilunga poi sulla sua specialità, che consiste per l'appunto nel dire ai pazienti che si abitueranno a ciò che sulle prime reputano insopportabile. La sfilza di disturbi e di traumi che snocciola è talmente impressionante per varietà e mostruosità che, al confronto, il mio acufene è da considerarsi alla stregua di un animale da compagnia. Me ne vado provvisto di una ricetta di sonniferi e di quelli che mia zia Huguette chiamava i "calmanti".

"Torni pure, se continua ad avere paura."

48 anni, 11 mesi, 22 giorni *Lunedì 2 ottobre 1972*

Il ministro G., alquanto risentito per una battuta del povero Berthelot, rizza la cresta e abbassa pericolosamente il timbro di voce:

"Ma lei lo sa con chi sta parlando?".

Berthelot, rosso per l'imbarazzo, si ritrae nel suo guscio. E a me torna in mente l'espressione del piccolo José: *Vai a cagarti,* ministro dei miei stivali.

"Certo," sibila il ministro fucilandomi con lo sguardo, "se questo diverte i suoi superiori!"

No, quel che stupidamente mi diverte, signor ministro, è il riflesso scatologico che suscitano sempre in me le manifestazioni di orgoglio statutario. Lei vorrebbe che ci ponessimo nei suoi confronti come davanti a un busto romano, ma a me le statue fanno cagare e l'idea di cagare ai piedi di una statua mi fa sorridere. Un sorriso di soddisfazione idiota, glielo concedo, ma non è forse quello, il sorriso che abbiamo dopo una bella cagata?

49 anni, compleanno *Martedì 10 ottobre 1972*

Come aveva preannunciato la psichiatra, sono passati tre mesi e mi sono abituato al mio acufene. La maggior parte delle nostre paure fisiche sono come i nostri miasmi: le dimentichiamo quando il vento è passato. Pascoliamo nel praticello del nostro trantran e ci immobilizziamo come cerbiatti senza via di scampo non appena il corpo parla.

Quando l'allarme è passato, ce ne torniamo al pascolo con arie da predatori.

49 anni, 20 giorni *Lunedì 30 ottobre 1972*

Le nostre malattie sono come quelle barzellette di cui ci crediamo gli unici depositari e che invece conoscono tutti. Più parlo di acufeni (fingendo di voler conoscere il significato della parola per nascondere che la cosa mi riguarda), più incontro persone che ne soffrono. Per esempio Etienne, ieri: Grazie di avermi fatto la domanda, che ha risvegliato il mio! Mi conferma che ci si abitua. Cioè, rettifica, si impara a conviverci. Si è comunque privati del silenzio. Anche nel suo caso, è cominciato tutto con un gran terrore. Usa la mia stessa immagine: Avevo l'impressione di essere collegato a una radio accesa e l'idea di fare una vita da cassa acustica non mi allettava affatto.

49 anni, 28 giorni *Martedì 7 novembre 1972*

I miei acufeni, *la mia* acidità, *le mie* ansie, *la mia* epistassi, *le mie...* insonnie. Le mie proprietà, insomma. Che condividiamo con alcuni milioni di persone.

6.

50 – 64 anni

(1974-1988)

Che mi sia restituita la mia durata,
che le mie cellule rallentino.

50 anni, 3 mesi *Giovedì 10 gennaio 1974*

Se dovessi rendere pubblico questo diario, lo riserverei in primo luogo alle donne. In cambio mi piacerebbe leggere il diario tenuto da un donna sul proprio corpo. Per sollevare un angolo di mistero. In che cosa consiste il mistero? Per esempio nel fatto che un uomo non sa nulla di ciò che prova una donna relativamente al peso e alla forma del proprio seno, e le donne ignorano cosa provano gli uomini relativamente all'ingombro del loro sesso.

50 anni, 3 mesi, 22 giorni *Venerdì 1° febbraio 1974*

Mona accumula da sempre saponi liquidi, lozioni per il viso (che lei chiama "pozioni per il riso"), creme, maschere, latti, oli, shampoo, ciprie, talchi, mascara, ombretti, fondotinta, fard, rossetti, eye-liner, profumi, insomma pressoché tutto ciò che la cosmetica offre alla donna per permetterle di avvicinarsi a come desidera apparire, mentre il mio unico strumento di pulizia è un cubo di sapone di Marsiglia con cui mi faccio la barba e mi lavo per intero, dai capelli fino agli alluci passando per l'ombelico, il glande, il buco del culo e anche gli slip che metto subito ad asciugare. Il territorio del nostro lavabo è totalmente occupato dalle truppe di Mona: spazzole, pettini, limette per le unghie, pinzette per le sopracciglia, pennelli, matite, spugnette, batuffoli di cotone, piumini da cipria, tavolozze di colori, tubetti, vasetti e nebulizzatori, i quali conducono una battaglia infinita che ho sempre interpretato come una ricerca quotidiana della perfezione. Mona al trucco è Rembrandt che ritocca indefinitamente gli autoritratti della sua vita. Non tanto una lotta contro il tempo quanto la rifinitura del capolavoro. Come no, obietta Mona, *Il capolavoro sconosciuto*!

50 anni, 3 mesi, 26 giorni *Martedì 5 febbraio 1974*

Quanto a me, dopo la doccia senza la quale non mi sveglierei, il primo appuntamento cosciente è con il pennello da barba, per un piacere quotidiano che risale ai miei quindici anni: quello di radermi. Nella mano sinistra il sapone di Marsiglia, nella destra il pennello, immerso nell'acqua tiepida con cui mi sono già sciacquato il viso. Lenta creazione della schiuma, che non deve essere né troppo liquida né troppo densa. Pastrocchiamento generale fino a ottenere un mezzo volto totalmente panna montata. Poi la rasatura vera e propria, che consiste nel restituire quel volto a se stesso, nel ritrovare una faccia anteriore alla barba, anteriore alla schiuma, con movimenti larghi, dalla pelle del collo accuratamente tirata, fino al bordo delle labbra, passando per gli zigomi, le guance e le mascelle, dove non va trascurato lo spigolo della mandibola su cui il pelo gioca d'astuzia con la complicità della pelle che si ritrae scivolando sull'osso. L'essenza del piacere sta nello scricchiare del pelo sotto la lama, negli ampi viali di pelle disegnati dal rasoio, ma anche in questa scommessa di ogni mattina: avere la meglio su *tutta* la schiuma con il solo uso del rasoio, non lasciarne neanche il benché minimo fiocco al telo da bagno che mi asciugherà.

51 anni, 1 mese, 12 giorni *Venerdì 22 novembre 1974*

Dopo certe giornate di lavoro, potrei attraversare tre volte Parigi a piedi! Galvanizzato dall'andatura perfettamente lubrificata, caviglie sciolte, ginocchia salde, polpacci tonici, anche solide, perché tornare a casa? Camminiamo ancora, godiamoci questo corpo in marcia. È la felicità del corpo a fare la bellezza del paesaggio. Con i polmoni ventilati e il cervello accogliente, il ritmo dei passi trascina quello delle parole che si radunano in piccole frasi soddisfatte.

51 anni, 9 mesi, 22 giorni *Venerdì 1° agosto 1975*

Il leggero sussulto quando, soffiandomi il naso, il polpastrello fa una macchia rosa attraverso il kleenex umido, che scambio per sangue diluito. La sorpresa non fa in tempo a spaventarmi, dopo un istante segue il sollievo: è solo la punta del dito! Non mi capitava mai prima dell'epistassi.

52 anni, 2 mesi, 4 giorni *Domenica 14 dicembre 1975*

Ieri sera a cena dagli R. ero in piena argomentazione – poco importa il soggetto –, stavo segnando indiscutibili punti a mio favore (soprattutto contro la noia di essere lì), a un passo dall'ottenere l'approvazione generale, quando tutt'a un tratto... non mi viene la parola! Memoria bloccata. Una botola che mi si apre sotto i piedi. E anziché ricorrere alla perifrasi – alla creazione –, cerco stupidamente la parola in questione, interrogo la memoria con una furia da proprietario espropriato; esigo che mi restituisca la parola giusta! E cerco quella stramaledetta parola con una tale ostinazione che nel momento in cui, sconfitto, opto finalmente per la perifrasi, ho dimenticato del tutto l'argomento di conversazione! Per fortuna parlavano già d'altro.

52 anni, 9 mesi, 25 giorni *Mercoledì 4 agosto 1976*

Prima di sprofondare nel sonno, ho visto distintamente, posato sul ceppo di un macellaio, un cervello macchiato di sangue. Qualcosa mi ha fatto pensare che fosse il mio e questo pensiero mi ha procurato una soddisfazione ineffabile che dura ancora. Credo proprio fosse la prima volta in cui vedevo così il mio cervello. Mi sono anche chiesto se, nel caso una palla di cannone mi avesse strappato un piede, una mano o qualsiasi altro organo scagliato poi lontano sul campo di battaglia fra altri resti umani, l'avrei riconosciuto con la stessa facilità del mio cervello sul bancone di quella macelleria.

53 anni *Domenica 10 ottobre 1976*

Preso un altro anno. A chi? Dove sono finiti i precedenti? Gli ultimi dieci, per esempio, durante i quali pare che tutte le cellule si siano rinnovate tranne quelle del cuore e del cervello? A parte i regali dei ragazzi, ho declinato ogni celebrazione ufficiale. Nessuna cena, niente amici, solo Mona, una serata sulla nostra zattera – che ha preso peso ma galleggia ancora. Prevedendo questa botta di malinconia, Mona ha organizzato le cose con largo anticipo; due posti prenotati alla Sala Favart per vedere Bob Wilson: *Einstein on the Beach*. Cinque ore di spettacolo! Una sinfonia della lentezza. Proprio quello di cui avevo bisogno: che mi sia restituita la mia durata, che le mie cellule rallentino. Sono rimasto subito affascinato dall'ingresso millimetrico della locomotiva gigante in scena, dall'interminabile lavaggio di denti di tutti gli attori e soprattutto da quella pedana fosforescente che impiega una buona mezz'ora per passare dalla posizione orizzontale a quella verticale in una penombra dove non si vede altro. E l'ho riconosciuta, quella pedana: è l'obelisco che la notte dei miei quarantatré anni si alzava nel mio sogno con una lentezza storica!

53 anni, 1 giorno *Lunedì 11 ottobre 1976*

Quale contrappunto ad *Einstein on the Beach*, una coppia seduta davanti a Mona e me ha espresso un'altra concezione della durata. Non una giovane coppia, però, non due innamorati freschi di incontro, non un seduttore che voleva far colpo sulla conquista recente, no, due globetrotter dell'amore unico che, al pari di Mona e me, avevano ormai superato lo stadio della posa culturale e dovevano aver lasciato i figli con la baby sitter. Erano venuti con un thermos di caffè e un piccolo cesto di spuntini, da cui si intuiva non solo che i due sapessero benissimo quale genere di spettacolo aspettarsi, ma anche come fossero solidamente radicati nell'amore, nel tempo, nella realtà sociale, nel gusto in generale e in quello del giorno in particolare. Il cestino di vimini era delizioso. Non era neppure una coppia a fine corsa venuta a teatro per colmare una solitudine a due: di sicuro, nel cortile d'onore del Palazzo dei papi, durante il Festival di Avignone, si sarebbero raggomitolati sotto lo stesso plaid. Infatti la donna ha posato la testa sulla spalla del compagno appena la vivida luce della sala ha lasciato posto all'inquietante chiarore boreale della scena. Tutti fummo inghiottiti dalla durata di Bob Wilson e la coppia svanì nell'alone del mio incantamento. Vidi giusto l'uomo sollevare leggermente la spalla per far rimettere dritta la compagna. Stregato dall'ingresso della locomotiva, dall'interminabile lavaggio di denti, dalla pedana fosforescente e dal violino a due note di Philip Glass, ho perso la cognizione del tempo, la consapevolezza del mio corpo e di coloro che mi circondavano, chiunque essi fossero. Non sarei stato in grado di dire se fossi seduto comodamente o meno. Le mie cellule dovevano aver smesso di rinnovarsi. In quale momento di questa eternità la giovane donna propose al vicino una tazza di caffè rifiutata con un secco no del capo? In quale momento lei azzardò un commento troncato di netto con un "ssst!" senza appello? In quale momento lei si mosse un po' sulla poltrona fino ad attirare quel "ma finiiiiscila!" esasperato che fece voltare una o due teste? Di questi brevi episodi, disseminati lungo parecchie ore, avevo solo una consapevolezza periferica. Fino al momento in cui l'uomo urlò una frase che, per qualche secondo, spostò lo spettacolo in platea, con il cestino scagliato nello spazio e la giovane donna lanciata in una fuga dove nulla le resistette: Ma levati dai coglioni, stronza! Ecco cosa aveva gridato il compagno di armonia. E la donna fuggì, rovesciando tutto al suo passaggio, cadendo fra le poltrone, rialzandosi, facendosi largo a forza come chi avanza in una corrente contraria, una di quelle fughe in cui si calpesta tutto, spettatori, borsette, occhiali (qualcuno gridò "i miei occhiali!") e anche i bambini piccoli se ce ne fossero stati.

53 anni, 2 giorni *Martedì 12 ottobre 1976*

Quello che ho scritto ieri non c'entra con questo diario. Ma fa bene!

53 anni, 1 mese, 5 giorni *Lunedì 15 novembre 1976*

Tijo mi racconta divertito di aver visto il suo amico R.D. pisciare di nascosto contro l'auto del poliziotto che gli stava mettendo una multa. Pioveva e, mentre l'agente scriveva il verbale, concentrato sulla protezione del blocchetto a matrici che non voleva bagnare, R.D. pisciava di gusto contro la portiera aperta dell'auto di pattuglia, l'uccello nascosto dal lembo dell'impermeabile. Indubbiamente, una simile libertà degli sfinteri di fronte all'autorità in servizio è qualcosa che lascia ammirati. Io non ne sarei capace. Non soltanto per paura, ma perché questo genere di storie non mi ha mai fatto ridere. I petomani, i pisciatori, i ruttatori spudorati mi danno sui nervi più degli ipocriti. Forse è questo che mi ha tenuto lontano dagli sport di gruppo. La camerata, lo spogliatoio, la mensa, il pullman della squadra dove prospera quel perenne sfoggio di virilità non fanno per me. Forse c'entra il fatto che sono figlio unico. O che sono stato troppo tempo in collegio. O che ho un lato serenamente ipocrita...

53 anni, 1 mese, 10 giorni *Sabato 20 novembre 1976*

Bruno mi domanda a ciel sereno se ho assistito alla sua nascita. Dal tono di voce sento che a chiedermelo non è la sua curiosità ma lo spirito del tempo. (Alquanto sospettoso, su questi argomenti, lo spirito del tempo.) In effetti no, non ho assistito né alla nascita di Bruno né a quella di Lison. Perché? Per paura? Per mancanza di curiosità? Perché Mona non me l'ha chiesto? Per inappetenza rispetto allo squartamento dei corpi? Per adorazione del sesso di Mona? Non ne ho idea. A dire il vero, l'interrogativo non si è posto, all'epoca semplicemente non usava assistere al parto della moglie. Ma lo spirito del tempo esige risposte, soprattutto agli interrogativi non formulati. Sono forse uno di quei mariti che lasciano la moglie giacere sola in un letto di dolore? Sono forse uno di quei padri che esordiscono negando la paternità? Queste le domande di mio figlio dietro i suoi occhi fissi. No di certo, figlio mio, ho le vertigini al posto di tua madre, partecipo tremendamente alle sue emicranie, ai suoi mal di pancia, il suo corpo mi ha sempre interessato al massimo grado, e mentre tu e tua sorella venivate al mondo mi sono classicamente contorto le mani nella sala d'aspetto della maternità. Con tua madre sono quanto mai empatico. Ed ero molto curioso del tuo arrivo. E dell'arrivo di Lison. Allora? La nascita di Tijo, le urla di Marta sul suo letto fradicio, la caverna viscida della sua vagina, la faccia livida di Manès che puzzava di acquavite mi hanno forse definitivamente vaccinato contro l'ostetricia? Può essere. Ma di questo, alla vostra nascita, non avevo ricordo. Stock di immagini profondamente rimosse.

Tutte cose che non dico a Bruno ma che mi frullano per la testa prima che mi senta rispondere: Assistito alla tua nascita? No. Perché?

"Perché Sylvie è incinta e ho intenzione di andare ad accogliere mio figlio."

A buon intenditor...

*

NOTA PER LISON

Mia cara Lison,

La rilettura di questo botta e risposta tra tuo fratello e me mi riempie di vergogna. Quel "No. Perché?", che voleva essere spiritoso, approfondiva ulteriormente il fossato che ci separava. Oltre a non aver tentato di colmare quel fossato, mi sembra di aver provato persino un certo piacere a renderlo più profondo. Tanto che è diventato la tomba dei nostri rapporti. Bruno mi irritava. Ne facevo una questione di incompatibilità. Diversità di temperamento, mi dicevo, tutto qua. E non sono andato oltre. Una condotta paterna così indegna è ciò che fa la fortuna della psicanalisi. Avrei dovuto trovare il tempo (e l'energia) per rispondere a Bruno.

Tanto più che leggendo questo diario non trovo alcuna descrizione di Mona incinta. Eppure mi pare sia una faccenda che riguarda il corpo! E invece no, neanche la minima allusione. Come se tu e Bruno foste il frutto di una partenogenesi. Un prima, un dopo, ma nessun avvento. E, ancor peggio, mi rendo conto che non ho alcun ricordo delle due gravidanze di Mona. Ecco cosa avrei dovuto dire a Bruno. Nessun ricordo di tua madre incinta, ragazzo mio, mi dispiace, sono stupito anch'io, ma le cose stanno così. E rifletterci un po' con lui. Dev'essere abbastanza frequente negli uomini della mia generazione. (Anche in questo, non ho brillato per originalità.) All'epoca la donna se la sbrigava da sola con la gestazione, circondata da altre donne. Gli uomini sembravano fermi agli inizi del neolitico, a stento consapevoli del loro ruolo nella procreazione. Di una donna si diceva che aspettava un bambino come se fosse opera dello Spirito Santo. La donna peraltro non "aspettava", ma si preparava al parto, chi aspettava era l'uomo, che per ingannare l'attesa tradiva la moglie prima di ritrovarne l'uso. Inoltre da cinquecento anni l'ombra del Concilio di Trento aveva gettato un velo sull'immagine della gravidanza: vietato agli artisti rappresentare la Madonna incinta, come pure intenta a dare il seno! È cosa che non si dipinge, non si scolpisce, non si guarda, di cui non si tiene conto, che non ci si ricorda, che si cancella dalla memoria e che si sacralizza! L'animalità è un disonore! Nascondete quel ventre, che io non debba vederlo! La Madonna non è un mammifero! Era qualcosa di così profondamente radicato nell'inconscio cattolico della mia generazione da riversarsi nel mio, a dispetto del mio ostentato ateismo. La mia testa era fatta con lo stampo della testa comune.

Per un altro verso, Mona sostiene che quando tu e Bruno eravate in arrivo abbiamo fatto l'amore fino a molto avanti. La castità non era il nostro forte e Mona dice che, se oggi non mi ricordo di lei incinta, è per espiare i giochi amorosi di cui serba un ottimo ricordo! Era lei a mettere un termine ai nostri trastulli, a una data precisa della gravidanza oltre la quale doveva "dare i tocchi finali alla modellatura" (sic).

Vedi, Lison, all'epoca in cui siete nati voi non eravamo ancora entrati nell'era dell'uomo incinto inaugurata dalla vostra generazione: rovesciamento spettacolare dei ruoli attuato dal padre matriciale, captazione mimetica del personaggio della madre al punto che, ti ricordi, il tuo amico F.D. si contorceva per i dolori addominali mentre la moglie partoriva, e Bruno si dichiarò molto più capace di Sylvie nel dare il biberon a Grégoire.

Infine, quello che soprattutto avrei detto a Bruno se la nostra conversazione fosse davvero avvenuta, è che nell'istante in cui vi ho preso in braccio, tu e lui, mi è sembrato che ci foste da sempre*!* *Questa è la cosa stupefacente: i nostri figli ci sono da tempo immemorabile! Sono appena nati, e non riusciamo più a immaginarci senza di loro. Certo, ci ricordiamo di un tempo in cui non c'erano, oppure noi c'eravamo senza di loro, ma la loro presenza fisica affonda subito in noi radici così profonde che ci sembra siano qui da sempre. Questa sensazione vale* solo *per i nostri figli. Di tutti gli altri esseri umani, per quanto intimi e per quanto amati, riusciamo a immaginare l'assenza, ma non l'assenza dei nostri figli, anche se sono appena nati. Sì, avrei voluto poter parlare di tutto questo con Bruno.*

*

53 anni, 5 mesi, 2 giorni — *Sabato 12 marzo 1977*

Sotto la doccia, stamattina, mi è venuta in mente la seguente cronologia. Fino agli otto o ai nove anni Violette mi "sciacquava il muso", dai dieci ai tredici facevo finta di lavarmi, dai quindici ai diciotto ci passavo ore. Oggi mi faccio la doccia prima di correre al lavoro. Quando sarò in pensione, mi scioglierò nella vasca da bagno? No, noi diventiamo le nostre abitudini, e finché mi reggerò in piedi sarà la doccia a svegliarmi. Poi sarò lavato da un'infermiera, nelle ore in cui l'ospedale non autorizza le visite. E alla fine mi faranno la toilette.

53 anni, 7 mesi *Martedì 10 maggio 1977*

Nascita di Grégoire. Nascita di mio nipote, accidenti! Sylvie molto stanca, Bruno molto padre, Mona al settimo cielo, e io... Si può parlare di colpo di fulmine alla nascita di un bambino? Credo non ci sia nulla in vita mia che mi abbia commosso come l'incontro con quel piccolo sconosciuto così immediatamente familiare. Ho lasciato l'ospedale, ho camminato da solo per tre ore senza sapere dove andavo. L'impressione persistente che Grégoire e io ci siamo scambiati uno sguardo decisivo, abbiamo stretto un patto di affetto eterno. Che stia diventando rimbambito? Stasera, champagne. Tijo, sempre il solito: Non ti fa senso andare a letto con una nonna?

53 anni, 9 mesi, 24 giorni *Mercoledì 3 agosto 1977*

Bruno e Sylvie dopo la nascita di Grégoire. Il loro sfinimento di giovani genitori: notti spezzettate, sonno all'erta, ritmi interrotti, attenzione continua, preoccupazione polimorfa, momenti di agitazione (dov'è il biberon, il latte è troppo caldo, il latte è troppo freddo, oddio non c'è più latte! oddio il pannolino non è ancora asciutto!), tutto questo se lo aspettavano. La loro cultura li aveva preparati e immaginavano di saperlo d'istinto. Soprattutto Bruno. Ma la vera causa del loro sfinimento è un'altra. Quel che il presunto istinto genitoriale ha nascosto loro è l'incredibile sproporzione delle forze in campo. I neonati sviluppano un'energia non commensurabile alla nostra. Di fronte a queste vite in espansione, noi passiamo per vecchi sopravvissuti. Anche nelle peggiori dissolutezze, i giovani adulti risparmiano le forze. I neonati no. Energia predatrice allo stato puro, si abboffano spudoratamente. Senza sonno non c'è riposo. E di sonno, per l'appunto, ce n'è ben poco per i genitori. Sylvie è distrutta, Bruno, che s'impunta nel suo ruolo di padre modello, ha i nervi a fior di pelle; si sentono mangiati vivi dall'oggetto unico della loro attenzione. Senza ammetterlo – per carità di Dio, non avrebbero mai il coraggio di ammettere una cosa tanto orribile! – rimpiangono l'epoca non lontana in cui, "nel nostro ambiente", come diceva la mamma che peraltro non ne faceva parte, la prole veniva affidata alla servitù. Secoli felici in cui i figli delle classi alte prosciugavano le mammelle del popolo. Anch'io, in fondo, sono stato tirato su da Violette. Nello stesso tempo, va da sé, si sciolgono davanti a Grégoire. Dopo tutto – ma anche questo, da genitori moderni, non se lo dicono –, il signorino è l'incarnazione del loro amore: in sala parto erano in due ad accoglierlo, e ora sono per sempre in tre. Quelle ditine traslucide, quelle guanciotte piene, quelle braccia e quei polpacci paffuti, quella panciotta tranquilla, quelle pieghe, quelle fossette, quelle chiappette sode da puttino, tutta questa compattezza pneumatica è il frutto del loro amore! E lo sguardo! A quale divinità muta appartiene lo sguardo che i neonati posano su di te senza battere ciglio? Su cosa si affacciano quegli occhi con la pupilla così nera, con l'iride così fissa? Su cosa si affacciano, *dall'altra parte*? Risposta: su tutti gli interrogativi futuri. Sulla sete inestinguibile di capire. Dopo il divoramento del corpo, i giovani genitori temono quello della mente. La loro stanchezza nasce dalla certezza che non finirà mai. Ma ssst... Le palpebre di Grégoire si abbassano... Grégoire si è addormentato... Sylvie lo posa nella culla con precauzioni bibliche. Perché l'astuzia suprema di quell'onnipotenza consiste nel farsi passare per il massimo della fragilità.

53 anni, 10 mesi, 16 giorni *Venerdì 26 agosto 1977*

Tornando dalla passeggiata con Lison e i figli di Robert e di Etienne non ho saltato la staccionata. È la prima volta che non la salto. Cosa mi ha trattenuto? La paura di "fare il giovane" davanti ai giovani? La paura di incespicare? In ogni caso, un'improvvisa diffidenza. Nei confronti di cosa? Del mio corpo? Ho dubitato dello stimolo nervoso? Il corpo parla. Che cosa dice? Che la forza dell'età diminuisce.

54 anni, 5 mesi, 1 giorno *Sabato 11 marzo 1978*

Da due giorni Grégoire si tormenta le orecchie con aria concentratissima. Nonostante i miei sforzi per tranquillizzarla (tutti i bambini di mia conoscenza giocano con ciò che sporge: alluci, naso, rotoli di ciccia, prepuzio, lingua, primi denti, orecchie...), Sylvie diagnostica un principio di otite. Bisogna portare immediatamente Grégoire dal pediatra. Un'otite non curata può essere pericolosa, papà, dovrebbe saperlo visto che per colpa di un'otite il suo amico H. è diventato sordo! Ascensore, automobile, ascensore, pediatra. Il quale dichiara che no, signora, nessuna otite, non si allarmi, cara signora, i bambini piccoli fanno tutti così a quest'età, è assolutamente normale. Ma omette di spiegare "perché". Perché i bambini di dieci mesi si tormentano le orecchie con un ardore monomaniacale se le suddette orecchie non gli prudono? Ed ecco me e mia cognata intenti a interrogarci con la massima serietà durante il sonnellino di Grégoire. Non trovando una risposta soddisfacente, decidiamo di studiare le nostre orecchie con uno spirito di scoperta deliberatamente regressivo: si tratta di sapere cosa *prova* Grégoire da tre giorni a questa parte. A tale scopo ci corre l'obbligo di raggiungere Grégoire nella prima infanzia, di interrogare le nostre orecchie con l'innocenza dei dieci mesi. Ci tiriamo quindi i lobi come fossero chewing-gum (la loro elasticità è peraltro molto relativa), percorriamo l'orlo – che Sylvie ha meno largo ma disegnato più finemente del mio –, trituriamo il trago – il mio è più spesso di quello Sylvie, e soprattutto peloso, toh, da quando? Da quando questi peli ruvidi fanno una cresta da mohicano al triangolo di carne che prima della nostra ricerca ignoravo si chiamasse il trago? –, esploriamo le profondità della conca – se ci vedesse Bruno, mormora Sylvie, con gli occhi chiusi, passando dalla conca al dorso bombato del padiglione – e all'improvviso, Eureka, ha trovato! Ho capito! Ho trovato! Chiuda gli occhi, papà! (Lo faccio.) Ripieghi le orecchie, come un cocker. (Lo faccio.) Che cosa sente? domanda Sylvie picchiettandomi con la punta delle dita sul dorso del padiglione. Il tam-tam, dico, sento mia nuora che fa il tam-tam sul padiglione delle mie orecchie, e sento risuonare tutto fortissimo nella testa! Be', ecco cos'ha scoperto Grégoire! La musica, papà! La percussione! Ipotesi che verifichiamo appena Grégoire ha finito il sonnellino. Non c'è alcun dubbio, è proprio il *dorso* dei padiglioni quello che la cavia melomane prima schiaffeggia con le due mani, poi picchietta con dita agili, come chi tamburella su un tavolo. Dopodiché, con la disdicevole incostanza dei principianti, decide di mettersi in bocca un trattore di plastica e io propongo a Sylvie di scendere in garage a dare un'assaggiatina alla macchina, giusto per farci un'idea.

55 anni, 4 mesi, 17 giorni *Martedì 27 febbraio 1979*

Questa macchiolina di caffè sul dorso della mano, mentre scrivo. Un marroncino annacquato. Ci passo sopra la punta dell'indice. Resiste. Ci aggiungo della saliva, niente da fare. Una macchia di pittura? No, non va via neanche con acqua e sapone. E neppure con lo spazzolino delle unghie. Devo rassegnarmi all'evidenza: non è una macchia sulla pelle, è una produzione della pelle stessa. Un marchio di vecchiaia, affiorato dal profondo. Di quelli disseminati sulle facce dei vecchi e che Violette chiamava *fiori di cimitero.* Da quanto tempo è spuntata? Che io firmi documenti in ufficio, che mangi o scriva qui al mio tavolo, il dorso della mano è quasi costantemente sotto i miei occhi e non ho mai notato questa macchia! Eppure un fiore del genere non spunta da un momento all'altro! No, è penetrata nella mia intimità senza che me ne rendessi conto, è comparsa tranquillamente e per giorni l'ho vista senza vederla. Poi, oggi, una particolare condizione della mia coscienza me la mostra davvero. Molte altre fioriranno alla chetichella e ben presto non mi ricorderò più di com'erano le mie mani prima dei fiori di cimitero.

55 anni, 4 mesi, 21 giorni *Sabato 3 marzo 1979*

Certi cambiamenti del corpo mi fanno pensare a quelle vie che percorri da anni. Un bel giorno un negozio chiude, l'insegna è scomparsa, il locale è vuoto, c'è un cartello affittasi, e ti domandi cosa c'era prima, cioè la settimana scorsa.

55 anni, 7 mesi, 3 giorni *Domenica 13 maggio 1979*

Tijo, con cui mi complimento per la presenza insolitamente duratura di una simpatica Ariette al suo fianco (ma di che mi impiccio!?), mi lascia parlare e, quando ho terminato il mio elogio dei sentimenti duraturi, butta lì, nel modo più serio del mondo: Il sesso di un uomo non lascia nel sesso di una donna più tracce di quelle lasciate dal passaggio di una rondine nel cielo. Impossibile leggere nei suoi occhi il significato che attribuisce a questo proverbio dal sapore cinese.

56 anni, compleanno *Mercoledì 10 ottobre 1979*

A vent'anni stiracchiarmi era come prendere il volo. Stamattina mentre mi stiracchiavo credevo di soffrire le pene dell'inferno. Bisogno di sgranchirmi. La previsione di quel prof di ginnastica (Desmile? Dimesle?) che in seconda superiore ci diceva che ci saremmo arrugginiti prima del tempo se non facevamo quotidianamente un po' di esercizio... Forse. Intanto, quando vedo come sono ridotti i miei amici sportivi che mi facevano una testa così con le loro performance (Etienne oggi paralizzato dai reumatismi, con le dita e le clavicole più volte rotte, le spalle da rugbista distrutte dalla capsulite), ritengo di aver fatto bene a resistere alla religione del record e ai diktat dell'allenamento costante, questa specie di onanismo. Ho sempre detestato lo sport inteso come religione del corpo. Il pugilato era per me una specie di danza ludica, un'arte della schivata. E poi lo praticavo soprattutto da solo; il più delle volte tiravo pugni al sacco. E a tennis giocavo contro un muro. Quanto agli addominali e alle flessioni, erano i miei esercizi di incarnazione. Offrivano un corpo al ragazzo trasparente che era stato il fantasma di suo padre. Vincere una partita di palla prigioniera, sfinire un avversario tignoso sul ring, mettere in ridicolo uno snobbettino a tennis, fare una salita ripidissima in bici, erano tutti modi per vendicare papà, ma tenendolo a distanza, in tribuna, seduto al posto d'onore. Per me lo sport non è mai stato una necessità fisica. Del resto ho smesso del tutto di praticarlo il giorno in cui ho incontrato Mona.

56 anni, 9 mesi, 27 giorni *Mercoledì 6 agosto 1980*

Storiella sentita poco fa al bar dove prendevo un caffè, raccontata dal mio vicino che si era già scolato più di un pastis: Niente donne, dice il medico al paziente. Niente donne, niente caffè, niente tabacco, niente alcol. E così vivrò più a lungo? Non lo so, dice il medico, ma di sicuro il tempo passerà più lentamente.

56 anni, 9 mesi, 29 giorni *Venerdì 8 agosto 1980*

Varicella a Mérac, le pustole si sono abbattute come uno stormo di cavallette sulla tribù dei bambini. Gli impatti, con i loro aloni. Non si è salvato nessuno, tutti che gemono, si addormentano, si svegliano, si lamentano del prurito, si vedono imporre di non grattarsi, mentre Mona e Lison nel loro ruolo di infermiere di guerra si battono su tutti i fronti. Ci sono Philippe, Pauline, i nipotini di Etienne e tre amichetti. Ho telegrafato subito a Bruno perché mandasse qui Grégoire in modo che possa approfittare di questa vaccinazione naturale, ma Bruno ha rifiutato con un telegramma dalla brevità eloquente. Testo: *Stai scherzando, immagino?* Firmato: *Bruno.* Peccato, conclude Mona, la varicella in tanti è un gioco, da soli è una punizione.

Non posso fare a meno di immaginare Bruno che sceglie con cura le tre parole della sua risposta. A che età ci si riprende dall'avere un padre vivo?

56 anni, 10 mesi, 5 giorni *Venerdì 15 agosto 1980*

Quante sensazioni mai provate? Al concerto, in chiesa, una donna con le braccia nude, il gomito sullo schienale della sedia vicina rimasta libera, si tiracchia nervosamente i peli dell'ascella. Ho sperimentato. Non è male. Potrebbe diventare ben presto un tic se la zona fosse di più facile accesso.

Bel regalo di compleanno di Lison. Cena con tutta la banda, Mona, Tijo, Joseph, Jeannette, Etienne e Marceline ecc. Seduta di fronte a me, Lison partecipa alle conversazioni con una gioia di vivere che mi sembra amplificata da una forza a lei estranea. È ispirata. Posseduta da un genio buono. Che la stanca un po', a giudicare dai lineamenti tirati. Dopo cena, la convoco in biblioteca. (Da sempre, giochiamo alla solennità della convocazione paterna. Figliola, raggiungimi in biblioteca! Lison ostenta un'aria mogia e io un atteggiamento da commendatore mentre richiudo la porta dietro di noi.) Siediti. Si siede. Non si muove. Si guarda i piedi. Scorro gli scaffali della libreria e tiro fuori *Il dottor Živago.* Cerco il brano che voglio leggerle, ah! eccolo qui. Parte nona, capitolo tre. Sono i taccuini di Jurij Živago. Li scrive a Varykino, alla fine dell'inverno, inizio della primavera. Ascolta. Ascolta, Lison.

"Ho l'impressione che Tonja sia incinta. Gliene ho parlato. Non condivide la mia opinione, ma io ne sono convinto. Prima del manifestarsi di sintomi indiscutibili, non posso sbagliarmi su quelli che li precedono e che sono meno evidenti.

Il volto della donna muta. Non si può affermare che diventi brutta. Ma l'aspetto esteriore, che in precedenza si trovava completamente sotto il suo controllo, le sfugge di mano. È come dominata dal futuro, che uscirà da lei, e già non è più se stessa."*

Alzo la testa. Lison dice: Questo è quel che si dice un padre perspicace! Ci abbracciamo.

* Boris Pasternak, *Il dottor Živago,* trad. Serena Prina, Giangiacomo Feltrinelli Editore, Milano (1957; 2007), pp. 311-312.

*

NOTA PER LISON

Insomma, tesoro mio, tuo padre che non serba alcun ricordo delle gravidanze di tua madre ha indovinato quella della figlia quando Fanny e Marguerite erano appena a inizio cottura! A quale genere di istinto dobbiamo una simile preveggenza? Dopo tutto, potresti benissimo rifilare questo diario alla Nouvelle Revue de Psychanalyse, *l'amico J.B. troverebbe pane per i suoi denti.*

*

58 anni, 28 giorni *Sabato 7 novembre 1981*

Nei negozi dei nostri quartieri eleganti oggi è raro sentire un insulto razzista a carattere deliberatamente fisico. Ecco però che stamane Tijo e io siamo in panetteria a comprare croissant e brioche. Lison non c'è e noi ci occupiamo di Fanny e Marguerite durante la mattinata. Panetteria, dunque. Davanti a noi, due signore bene e un vecchio arabo. Dietro, la coda si allunga fino alla porta. (Una panetteria famosa.) Dietro il banco, la panettiera in camice rosa, una di quelle commercianti convinte che tutta la loro distinzione risieda nell'uso del condizionale. Mi dica che cosa *gradirebbe.* E dopo, cosa *desidererebbe*? Servite le due clienti, tocca al vecchio arabo. Gellaba, babbucce, a cui si aggiungono un forte accento e l'indecisione tipica dell'età avanzata. Fine del condizionale. Allora, insomma, cosa vuole questo qui? Si decide o no? Risposta dell'interessato difficile da capire. Cosa? L'uomo indica un ventaglietto di sfoglia. Nel mentre, distoglie lo sguardo e lo dirige verso il dolce desiderato. La rosea panettiera ne approfitta per tapparsi platealmente il naso e fare con la mano destra il gesto di chi caccia via la puzza. Prende il ventaglietto con una pinza di metallo, lo incarta in quattro e quattr'otto e annuncia il prezzo gettandolo davanti al cliente. Il quale solleva la gellaba per cercare i soldi nella tasca dei pantaloni. Non ha l'ammontare esatto, rituffa la mano per cercare altri spiccioli, si perde, visita un'altra tasca, tira fuori un vecchio paio di occhiali. Eh! Non possiamo mica fare notte, qui! Non vede quanta gente c'è? Gesto ampio che comprende tutta la clientela. Lui comincia ad agitarsi. Gli cadono delle monete. Si china, si rialza, non gli resta che mettere tutte le monete sul finto marmo della cassa. Lei pesca la somma esatta. Lui esce dal negozio con gli occhi bassi. Neanche scusarsi, eh, per carità! E qui, gran squillo di tromba rivolto ai presenti: Questi arabi, non gli basta venire a succhiarci il sangue, ci devono pure lasciare il loro odore! Silenzio generale. Probabilmente atterrito, ma silenzio comunque. (Compreso il mio.) Finché non si leva la voce di Tijo. È vero, fanno proprio schifo, questi arabi! (Pausa.) Bisogna far proprio schifo per succhiare il sangue della signora! (Pausa.) Al giovanotto rampante dietro di noi: Francamente, lei lo succhierebbe il sangue della signora? Il giovanotto sbianca. No? La capisco, sa, perché vedendo quello che la signora tira fuori dalla bocca, anche il sangue dev'essere proprio una roba spaventosa! Terrore generale, adesso. Tijo a un'altra cliente: E lei, signora, glielo succhierebbe il sangue? No? E il signore neanche? Be', è perché non siete arabi! A quel punto, non circola più una goccia di sangue nel corpo unico della clientela. Le facce temono i colpi, perché quelle parole sono fisiche. Decido di fermare il massacro, quando Tijo, senza transizione, si rivolge alla panettiera con una voce della domenica: Cara signora, noi gradiremmo moltissimo che ci vendesse quattro dei suoi croissant e altrettante brioche.

58 anni, 29 giorni *Domenica 8 novembre 1981*

L'uomo teme davvero solo per il proprio corpo. Appena

un offensore capisce che potrebbero *fare a lui* quello che *dice*, il suo terrore è senza nome.

58 anni, 1 mese, 5 giorni *Domenica 15 novembre 1981*

Ieri sera Mona e io eravamo di turno per tenere Grégoire e il suo amico Philippe, quattro anni e mezzo entrambi. A parte la cena, il lavaggio dei denti, la storia da raccontare, le luci spente alle 9 in punto e la porta della camera da lasciare socchiusa sulla luce del corridoio, abbiamo dovuto far loro il bagno. Asciugandoli, ho notato che Grégoire pesava molto più di Philippe. Eppure hanno la stessa corporatura. Per fugare ogni dubbio, li ho messi sulla bilancia. Sorpresa, con un margine di differenza di 50 grammi (peraltro a vantaggio di Philippe), pesano uguale: diciassette chili e rotti. Grégoire non è più pesante ma è infinitamente più *stagno* di Philippe. Povero Philippe! Sono convinto che questa mancanza di densità gli prospetti un'esistenza di grande incertezza, di dubbio permanente, di convinzioni labili, di colpevolezza latente, di ansia ricorrente, in definitiva di considerevole saturazione di sé, mentre Grégoire, ben piantato con i piedi per terra, seguirà un tranquillo destino da panzer. Per Philippe il dolore di esistere, per Grégoire un solido edonismo. Una questione di densità. Per quanto Mona mi dica che la mia osservazione è priva di qualunque fondamento, ancora stamattina il ricordo di quelle due masse così tragicamente sproporzionate ha rafforzato la mia convinzione.

58 anni, 6 mesi, 4 giorni *Mercoledì 14 aprile 1982*

Aspre e lunghe negoziazioni con il giapponese Toshiro K. Che età può avere? È così magro che il suo chimono marrone sembra una corteccia intorno a un ramoscello. I suoi gesti hanno lentezze da lemure e fra le sue dita la penna è un ceppo. Impressioni contraddittorie: quest'uomo che non ha più la forza di vivere sembra avere il tempo dalla sua parte. I suoi lunghi silenzi, la lentezza estrema del suo eloquio e dei suoi gesti hanno risuscitato l'immagine di mio padre che sollevava una montagna quando portava un cucchiaio alla bocca. Quattro anni di guerra e i gas tedeschi l'avevano completamente svuotato della propria sostanza, come un intero secolo ha fatto con questo vecchio giapponese. Insomma, mio padre è venuto a sedersi al tavolo delle negoziazioni; si è accomodato nei silenzi di Toshiro K. Togliti di lì papà, che mi disturbi. Lo vedo spingere il buffet della cucina, ma il buffet non si muove di un millimetro. Il signor Toshiro K. mi lascia guardare mio padre consumare le ultime forze in quella battaglia domestica. Papà, per favore, tuo figlio sta negoziando. Adesso papà è seduto a tavola. La mamma e io non riusciamo a staccare gli occhi dalla mosca che gli si è posata sul naso. Mi ha preso già per il mio cadavere, dice senza fare un gesto per cacciarla via. La mamma si alza da tavola rovesciando la sedia. Grida siete odioso. Lui mormora ma no. Il ragazzino che io sono bacia la mano tesa verso di lui. Il signor Toshiro K. aspetta. Papà prolunga le negoziazioni. Sul volo di ritorno i miei collaboratori loderanno la mia pazienza con il vecchio giapponese.

58 anni, 6 mesi, 5 giorni — *Giovedì 15 aprile 1982*

Mio padre dal corpo di corteccia. Niente polmoni, muscoli senza carne, cavi allentati. E io, ragazzino lungo lungo e molle, imitazione della sua estrema lentezza, mi muovevo sbattendo contro i mobili, giovane fantasma di mio padre, da cui mia madre fuggiva, poveretta, terrorizzata da quei due esseri improbabili.

59 anni *Domenica 10 ottobre 1982*

Dalla fine dell'estate, un prurito a volte violento sotto la scapola sinistra, che sembra venire da una vertebra ma che si manifesta soprattutto quando ho mangiato troppo. Ho aspettato che diventasse ricorrente prima di parlarne qui.

59 anni, 1 mese, 8 giorni *Giovedì 18 novembre 1982*

Morfologia dell'assunzione. Ho appena preso un redattore il cui curriculum ha più buchi del mantello di un avventuriero. Ma l'occhio sveglio, sotto un'arcata sopraccigliare neandertaliana, mi ha ispirato fiducia. Bréval (ferrato in psicomorfologia) gli preferiva un bel giovanotto slanciato, con il cranio dalla forma armoniosa, pieno di diplomi e caldamente raccomandato dal ministro in persona. Ma già dalle prime parole ho capito che il belloccio – con la sua molle fatuità – era proprio nato ieri. Tra uno scheletro nuovo fiammante e un'ossatura sopravvissuta al paleolitico, non ho esitato un secondo.

59 anni, 1 mese, 14 giorni *Mercoledì 24 novembre 1982*

Del diletto di grattarsi. Non solo per l'impennata orgasmica che si conclude con l'apoteosi del sollievo, ma soprattutto per il piacere di trovare, con millimetrica precisione, il punto esatto dove si sente il prurito. Anche questo è "conoscersi". Difficilissimo indicare con esattezza all'altro dove grattarti. In questo, l'altro delude sempre. Come spesso accade, non coglie il punto.

59 anni, 1 mese, 15 giorni *Giovedì 25 novembre 1982*

Possiamo grattarci fino al godimento, ma fatti il solletico quanto ti pare e non ti farai mai ridere.

Insegno a Grégoire a mangiare ciò che detesta. Nella fattispecie, l'indivia stufata che Bruno si ostina a servirgli per "educargli il gusto". Ho quindi abituato Grégoire a interrogare pazientemente il gusto dell'indivia stufata. In altri termini, a interessarsi a quella porcheria come a suo tempo avevo fatto con Dodo, il mio fratellino immaginario, per poterla mandar giù io stesso. Mangiala *assaporandola veramente*, cercando veramente di capire il gusto che ha. Vedrai, è *interessante* sapere perché qualcosa non ci piace. (In questo genere di esercizi mi sorprendo a parlare in corsivo, come faceva papà.) Pronti via? Andiamo! Si comincia con un bocconcino piccolo piccolo, seguito da una minuziosa descrizione del sapore, nel caso specifico l'amaro che tanto ripugna alla maggior parte dei bambini (tranne forse i piccoli italiani, entrati presto nella cultura di quel sapore). Poi un secondo boccone, un po' più consistente, per verificare la fondatezza della descrizione, e così di seguito (senza mai arrivare al grosso boccone con cui, pensando di abbreviare il supplizio, si provoca l'urto di vomito). Grégoire è venuto a capo del suo piatto con una soddisfazione tutta intellettuale. Sostiene che l'indivia ha il sapore di un chiodo arrugginito. Vada per il chiodo arrugginito, purché il bambino mangi senza fiatare l'indivia anche continuando a trovarla schifosa.

Un sapore di chiodo arrugginito... Mi sono venuti in mente quei maciste che si mangiavano una bicicletta nelle fiere della mia infanzia. Lo racconto a Grégoire. Uno di loro aveva addirittura deciso di mangiarsi un'auto, una Juvaquatre. Grégoire mi chiede se la mamma lo sapeva, la mamma del maciste, della cosa della Juvaquatre.

60 anni *Lunedì 10 ottobre 1983*

Il mio compleanno. Chissà perché le decine si festaggiano con tanta enfasi. Mona ha radunato tutta la combriccola. Saranno altrettanto numerosi al mio funerale? Secondo Tijo, la festa si impone doppiamente, poiché ogni decina è insieme un funerale e una nascita. Eri un vecchio cinquantenne e adesso sei un giovane sessantenne, dice alzando il bicchiere alla mia salute. Un marmocchio nella nuova età. Tanti auguri! Però, non ha mica torto. Spegni le tue sessanta candeline, giovanotto, che rinasci per dieci anni!

60 anni, 10 mesi, 6 giorni *Giovedì 16 agosto 1984*

Lo scricchiolio della ghiaia sotto un passo tranquillo, sentito nel giardino del palazzo T., verso l'una di notte, mentre Mona è addormentata contro di me. Questo scricchiolio fa parte dei suoni rassicuranti della mia vita.

61 anni, 7 mesi, 2 giorni *Domenica 12 maggio 1985*

Ieri pomeriggio ho portato Grégoire a vedere *Greystoke,* un'ennesima versione di Tarzan. Grégoire al settimo cielo e io colpito dalla seguente scena: lord Greystoke, quello zuccherino per nulla rimbambito del nonno di Tarscimmia l'uomo Zan (la battuta è vecchissima, ma Grégoire, ammirato, crede sia mia), tuffa il pennello in una tazza di caffè prima di distribuire la schiuma sul viso. Ho fatto l'esperimento stamattina. Risultato incredibile! I pori si restringono per l'effetto astringente del caffè e ne conservano l'aroma per una ventina di minuti. Pelle da neonato profumata di caffè. Mona, estasiata. Mi trova sempre più raffinato.

Incidente stupido. Lunedì di Pentecoste. Prendevamo il tè a casa di Madame P., vecchia amica della defunta madre di Mona, che va per i centodue anni. Villa neovittoriana, il tè servito all'aperto sotto un platano cresciuto nel bel mezzo di un campo da tennis! L'immagine è tanto più sorprendente in quanto, intorno al platano, il campo di terra battuta continua a essere curato all'antica, bagnato, spianato col rullo, le linee scrupolosamente tracciate con la calce, come se niente fosse. Bere il tè sotto quell'albero significa prendere posto in carne e ossa in un quadro di Magritte. Il gioco consiste nel non mostrarsi stupiti con l'anziana signora. Se tuttavia un ospite indiscreto chiede ragguagli a Madame P., lei risponde: Che cosa vuole, i miei uomini sono morti, nessuno gioca più, questo albero è cresciuto qui, bisogna accettare quel che la sorte ci prende come quello che ci dà. Morale, eravamo intenti a bere il nostro tè quando un cane ha fatto irruzione nella proprietà. L'anziana signora l'ha individuato con la coda dell'occhio e si è stizzita. Chi mi caccerà via quell'animale? Ed ecco l'incidente. Balzo in piedi, mi dirigo verso il cane agitando le braccia con urla e strepiti, ma un ostacolo invisibile all'altezza della fronte frena il mio slancio. I piedi si staccano da terra, cado lungo disteso sulla schiena, la mano e la testa urtano violentemente il suolo. Alcuni secondi di stordimento, dolore acuto su tutta la fronte e, quando torno in me, mi ritrovo accecato da una cortina di sangue. Mona mi presta i primi soccorsi, tamponandomi. Spiegazione: l'ostacolo era un filo di ferro teso ad altezza d'uomo, resto della vecchia rete metallica che un tempo limitava il campo da tennis. Solo a questo punto vedo la mia mano. Il medio, perpendicolare al palmo, indica il cielo. Non riesce a tornare al suo posto. Un pezzo di me che rompe l'allineamento. Non è niente, dice Mona, ti sei rotto il dito. Ospedale: sbalordimento del medico di guardia di fronte alla varietà dei danni: "Che cosa le è successo?".

Difficile spiegare in poche parole: il tè, il campo da tennis, Magritte, il cane, l'anziana signora, il filo di ferro, insomma, il più colossale disastro nella storia del tè delle cinque. Iniezione antitetanica (il filo di ferro era arrugginito), otto punti di sutura sulla calotta cranica. L'hanno voluta scotennare? Radiografia del cranio, fasciatura enorme per mantenere la busta del ghiaccio contro il bernoccolo, radiografia della mano, non rotta alla fine, dito slogato riallineato (con manovra un po' brutale), stecca e benda.

Più tardi, Mona mi chiede cosa mi ha preso a precipitarmi a quel modo.

"Mi annoiavo un po', credo."

"Quel filo di ferro avrebbe potuto decapitarti."

61 anni, 7 mesi, 22 giorni *Sabato 1° giugno 1985*

Alla fine di *Greystoke,* il vecchio lord muore durante una cena di Natale, scivolando sulle scale del castello, seduto su un grande vassoio d'argento che gli funge da slitta. Da bambino scendeva a capofitto sullo stesso vassoio tutti gli scalini sin dalla nursery, ma non ha più l'età, non controlla più la propria traiettoria e si ammazza in una curva. Sbatte la testa contro una massiccia colonnina di legno. Gran pena di Tarzan. (E di Grégoire.) Il vecchio lord è stato vittima di un attacco di infanzia. È ciò che dev'essermi capitato ieri quando ho improvvisamente giocato a spaventare il cane. Molto spesso è il bambino in me a lanciarsi. Sopravvalutando le mie forze. Siamo tutti soggetti a questi attacchi di infanzia. Anche i più anziani di noi. Fino alla fine, il bambino rivendica il suo corpo. Non molla. Tentativi di riappropriazione imprevedibili come blitz. L'energia che dispiego in quei momenti è di un'altra epoca. Mona si spaventa nel vedermi correre dietro a un autobus o arrampicarmi sugli alberi per raccogliere un frutto troppo alto. Quel che mi fa paura non è tanto che tu lo faccia, è che un secondo prima non pensavi minimamente di farlo.

61 anni, 7 mesi, 27 giorni *Giovedì 6 giugno 1985*

Tolti i punti di sutura. La cicatrice sulla testa fa un alone rosa, come se – Grégoire *dixit* – qualcuno l'avesse aperta per gettarci un'occhiata dentro. Più tardi, nel pomeriggio, Mona è preoccupata dall'andatura di Grégoire. Me lo indica, dalla finestra, mentre gioca con Kopek in giardino. Il bambino è aritmico, disarticolato, rallentato e come disorientato. Il cane sembra impressionato dalla camminata storta del suo padrone. In preda al panico, mi precipito fuori: allora, indicando la mia cicatrice, Grégoire dichiara di essere il nipote di Frankenstein.

62 anni, 29 giorni *Venerdì 8 novembre 1985*

Stamattina ho dimenticato il codice del bancomat. Non soltanto il codice ma anche il trucco mnemotecnico inventato per ricordarmelo. E il percorso della dita sulla tastiera. Stupefatto dinanzi allo sportello automatico. Completamente spiazzato. Nuovo tentativo? Quale tentativo? Nessun ricordo. Nemmeno la benché minima traccia. Come se quel codice non fosse mai esistito. Peggio, come se esistesse altrove, in un luogo cui non ho accesso. Panico misto a rabbia. Me ne sto lì sul marciapiede, davanti al bancomat, a non saper cosa fare. Dietro qualcuno si spazientisce. L'apparecchio mi restituisce la carta. Dico: Credo sia fuori servizio. La vergogna di aver pronunciato questa frase, di essermi sentito costretto! Me la filo facendomi piccolo piccolo. Ho perso tutto: memoria, dignità, autocontrollo, maturità, sono privato di tutto. Quel codice ero io. Mando via l'automobile e decido di andare in ufficio a piedi. La rabbia e la vergogna mi fanno camminare veloce. Attraverso con il rosso. Clacson. Non riesco a considerare l'episodio nelle sue giuste proporzioni: un'interruzione di corrente, senza conseguenze a lungo termine. Mentre scrivo queste righe (il codice ha ritrovato spontaneamente posto nella mia memoria), mi mancano le parole per descrivere il terrore in cui mi ha fatto piombare questo breve vuoto di memoria.

62 anni, 1 mese *Domenica 10 novembre 1985*

Queste sparizioni improvvise di un dato acquisito, codice del bancomat, codici di ingresso di case di amici, numeri di telefono, nomi o cognomi, date di nascita ecc... mi colpiscono come meteoriti. È la sorpresa, più che la dimenticanza in sé, a provocare uno scossone di tutto il mio pianeta. In buona sostanza, non mi ci abituo. In compenso non sono affatto sorpreso di dare la risposta esatta alle domande dei quiz radiofonici o televisivi che ascolto con orecchio distratto. Grégoire: Ma allora tu sai *tutto*, nonno? Ti ricordi proprio *tutto*?

62 anni, 4 mesi, 5 giorni *Sabato 15 febbraio 1986*

Parrucchieri. Quando ero giovane non ti massaggiavano la testa. Ti lavavano i capelli senza tanti complimenti, poi te li tagliavano a spazzola e con il Pinto, una colla in stick, te li facevano durare belli rigidi fino al taglio successivo. (No, il Pinto era dopo, nei primi anni del dopoguerra.) Comunque sia, il mestiere si è femminilizzato, quindi raffinato, e adesso certe dita abili, lavandoti i capelli, hanno preso l'abitudine di massaggiarti la testa. Momento di abbandono in cui, per poco che la massaggiatrice sia un po' esperta, tutti i sogni diventano possibili. Un giorno credo addirittura di aver mormorato, sull'orlo dell'estasi: Si fermi, per favore. Non le piace il massaggio? ha chiesto ingenuamente la giovane parrucchiera. Devo aver bofonchiato: Sì, sì, ma no. Dico "ingenuamente" ma non ci credo affatto, poiché se fossi una ragazza, e massaggiatrice di cuoio capelluto, mi divertirei molto con tutti questi signori alla mercé della mia abilità, la cui posizione sulla poltrona impedisce di rivolgere alla braghetta l'occhio che vacilla sotto le mie dita. Gran belle occasioni di risate tra colleghe! Capace che fanno persino delle gare, per combattere la noia delle loro interminabili giornate: E il tuo, in quanti secondi gli è venuto duro?

62 anni, 9 mesi, 16 giorni *Sabato 26 luglio 1986*

Ansia tenace per tutta la mattina. Ne fa le spese Grégoire. Sono quasi sobbalzato quando – eravamo al mercato – mi ha chiesto, sull'orlo delle lacrime, se ero arrabbiato. Che faccia gli avevo mostrato? Quale espressione di rimprovero? Quale maschera malevola? E da quanto tempo? Peraltro, che faccia abbiamo quando teniamo il muso? E che faccia abbiamo quando non lo teniamo? Viviamo dietro i nostri volti. Quel che il bambino vede del viso adulto è uno specchio. E, nel caso presente, lo specchio restituiva a Grégoire l'immagine della sua enigmatica colpevolezza.

"Che cosa ho fatto?"

"Hai fatto, hai fatto che meriti un bel gelato. A che gusto lo vuoi, vaniglia? cioccolato? fragola? pistacchio?"

"Nocciola!"

Allora due gelati due alla nocciola!

Dall'ansia al senso di colpa... Mona, cui racconto la cosa, mi racconta che il verbo "colpevolizzare" è entrato nella lingua francese nel 1946. E il verbo "*de*colpevolizzarsi" nel 1968. Quando la Storia parla da sé...

62 anni, 9 mesi, 17 giorni *Domenica 27 luglio 1986*

L'altro può essere un rimedio all'ansia, a condizione sia per noi intimamente estraneo, un po' indifferente. Non c'è giornata di lavoro che non abbia la meglio sull'ansia. Appena varco le porte dell'ufficio, l'uomo sociale ha la meglio sull'uomo in preda all'ansia. Sono subito ricettivo a ciò che gli altri si aspettano da me: attenzione, consigli, complimenti, ordini, incoraggiamenti, battute, sfuriate, conforto... Divento interlocutore, controparte, rivale, subalterno, buon capo o babau, incarno l'immagine stessa della *maturità*. Per me il ruolo ha sempre avuto la meglio sull'ansia. In compenso i nostri cari, gli intimi, sono quelli che ci vanno di mezzo, proprio perché sono nostri, costitutivi di noi stessi, vittime sacrificali del moccioso che restiamo per tutta la vita. Grégoire ne ha fatto le spese l'altro giorno.

62 anni, 9 mesi, 23 giorni *Sabato 2 agosto 1986*

Parlando – abbastanza spesso – dell'ansia in questo diario, non parlo dell'anima, né tantomeno faccio psicologia, resto più che mai nel registro del corpo, questo stramaledetto groviglio di nervi!

63 anni *Venerdì 10 ottobre 1986*

Fatto pipì in un bar di rue Lafayette. La luce si spegne nel bel mezzo dell'operazione. Per due volte. Mi domando sulla base di quale media di età sia calcolato il tempo minimo di illuminazione concesso a un pisciatore dai programmatori di interruttori a tempo. Possibile che io sia così lento? Possibile che sia stato così veloce? Maledetto giovanilismo che condiziona persino la produzione di questi arnesi macina-minuti!

L'osservazione vale anche per gli interruttori a tempo delle scale e per le porte degli ascensori che si chiudono sempre più in fretta.

63 anni, 1 mese, 12 giorni *Sabato 22 novembre 1986*

Che farò della mia ansia quando sarò in pensione? Non avrò più un superiore, non avrò più dei sottoposti; chi combatterà i grovigli ontologici quando sarò privato di questa compagnia che mi è così necessariamente indifferente?

63 anni, 6 mesi, 9 giorni *Domenica 19 aprile 1987*

Marguerite si è sbucciata il ginocchio cadendo sulla ghiaia. Le ho pulito la ferita praticando la tecnica di Violette: urlare al posto del ferito. Marguerite non ha sentito niente ma, dopo essere stata medicata, ha detto, un filino fatalista, come se dubitasse che io potessi far tesoro di questo dato oggettivo: Sai nonno, secondo me tu sei un po' matto. Cosa che Fanny ha confermato.

63 anni, 6 mesi, 11 giorni *Martedì 21 aprile 1987*

Il polpaccio di Marguerite nella mia mano e l'intuizione che questa cicciottella crescerà fino a diventare una stangona.

63 anni, 11 mesi, 7 giorni *Giovedì 17 settembre 1987*

Esame del fondo dell'occhio dalla dottoressa L.M. Mi annuncia un principio di cataratta. Che progredirà per una decina o una quindicina d'anni, finché non sarà necessaria l'operazione. Per il momento non ho alcun effetto sensibile, vedo nitido come prima. Ha tempo davanti a sé. E poi oggi l'operazione è una cosa da niente, una formalità. (Fugace immagine di zia Noémie nel suo piccolo appartamento di rue Chanzy. Temendo la cecità, si esercitava a camminare a occhi chiusi. Quando diventò cieca, non riusciva più a camminare.)

64 anni, 1 mese, 11 giorni *Sabato 21 novembre 1987*

Andando a prendere gli esiti degli esami del sangue prescritti dal dottor P. mi sono reso conto che non ho mai parlato qui della cerimonia per me particolarmente umiliante dell'apertura della busta. Una dimenticanza che la dice lunga sulla vergogna che provo per questo momento di puro terrore. Se coloro che al lavoro mi credono il burattinaio delle loro carriere potessero vedermi! Ah! Bravo lui, il grande capo impavido, eroe della Resistenza, custode del morale della truppa! Un bambinello chino su una busta, con la strizza di uno sminatore nelle budella. Ogni volta è come se dovessi disinnescare una mina antiuomo. Un giorno o l'altro la busta mi esploderà in faccia. Allegata alla presente la sua condanna a morte. Giacché non c'è peggior nemico del nemico interno. Aperta la busta, l'occhio corre subito alle prime due righe, globuli bianchi e globuli rossi (meno male, il tasso è nella norma, nessuna traccia di infezione seria), poi salto direttamente in fondo all'ultima pagina, sul marcatore della prostata, altrimenti detto PSA, cifra feticcio dei sessantenni. 1,64! 1,64 quando l'anno scorso nello stesso periodo era 0,83. Il doppio, insomma. Certo, molto al di sotto del valore massimo (6,16) ma comunque il doppio! In un anno! Quindi, se la tendenza si conferma, 3,28 l'anno prossimo, 6,56 l'anno successivo, con, a breve termine, esplosione cancerosa e proiezione delle metastasi fin nei recessi del cervello! La bomba è qui, di sicuro, invisibile e caricata per esplodere all'ora prevista. E fosse solo la prostata! Quand'anche mi sbagliassi nella mia esponenziale prostatica, cosa pensare del tasso di glucosio? Perché c'è anche il glucosio! Glicemia 1,22 g/l rispetto all'1,10 dell'anno scorso (già la cifra più alta dell'intervallo di riferimento) e in aumento costante da anni. La prospettiva del diabete, dunque. Iniezioni quotidiane, cecità, amputazione (quando si dice una malattia "invalidante")... A meno che non ci si debba aspettare un'offensiva della creatinina, molto al di sopra della media accettabile, e prevedere il tracollo dei reni e la dialisi a vita. Un mutilato cieco e dializzato, che meravigliosa prospettiva! E uno dovrebbe aprire questa busta con il sorriso sulle labbra?

64 anni, 6 mesi, 4 giorni *Giovedì 14 aprile 1988*

Atterraggio difficile all'aeroporto di Vancouver. Carrello rotto, uscita di pista, passeggeri gambe all'aria, caduta di bagagli, panico a bordo ecc. Me la sono cavata senza contusioni e, devo dire, senza eccessivo spavento. Com'è che, pusillanimi come siamo, affidiamo tranquillamente la nostra vita a oggetti (aerei, treni, navi, automobili, ascensori, ottovolanti) sui quali non abbiamo il benché minimo controllo? Forse è il numero di utenti a placare la nostra inquietudine. Ci rimettiamo all'intelligenza della specie. Tante competenze hanno concorso alla costruzione di questo apparecchio, e tante intelligenze critiche gli affidano quotidianamente i loro corpi, perché io no? A ciò si aggiunge l'argomento statistico; rischiamo infinitamente meno di romperci il collo ammassandoci lì dentro che non attraversando la strada. Va poi considerato il fascino della fatalità. In fin dei conti, non ci dispiace affidare la nostra sorte ai capricci della meccanica. Lascio che a decidere della mia sorte sia la macchina innocente, anziché le mie cellule, sospettate tutte di essere così maligne. D'ora in poi leggerò le analisi del sangue a dodicimila metri di altitudine, durante una forte turbolenza e se possibile in un aereo in fiamme.

64 anni, 6 mesi, 5 giorni *Venerdì 15 aprile 1988*

Il ricordo, però, di questa conversazione con B.P.: ingegnere collaudatore di volo, che ha passato la vita a testare aerei. Bisogna essere completamente matti per salire lì dentro, diceva in sostanza. Lo sa cosa facciamo quando un aereo vibra così tanto che potrebbe sfasciarsi in volo? Ebbene, lo distruggiamo e lo riscostruiamo identico, assolutamente identico, e quello, chissa perché, non vibra. Quanto a me, concludeva, ogni volta che scendo da un aereo di linea con gli altri passeggeri, non mi dico che sono arrivato, mi dico che l'ho scampata.

64 anni, 10 mesi, 12 giorni *Lunedì 22 agosto 1988*

Trovata nella *Storia naturale* di Plinio questa particolarità dei tassi che, durante la lotta, tratterrebbero il fiato per non sentire le ferite inflitte dall'avversario. Mi ha fatto tornare in mente l'esercizio che facevo da bambino e che consisteva nel trattenere il respiro quando passavo in mezzo alle ortiche per fare in modo che non mi pizzicassero. Era stato Robert a mostrarmi il trucco. Lo racconto a Grégoire. Il quale si limita a rispondere: È il tuo lato tasso, nonno.

64 anni, 10 mesi, 14 giorni *Mercoledì 24 agosto 1988*

Grégoire tutto preso dalla lettura di *Tom Sawyer,* con le dita nel naso... Le narici? La grotta di Joe l'Indiano. Le caccole?

Il tesoro che vi ha nascosto. Come me, assocerà per tutta la vita il piacere di mettersi le dita nel naso a quello della lettura.

64 anni, 10 mesi, 20 giorni *Martedì 30 agosto 1988*

Plinio, sempre lui, scrive che ai romani era proibito accavallare le gambe in pubblico, cosa che mi riporta indietro di una sessantina d'anni. Indosso dei pantaloncini corti (ma forse è Dodo?) e papà non è ancora del tutto *roso da dentro*. Abbiamo ospiti per il tè. Seduto su una poltrona, accavallo le gambe come tutti gli adulti intorno a me. La mamma esclama: Vuoi stare composto! Non si tengono le gambe accavallate! La sera, nel letto, ripeto l'esperienza e mi accorgo che il mio minuscolo pene mi procura un certo piacere se lo faccio andare e venire con la punta delle dita tra le cosce accavallate.

64 anni, 11 mesi, 15 giorni *Domenica 25 settembre 1988*

Tijo, così basso di statura e che fisicamente non ha mai avuto nulla del maciste, mi ha sempre stupito per la sua forza muscolare, la rapidità, la precisione e l'eleganza felina. Ieri pomeriggio portavamo a passeggio Fanny e Marguerite sulle rive della Senna. Una gabbianella si divertiva a sfiorarci. Una volta, due volte, alla terza Tijo alza il braccio sinistro e acchiappa l'uccello in pieno volo. Interruzione improvvisa di una traiettoria. Stupore nell'occhio dell'animale. (Un vero stupore da cartoni animati. Gulp!) Guarda un po' questa pupattola! Se ne va in giro tutto il tempo a rimorchiare e pensa di non correre rischi! Tijo sfrega il naso contro il becco della bella, poi la mostra alle gemelle che le accarezzano il dorso, e la lascia andare. La gabbianella vola via, un po' frastornata ma non ferita. Continuiamo la passeggiata ricordando alcuni scherzi, tutti molto fisici, che Tijo mi faceva quando era piccolo. Fra cui questo, più o meno all'età che hanno oggi le bambine. Marianne e io amoreggiavamo, a Le Briac, quando Tijo ci ha attaccato con un lancio di fichi urlando Morte ai tedeschi e Viva la Resistenza! (Estate 1943.) Un agguato lampo. Non ho fatto in tempo a correre al fico di Lulo per rispondere, che lui mi aveva già colpito all'occhio, sulla fronte, sulla mandibola ed era sparito. Di flirtare con Marianne ormai non se ne parlava più, impiastricciato com'ero attiravo le vespe di cui lei aveva una paura folle. Ho dovuto sfregarmi dalla testa ai piedi e ficcare i vestiti nella lisciviatrice. A fine stagione i fichi sono insieme densi e molli, al momento dell'impatto esplodono come granate e sparpagliano il succo in ogni interstizio. Per non parlare dei semini nei capelli. E di quei pezzi di pelle che ti restano appiccicati addosso come carne sanguinolenta! La lapidazione a colpi di fichi è come l'uomo coperto di catrame e piume dell'Ovest americano. La mia vendetta fu terribile. Nazista, per dirla tutta. La fredda repressione dell'occupante. Ho fatto provvista di munizioni, ho catturato Tijo nel momento in cui meno se lo aspettava (stava per portare il latte dai Douvier), l'ho legato al platano di Peluchat e gli ho comunicato – in tedesco – la sua condanna a morte. Ha gridato "Viva la Francia!" e, mentre lo fucilavo, si è mostrato stoico come il *Soldatino di stagno* di Andersen che gli avevo letto la sera prima. Tutto ciò perché credeva che il supplizio si limitasse a questa esecuzione, poveretto. Errore. Dopo averlo trasformato in un vasetto di marmellata, l'ho slegato e l'ho immerso nell'abbeveratoio di Douvier dove l'ho strigliato dalla testa ai piedi. Molto meno stoico, il soldatino! L'igiene non era il suo forte e la famiglia non guardava tanto per il sottile. L'acqua era così fredda e il cliente batteva così forte i denti che il boia stesso fu preso da vago rimorso.

Non ti piaceva lavarti, da piccolo? domanda Marguerite. Piccolo, io? risponde Tijo alzandosi in punta di piedi, non sono mai stato piccolo, io!

*

NOTA PER LISON

In fondo, tesoro mio, trovo divertente il fatto di aver tenuto questo diario per tutta la vita. Il che non vuol dire che io lo trovi divertente.

7.

65 – 72 anni

(1989-1996)

Avrei dovuto tenere il diario
delle mie dimenticanze.

65 anni, 9 mesi, 2 giorni *Mercoledì 12 luglio 1989*

Mi sono tagliato il pollice riparando la gomma bucata della bici di Grégoire. Avevo debitamente rattoppato la camera d'aria, stavo infilando la gomma nel cerchione quando il cacciavite mi è scivolato tagliandomi il pollice come un gambero. Molto sangue e un male cane. Uno di quei dolori che arrivano al cuore. Siccome era domenica, Grégoire mi ha suggerito di andare dal padre del suo amico Alexandre, che è medico. Il dottore mi accoglie gentilmente e si mette all'opera. Niente di grave, dice, i tendini non sono stati toccati. Ma ci vogliono parecchi punti di sutura. Bene. Siccome Alexandre non c'è, Grégoire trova "interessante" assistere al rattoppo. Il buon dottore tira fuori una siringa per farmi un'iniezione di anestetico. Rifiuto, sostenendo che siamo di fretta, che Grégoire è atteso alla partenza di una gara da cui dipende la sua carriera di ciclista. È sicuro? Senza anestesia? Guardi che le dita sono molto innervate! Non c'è problema, non c'è problema. Il dottore infila l'ago una prima volta, passa il filo, infila l'ago una seconda volta, alla terza svengo. Così imparo a voler ostentare l'immagine di nonno eroico davanti a Grégoire – che non era atteso da nessuna parte. Di sicuro in sua assenza avrei accettato l'anestesia.

Sulla via del ritorno, Grégoire mi annuncia la sua decisione di voler "fare il dottore" da grande. Quando gli chiedo il perché di questa improvvisa vocazione, risponde: Perché non voglio che tu muoia. La risposta, ovviamente, mi va dritto al cuore dove attenua il pulsare del mio pollice. (Sarebbe più giusto scrivere: mi va dritto al pollice dove attenua i battiti del mio cuore.) Ah! La gioia dell'adulto scafato di fronte al candore dell'affetto infantile! A ripensarci stasera, la gioia si trasforma in pena, la stessa che proverà Grégoire sulla mia tomba quando maledirà l'impotenza della sua arte. Poiché anch'io alla sua età mi sono fatto garante di un'eternità. Non volevo che Violette morisse. Nonostante le voci che prevedevano una morte imminente – "con tutto quello che tracanna, non durerà molto!" –, Violette poteva, grazie alla vigilanza del mio amore, aspirare all'immortalità. Le varici, il peso, il labbro inferiore umido, la couperose, il respiro corto, la tosse secca e quello che la mamma chiamava il suo "odore tossico" non facevano scommettere sulla sua longevità. Ma io non la vedevo così. Violette era il corpo possente all'ombra del quale il mio corpo si era incarnato. Ero cresciuto sotto la sua ala odorosa. Il mio desiderio di vivere era nato dalla sua forza di essere, la brama che avevo di sconfiggere le mie paure si nutriva del suo coraggio, il bisogno di farmi dei muscoli doveva tutto al mio desiderio di far colpo su di lei. Grazie a lei, grazie al suo *sguardo*, avevo smesso di essere il fantasma di mio padre, non sbattevo più contro i mobili, non mi perdevo più nella mia ombra, non avevo più paura degli specchi: di un ragazzino evanescente aveva fatto una scimmia degli alberi, un pesce degli abissi, una lepre del ciclismo. Ero il suo "bel fusto" strappato alla paura, che si tuffava dalle rocce e non tremava più quando teneva in mano un pesce vivo. A volte anche in sua assenza mi imponevo prove solo per la gloria della sua stima: accarezzare un cane reso feroce dalla catena, frequentare i luna park dove gli autoscontri, il treno fantasma e l'ottovolante sono altrettante trappole per la paura, privarmi della compagnia di Dodo in momenti in cui l'angoscia me lo rendeva indispensabile. Sì, farmi ammettere che Dodo era un fratellino inventato, Violette era riuscita a ottenere anche questo! Violette mi aveva dato il permesso di vivere, sotto la mia protezione non sarebbe mai morta! E Violette era morta.

65 anni, 9 mesi, 3 giorni — *Giovedì 13 luglio 1989*

Ripensandoci oggi, dovevo proprio a Violette il mio desiderio di andare in collegio: Tu, bel fusto, adesso che ti è cresciuta l'erbetta intorno alla fontana bisogna che ti chiudi da qualche parte. Per studiare seriamente! In modo che non sprechi il tuo talento! Vedrai che ti piacerà. Volerai altissimo!

65 anni, 10 mesi — *Giovedì 10 agosto 1989*

Il ricordo di Manès che mi butta in acqua per insegnarmi a nuotare, cosa che né lui né Violette sapevano fare. Fatti molle come Albert quando cade dallo sgabello (Albert era l'ubriacone di Mérac) e tornerai a galla come i tappi delle sue bottiglie. Nella mia fiducia totale in Violette, mi facevo tutto molle, e in effetti tornavo a galla, e riproducevo alla meno peggio i movimenti del nuoto a rana che Violette mi faceva ripetere sospeso sopra le braccia tese di Manès, maggiordomo colossale. Come un rospo, diceva Violette, non dirmi che non riesci a far bene come un rospo! Imitatore di rospi, ecco come ho imparato a nuotare. (Poi venne il crawl accademico di Fermantin.) Manès, buttami nel fiume! Non dove c'è il fondale erboso, che si tocca! Alla conca! Domani mi butti alla conca, promettimelo! E perché non ti ci butti da solo? Perché ho paura, diamine! Squisita metamorfosi della paura in esultanza, buttami più lontano, buttami da più in alto, ancora, ancora, e ogni volta quel briciolo di apprensione che restava, che trasformava la paura in coraggio, il coraggio in gioia, la gioia in orgoglio, l'orgoglio in felicità. Ancora! Ancora! urlavano Bruno, Lison o Grégoire quando, a loro volta, li ho buttati nella conca. Ancora! Ancora! urlano oggi Fanny e Marguerite.

66 anni, 1 mese, 1 giorno *Sabato 11 novembre 1989*

Queste dimenticanze sempre più frequenti... Blocco improvviso nel bel mezzo di una frase, silenzio idiota di fronte allo sconosciuto che grida con gioia il mio nome, confusione dinanzi alla donna un tempo amata e il cui viso non mi dice nulla (eppure non sono state molte!), titoli di libri che dimentico appena devo citarli, oggetti smarriti, promesse che mi si rimprovera di non aver mantenuto... Tutto questo mi affligge da sempre ed è molto sgradevole. Ma ciò che più mi esaspera è la condizione di animale in agguato cui mi riduco per la paura di dimenticare *quello che voglio dire* in una conversazione appena avviata! No ho mai avuto fiducia nella mia memoria. Certo, ricordo parola per parola tutto ciò che mio padre mi ha insegnato durante l'infanzia, ma oggi mi domando se non è stato a scapito di tutto il resto: nomi, facce, date, luoghi, avvenimenti, letture, circostanze ecc. Questo handicap ha complicato i miei studi e la mia carriera, senza che nessuno, peraltro, se ne rendesse davvero conto. Perché, al posto della parola che mi sfugge, nelle conversazioni ho cominciato ben presto a fare gran perifrasi. Ne ho tratto una fama di chiacchierone. La perifrasi ti fa parlare molto più del tuo interlocutore, come quei cani che annusano tutto e che zigzagando con il muso a terra fanno una passeggiata dieci volte più lunga di quella dei loro padroni.

Oggi la memoria mi serve soltanto a ricordarmi le sue lacune. Ricordati che non hai memoria!

66 anni, 1 mese, 21 giorni *Venerdì 1° dicembre 1989*

Dormito bene, come sempre quando piove.

66 anni, 2 mesi, 15 giorni *Lunedì 25 dicembre 1989*

Bevuto troppo al pranzo di Natale. Mangiato cibi troppo grassi. Compulsivamente. Parlando e ridendo molto. Mangiato come un giovane, insomma. C'erano Lison, Philippe, Grégoire e alcuni amici. Mona si era superata. Risultato, vampate di calore notturne. Capogiro al risveglio. Tutta la camera che girava. Soprattutto da disteso. In piedi la scena si fa più stabile. Ma attenzione ai movimenti bruschi! Mi basta sedermi o alzarmi troppo rapidamente, girare di colpo la testa, e subito riparte la giostra. Sono un asse malfermo intorno a cui ruota il mondo. Come si chiamavano quelle pesanti trottole di metallo della mia infanzia che si lanciavano con uno spago e ruotavano su un'asticella di metallo anch'essa traballante?

66 anni, 2 mesi, 16 giorni *Martedì 26 dicembre 1989*

Un giroscopio! Ecco come si chiamava: giroscopio! Stamattina il giroscopio ruota ancora dentro di me, ma la scena è stabile.

66 anni, 3 mesi, 8 giorni *Giovedì 18 gennaio 1990*

La breve sensazione di vertigini su una lastra di ghiaccio sulla quale peraltro non scivolo. Vi poso prima un piede, poi l'altro. Le braccia partono alla ricerca dell'equilibrio. Eppure il sale comunale ha fatto un buon lavoro – ghiaccio abraso, grigiastro, ormai inoffensivo –, quindi non scivolo proprio.

Ma mi ci vuole un asfalto doc, nella fattispecie il marciapiede di fronte, per riprendere fiducia nel mio passo. Sono quindi dotato di una “cultura delle vertigini” e, come ogni detentore di sapere, soggetto a interpretazioni erronee.

66 anni, 7 mesi, 9 giorni *Sabato 19 maggio 1990*

Bruno, di ritorno dagli Stati Uniti, è convocato d'urgenza a scuola: pare che Grégoire si diletti con il *gioco del foulard*, una simulazione di strangolamento che ha già fatto alcune vittime. Ovviamente la direzione è molto arrabbiata con Grégoire e i compagni. Minacce di espulsione. Bruno, preoccupato, si interroga sulle “pulsioni di morte” che dominano l'infanzia contemporanea in generale e Grégoire in particolare. Allibito quando Grégoire gli risponde: Ma niente, è solo una cosa divertentissima, tutto qua! (Vedere il padre solo due o tre volte l'anno non lo induce alla confidenza.) A me, in compenso, questa storia ricorda un gioco simile che facevamo io ed Etienne a quell'età. In realtà il gioco era lo stesso. Non simulavamo lo strangolamento bensì il soffocamento, ma per il resto lo scopo era identico: arrivare al limite dello svenimento o addirittura superarlo. Il gioco consisteva nel bloccare il respiro dell'altro comprimendogli il petto mentre lui svuotava il più possibile i polmoni; il risultato non si faceva attendere: l'altro sveniva. Deliziosa sensazione di vertigini, poi svenimento puro e semplice. Quando lo svenuto si rimetteva in piedi, faceva subire la stessa sorte al compagno. Svenire ci piaceva da matti! Gli adulti erano al corrente? C'erano incidenti? Non me lo ricordo. Il gioco del foulard ha quindi un antenato. Ho impartito a Grégoire una lezione di anatomia, arterie carotidi, vene giugulari ecc., per spiegargli il pericolo della cosa. Mi ha chiesto perché era così piacevole se poteva essere mortale. Mi sono astenuto dal rispondergli che una cosa spiega l'altra. Ho parlato della sensazione di ebbrezza suscitata dalla mancanza di ossigeno nel sangue e dei suoi gravi pericoli per il cervello. Stesso effetto con l'immersione subacquea o l'elevata altitudine, che richiedono entrambe il rispetto di rigide regole. Quando mi sono ritrovato di nuovo solo con Bruno, gli ho chiesto se all'età del figlio non avesse mai giocato a qualcosa di analogo. Mai e poi mai! Dai, su, non hai mai sperimentato qualche piccolo collasso a suon di etere, per esempio? Mi pare di ricordare un certo odore in camera tua... Piantala, papà, non c'entra niente! Invece sì che c'entra, e io ero preoccupato come lo è lui oggi.

66 anni, 7 mesi, 13 giorni *Mercoledì 23 maggio 1990*

Riflessione di Tijo cui racconto la storia di Grégoire, lezione di anatomia compresa: Bella fortuna, tuo nipote, ad avere un nonno come te! Per insegnargli il sistema sanguigno, Manès gli avrebbe fatto sgozzare un maiale. Peraltro, Tijo non è sorpreso dal gioco del foulard. Secondo lui soffocamento, strangolamento, solvente, colla, etere, vernice e sniffamenti vari fanno parte di un'evoluzione che poi arriva all'alcol e alle droghe contemporanee ed è al servizio di un'ossessione vecchia come il mondo: andare a vedere dall'altra parte di quella maledetta adolescenza se il cielo promette una schiarita. Poi, già che c'è, Tijo mi domanda: E tu, con l'arrivo dell'età avanzata, di cosa ti fai?

66 anni, 8 mesi, 25 giorni *Giovedì 5 luglio 1990*

Scendendo a Mérac siamo passati da Etienne e Marceline. Lui aveva la fronte corrucciata, lo sguardo fisso, i gesti rallentati, ma sorrideva della nostra visita. A dire il vero, solo la bocca sorrideva, di un sorriso involontario, una reminiscenza di sorriso, come se ricordasse di aver sorriso un tempo. In compenso non ricorda il nome di Mona. Abbozza frasi che finiscono con... "e così via, capisci?". Capisco, vecchio amico mio, capisco...

Marceline ci confida che la malattia di Etienne progredisce molto in fretta. Perdita della memoria, certo, goffaggine nel compiere alcuni gesti, ma ciò che più la spaventa sono le crisi di rabbia che lo travolgono al minimo imprevisto: un oggetto smarrito, lo squillo del telefono, qualche carta da compilare. Non sopporta più le sorprese, dice lei, il minimo contrattempo lo angoscia da morire.

L'unica cosa che lo rilassa: la sua collezione di farfalle. È l'ultimo baluardo. Vieni un po' a vedere il mio *Parnassius apollo.* Sono di nuovo colpito dalla sproporzione fra le dita enormi e la delicatezza con cui maneggia il velluto leggerissimo delle sue vittime. Prima di lasciarci, mi dice in confidenza: Non dirlo a Marceline, ma sono spacciato. Indicandosi il cranio aggiunge: È la testa.

66 anni, 10 mesi, 6 giorni *Giovedì 16 agosto 1990*

"Polluzione" annuncia Mona infilando le lenzuola dei ragazzi nella lavatrice. Notturna? E diurna, precisa aggiungendo un paio di calzini appiccicosi e due slip vetrificati dallo sperma.

Eh sì, per il moccio hanno inventato il fazzoletto, per la saliva la sputacchiera, la carta per le feci, il pappagallo per l'urina, il cristallo più puro per le lacrime nel Rinascimento, ma niente di specifico per lo sperma. Sicché, da quando l'uomo è adolescente ed eiacula dove capita in balia della pulsione, tenta di nascondere il misfatto con quel che trova sotto mano: lenzuola, calzini, guanti da bagno, stofinacci, fazzoletti, kleenex, asciugamani, brutte copie di temi, giornali, filtri da caffè, tutto va bene, anche le tende, gli stracci e i tappeti. Dal momento che la fonte è inesauribile, e innumerevoli e imprevedibili sono le pulsioni, l'ambiente che ci circonda è ridotto a un troiaio. È assurdo. Urge inventare un ricettacolo da sperma da regalare a ogni maschio il giorno della prima eiaculazione. Si potrebbe immaginare una cerimonia rituale, che sarebbe l'occasione per una festa di famiglia, il ragazzo porterebbe il gioiello appeso al collo, con la stessa fierezza con cui porta l'orologio della prima comunione. E lo darebbe in dono alla futura moglie il giorno del fidanzamento, conclude Mona interessata al mio progetto.

66 anni, 10 mesi, 7 giorni — *Venerdì 17 agosto 1990*

Fino a tempi molto recenti, il termine "polluzione" indicava o la profanazione in senso morale, o – e soprattutto – l'eiaculazione notturna involontaria, altrimenti detta *spermatorrea*. La scelta di questa parola, proprio di questa, della parola "polluzione" per indicare il degrado dell'ambiente naturale inquinato da prodotti tossici, risale agli anni sessanta, apogeo dell'onanismo industriale.

66 anni, 10 mesi, 9 giorni — *Domenica 19 agosto 1990*

Questo dubbio durante l'adolescenza: sarei diventato un uomo? D'estate erano le foglie dei platani a raccogliere il mio sperma. Poco agevole.

66 anni, 10 mesi, 23 giorni — *Domenica 2 settembre 1990*

Fine delle vacanze scolastiche. I ragazzi ci hanno lasciati esausti. Letteralmente due pozzi vuoti. Il semplice spettacolo dell'energia che dispiegano dall'alba al tramonto è già di per sé sfibrante. Corpi in perenne scialo mentre i nostri vanno ormai al risparmio. In quindici giorni abbiamo fatto fuori tutte le nostre riserve vitali. Questi ragazzi ci accorciano la vita, dico a Mona. E crolliamo sul letto, inerti. Dov'è finito il desiderio inestinguibile che fu all'origine di tutta questa prole? Io sono molle come un fico e Mona asciutta come un vento del deserto.

66 anni, 10 mesi, 24 giorni *Lunedì 3 settembre 1990*

A questo proposito, mi rendo conto che non ho detto niente sul liquefarsi del nostro desiderio con gli anni. Il problema non è tanto sapere da quanto tempo non facciamo più l'amore (curiosità da rotocalco), ma come i nostri corpi siano riusciti ad affrontare senza scosse il passaggio dalla copula perenne al godimento del nostro semplice calore. Il progressivo spegnersi del desiderio non sembra aver comportato alcuna frustrazione, a meno che non si voglia attribuire qualche scatto di nervosismo al fatto che i nostri sessi non si parlano più. Nei primi mesi facevamo l'amore più volte al giorno, l'abbiamo fatto tutte le notti della nostra giovinezza (esclusi gli ultimi mesi di gravidanza riservati a quella che Mona chiamava la "modellatura" dei bambini) e così per almeno due decenni, come se fosse inconcepibile che ci addormentassimo l'uno fuori dell'altra, poi meno spesso, poi quasi più, poi più per niente, ma i nostri corpi rimanevano abbracciati, il mio braccio sinistro intorno a Mona, la sua testa nell'incavo della mia spalla, la sua gamba di traverso sulle mie, il braccio sul mio petto, la nostra pelle nuda nel calore comune, il respiro e il sudore mescolati, quel profumo di coppia... Il nostro desiderio si è spento sotto l'odorosa protezione del nostro amore.

67 anni, 3 mesi, 2 giorni *Sabato 12 gennaio 1991*

Di ritorno da casa dei Verne, un dente rotto. È sicuro: il molare superiore sinistro. La lingua va a controllare, rintraccia uno spigolo sospetto, si scosta, poi torna, proprio così, il Cervino in bocca. Un dente già devitalizzato. Petto di pollo, tortino di zucchine, crostata di mirtilli, conversazione molle, non c'era proprio di che rompersi un dente. Eccolo, il vero inizio della vecchiaia. Questa rottura spontanea. Unghie, capelli, denti, femore, la nostra carcassa si sbriciola. La banchisa si stacca dal polo, zitta zitta, senza l'urlo dei ghiacci che rende spaventosa la notte polare. Invecchiare significa assistere a questo disgelo. Sembra liquefatto, diceva la mamma di tale vecchio malato. Diceva anche: Tra un po' vola via, e io bambino immaginavo un ottantenne che prendeva il volo in fondo alla pista di un aeroporto. Dei morti Violette diceva: Tizio è andato. Mi chiedevo dove.

67 anni, 4 mesi, 13 giorni *Sabato 23 febbraio 1991*

Quando sono steso sul fianco, in una posizione che con l'esperienza trovo senza difficoltà, sento il cuore battere dentro l'orecchio su cui pesa la testa. Un lieve ronzio regolare, un pistone rassicurante la cui compagnia mi culla sin dalla mia più tenera infanzia e che non copre del tutto il fischio del mio acufene.

67 anni, 9 mesi, 8 giorni *Giovedì 18 luglio 1991*

Uno degli scherzi preferiti di Grégoire: io cammino nel corridoio quando la sua mano sbuca da un nascondiglio e mi sbarra la strada sventolando una mia foto. Ovviamente io sobbalzo. Conclusione di Grégoire: Povero nonno, sei così brutto che ti fai paura da solo! Il rituale vuole che lo insegua, lo acciuffi, e mi vendichi facendogli il solletico finché lui non chiede pietà. Dopodiché, guardo la fotografia. Ogni volta mi colpisce la stessa cosa: più la foto è recente, più faccio fatica a riconoscermi; se è vecchia sono subito io. L'ultima fotografia l'ha scattata e stampata lo stesso Grégoire due settimane fa. Per riconoscermi devo ricomporre la scena (in un lampo, certo, ma è comunque una ricostruzione): Mérac di pomeriggio, la biblioteca, la finestra, il tasso, la poltrona e, nella poltrona, io che ascolto musica. Dalla tua espressione tragicomalinconica, dice Grégoire, dev'essere Mahler. Ma guarda un po', adesso indovini il tipo di musica dall'espressione di un volto? Certo, quando ascolti quel polacco, Penderecki, sembri un cubo di Rubik abbandonato.

67 anni, 9 mesi, 17 giorni *Sabato 27 luglio 1991*

Tre ore sulla sdraio a leggere un giallo, e impossibile rialzarmi senza appoggiarmi pesantemente ai braccioli. Bacino indolenzito, anchilosato. Per qualche secondo, l'impressione di essere intrappolato nei ghiacci. Ormai, tra il mondo e me, l'ostacolo del mio corpo.

Rivedo lo zio Georges negli ultimi anni, seduto nella sua poltrona a parlare del più e del meno, con lo sguardo vispo, le mani come due libellule. Lo stesso, esattamente, che a quaranta o cinquant'anni. Ma appena si alzava si sentivano scricchiolare le ginocchia, le anche, la schiena. Seduto, un giovanotto; in piedi, un vecchio curvo, che faceva smorfie di dolore, dal quale verso la fine proveniva un discreto odore di urina. E che ha conservato fino all'ultimo una deliziosa propensione a prendere la cose *con leggerezza.* Con l'età, diceva (citando non so più chi), le rigidità si spostano.

67 anni, 9 mesi, 18 giorni *Domenica 28 luglio 1991*

Da dove mi viene, però, questo sentimento di permanenza? Tutto si degrada, ma perdura la costante gioia di esistere. A questo pensavo ieri, guardando Mona camminare davanti a me. Mona e il suo "portamento regale", come dice Tijo. Da quarant'anni cammino dietro di lei, il corpo le si è appesantito, certo, ha perso elasticità, ma come dire? si è appesantito *intorno alla sua andatura*, che invece non è mai cambiata, e provo sempre lo stesso piacere a guardare Mona camminare. Mona *è* la sua andatura.

68 anni, 8 giorni *Venerdì 18 ottobre 1991*

Uno dei protetti di Tijo, ex legionario chc ha perso una gamba (guerra d'Algeria), viene a trovarlo reggendosi sulle stampelle. E la tua protesi? domanda Tijo. L'altro tergiversa. Tijo si arma di pazienza e al termine di un racconto ingarbugliato viene a sapere che ha alzato il gomito, c'è stata una lite coniugale, e dopo qualche botta di troppo la moglie se n'è andata sbattendo la porta. E se l'è filata portandosi via la protesi! Secondo te, mi domanda Tijo, che conclusione ne ha tratto il mio legionario? Be', questa: Vuol dire che mi ama ancora, no, visto che se l'è squagliata con la mia gamba? Qualcuno la spiegherebbe con l'idiozia, Tijo la spiega con il nostro insaziabile bisogno di essere amati.

68 anni, 3 mesi, 26 giorni *Mercoledì 5 febbraio 1992*

Dolori alla caviglia. Visita da un reumatologo, che mi manda da una podologa la quale, dopo avermi esaminato i piedi, afferma: Di sicuro lei non sa ballare. Confermo. Non c'è da stupirsi, la pianta del piede destro appoggia solo su tre punti (e li indica) invece di appoggiare su tutta la superficie. Ed ecco spiegata con una banale causa meccanica un'inattitudine alla danza che ho sempre attribuito alla mia debole incarnazione. Mi sento spiegare alla podologa che tuttavia da giovane facevo pugilato, giocavo a tennis e che *eccellevo nella palla prigioniera*! L'imbarazzo di questa frase fa un tale baccano dentro di me che non sento la risposta, probabilmente tecnica, della podologa. Io e la mia palla prigioniera! (O Violaine!) Perché diavolo – a sessantotto anni! – ci tengo ancora a passare per un asso della *palla prigioniera* –, gioco di cui tutti hanno probabilmente dimenticato l'esistenza? Ci rifletto a mente riposata e mi rivedo, nel cortile della scuola, giocare a questo gioco così rapido, dalle regole così brutali: schivare, intercettare, giocare d'astuzia, tirare, restare solo in campo e decimare comunque la squadra avversaria, subire attacchi dai due lati, così agile, così combattivo, indistruttibile, ah! che gioia *puramente fisica*! Che esultanza! Ogni partita di palla prigioniera era per me una nuova nascita. La nascita a me stesso che celebro quando mi vanto di essere stato un asso della palla prigioniera!

68 anni, 7 mesi, 20 giorni — *Sabato 30 maggio 1992*

Sorpreso Grégoire in flagrante delitto di masturbazione, lui con l'arma del delitto in mano, io con la maniglia della porta. Entrambi terribilmente imbarazzati. Non c'era motivo; come dice quello là, ogni desiderio che la mano non afferra è soltanto un sogno. Per tutta la giornata sono stato tormentato da una penosa sensazione di intrusione. Sono rimasto incastrato nella testa di un adolescente, quell'essere informe che esce dall'infanzia tirandosi per il pisello. Stasera ho messo sottosopra la soffitta per ritrovare il *Gioco dell'oca della prima volta* che io ed Etienne avevamo creato in collegio. Ho sfidato Grégoire. Mi ha stracciato. Quando è arrivato alla casella 12 (*Lo zio Georges scopre per caso la tua biancheria sporca e si congratula con te: sei diventato un uomo*), ha sfoderato un sorriso ampiamente riconoscente. Gli ho regalato il gioco.

68 anni, 8 mesi, 5 giorni *Lunedì 15 giugno 1992*

Passeggiata solitaria, ieri al Luxembourg. Una donna, ancora giovane, grida gioiosa il mio nome, chiede notizie di Mona, mi saluta con un bacio e prosegue per la sua strada. Chi era? La sera, all'uscita del Théâtre du Vieux Colombier, mi mancano due o tre parole cruciali nelle disputa critica che oppone T.H. e me. Cercando la macchina nel parcheggio di Saint-Sulpice, sbaglio piano, risalgo, scendo di nuovo, giro a vuoto... Dove ho la testa? Mi stupisco di non aver scritto di più su queste dimenticanze che mi hanno avvelenato l'esistenza. Forse ho pensato che fossero di pertinenza della psicologia. Schiocchezze! È un fenomeno squisitamente fisico. Pura questione di elettricità, di cattivi contatti nei circuiti mentali. Alcune sinapsi non svolgono la loro funzione di trasmettitori fra i neuroni coinvolti. La strada è interrotta, il ponte è crollato, bisogna sorbirsi una deviazione di venticinque chilometri per ritrovare il ricordo dimenticato. Se non è *fisico* questo!

68 anni, 8 mesi, 6 giorni *Martedì 16 giugno 1992*

Avrei dovuto tenere il diario delle mie dimenticanze.

68 anni, 10 mesi, 1 giorno *Martedì 11 agosto 1992*

Fanny, che ha appena compiuto undici anni e che, più di Marguerite, ha il senso della noia, mi domanda se il tempo per me passa lentamente come per lei. Per ora, le dico, sette volte più in fretta, ma cambia in continuazione. Lei obietta che però, "dal punto di vista della pendola" (*sic*), è lo stesso tempo a scorrere per me e per lei. È vero, dico, ma né tu né io siamo quella pendola, la quale secondo me non ha alcun punto di vista su niente. E via con una piccola lezione sul tempo soggettivo, in cui lei scopre che la percezione che abbiamo della durata dipende strettamente dal tempo trascorso dalla nostra nascita. Allora mi chiede se *ogni minuto* passa per me otto volte più in fretta che per lei. (Ahi, la cosa si complica.) No, dico, se li passo dal dentista mentre tu giochi con Marguerite, a me certi minuti sembreranno addirittura più lunghi che a te. Lungo silenzio. Sento gli ingranaggi della sua testolina cercare di conciliare le nozioni di contingenza e di totalità, e mi rendo conto che la ruga di concentrazione tra gli occhi le dà la stessa espressione di Lison alla sua età. Alla fine mi fa una proposta: Guardare insieme la lancetta dei minuti della pendola, "per costringere il tempo a passare alla stessa velocità per te e per me". Cosa che facciamo, dando a questo minuto comune il silenzio e la solennità di una commemorazione. E tale è, giacché questa conversazione sottovoce mi rimanda alle lezioni di "piccola filosofia" che mio padre mi sussurrava sessant'anni fa (cioè ieri), nel tic-tac della stessa pendola. Trascorso il minuto, Fanny mi dà un bacio sulla guancia e prima di scappare via conclude: Nonno, mi piace quando mi annoio con te.

69 anni *Sabato 10 ottobre 1992*

Cena fra pochi intimi per il mio compleanno: "Il mio compleanno" è un'espressione infantile che ci trasciniamo dietro fino all'ultima candelina.

Mi ero dimenticato che Montaigne non aveva memoria:

"La memoria è uno strumento di straordinaria utilità: (...) mi manca del tutto. (...) E quando devo tenere un discorso importante, se è di lungo respiro, sono ridotto a quella vile e meschina necessità d'imparare a memoria, parola per parola, quello che devo dire: altrimenti non avrei né garbo né sicurezza, per paura che la memoria mi giocasse un brutto tiro. Ma questo sistema non mi è meno difficile. Per imparare tre versi mi occorrono tre ore. (...) Ora, più ne diffido, più essa mi si confonde: mi serve meglio se procedo a caso; bisogna che la solleciti con noncuranza, poiché se l'incalzo, si turba; e quando ha cominciato a vacillare, più la scandaglio, più s'impasticcia e s'imbarazza: mi serve a suo beneplacito, non al mio... Se mi arrischio, parlando, ad allontanarmi appena un poco dal mio filo, immancabilmente lo perdo. (...) Quelli che sono al mio servizio, devo chiamarli col nome del loro incarico o del loro paese, poiché mi è molto difficile ricordare i nomi. (...) E se continuassi a vivere a lungo, credo che dimenticherei il mio proprio nome. (...) Mi è successo più di una volta di dimenticare la parola d'ordine che avevo tre ore prima dato o ricevuto da un altro, e di dimenticare dove avevo nascosto la mia borsa (...). Mi aiuto a perdere quello che tengo particolarmente custodito. (...) Sfoglio i libri, non li studio. Quello che me ne resta, è cosa che non riconosco più essere d'altri. Di questo soltanto il mio giudizio ha fatto profitto: i ragionamenti e le idee di cui s'è imbevuto. L'autore, il luogo, le parole e altre circostanze, le dimentico subito".*

Citato dallo stesso (Terenzio, *L'Eunuco*; I, 2, 25):

"Sono un sacco pieno di buchi, perdo un po' di qua e un po' di là".

* Michel de Montaigne, *Saggi*, cit., Libro II, capitolo 17, pp. 1203-1207. [*N.d.T.*]

Ieri, a casa di A. e C., discussione se il cancro di W. non sia di origine psicosomatica. Consenso unanime. Ma sì, certo, ha vissuto male il pensionamento, la malattia della moglie, il divorzio della figlia ecc., tutti d'accordo finché il giovane P., figlio primogenito nei nostri ospiti, non ha fatto calare il gelo concludendo che "W. sarà rincuorato di brutto a sapere che muore per una malattia psicosomatica. Certo, fa molto meno schifo di un cancro al colon!". Quindi il giovane P. se ne va sbattendo la porta.

Credo di capire la rabbia di quel ragazzo. Pur non contestando il fatto che il corpo esprima a modo suo ciò che non riusciamo a formulare – e che quindi una lombaggine *significa* che ne ho abbastanza di piegare la schiena, le coliche di Fanny *dicono* il suo terrore della matematica –, mi rendo conto di come possa essere irritante la lettura univocamente psicosomatica per la generazione del giovane P. Lui stigmatizza la stessa pudibonderia che mi disgustava alla sua età. Quando ero giovane, il corpo semplicemente non esisteva come argomento di conversazione; non era ammesso a tavola. Oggi viene tollerato, a patto che parli *solo* della sua anima! Dietro la lettura univocamente psicosomatica si scorge in filigrana un'idea vecchia come il cucco: i mali del corpo come espressione delle tare del carattere. La vescica biliare del collerico, le coronarie esplosive dell'intemperante, l'Alzheimer inevitabile del misantropo... Non soltanto malati, ma colpevoli di esserlo! Di che cosa muori, buon'uomo? Del male che ti sei inflitto, dei tuoi piccoli compromessi con ciò che è nocivo, dei benefici momentanei che hai tratto da pratiche malsane, del tuo carattere, insomma, così debole, così poco rispettoso di te! È il tuo super-io a ucciderti. (Niente di nuovo, insomma, da quando il vaiolo faceva leggere l'anima della Merteuil sul suo viso devastato.) Muori, colpevole di aver inquinato il pianeta, mangiato porcherie, subìto i tempi senza cambiarli, chiuso a tal punto gli occhi davanti al problema della salute universale da trascurare persino la tua, di salute! Tutto questo sistema che la tua pigrizia ha mollemente avallato si è accanito sul tuo corpo innocente, e lo uccide.

Poiché, se la lettura psicosomatica indica il colpevole, è per meglio esaltare l'innocente. Il corpo è innocente, signore e signori, il corpo è l'innocenza stessa, ecco quel che proclama la lettura psicosomatica! Se solo fossimo *bravi*, se ci comportassimo *bene*, se conducessimo una vita *sana* in un ambiente *controllato*, non soltanto l'anima, ma anche il nostro corpo accederebbe all'immortalità!

Lunga tirata che sciorino in macchina tornando a casa, con la foga della mia giovinezza ritrovata.

Può essere, conclude Mona, ma non trascurare il fatto che il giovane P. non perde occasione per far fare ai genitori la figura dei coglioni.

70 anni, 5 mesi, 3 giorni *Domenica 13 marzo 1994*

Signore e signori, moriamo perché abbiamo un corpo, ed è ogni volta l'estinzione di una cultura.

70 anni, 8 mesi, 5 giorni *Mercoledì 15 giugno 1994*

Ci conosciamo, mi dice il vecchio professore di filosofia di Grégoire durante il colloquio in cui sono andato a raccogliere la corona di lodi tessuta a mio nipote. Davvero? Sì, l'ho torturata quando era giovane, spiega con un sorriso amichevole. E lo riconosco: è il nipote del dottor Bêk! Quello la cui mano enorme, quarant'anni fa, soffocava le mie urla mentre lo zio mi toglieva il polipo. Dall'inizio dell'anno, Grégoire si profonde in elogi per questo professore di filosofia "assolutamente geniale!". Il fatto che sia un colosso senegalese non rientra tra gli elementi della sua descrizione, trattandosi di un dettaglio privo di significato filosofico. Il professor F. si tamburella la radice del naso: Oggi, per operazioni del genere, fanno l'anestesia, ma restano ugualmente inefficaci. Anche suo nipote parla con voce un po' nasale, ma ciò non gli impedisce di essere un ottimo filosofo.

71 anni, 5 mesi, 22 giorni — *Sabato 1° aprile 1995*

Di ritorno dall'ospedale dove io e Grégoire siamo andati a trovare Sylvie. Ci riconosce, ma come senza *mettere a fuoco.* "Grégoire" dice piano, ed è qualcosa che manca di realtà. È suo figlio, lo sa, è il nome di suo figlio, se lo ricorda, nella sua voce c'è affetto, ma l'immagine e il nome non arrivano fino a lei, non si sovrappongono. Come se vedesse sfocato, commenta Grégoire, che aggiunge: Del resto anche lei è sfocata, è come se camminasse accanto al suo corpo, non ti pare, nonno? All'inizio della malattia di Sylvie, quando mi dava notizie, Grégoire diceva già: La mamma non è del tutto "nitida", oppure, oggi sta bene, la mamma è "nitida". Lo vedo abbozzare un sorriso quando il dottor W. ci accoglie nel suo ufficio annunciandoci che dobbiamo "inquadrare" la situazione.

71 anni, 5 mesi, 25 giorni — *Martedì 4 aprile 1995*

Pensando a Sylvie, stanotte (dovrebbe uscire fra un mese), mi viene in mente la parola "sfasato", che la mamma usava per lamentarsi di me. La parola produceva un'impressione di vertigini e di sfocamento. In fondo, questo diario è stato un perenne esercizio di messa a fuoco. Sfuggire allo sfocamento, tenere il corpo e la mente sullo stesso asse... Ho passato la vita a "inquadrare".

Irruzione massiccia del corpo comune sull'autobus 91 alla fermata Gobelins. Quando salgo, alla gare Montparnasse, l'autobus è vuoto. Approfitto dell'insperata solitudine per immergermi nella lettura, appena disturbata dai passeggeri che fermata dopo fermata si siedono intorno a me. A Vavin, tutti i posti a sedere sono occupati. Ai Gobelins il corridoio è strapieno. Lo noto con l'innocente egoismo di chi ha trovato un posto e si gode ancor di più la propria lettura. Un ragazzo, seduto di fronte a me, è immerso anche lui in un libro. Studente, con ogni probabilità. Legge *Marte* di Fritz Zorn. In piedi nel corridoio, accanto allo studente, una donna robusta, sessant'anni, con il fiatone, in mano una sporta della spesa piena di verdura, respira rumorosamente. Lo studente alza gli occhi, incrocia il mio sguardo, vede la signora e spontaneamente si alza per cederle il posto. Si sieda, signora. C'è qualcosa di germanico nella cortesia del ragazzo. Dritto, alto, il collo rigido, il sorriso discreto, un ragazzo ammodo. La signora non si muove. Mi sembra addirittura che fucili lo studente con lo sguardo. Il giovane, indicando il posto, insiste. Prego, signora. La donna cede, malvolentieri mi sembra. In ogni caso senza ringraziare. Si infila davanti al posto vuoto, sempre ansando, ma non si siede. Se ne sta di fronte a me, reggendo la sua sporta, in piedi davanti al posto vuoto. Il giovanotto piega il collo per insistere ancora. Prego, signora, si sieda. A questo punto la donna prende la parola. Non subito, dice con voce squillante, non mi piace quando è troppo caldo! Il giovane arrossisce violentemente. La frase è così stupefacente che mi impedisce di rituffarmi nella lettura. Un breve sguardo di lato mi permette di vedere la reazione degli altri passeggeri. Chi soffoca una risatina, chi si fissa i piedi, chi guarda ostentatamente fuori, tutti insomma sono *imbarazzati.* A quel punto la signora si protende verso di me e mi dice, con il viso a pochi centimetri dal mio, come se fossimo vecchie conoscenze: Aspetto che si raffreddi! A quel punto, tutti guardano me. Aspettano la mia reazione. Allora mi rendo conto che in quel preciso istante, sull'autobus 91, formiamo tutti un solo e unico corpo. Lo stesso corpo *educato*. Un corpo unico il cui sedere non sopporta il calore dei posti covati da altri sederi, ma che preferirebbe buttarsi sotto le ruote dell'autobus piuttosto che ammetterlo pubblicamente.

71 anni, 8 mesi, 5 giorni *Giovedì 15 giugno 1995*

Non c'è comicità senza educazione.

72 anni, 2 mesi, 2 giorni *Martedì 12 dicembre 1995*

Alcune malattie, per il terrore che suscitano, hanno il vantaggio di farci sopportare tutte le altre. La propensione a immaginare il peggio per accettare lo stato di fatto è argomento di molte conversazioni fra i miei coetanei. Ancora ieri, a cena dai Verne, a proposito della diagnosi fatta a T.S.: Temevano il morbo di Alzheimer, per fortuna era solo una depressione. Meno male! L'onore è salvo. T.S. finirà comunque rimbambito, ma non si dirà mai che Alois ha avuto la sua pelle.

Dentro di me ridacchio, ma non mi chiamo fuori. Preferirei morire piuttosto che ammetterlo, ma la minaccia dell'Alzheimer (e penso ovviamente a Etienne le cui condizioni sono ulteriormente peggiorate) mi terrorizza come terrorizza tutti. Questa paura ha però un vantaggio: mi distrae da ciò che mi concerne davvero. Il mio tasso di glicemia è preoccupante, i valori della creatinina sono altissimi, gli acufeni mi creano sempre maggiori interferenze, la cataratta rende il mio orizzonte sfocato, mi sveglio ogni mattina con un nuovo dolore; la vecchiaia, insomma, avanza su tutti i fronti, ma io provo una sola vera paura: la paura di Alois Alzheimer!

Tanto che mi impongo quotidianamente esercizi di memorizzazione che coloro che mi circondano scambiano per un passatempo da erudito. Posso recitare interi brani del mio caro Montaigne, del *Chisciotte,* del mio vecchio Plinio o della *Divina Commedia* (in lingua originale, s'intende!), ma se mi capita di dimenticare un appuntamento, di smarrire le chiavi, di non riconoscere il signor Taldeitali, di bloccarmi su un certo nome o di perdere il filo in una conversazione, subito si erge davanti a me il fantasma di Alois. Ho un bel dirmi che la mia memoria è sempre stata capricciosa, che mi tradiva già quando ero bambino, che sono fatto proprio così, ma non c'è niente da fare. La certezza che Alzheimer alla fine mi ha acciuffato ha la meglio su qualsiasi ragionamento, e mi vedo nel giro di breve tempo all'ultimo stadio della malattia, privo ormai del contatto con il mondo e con me stesso, cosa viva che non ricorda di aver vissuto.

Nel frattempo, al momento del dessert mi chiedono una poesia, che recito senza farmi pregare, come è d'uopo. Ah! Lei almeno non rischia certo il morbo di Alzheimer!

72 anni, 7 mesi, 28 giorni *Venerdì 7 giugno 1996*

Frédéric, medico, amante e professore di Grégoire in medicina interna, si lamenta di non poter andare a cena fuori senza essere bombardato da domande relative alla salute dei commensali. Non c'è serata in cui metà degli invitati non elemosini diagnosi, terapie, pareri, consigli per sé o per i congiunti. Lui è esasperato. Da quando esercito, dice, e addirittura da quando ero studente, nessuno mi ha mai chiesto cosa mi interessi nella vita quando non gioco al dottore! Al punto che detesta uscire. Se non fosse per far piacere a Grégoire, Frédéric se ne starebbe rintanato in casa perché... (qui la sua mano fa il gesto di tagliare sopra la testa) ne ha fin sopra i capelli! Secondo lui, le tavolate sciamanizzano il medico. Vedere il dottorino mangiare e bere come tutti te lo rende fraterno, e lui diventa lo stregone della tribù ipocondriaca, il guru delle signore, quel medico eccezionale – e così umano! – che abbiamo incontrato dai Vattelapesca, ti ricordi tesoro? In ospedale, dice Frédéric, agli occhi degli stessi, dico proprio *degli stessi*, sono perlopiù un aspirante barone sospettato di ampliare il buco della sanità per collezionare Porsche. A tavola no, divento l'incarnazione di una medicina umana, rispettabile e competente. Se sei chirurgo e ti hanno incontrato a casa di amici, ti seguiranno come un cagnolino fino al tavolo operatorio e consiglieranno caldamente il tuo bisturi ad altri amici, poiché i medici hanno una cosa in comune con i dolci fatti in casa: i nostri sono ineguagliabili! Quando vedo i miei tirocinanti massacrarsi di lavoro al pronto soccorso mi viene voglia di gridare: Levatevi dai piedi, lasciate perdere i malati, andate a cena fuori, è così che si costruiscono le carriere, non con le guardie ospedaliere!

Frédéric si scalda da solo per buona parte della cena, poi si alza da tavola e con sguardo malizioso e avvelenato mi domanda: E lei, tutto bene? La salute, tutto a posto? Ne approfitti, già che sono qui!

72 anni, 7 mesi, 30 giorni *Domenica 9 giugno 1996*

L'omosessualità di Grégoire. Per quanto io sia di larghe vedute ("larghe vedute", che espressione angusta!), la mia immaginazione rimane ottusa in materia di omosessualità. Se i miei principi l'ammettono, il mio corpo non può assolutamente concepire il desiderio dell'uguale. Grégoire omosessuale, vada, è il nostro Grégoire, fa quello che vuole, il problema delle sue preferenze non si pone, ma il corpo di Grégoire che si appaga con il corpo di un uomo, questa è una cosa che la mente del mio corpo, se così si può dire, non riesce a concepire. Non è la sodomia, no. Mona e io non l'abbiamo disdegnata, i nostri anilingus ci piacevano da impazzire, e che bel ragazzo era lei allora! Ma, per l'appunto, non era un ragazzo. Addormentandomi, penso all'omosessualità di Grégoire... O meglio smetto di pensarci, l'enigma si sfilaccia, diventa la materia stessa del sonno che mi assorbe.

72 anni, 9 mesi, 12 giorni — *Lunedì 22 luglio 1996*

Solo in giardino, alzo gli occhi dalla lettura, distratto dal canto di un uccello che mi dispiace non riuscire a identificare. Questa constatazione vale per quasi tutti i fiori che mi circondano e di cui ignoro il nome, come per alcuni alberi, per la maggior parte delle nuvole e per gli elementi che compongono questa zolla di terra sbriciolata dalle mie dita. Di tutto questo, non sono in grado di nominare nulla. I lavori dei campi della mia adolescenza non mi hanno insegnato quasi niente sulla natura. È vero che servivano soltanto a svilupparmi i muscoli. Quel poco che ho appreso l'ho dimenticato. Perciò mi ritrovo così civilizzato da non avere nemmeno qualche conoscenza rudimentale! L'uccello che mi ha strappato alla lettura canta nel silenzio di questa ignoranza. Peraltro non è il suo canto che ascolto, bensì il silenzio stesso. Un silenzio assoluto. E di colpo, un interrogativo: Che fine ha fatto il mio acufene? Ascolto più attentamente. È proprio come sembrava: niente acufene, solo l'uccello. Mi tappo le orecchie per ascoltare l'interno della testa. Niente. L'acufene è proprio sparito. La testa è vuota, rimbomba un po' sotto la pressione delle dita, come una botte contro cui avessi posato l'orecchio. Assolutamente vuota, la botte. Vuota di suono, cosa di cui mi rallegro, e di qualunque conoscenza rudimentale, cosa che mi addolora. Riprendo la mia lettura dotta per svuotarmi ulteriormente.

72 anni, 9 mesi, 13 giorni *Martedì 23 luglio 1996*

L'acufene è tornato, ovviamente. Quando? Non lo so. Stanotte c'era, bello sibilante nella mia insonnia. E sono come rassicurato. Questi piccoli malanni, che ci terrorizzano tanto alla loro apparizione, diventano più che compagni di strada, diventano *noi*. Un tempo era tramite essi che la vita di paese spontaneamente ti designava: il gozzuto, il gobbo, il calvo, il tartaglia. E nella mia infanzia, in classe, gli scolari tra di loro: il ciccione, lo strabico, il sordo, lo zoppo... Di queste tare, considerate semplici dati di fatto, il Medio Evo ha fatto dei cognomi. Ogni lingua ha i suoi Gambacorta, Grassi, Grossi, Piccolomini e Loguercio vari che girano ancora ai giorni nostri. Mi chiedo quale soprannome mi avrebbe appioppato questa ruvida saggezza medievale. Lofischio? Fischietti? Il vecchio Fischietti? Vada per il vecchio Fischietti. Ha presente, quello che ha un fischio nella testa! Accettati per quello che sei, Fischietti, e fa del tuo nome un vanto.

72 anni, 9 mesi, 14 giorni *Mercoledì 24 luglio 1996*

Ripensavo all'uccello che non ho riconosciuto e mi sono tornati in mente questi versi di Supervielle:

Dove si trova il bosco
Sarà il canto di un uccello a levarsi
Che nessuno potrà situare,
Né preferire né tantomeno udire,
Solo Dio lo potrà sentire
E dirà: "È un cardellino".

Era in *Gravitazioni*, credo, e si chiamava *Profezia*. Sì, ma il mio uccello, quello vero, come si chiamava? Domani lo chiederò a Robert.

72 anni, 9 mesi, 16 giorni *Venerdì 26 luglio 1996*

Da qualche tempo, tirannia delle flatulenze. Mi prende senza preavviso una voglia insopprimibile di tirare un peto e mi sorprendo a scoreggiare *tossendo*, nella speranza infantile che il rumore della tosse copra quello del peto. Impossibile sapere se lo stratagemma funziona, poiché la deflagrazione della tosse nell'orecchio interno copre ampiamente la detonazione esterna. Del resto è una precauzione inutile: sono abitualmente circondato da persone così civili che preferirebbero morire piuttosto che stigmatizzare il mio atto di inciviltà. E nessuno che si preoccupi della mia tosse. Banda di maleducati!

Tijo, divertito dalla mia confessione, mi offre in cambio una delle sue barzellette. Come spesso succede con le battute molto fisiche di Tijo, questa lascia in me un significato recondito che per dissiparsi ci mette quanto un gran cru di Chanel.

TIJO E I QUATTRO VECCHI SCOREGGIONI

Quattro vecchi amici si incontrano. Il primo dice agli altri tre: Quando mollo una scoreggia, fa un rumore terribile e una puzza spaventosa. Il secondo: La mia un rumore terribile ma nessuna puzza. Il terzo: La mia nessun rumore ma una puzza, una puzza, ragazzi non avete idea, una di quelle puzze! E il quarto: Io no, né rumore né puzza. Dopo un lungo silenzio e degli sguardi in tralice, uno degli altri tre gli chiede. E allora perché scoreggi?

72 anni, 9 mesi, 27 giorni *Martedì 6 agosto 1996*

Forza, su, un po' di coraggio: di che natura sono, esattamente, le domande non formulate che mi pongo sull'omosessualità di Grégoire? È questa la vera domanda! Ci pensavo questo pomeriggio guardandoli, lui e Frédéric, mentre raccoglievano lamponi. Grégoire stesso mi ha dato la risposta dopo cena, finita l'ultima cucchiaiata di crumble. Mentre facevamo un giro del giardino, mi ha preso a braccetto e mi ha detto che sapeva *esattamente* quello che pensavo. A proposito di Frédéric e me, ti chiedi, nonno, chi incula e chi è inculato. (Lieve sbalordimento del nonno.) È normalissimo, sai: a proposito dell'omosessualità tutti si fanno domande del genere. (Pausa.) E siccome mi vuoi bene come io ne voglio a te, ti domandi se il tuo nipote preferito prende tutte le precauzioni del caso per non beccarsi quella porcheria dell'aids. È vero, sì, proprio su questo punto si addensano le mie inquietudini. Libero quindi il torrente di domande che forse tormentano un sacco di poveri ragazzi e che non osano fare a nessuno. Come siamo messi con la saliva? È un veicolo di trasmissione? E i pompini? Si può prendere l'aids facendo un pompino? E le emorroidi? E le gengive? Vi prendete cura dei denti? E la frequenza? E la varietà dei partner? Siete fedeli, almeno? Non preoccuparti, nonno, Frédéric non ha certo lasciato la moglie per tradirmi con un uomo! E per quel che mi riguarda, sono come te, risolutamente monogamo. Quanto poi al fatto di chi incula chi, è l'uno o l'altro, secondo l'umore o l'andamento degli eventi, a volte l'uno e poi l'altro. Ancora un giro del giardino, poi questa spiegazione, più tecnica: Quanto a sapere *perché l'omosessualità*, nonno, è una domanda complessa! Restiamo in superficie, d'accordo? e diciamo che solo l'uomo può davvero soddisfare l'uomo. Considera per esempio il pompino, da un punto di vista strettamente tecnico: bisogna averne sentiti personalmente i vantaggi per essere un buon pompinaro! Una donna, per quanto dotata, non ha che una competenza parziale.

A notte fonda, noi due soli davanti al fuoco: In realtà, mi confida, sei tu all'origine delle mie due vocazioni. Sono diventato medico perché non volevo che morissi, e finocchio perché mi hai portato a vedere *Greystoke.* Quel bel ragazzo nudo fra gli alberi è stato il mio arcangelo Gabriele! Ma avevi solo otto anni, dai! Eh sì, precoce anche in questo campo!

Ancora più tardi, a proposito di medicina, gli racconto la morte di Violette. Lui diagnostica una flebite. Violette faceva sempre più fatica a respirare, le varici si erano ingrossate, gli sforzi fisici le costavano, quel pomeriggio un embolo deve essere migrato dalle gambe o dall'inguine fino ai polmoni e lì ha bloccato la respirazione. La tua Violette ha avuto un'embolia polmonare grave, nonno, non potevi farci assolutamente niente. Né tu né nessun altro.

Per la prima volta da sessant'anni, pensando alla morte di Violette mi sono addormentato in pace.

8.

73 – 79 anni

(1996-2003)

A partire da quando smettiamo di dichiarare la nostra età?
A partire da quando ricominciamo a farlo?

73 anni, 28 giorni *Giovedì 7 novembre 1996*

Finale totalmente imprevisto della mia conferenza a Bruxelles. Due pinze mi hanno preso ai fianchi e mi hanno triturato fino a togliermi il respiro. Devo essere impallidito. Fra il pubblico qualcuno ha aggrottato la fronte. Ho mobilitato tutta la mia forza di volontà per non piegarmi in due, per restare in piedi dietro il leggio a cui mi sono aggrappato. Quando ho ripreso fiato e il filo del discorso, mi è sembrato che la mia voce fosse scesa di un'ottava. Ho tentato invano di farle riprendere quota, ma il dolore mi privava dell'aria necessaria. Ho mormorato alla meno peggio una conclusione strozzata, poi mi sono ritirato. Non ho partecipato alla cena e, appena tornato a Parigi, ho chiamato Grégoire, che su consiglio di Frédéric mi ha fatto fare una ecografia della vescica e dei reni. La vescica distesa e i reni raddoppiati di volume. È uno scherzetto della prostata; ingrossandosi, ha compresso il canale uretrale al punto da renderlo sottile come un capello. L'urina non scorreva più alla velocità giusta, la vescica mi si è gonfiata come un otre, fino a perdere elasticità (da cui il concetto di stiramento), e i reni hanno trattenuto il liquido che la vescica non riusciva più a eliminare. È necessaria un'indagine più precisa, mediante cistografia. L'operazione consiste nell'infilarti una telecamera attraverso il canale del pene per esaminare la vescica dall'interno, mi spiega Grégoire. L'idea che mi si possa introdurre alcunché nel pene è semplicemente terrificante. FARSI INFILARE DALL'UCCELLO! Ho dovuto prendere due Xanax per accettare quella che Grégoire mi ha posto come una necessità esplorativa. Ma è una tortura cinese, quel condotto deve essere innervato come una linea ad alta tensione! Non preoccuparti, nonno, ti faranno una piccola anestesia locale, non sentirai quasi niente. Anestetizzarmi il pene? Come si fa ad anestetizzare un pene? Una puntura? Dove? All'interno? Mai e poi mai!

Notte completamente in bianco.

73 anni, 1 mese, 2 giorni *Martedì 12 novembre 1996*

Ieri mattina, più morto che vivo, mi sono sottoposto a questa cistografia, abbastanza padrone di me stesso, tutto sommato, per poter seguire il percorso del serpente telecamera nel condotto del pene. Non era poi così doloroso. Percepivo l'avanzare, come se qualcosa strisciasse dentro di me. Ho pensato alla metropolitana in *Roma* di Fellini, alle meraviglie nascoste che la telecamera avrebbe scoperto violando il santuario della mia vescica. Il radiologo ha avuto qualche difficoltà a trovare l'entrata. La testa della telecamera si è scontrata più volte contro quella che immaginavo fosse la parete esterna della vescica prima di potervi entrare. Eh, sì, bisogna che l'allarghiamo un po'. (Di medici, ce n'è di tutti i tipi: quelli che minimizzano, quelli che esagerano, quelli che non dicono niente, quelli che ti rassicurano, quelli che ti fanno la ramanzina, oppure questo, che spiega. Sono, come si usa dire, "uomini come gli altri", guidati dal loro sapere e mossi dal loro temperamento.) La telecamera è finalmente riuscita a passare dall'altra parte e il dottore ha annunciato: Guardi, siamo dentro la vescica. Niente a che vedere con le meraviglie felliniane nascoste nel sottosuolo di Roma; l'immagine tremolante di un'ecografia, indecifrabile ai miei occhi inesperti. Ma sì, non è in cattivissimo stato. Solo distesa, insomma. Dopo aver scattato le foto, il radiologo ha estratto la telecamera: Trattenga il fiato. La sensazione dello strappo mi ha colto di sorpresa più di quella, tanto temuta, della penetrazione, come se il mio organismo avesse già accettato l'occhio indiscreto in fondo a quel tentacolo. Nel pomeriggio, visita dal chirurgo. Operazione venerdì alle quindici. Allargheranno il canale dell'uretra rifilando la prostata, mi metteranno una sonda che dovrò tenere fino a quando la vescica non avrà ritrovato l'elasticità e, con essa, la propria funzione. Non si preoccupi, è un intervento molto frequente, ne faccio dieci alla settimana, ha precisato il chirurgo.

73 anni, 1 mese, 4 giorni — *Giovedì 14 novembre 1996*

Vissuto questi tre giorni come uno che ha avuto un rinvio della pena. Smesso di sorvegliare il corpo, ormai nelle mani della medicina, per godere liberamente delle piccole gioie che gli sono offerte e che danno alla vita un valore inestimabile: uno squisito tajine di piccione di cui persino il mio cervelletto ha apprezzato il coriandolo, l'uva sultanina e la cannella, le grida dei bambini provenienti dal cortile, il buio di un cinema dove ho tenuto stretta tutto il tempo la mano di Mona (la malattia ti ha sempre reso sentimentale, osserva lei) e, sul Pont des Arts, un tramonto che più turistico non si può. Com'è trasparente l'aria di Parigi, però! Parigi non riesce mai a puzzare davvero di benzina!

73 anni, 1 mese, 5 giorni — *Venerdì 15 novembre 1996*

Sono uscito riposato dall'anestesia totale. Nessuna inquietudine quanto al seguito. Non che il seguito non sia inquietante, ma l'ospedale ha un grande vantaggio: visto che ci si occupa solo del corpo, approfittiamone per mettere la mente in bacino di carenaggio. In altri termini, inutile stare a elucubrare. Tanto più che non ho male. La sonda lavora al posto mio. Comodo. È quando la tolgono che si vedono le stelle, mi ha fatto notare il vicino di letto. Staremo a vedere. So quel che dico, è la terza volta che torno. Questa cazzo di operazione non funziona mai a lungo! Staremo a vedere. C'è poco da vedere.

Per un altro verso, la storia del mio vicino è degna di attenzione. Lui mi ha un po' mentito. Non torna la terza volta per la *stessa* operazione. La prima volta era una incisione del collo della prostata, come me, certo, ma la seconda era un'ablazione completa del tartufo, a seguito di un sospetto di tumore. (Perché mi sono sempre immaginato la prostata come un tartufo?) La terza volta era un'altra cosa. Appena uscito dall'ospedale, attenendosi alle indicazioni del medico curante – Non cambi le sue abitudini, signor Charlemagne (si chiama Charlemagne). La stessa vita di prima? La stessa vita di prima! –, va a caccia, come prima. Era il 15 settembre, l'indomani dell'apertura, non me la sarei persa per nulla al mondo! Il compagno di caccia – era il cognato – inciampa, parte un colpo, e il signor Charlemagne si ritrova imbottito di pallini nella sua assenza di prostata. Mi racconta la cosa ridendo. Io rido con lui.

"Comunque sia, la sonda, quando la tolgono, si vedono le stelle!"

"Staremo a vedere, signor Charlemagne."

"C'è poco da vedere."

73 anni, 1 mese, 8 giorni *Lunedì 18 novembre 1996*

Non mi piacciono le visite in ospedale. Come le avrei detestate in collegio e come le rifiuterei in prigione se un giorno dovessi finirci. La garanzia di un minimo di benessere sta nella tenuta stagna dei nostri universi. In ospedale sono solo fra altre solitudini che mi fanno una calorosa compagnia. Niente visite, quindi, eccetto naturalmente quelle di Mona e di Grégoire. E di Tijo, venuto a farmi ridere raccontandomi la storia di Louis Jouvet uscito dall'ospedale dopo un'asportazione della prostata. Il cameriere del bar dove Jouvet prendeva il caffè ogni mattina gli chiede gentilmente notizie della sua salute. Siccome il giovanotto è balbuziente, il dialogo suona più o meno così: Sign... sign... signor Jouvet, cos... cos... cos'è la p... la pppp... la prooo... la prostata? E Jouvet butta lì, dall'alto del suo nido d'aquila: La prostata, ragazzo mio, è quando uno piscia come tu parli.

73 anni, 1 mese, 17 giorni *Mercoledì 27 novembre 1996*

Per la seconda volta in vita mia, ho quindi lasciato il mio corpo all'ospedale. Ieri, prima di dimettermi, hanno pensato di potermi togliere la sonda, ma la vescica si è rifiutata di funzionare. Ho avuto quello che l'infermiera di turno ha chiamato un "blocco vescicale". È un'espressione azzeccata. In effetti la vescica "fa blocco". Un pugno chiuso. Si rifiuta di lasciar uscire anche solo una goccia, e il dolore, soffocante, irradia in tutto il basso ventre fino alla radice delle ginocchia. Ti fa piegare in due su un gomitolo di nervi incandescenti. Con gli occhi sgranati dallo stupore, inondato di un sudore gelido, quasi incapace di parlare, a stento in grado di balbettare che avevo male, mi sono ripiegato sul pube, con il respiro mozzato da quel piombo fuso. Gliel'avevo detto io che non funziona mai quel loro coso, ha commentato il signor Charlemagne.

Una volta rimessa la sonda, il dolore è scomparso come per incanto. Dovrà tenerla per un mese o due, in modo da lasciare alla vescica il tempo di riprendere la forze. Benissimo, benissimo.

73 anni, 1 mese, 18 giorni *Giovedì 28 novembre 1996*

Dimesso con una sonda, dunque. Parte dalla vescica, esce dal pene, corre lungo la gamba destra e arriva a un sacchetto da urina fissato con un velcro al di sopra della caviglia. Quando il sacchetto è pieno lo si svuota. Su per giù ogni quattro ore. Semplicissimo. Che sorpresa, però, l'elasticità e l'insensibilità del canale del pene! Io che temevo tanto l'intrusione della telecamera in quel condotto così minuscolo, mi accorgo che ci si potrebbe far passare un trenino elettrico.

Ma il nocciolo della questione è un altro: sì, il nocciolo è questa funzione – *orinare* – che credevo mia, da sempre controllata dalla mia coscienza, espressa dai miei bisogni, soddisfatta a comando, che ora viene affrancata dalla mia volontà, ricondotta a se stessa. Il mio corpo si svuota via via che si riempie, tutto qua. Un ciclo indipendente dalla mia volontà. E, in fondo al polpaccio, questo sacchetto che svuoto come se spillassi il vino (stesso rubinetto girevole che sulle botti). Quante volte ho sentito parlare di umiliazione, in questi frangenti? Vi rendete conto, è *protesizzato.* Segue, di solito, un silenzio di pudica commiserazione, a volte un curioso slancio di coraggio: Io mi sparerei! (Ah! L'eroismo della buona salute!) In queste conversazioni la parola "protesi" sostituisce pudicamente "piscia", "sangue" o "merda". Parlando di protesi, ciascuno pensa al malato che fa i conti con la propria materia. Ritorno ripugnante del rimosso. Tutto ciò che abbiamo passato la vita a nascondere e a tacere è improvvisamente qui, in un sacchetto, a portata di occhio e di mano. Disgustoso! Eppure non mi sento particolarmente disgustato, né umiliato né menomato. Lo sarei di più se i miei interlocutori fossero al corrente del mio stato?

73 anni, 1 mese, 21 giorni *Domenica 1° dicembre 1996*

In fondo, assisto quotidianamente alla respirazione dei miei reni.

73 anni, 1 mese, 28 giorni *Domenica 8 dicembre 1996*

Ieri sera incidente a casa degli A., dove eravamo a cena per la prima volta. Un accavallamento intempestivo delle gambe ha scollegato l'arnese. Il piede sinistro ha sganciato il tubicino. La pipì ha cominciato a colare lungo il polpaccio destro e si è formata una pozzanghera intorno al piede. Ho fatto finta che mi cadesse il tovagliolo, mi sono tuffato sotto il tavolo, ho asciugato e ricollegato tutto. Come se niente fosse. D'ora innanzi devo stare attento. Andando via, ho fatto sparire il tovagliolo. (Tutto sommato, meglio lasciare il ricordo di un ladro di tovaglioli che quello di un ospite che piscia sotto il tavolo.)

73 anni, 2 mesi *Martedì 10 dicembre 1996*

Intorno a me si parla molto di malattie. "Tu non puoi capire, stai sempre bene!" Uno dei pregi di questo diario è di risparmiare agli altri le condizioni del mio corpo. A tutto vantaggio del buonumore dei miei cari.

73 anni, 2 mesi, 2 giorni *Giovedì 12 dicembre 1996*

Sono una clessidra.

73 anni, 2 mesi, 4 giorni *Sabato 14 dicembre 1996*

La mia pelle non sopporta i cerotti che mi tengono ferma la sonda contro la coscia. Si irrita. Si infetta. Li ho spostati più volte, poi ho messo la sonda sull'altra gamba. Risultato, ho le gambe che sembrano le braccia di un tossico. Bisognerà trovare un'altra soluzione.

73 anni, 2 mesi, 5 giorni *Domenica 15 dicembre 1996*

Trovato la soluzione vedendo passare sul Champ-de-Mars un banco di ciclisti fasciati nei loro pantaloncini. Domani corro a comprarmi quelle braghette aderenti che fanno come una seconda pelle. Così la sonda starà naturalmente attaccata alla coscia e non ci sarà più bisogno di cerotti.

73 anni, 2 mesi, 7 giorni *Martedì 17 dicembre 1996*

Funziona. La lycra mi tiene ferma la sonda contro la pelle. Mona mi vede e ride. Il mio bel ciclista! Ho un culo da lontra. Questi pantaloncini da ciclista li ho comprati in un negozio di abbigliamento sportivo su cui regnava un giovanotto dall'aria ostentatamente sana. Abbiamo avuto un piccolo diverbio. Mi sono accorto troppo tardi (dal peso della caviglia) che avevo il sacchetto pieno. Dovevo svuotarlo. Perciò ho chiesto al giovanotto dove si trovava la toilette. Non c'è una toilette per i clienti, ha risposto lui. Ho detto che era urgente, e lui ha ripetuto: Non c'è una toilette per i clienti! Mentre gli voltavo le spalle senza insistere, l'ho sentito concludere: A ciascuno la sua merda.

Mi sono diretto verso il reparto caccia e pesca e, fingendo di curiosare ad altezza d'uomo, ho svuotato il contenuto del sacchetto in uno stivale da caccia verde con risvolto e punta di cuoio rosso, il non plus ultra dell'eleganza.

73 anni, 2 mesi, 10 giorni *Venerdì 20 dicembre 1996*

Alla *brasserie* dove invito l'avvocatessa R. per festeggiare l'esito di una trattativa in cui ha difeso i miei interessi, le propongo, come è d'uopo, di accomodarsi sul divanetto mentre io prendo posto sulla sedia. È giovane, intelligente, allegra, radiosa, piena di fascino. Poiché non dobbiamo più confrontarci sul caso per il quale ci siamo conosciuti, la conversazione prende rapidamente una piega più personale. E ben presto – come dire? – ben presto mi dimentico della stramaledetta sonda che ho tra le gambe, dei miei anni e anche, cosa peggiore di tutte, della nostra differenza di età. Fino al momento in cui la giovane donna, spostandosi leggermente sul divanetto, mi lascia scoprire i nostri due volti fianco a fianco: il suo, di fronte a me, fresco, giovane, luminoso, latteo, roseo; il mio nello specchio, avvizzito, rugoso, giallastro, vecchio. Una frutto sodo, un frutto vizzo.

73 anni, 2 mesi, 11 giorni — *Sabato 21 dicembre 1996*

Rileggendomi, mi è tornata in mente una delle barzellette più carine di Tijo:

Due barboni seduti su una panchina vedono passare una bella ragazza. Il primo dice al secondo:
La vedi quella tipa lì? Be', ieri avrei potuto farmela.
L'altro: La conosci?
Il primo: No, ma ieri mi si è rizzato.

73 anni, 2 mesi, 16 giorni — *Giovedì 26 dicembre 1996*

Domani mi tolgono la sonda. Devo aspettarmi un altro blocco vescicale? Il chirurgo al quale lo chiedo mi regala una notte in bianco rispondendo: Spero di no, portarla per un mese è già tantissimo, non so cosa potremmo fare di più!

73 anni, 2 mesi, 17 giorni *Venerdì 27 dicembre 1996*

Quindi me l'hanno tolta. Se la parola "suspense" ha un senso, affermo di aver vissuto uno dei momenti più "sospesi" della mia vita! Ripartirà o non ripartirà, la mia vescica? Ha tentennato. Sensazione strana (immaginaria?) di un palloncino che gonfiandosi si stira. Man mano che il palloncino si distendeva un dolore lontano si è acuito, promettendo quello di un blocco vescicale. Il dolore cresceva con la pressione. Pian piano irradiava l'interno delle cosce. Ho trattenuto il fiato. Hanno cominciato a sudarmi le tempie. Respiri! gridava l'infermiera. Ma non stia così teso, si rilassi! Cercando di vuotare i polmoni sono riuscito a vuotare solo le narici. Mi sono venute le lacrime agli occhi. Poi il prepuzio si è gonfiato e la diga è crollata di colpo, inondando la tazza del water di un'urina ancora vagamente tinta di sangue ma abbondante come la pipì di un cavallo. Ha visto, ha commentato l'infermiera, quando vuole!

Vorrei fare un soggiorno in ciascuno degli ospedali francesi per studiare da vicino questa lingua che parlano ai malati.

73 anni, 3 mesi, 2 giorni *Domenica 12 gennaio 1997*

Negli ultimi giorni, alti e bassi. La felicità di non avere più quell'arnese tra le gambe ampiamente attenuata dalla paura che me lo rimettano. Da cui, ispezione costante del getto. Quantità e intensità variabili. Una volta o due un vero getto da innaffiatura che risuona allegramente dentro la tazza del water, accompagnato da un'esultanza da giovincello in pieno possesso delle proprie capacità. Il resto del tempo, misera fontanella.

Stamattina violento incontro con un lampione. Passeggiavo dalle parti della Sorbona. Sole splendido. Sul marciapiede di fronte un gruppo di studentesse salutava la primavera. Erano venute con i loro seni, che conducevano una vita libera sotto le camicette leggere e addirittura, nel caso di una di loro, sbocciavano nella scollatura di una canottiera. Oh, che bella camionista! Mentre camminavo le guardavo, felice di non essere più in grado di desiderarle. Meraviglia pura, in un certo senso. Il lampione non ne ha tenuto conto. Mi ha stroncato con la stessa brutalità che se fossi stato un vecchio porco ossessionato dalla propria preda. Sono caduto lungo disteso, quasi svenuto. Loro mi hanno soccorso. Mi hanno fatto rialzare. Mi hanno fatto sedere ai tavolini all'aperto di un caffè. Il lampione mi risuonava ancora nella testa. Sanguinavo. Volevano chiamare un'ambulanza. Ho declinato. Sono andate a comprare del disinfettante e dei cerotti in una farmacia vicina. Ho potuto contemplare a piacimento il seno di quella che mi medicava, china su di me. Niente ambulanza, davvero? No. Hanno chiamato un taxi che non ha voluto prendermi, per via del sangue sulla camicia. Telefonato a Mona, ordinato un cognac aspettando che arrivasse, poi una menta e due caffè per ringraziare le ragazze. Tutto bene? Sicuro? Sì, sì, non vi preoccupate, dopo tutto è solo una botta contro un lampione. Risate educate. Se ne sono andate via in fretta. Non avevamo assolutamente nulla da dirci. Di che cosa avremmo potuto parlare? Del lampione? Dei loro studi? Non dovevano averne granché voglia. Del suicidio di Romain Gary quando è arrivata l'impotenza? O al contrario del sollievo di Buñuel, quando si sentì finalmente liberato dalla propria libido? Dopo che le ragazze se ne sono tornate all'università, ho ordinato un altro cognac, in onore di Buñuel, per l'appunto. Se il Diavolo gli avesse proposto una nuova vita sessuale, diceva, l'avrebbe rifiutata chiedendogli piuttosto di rafforzargli il fegato e i polmoni per bere e fumare a piacimento.

73 anni, 7 mesi, 11 giorni *Mercoledì 21 maggio 1997*

Da quanto tempo mi sono convinto di non aver voglia delle donne? Dall'operazione alla prostata? Da quando non mi si rizza più, o così poco che è come niente? Da ancora prima? Da quando il mio incontro con Mona mi ha fatto entrare in monogamia? Perché di fatto non l'ho mai tradita, come si suol dire. E, non tradendola, ho desiderato poco altrove. Ci siamo soddisfatti, nel vero senso della parola. E durevolmente. Ma con l'età, e con l'attenuarsi del desiderio in Mona, doveva andare da sé che anche il mio si spegnesse? Il fatto che lei non volesse più implicava che io non potessi più? Saggezza di un corpo comune, in un certo senso? Mah! Dal "non posso più" al "non ne ho più voglia" c'è solo un passo. Ma quel passo bisogna compierlo a occhi chiusi. Ermeticamente. Se li apriamo anche pochissimo durante il passaggio, vediamo sotto i piedi l'insondabile precipizio del *non essere più*. Hemingway, Gary e una folla di anonimi hanno preferito gettarvisi piuttosto che proseguire la strada.

Comunque sia, desiderio o meno, ho un occhio chiuso e metà faccia tumefatta, il che non fa propriamente di me un oggetto del desiderio.

73 anni, 7 mesi, 12 giorni *Giovedì 22 maggio 1997*

Tijo: Non avrei mai potuto essere monogamo. Presentando la *mia* donna, avrei l'impressione di esibire il mio sesso.

Cena a casa del figlio di N. Cena programmata da tempo. Il ragazzo ci tiene a ringraziarmi. Per un favore che gli ho fatto. Già rifiutata una volta. Impossibile rimandare di nuovo, fosse anche per ragioni di faccia gonfia. Faccia cui peraltro non si è fatta allusione per tutta la serata. Eppure Dio sa se è spettacolare! Arcobaleno in tre dimensioni. Man mano che guariscono, ferite del genere prendono colore. E scorrono tutta la tavolozza e tutte le intensità. Entriamo nel periodo dei viola fiammeggianti e dei gialli epatici. L'incavo dell'orbita, saturo di sangue morto, è praticamente nero. Ma nessuno dei commensali ha fatto la benché minima allusione a questo capolavoro. Non si parla del muso del signore. Per me, tanto di guadagnato. Tuttavia, nella seconda parte della serata, la questione del corpo (di quel che gli facciamo subire) ha compiuto un contrattacco del tutto inatteso. La giovane Lise, figlia minore degli N., sempre così loquace stando alla madre, sempre pronta a deliziare gli ospiti sgranando la sfilza delle lamentele nei confronti dei genitori ("non è vero, cara?"), è rimasta muta per tutto il pasto. Nemmeno una parola e nemmeno un boccone. Finita la cena, la ragazzina sparisce in camera sua e la madre decide di andare subito al peggio bisbigliando: Nostra figlia sta diventando anoressica, diagnosi che il marito pacatamente ridimensiona. Ma no, ma no, tesoro, nostra figlia è solo una rompiballe, come te del resto, non è niente di grave. La consorte si soffoca, segue lite, decibel, finché Lise esce dalla sua camera urlando che si è rotta, ma rotta, ma "rotttaaaaaaaa"! e la bocca, spalancata per questa dichiarazione, esibisce un piercing la cui piccola testa di acciaio tremola come una piccola sfera di mercurio al centro di una lingua tumescente. Orrore! E quello cos'è, Lise? Che cos'hai in bocca? Vieni subito qui! Ma Lise si chiude in camera a doppia mandata. La madre, esterrefatta, non si preoccupa tanto della lingua della figlia quanto della qualità delle sue frequentazioni. Qui interviene un certo D.G., di professione avvocato, stessa generazione dei nostri ospiti. Devia la conversazione verso il tema delle influenze.

"Mi dica, Geneviève, lei porta il perizoma?"

"Prego?"

"Il perizoma, uno di quegli slip funicella che Claudel avrebbe chiamato *le partage de midi* e che i brasiliani soprannominano scherzosamente filo interdentale."

Silenzio tanto più eloquente poiché la padrona di casa, a giudicare da come la gonna le cade liscia sull'impeccabile divisione dei due emisferi, porta un perizoma, sì, e dal pregevolissimo effetto.

"E si è mai chiesta chi l'ha influenzata, visto che le sue frequentazioni sono selezionatissime?"

Silenzio.

"Perché, se non erro, in origine il perizoma era un articolo da prostituta, no? Un capo da lavoro, come il chepì? Com'è accaduto che oggi sia moneta corrente nelle famiglie della buona società? Da dove viene l'*influenza*?"

Quando la conversazione si è inoltrata sugli effetti trasversali della mondializzazione, Mona e io abbiamo discretamente preso congedo.

73 anni, 7 mesi, 15 giorni *Domenica 25 maggio 1997*

Il numero di tizi con barba di tre giorni a quella cena di quarantenni! Strana epoca, però, la meno movimentata che ci sia, assicuratori, avvocati d'affari, banchieri, esperti di comunicazione, informatici, operatori di borsa, tutti stipendiati da un mondo virtuale, tutti sovrappeso, sedentari da sfondare il pavimento, il cervello zeppo di gergo aziendale, ma tutti con facce da avventurieri, reduci da chissà quale spedizione, appena tornati dal Ténéré o scesi dall'Annapurna, come minimo. Il perizoma svolge lo stesso ruolo per la giovane signora N.; più virtuosa, ci metterei la mano sul fuoco, della compianta zia Noémie. In sostanza, la moda per antifrasi. Quanto ai figli, quei piccoli tatuati, quei piccoli portatori di piercing, sono, nel senso letterale del termine, segnati da questa epoca disincarnata.

74 anni, 4 mesi, 15 giorni *Mercoledì 25 febbraio 1998*

Cena dai V. Il sapore disgustoso di un boccone rischia di farmelo risputare nel piatto. Me lo impedisce la conversazione che il padrone di casa ha intavolato con me. Perciò mando giù, senza analisi preventiva. Solo allora il mio interlocutore sputa rumorosamente il proprio boccone esclamando: Ma tesoro, che orrore! Il tesoro conferma: le capesante sono marce.

74 anni, 5 mesi, 6 giorni *Lunedì 16 marzo 1998*

Fine della mia conferenza, a Belém. La mano di Nazaré, la mia interprete, si posa sulla mia, vi indugia, due dita sotto la camicia mi accarezzano il polso. Mi piacerebbe passare la notte con lei, dice, e se possibile le altre tre prima della sua partenza. La proposta è così naturale che quasi non mi stupisce. Sono onorato, ma non stupito. Anche emozionato, ovvio. (In effetti, dopo qualche secondo di riflessione, abbastanza allibito.) Nazaré e io abbiamo lavorato insieme a pubblicizzare la conferenza, e lei ha curato la ricezione, ha radunato i militanti, supplendo su tutti i fronti a un'organizzazione entusiastica ma carente. São Paolo, Rio, Recife, Porto Alegre, São Luis, è riuscita a risparmiarmi la maggior parte delle cene ufficiali per trascinarmi nei quartieri scelti da lei, per introdurmi nei circoli musicali e filosofici che voleva farmi conoscere, e ora ecco la sua mano sulla mia. Mia piccola Nazaré dico (ha venticinque anni), grazie, davvero, ma sarebbe fatica sprecata, i decenni hanno reso la cosa impossibile. Perché lei non crede nella resurrezione, obietta. Più che altro perché da lì è passato il bisturi, e il desiderio è morto, e io sono monogamo, e ho il triplo dei suoi anni, e dopo tutto questo tempo senza pratica ho smesso di far coincidere la mia identità con la mia sessualità, e lei si annoierebbe nel mio letto come io mi pentirei nel suo. Obiezioni talmente poco convincenti che una camera ci accoglie prima ancora che ne abbia finito l'elenco. Lasciamoci andare dice togliendoci i vestiti, e così è, seta sulla pelle, lentezza su lentezza, nuda sopra nudo, sfioramenti così delicati da far sparire il tempo, la gravità e la paura. Nazaré, dico senza convinzione, signore, mormora lei punteggiandomi il collo di piccoli baci, la conferenza è finita, non c'è più nulla da tenere sotto controllo. E comincia così a baciarmi delicatamente il petto, e il ventre, e il dorso del sesso, che non fa una piega, quell'idiota, cosa di cui mi infischio, sei liberissimo di non giocare con noi, vecchio catorcio, e intanto i baci arrivano all'interno delle cosce dove la lingua di Nazaré apre un varco al suo volto mentre le mani scivolano sotto il mio sedere, e mi inarco, affondo le dita nella sua splendida chioma, e la sua lingua mi soppesa, le labbra mi inghiottono, e mi ritrovo dentro la sua bocca, dove la lingua inizia un lento lavorio di avvolgimento, le labbra il loro andirivieni da scultore, e io sboccio, proprio così, sì, modestamente ma indiscutibilmente, Nazaré, Nazaré, e mi faccio duro, parola mia, poco alla volta ma senza ombra di dubbio, Nazaré, oh Nazaré, di cui attiro il volto alle labbra mentre ci rotoliamo su noi stessi, Nazaré che si apre e mi accoglie, Nazaré cui arrivo come si torna finalmente a casa, un po' timido, è passato così tanto tempo, dapprima immobile sulla soglia, non durerà mi dico, e adesso non dica che non durerà mi mormora Nazaré all'orecchio, io la amo signore, ed ecco che entro tutt'intero in lei e lei in me, nella casa delle origini, scivolando nell'umido e morbido calore ritrovato, ancora crescendo, fiducioso, il tempo è abolito, tanto che vedo giungere l'esplosione da lontano, e mi gusto tutta la sua salita, e posso fermarla, godere della sua promessa, sentirla crescere e costringerla ancora, prima di erompere finalmente. Eccola qui, mi dice Nazaré stringendomi fra le braccia, sì eccomi qui, che godo come un resuscitato.

74 anni, 5 mesi, 7 giorni *Martedì 17 marzo 1998*

Rileggendo quello che ho scritto ieri sera, penso al ruolo svolto dai pronomi atoni nelle descrizioni erotiche: la lingua *mi* soppesa, le labbra *mi* inghiottono, ecco*mi* dentro la sua bocca... Non è un effetto del pudore (confermo, si tratta proprio delle mie palle e del mio pene) né una ricerca di stile (al limite, un indice della mia incompetenza in materia), no, è proprio il segno di una identità ritrovata. Qui c'è l'uomo pienamente vivo, checché lui stesso ne dica una volta passata l'euforia: quel *mi* sono io. Lo stesso vale per le metafore indicanti il sesso di Nazaré, Nazaré *cui giungo*, *la casa delle origini*: sto parlando di lei, della sua identità di donna.

74 anni, 5 mesi, 9 giorni *Giovedì 19 marzo 1998*

La pelle nera di Nazaré, insondabile profondità cromatica, i bruni, gli ocra, i blu, i rossi, il viola porpora che le orla il sesso, il rosa chiaro della lingua, il biondo rosato dei palmi, non so mai di quale sfumatura si incanta il mio sguardo, da quale profondità riaffiora; guardare il corpo nudo di Nazaré significa tuffarsi nella sua pelle. Per la prima volta mi rendo conto che la mia è solo una veste superficiale. La pelle liscia di Nazaré, con i pori così stretti da diventare impercettibili, pelle di ciottolo bagnato, su cui i vestiti danzano a ogni passo. Il seno, i glutei, il ventre, le cosce, la schiena di Nazaré, così densi che il suo corpo sembra pura energia. L'erotismo di

Nazaré... Quando mi lamento di non risuscitare tutte le volte (ben lungi!), lei puntualizza, signore, lei riduce il sesso a una questione di... alzabandiera. Segue un festival di carezze periferiche, una profusione di abbracci inediti approvati dall'orgasmo di Nazaré. I seni di Nazaré, due isole sulla superficie lattea nell'acqua del nostro bagno: le presento i miei paesi emergenti! Il sapore pepe e miele di Nazaré, il suo profumo ambrato, la sua voce roca, l'esplosione afro della sua chioma in cui le mie dita si perdono. La filosofia di Nazaré: Niente male, dico all'apice dell'estasi. Intende dire bellissimo!, obietta lei, assolutamente meraviglioso! Facendomi poi osservare che la litote e l'eufemismo, praticati da noialtri europei come il massimo del bon ton, riducono le nostre capacità di entusiasmo, rattrappiscono i nostri strumenti di percezione, che il nostro *stile* ha preso il sopravvento e che di questo moriamo. Il dolce umorismo di Nazaré: Ah! signooooore, in un lungo sospiro di addormentamento; e l'unico nome che voglio è questa presa in giro. Le lacrime di Nazaré quando parto, senza che un solo lineamento del viso si muova, lacrime silenziose che scivolano sul ciottolo delle guance. L'incavo lasciato nel mio petto da quel tesoro che si è stretto così forte a me.

74 anni, 5 mesi, 15 giorni *Mercoledì 25 marzo 1998*

Io che di fronte all'avvocatessa R. mi mostravo così sensibile al contrasto fra i nostri volti ("Frutto sodo, frutto vizzo"), io che, quando la studentessa dai seni liberi mi medicava, celebravo la morte della mia sessualità, io che pensavo che l'operazione avesse suonato la campana a morto dell'erezione, io che non contavo più i decenni, quando penso a Nazaré non riesco a considerare me e lei dal punto di vista della differenza di età. Che succederebbe se un'istanza morale, trasportandomi fuori di me stesso, mi costringesse a guardare la mia carne vecchia contro il suo giovane corpo? Immagine grottesca? Scandalosa? Un vecchio porco? Una sorta di miracolo impedisce questa oggettivazione. Lei non crede nella resurrezione, mormorava Nazaré. Ormai è cosa fatta. Ciò che provano i resuscitati, ora lo so, è l'avvento di questo corpo esultante, fusione di tutte le età.

74 anni, 5 mesi, 16 giorni *Giovedì 26 marzo 1998*

Mi sarà più dolce morire in veste di resuscitato.

74 anni, 6 mesi, 2 giorni *Domenica 12 aprile 1998*

Eh sì, mi dice Tijo sul suo letto di ospedale, hai cominciato in un corpo da vecchio, è giusto che tu finisca in quello di un giovanotto. E poi, aggiunge con una risata interrotta dai colpi di tosse, i convegni producono da sempre più cornuti che studiosi! Ridiamo, lui si soffoca, l'infermiera che gli porta le pastiglie lo sgrida. E meno male che mi dicono *niente strapazzi*, sbotta dopo che se n'è andata.

75 anni, 1 mese, 17 giorni *Venerdì 27 novembre 1998*

Tijo è morto stasera. Ieri mi ha detto addio proibendomi di venire oggi. Non complicarmi la morte... A ciascuna delle mie visite, ho visto progredire la malattia e le devastazioni della cura; hanno fatto di quel meridionale secco e scuro un affare bianchiccio, calvo e depigmentato, gonfio come un otre, con le dita a salsicciotto a causa dell'acqua che i reni non riescono più a eliminare. Contrariamente alla stragrande maggioranza dei moribondi, che rimpiccioliscono, lui è diventato troppo voluminoso per il suo corpo. Ma né la malattia (cancro ai polmoni diffuso a tutto il resto) né la medicina con la sua morale (se non avesse bevuto e fumato così tanto!) sono riuscite a spuntarla sul giocondo disprezzo che teneva la morte a distanza e considerava la vita per quel che è: una bella gita divertente. Prima che uscissi, mi ha fatto segno di avvicinarmi. Con la bocca contro il mio orecchio, mi ha chiesto: La conosci la storia del cinghiale che non voleva lasciare il bosco? La voce era ormai un filo, ma era sempre carica di quel fatalismo burlone e – come dire? – di una profonda consapevolezza del proprio interlocutore.

STORIA DEL CINGHIALE CHE NON VOLEVA USCIRE DAL BOSCO

Allora, c'è questo vecchio cinghiale. Più della tua generazione che della mia, proprio vecchio, insomma, con i testicoli vuoti e le zanne consumate. I giovani l'hanno cacciato dal branco. Quindi lui si ritrova nel bosco solo come un pirla. Sente i giovani che se la spassano con le sue femmine. Allora pensa che dovrebbe lasciare il bosco, togliersi dai piedi. Solo che lui è nato sotto quegli alberi, ci ha passato tutta la vita. "Altrove" gli mette una strizza boia. Ma sentire le giovani femmine esprimere la loro soddisfazione gli dà il colpo di grazia. Di botto prende la decisione. Me ne vado! E schizza via a testa bassa, dritto davanti a sé, attraverso cespugli, boschetti, macchia, rovi fino a sbucare al limitare del bosco. E qui che cosa vede? Un campo sotto il sole! Tutto verde! Una meraviglia fosforescente! E in mezzo al campo che cosa vede? Un recinto! Un recinto quadrato! E nel recinto che cosa c'è? Un maiale ENORME. Talmente grassoegrosso che deborda fuori dal recinto, come un soufflé fuori dallo stampo, hai presente? Un maiale enorme completamente rosa, assolutamente glabro, già un prosciutto! Sbacalito, il vecchio cinghiale chiama il maiale.

"Ehi! Tu!"

Il grosso maiale volta lentamente la testa verso di lui.

Il vecchio cinghiale gli chiede:

"Non è troppo dura... la chemio?"

75 anni, 1 mese, 28 giorni *Martedì 8 dicembre 1998*

Qualche giorno prima della morte di Tijo, ho telefonato a J.C., il suo "migliore amico" (sul piano dell'amicizia Tijo funzionava con categorie giovanili). Il migliore amico mi ha risposto che non sarebbe andato a trovare Tijo in ospedale; preferiva conservare di lui l'immagine di una "vitalità indistruttibile". Delicatezza disgustosa, che abbandona un uomo alla propria agonia. Odio gli amici in spirito. Mi piacciono solo gli amici in carne e ossa.

75 anni, 9 mesi, 6 giorni *Venerdì 16 luglio 1999*

Sparso le ceneri di Tijo sul Briac. Questa era la sua volontà. Dall'alto del faggio dove, da bambino, snidava le cornacchie. (Un'idea di Grégoire.) Guardando mio nipote arrampicarsi su quell'albero il cui tronco deve essere triplicato di volume, per un attimo mi sono rivisto salire in aiuto di Tijo. Era l'uomo della tavola anatomica del Larousse a salire di ramo in ramo. Ma con grazia, senza quell'aria impacciata che mi dava sempre l'*esercizio della volontà* e per la quale Tijo mi prendeva in giro. Trascinate dal vento, le sue ceneri si sono raccolte, sparpagliate, raccolte di nuovo, hanno virato sull'ala per esplodere infine nel cielo. Tijo ci ha fatto un addio da storni.

75 anni, 10 mesi, 5 giorni *Domenica 15 agosto 1999*

Svegliato dalla vescica alle due di notte. La mia pigrizia resiste, finché le risate provenienti da basso non mi inducono ad alzarmi. Grégoire, Frédéric e le gemelle giocano al gioco dell'oca. Proteste di Fanny ferma per colpa di un tiro sfortunato, risolino di Frédéric lanciato verso la vittoria da un doppio sei. Eccolo, attenti! esclama Grégoire indicandomi, e tutti coprono il gioco come per nascondermelo. È un segreto, starnazza Marguerite quasi fosse ancora una bambina, non puoi vedere! Sulle prime ho pensato fosse il *Gioco dell'oca della prima volta* che avevo regalato a Grégoire all'inizio della sua adolescenza, ma è peggio: è un *Gioco dell'oca ipocondriaco*, che lui ha inventato durante le notti di guardia. Passando da malattie atroci a malattie orribili, i giocatori giungono alla morte, ultima casella che finalmente li guarisce dalla paura di ammalarsi. Vuoi giocare con noi? domanda Fanny. (E apprezzo l'uso della forma interrogativa in una ragazzina della sua generazione.) Mi danno tre tiri di vantaggio. Riesco a beccare una sclerosi a placche, che mi dà il diritto di rilanciare i dadi. (È il principio del gioco, più sei malato più avanzi.) Domani giochiamo alle sette famiglie! ordina Marguerite. Le sette famiglie in questione sono quarantadue malattie di cui faremmo volentieri a meno. (Nella famiglia Cancro, chiedo la prostata, nella famiglia Letto, chiedo l'herpes genitale, nella famiglia Morbi chiedo Parkinson ecc.) Sdrammatizziamo, sdrammatizziamo, sorride Grégoire, tanto l'ultima casella è uguale per tutti! A quanto pare alle piccole – che ormai sono grandi – piace moltissimo.

75 anni, 11 mesi, 2 giorni *Domenica 12 settembre 1999*

Il giorno prima di morire Tijo, che mi concedeva dieci anni di vantaggio, mi ha detto: Anche nell'età ti ho raggiunto! Il più vecchio è quello più vicino all'uscita.

Stesso giorno, ore 17

Scrivo bevendo il tè. Rinunciato al caffè dopo l'operazione. Impressione che il tè mi pulisca. Una specie di doccia interiore. Uno ne bevi, tre ne pisci, diceva Violette.

Forse un giorno passerò all'acqua calda, come zia Huguette verso la fine.

76 anni, 2 giorni *Martedì 12 ottobre 1999*

A proposito della zia Huguette con i suoi "bruciori", o della mamma che "soffriva di acidità", queste espressioni sono ancora in uso? E quella donna che ogni cinque minuti si voltava di tre quarti perché il subsalicitato di bismuto le tappezzasse completamente le viscere... Chi la conosceva rideva di questo suo immaginarsi come una botte. E tuttavia, per molti versi, forse non siamo altro che recipienti. Mona prende una medicina per l'osteoporosi che deve ingerire la mattina a digiuno, con un bicchiere d'acqua. Dopodiché deve *assolutamente* rimanere una mezz'ora in piedi, senza stendersi, perché l'intruglio potrebbe distruggerle l'esofago come fosse soda caustica. Quindi siamo recipienti. Niente di più. Tra parentesi, oggi il bismuto è considerato un veleno, assolutamente vietato dalla facoltà di Medicina.

77 anni, 2 mesi, 8 giorni *Lunedì 18 dicembre 2000*

Svegliato con un dolore all'articolazione metacarpofalangea dell'anulare, come se avessi passato la notte a prendere a pugni un muro. È il dito che mi sono rivoltato dieci anni fa nel giardino di Madame L. L'usuraio reclama gli interessi.

77 anni, 6 mesi, 17 giorni *Venerdì 27 aprile 2001*

Le notti inframmezzate da queste voglie impellenti e poco produttive. Minzione impossibile. (Carino, come titolo.) Quante volte, figliolo? mi chiedeva un tempo il mio confessore. Quante volte? mi chiede oggi il mio urologo. Il primo mi minacciava di una sfilza di Padrenostri e di Avemarie, il secondo di una nuova resezione del canale della prostata: c'è poco da fare, le toccherà. Non le restituirà i suoi vent'anni, ma le notti saranno più lunghe. Certo, ma che ne sarà dei momenti di fantasticherie che mi concedo sul mio trono di re improduttivo? In quelle ore della notte in cui sono svegliato dal desiderio di fare pipì, non mi immagino la mia vescica tesa come un otre ma fossilizzata come il guscio di un riccio, un guscio di calcare che svuoto alla meno peggio, con il mignolo infilato in un rubinetto, aprendo un impianto idrico privo di pressione. Lento svuotamento di me stesso. Triste perpendicolare. Per compensare, mi vengono in mente immagini di un vecchio asino abbandonato in mezzo a un prato, e l'asino mi intenerisce. Oppure penso allo scandalo della sorgente che i marsigliesi, vicini di Manès, avevano lasciato prosciugare. Era una sorgente il cui flusso vivace già mi accompagnava nel sonno. Da inserire nella famiglia dei rumori rilassanti, con i passi sulla ghiaia, il vento nel pergolato, la mola di Manès... (Manès passava le prime ore della notte ad affilare gli attrezzi con la mola e sull'incudine, e mi piacevano anche le note staccate dell'incudine, che andavano a coppie: Ti'ng-ti'ng, ti'ng-ti'ng.) La sorgente dei marsigliesi si è quindi prosciugata. È comparso il muschio e forse, a monte, qualche adenoma melmoso. Alla fine, un filo di acqua marroniccio e silenzioso, poi un goccia a goccia, poi più niente. Con gran furore di Manès – che forse l'aveva ostruita lui stesso.

78 anni *Mercoledì 10 ottobre 2001*

Lison, Grégoire e le gemelle ci hanno regalato un videoproiettore e una decina di film, fra i miei preferiti: *Il posto delle fragole* di Ingmar Bergman, *Il fantasma e la signora*

Muir di Mankiewicz, *The Dead* di Huston nonché *Il pranzo di Babette.* Ah! *Il pranzo di Babette*! Di chi è questo film? Di Gabriel Axel! mi suggerisce Fanny. Ebbene, gloria a Gabriel Axel! Era da tempo che un regalo non mi faceva così piacere. Al punto che mi sono chiesto perché non me l'ero fatto da solo. Quando Mona ha aperto il pacco, la mia gioia è uscita fuori dalla scatola insieme all'apparecchio di proiezione. Mi sono sorpreso ad aspettare sera con l'impazienza di un bambino. Nel momento in cui abbiamo finalmente steso un lenzuolo bianco sulla parete, ho rivissuto l'esaltazione che provavo quando Violette sistemava la sua lanterna magica sul tavolino del soggiorno. Mona e i ragazzi mi hanno lasciato scegliere il film e ho optato per *Il posto delle fragole*, il giubileo universitario del professor Isak Borg, stupefatto di ricordarmi il suo nome! Eberhard Isak Borg, che in compagnia della nuora Marianne va a ricevere il titolo di professore giubilato nella cattedrale di Lund. Settantotto anni, come me! Questo, ovviamente, me l'ero dimenticato poiché quando ho visto il film per la prima volta non avevo neanche quarant'anni. Settantotto anni, quindi. Va da sé che mi son messo a scrutare la faccia di quel vecchio (che mi sembrava dimostrasse molti più anni di me) cercandovi rughe comuni, ritrovando in lui una certa lentezza dei miei gesti, o quei mezzi sorrisi che l'età rende distanti, ma anche quelle improvvise vampate di vita, generate da desideri intatti (quello, per esempio, di prendere l'auto per andare al giubileo quando ha già in tasca il biglietto d'aereo), o l'allegria suscitata in lui dai tre giovani autostoppisti cui lui e Marianne danno un passaggio – allegria del tutto simile alla gioia che mi dà la presenza caotica di Grégoire, Marguerite e Fanny durante le vacanze, i loro scherzi, le loro baruffe, le loro riconciliazioni euforiche...

Ero tutto preso da ciò che avveniva sullo schermo quando la mia attenzione è stata catturata da qualcos'altro, che non aveva nulla a che vedere con il film ma riguardava la macchina stessa, il proiettore. Mona e io gli eravamo seduti proprio accanto. È una scatola nera con una fessura in cui si inserisce il dvd e che fa tutto il resto da sé: proiezione, suono, messa a fuoco, raffreddamento del motore ecc. La macchina, collocata al centro del salotto, proiettava l'immagine sul lenzuolo, quattro metri davanti a noi, una grande immagine in bianco e nero, invecchiata dagli anni del film ma abbastanza nitida da farmi dimenticare la mia cataratta. Ascoltavo il vecchio Isak e la nuora Marianne, seguendo il loro triste litigio – conflitto di temperamenti e di generazioni –, quando all'improvviso mi sono chiesto da dove venisse il suono di quelle voci. Parevano giungere dallo schermo, dove si vedevano parlare i personaggi. Ma era del tutto impossibile, poiché i suoni erano emessi dal videoproiettore posato accanto a me sul tavolino del salotto. Ho guardato l'apparecchio: non c'era alcun dubbio, le voci uscivano da quel cubo di plastica nero, a cinquanta centimetri dal mio orecchio sinistro. Eppure, appena i miei occhi sono tornati al vecchio lenzuolo, tutte le parole hanno ritrovato le bocche che parevano emetterle! Sbalordito dalla potenza di questa illusione otticosonora, ho provato a guardare lo schermo ascoltando solo il proiettore. Niente da fare, le voci continuavano a provenire dagli attori svedesi, là sul lenzuolo teso quattro metri davanti a me. Questa constatazione ha prodotto in me una specie di estasi primitiva, come se assistessi al miracolo dell'ubiquità. Allora ho chiuso gli occhi, e le voci sono tornate nella pancia del proiettore. Li ho riaperti, e sono tornate sullo schermo.

A letto, ho pensato a lungo a questa dissociazione tra la fonte sonora reale e i personaggi che ci parlavano dal vecchio lenzuolo. Cominciavo a scorgervi una metafora illuminante quando mi sono addormentato. Stamattina, al risveglio, mi resta soltanto l'impressione... È come se il discorso del mio corpo si udisse lontano davanti a me mentre io ne tengo la cronaca silenziosa qui, seduto al tavolo dove scrivo.

78 anni, 4 mesi, 3 giorni *Mercoledì 13 febbraio 2002*

"Perché un uomo che sbadiglia ne fa sbadigliare un altro?" L'interrogativo è posto, nel XVI secolo, da Robert Burton, a pagina 431 della sua *Anatomia della malinconia,* finalmente tradotta in francese da Corti. Benché non offra una risposta soddisfacente (Burton attribuisce agli *spiriti* il contagio dello sbadiglio), il suo interrogativo mi riporta indietro di quarant'anni, agli esperimenti di fisiologia divertente che facevo per noia durante certe riunioni di lavoro particolarmente insipide: bastava che accennassi uno sbadiglio e tutti intorno al tavolo si mettevano a sbadigliare. Credevo di aver fatto una scoperta, ma non era così. La nostra esistenza fisica la passiamo a esplorare una foresta vergine che è già stata esplorata mille volte prima di noi. Con Montaigne o Burton un libro, ma quante scoperte non rivelate, stupori non comunicati, sorprese taciute? Tutti questi uomini così soli nel loro silenzio!

78 anni, 6 mesi, 14 giorni *Mercoledì 24 aprile 2002*

Tanto vale che lo confessi subito, dopo certi pasti troppo abbondanti il peto con tosse ha tendenza a trasformarsi in una vera e propria respirazione anale. Aspirazione di gas durante quattro o cinque passi, espulsione durante i quattro o cinque seguenti, con una regolarità polmonare. Questo collier di perle non è sempre silenzioso come richiederebbero la mia posizione sociale, la mia naturale signorilità e la mia dignità di capofamiglia. Dal momento che un breve colpo di tosse non basta più a coprirlo, quando sono accompagnato mi vedo costretto a proferire lunghe frasi la cui foga ha lo scopo di dissimulare quell'amaro contrappunto.

78 anni, 11 mesi, 29 giorni *Mercoledì 9 ottobre 2002*

Grégoire, che si era invitato al mio compleanno, mi telefona per dirmi che è bloccato a letto dalla varicella presa in ospedale.

La varicella, a venticinque anni, ti rendi conto, nonno? Tu che ripeti sempre che sono avanti per la mia età! Dovresti vedermi, sembro un colapasta! Un colapasta precoce, ma pur sempre un colapasta. La voce non ne risente, forse un pochino velata, e per la prima volta mi domando se il mio affetto per questo ragazzo non dipenda dalla musicalità così rassicurante della sua voce! Già prima della muta vocale, quando era bambino, Grégoire aveva la voce più rilassante che esista. Del resto, l'abbiamo mai visto arrabbiato?

79 anni *Giovedì 10 ottobre 2002*

Mio cuore, mio cuore fedele. Meno aitante di un tempo, certo, ma così fedele! La notte scorsa ho fatto un esercizio infantile: calcolare il numero di battiti del mio cuore da quando sono nato. Data una media di sessantadue battiti al minuto moltiplicati per sessanta minuti di un'ora, moltiplicati per ventiquattro ore al giorno, moltiplicate per trecentosessantacinque giorni all'anno, moltiplicati per settantanove anni. Non riesco più, ovvio, a calcolare tutto a mente. Quindi, calcolatrice. Circa tre miliardi di battiti! Senza tenere conto degli anni bisestili e delle accelerazioni dell'emozione! Ho posato la mano sul petto e ho sentito il mio cuore scandire, tranquillo, regolare, i battiti che mi restano. Buon compleanno, cuore mio!

79 anni, 1 mese, 2 giorni *Martedì 12 novembre 2002*

Il nostro Grégoire è morto. Due giorni dopo la nostra ultima telefonata era in coma. Sulle prime Frédéric ha pensato che si trattasse di una encefalite varicellosa, da cui si può anche guarire, invece no, era una porcheria molto peggiore, la sindrome di Reye. Si è aggiunta alla varicella e ha provocato un'insufficienza epatica fulminante. Secondo Frédéric, la sindrome è stata probabilmente scatenata da un'aspirina, ne ha trovate nelle tasche di Grégoire. Forse Grégoire ha voluto combattere la febbre prendendo un'aspirina di cui ignorava questo rarissimo effetto secondario. Quando Frédéric l'ha fatto ricoverare in rianimazione, non c'era già più niente da fare. Mona e io siamo andati appena possibile. All'inizio non l'abbiamo riconosciuto. Nonostante la presenza di Sylvie e Frédéric, per un attimo una speranza folle mi ha fatto credere a un errore. Quel corpo giallo e cereo, coperto di pustole dalla cima della fronte fino all'estremità delle dita, non poteva essere quello di mio nipote. Ho pensato a uno di quei film in cui l'egittologo colpito dalla maledizione è mummificato dinanzi alla tomba che ha appena profanato. Invece no, era proprio Grégoire, su quel letto di ospedale, era il mio Grégoire. Strizzando gli occhi, ho operato una messa a fuoco che ha cancellato il realismo atroce delle pustole e ho ritrovato il mio Grégoire, il cui corpo ha sempre espresso non so quale grazia ludica, e anche adesso, steso in quella nebbia gialla. Quando Grégoire gioca a tennis, gioca innanzitutto a giocare, mima i campioni che si vedono alla televisione e, mentre l'avversario si diverte a riconoscerli, Grégoire accumula punti e vince. Alla fine l'avversario esasperato invoca un po' di serietà, insomma, eccheccavolo, oppure lascia il campo gettando la racchetta, come il giovane W. tre anni fa. È così – avrà avuto dieci o dodici anni – che gli ho insegnato a giocare, poiché così, gli ho detto, da giovane praticavo il tennis, questo gioco raffinato divenuto grazie al piccolo schermo un duello di bruti estroversi. Non volevo che Grégoire cedesse al grottesco della gestualità sportiva. Dio come ho amato quel bambino! E come la mia penna cerca invano di eluderne la morte. Quale ingiustizia ci fa preferire a tal punto un essere umano rispetto a tanti altri? Aveva davvero, Grégoire, tutte le qualità che gli attribuiva il mio amore? Due o tre difetti, almeno, cercando bene, no? Su quale mania detestabile si sarebbe incallito, se avesse raggiunto la mia età? Anche i migliori si deteriorano! Se scrivo sciocchezze, è per riempire il silenzio nel quale mi lascia il lutto muto di Mona. A cosa pensa, Mona, improvvisamente in preda a una frenesia da casalinga? Pensa come me che Grégoire sarebbe vivo se Bruno avesse accettato di mandarlo da noi, l'estate della varicella? Se Bruno avesse accettato quella vaccinazione naturale? Ma bisognava essere un po' giocherelloni per questo, e Bruno non lo è mai stato. I bambini erano nudi, non sopportavano nemmeno lo sfioramento di una camiciola. Quando uno di loro si lamentava troppo del prurito, tutti gli altri soffiavano insieme sulle pustoline dalla testa traslucida, poi gliele accarezzavano delicatamente. Era stata Lison, credo, a inventare questo gioco. I bambini incarnavano gli otto venti di Venezia, ma erano solo sette, mancava Grégoire, che sarebbe stato il grande vento ridanciano di quel gioco, e oggi sarebbe vivo! Bruno ha impiegato due giorni a tornare dall'Australia. È arrivato giusto al momento del funerale. Non si poteva conservare il corpo più a lungo. Abbracciando Bruno, mi sono accorto che si era irrobustito. Aveva bicipiti più spessi. Il fuso orario e il dolore gli appesantivano le guance, gli facevano un volto chiuso su se stesso. Non ha salutato Sylvie, che contro il suo parere ha scelto un funerale religioso. Imbarazzo familiare. Dopo la cerimonia, a casa di Lison, le gemelle piangevano senza dire una parola, l'una nelle braccia dell'altra, Sylvie monologava su inezie, su quanto fosse stata una madre inquieta, e su come Grégoire sapesse punzecchiarla per questo – eh papà, se lo ricorda? che del resto anche lei mi prendeva in giro! –, piccole frasi che buttava lì nel dolore generale, Frédéric in disparte, terribilmente presente nella sua duplice solitudine di omosessuale e di vedovo ufficioso, Lison accanto a lui, per principio e per amicizia, e mi sono accorto che Frédéric e Lison avevano praticamente la stessa età, in altri termini che Frédéric avrebbe potuto essere il padre di Grégoire, i cui amici (tutti gli amici medici sono venuti) sbeffeggiavano l'omelia del prete. Anche a questo servono i funerali religiosi, a rafforzare nei credenti e nei miscredenti le rispettive certezze, a dirottare sul sacerdote gli strali del cordoglio, a trasformare ciascuno in un critico autorizzato, che si esprime a nome del morto, giudica il ritratto che il sacerdote ha fatto del morto, e il morto, parte in causa di questo dibattito teologico, il morto che riteniamo degnamente celebrato o volgarmente insultato, è un po' meno morto, ed è come un inizio di resurrezione. No, per l'atmosfera, non c'è come Dio.

79 anni, 5 mesi, 6 giorni *Domenica 16 marzo 2003*

Il lutto cosa non fa subire al nostro corpo! Nei tre mesi successivi alla morte di Grégoire ho lasciato il mio in balia di tutti i pericoli possibili. Mi son fatto prendere a cazzotti in faccia nella metropolitana (Mona aveva voluto trattenersi un po' di tempo a Parigi per godersi Marguerite e Fanny), in boulevard Saint-Marcel ho rischiato di farmi mettere sotto da un automobilista che ha travolto un cassonetto dei rifiuti per evitarmi. Di ritorno a Mérac mi sono cappottato con l'auto finendo nel fosso della Jarretière, macchina distrutta, arcata sopraccigliare aperta, e infine, un pomeriggio in cui andavo a funghi, sono caduto giù dal pendio del Briac fino a rotolare sulla statale dove le auto viaggiavano a gran velocità nei due sensi di marcia. Se proprio vuoi ucciderti, mi ha detto Mona, avvertimi che lo facciamo insieme o altrimenti parto per un viaggio. Ma in questo concorso di circostanze non c'era nulla di suicida, solo una valutazione erronea del reale, come se avessi perso la misura del pericolo, qualsiasi timore, e peraltro qualsiasi desiderio particolare, come se la mia coscienza avesse lasciato il corpo in balia dei capricci della vita. Quel che facevo, il mio corpo lo subiva senza pensarci, straordinariamente resistente, peraltro, quasi invulnerabile. Uscivo di casa e lasciavo che il corpo attraversasse il boulevard senza guardare né a destra né a sinistra, e quell'automobilista ha fatto una frenata folle, ha sbandato, ha preso in pieno il cassonetto dei rifiuti, e il corpo ha tirato dritto senza che la mente facesse una piega. Nella metropolitana, la mia mano ha scostato con un gesto meccanico la mano del giovane ubriaco che importunava la mia vicina, non mi ero reso conto che puzzasse di alcol e che, peraltro, il suo atteggiamento nei confronti della ragazza non fosse particolarmente aggressivo, una tenerezza maldestra, più che altro, la mia mano ha scostato quella mano come si caccia via una mosca, senza prestarvi maggiore attenzione, e la mia tempia ha sentito a stento il pugno del ragazzo, a stento gli occhi hanno capito che, per l'urto, avevano perso gli occhiali che la vicina mi ha restituito dopo aver calmato il mio aggressore, i suoi occhiali, signore, le erano caduti. Né tantomeno mi vedevo guidare l'auto sulla strada della Jarretière quando mi sono messo a cercare la lista della spesa nella giacca, proteso verso il sedile posteriore, avevo semplicemente dimenticato che stavo guidando, mi ero voltato e cercavo la lista, in un'auto ormai priva di conducente, che beninteso è finita nel fosso e in tutti questi casi non ricordo di aver provato la benché minima paura, nemmeno vedendo il mio corpo cadere sulla statale il pomeriggio dei funghi, nemmeno vedendo il mio braccio rotto agitarsi svincolato dal gomito, il braccio sinistro, né sorpresa, né paura, né dolore, più che altro un atteggiamento di constatazione, ah è questo che mi succede, bene, bene, come se la vita non offrisse più il benché minimo senso al mio cervello in lutto, come se la mancanza di Grégoire si ripercuotesse su tutti gli avvenimenti, li affrancasse da qualunque gerarchia, togliesse loro qualunque significato, come se Grégoire fosse stato il principio sensato di ogni cosa e una volta scomparso lui la vita avesse letteralmente perso il proprio senso, tanto che il corpo andava solo alla deriva, senza il concorso dell'intelletto.

Venezia, ha proposto Mona, andiamo a Venezia, ci distrarrà.

79 anni, 5 mesi, 17 giorni *Giovedì 27 marzo 2003*

Venezia. Un bambino sfugge alla madre e mi si para davanti, dichiarando con aria sfrontata: Io ho quattro anni e mezzo! Più tardi, nel pomeriggio, a una bicchierata dell'Alliance française, una vecchia benefattrice dell'istituzione mi dice: E sa, io ho comunque novantadue anni! A partire da quando smettiamo di dichiarare la nostra età? A partire da quando ricominciamo a farlo? Per quel che mi riguarda, non dico mai la mia età esatta ma butto lì formule del tipo "adesso che sono un anziano signore", espressioni che non riesco a trattenere e che, una volta proferite – con un sorriso distante – mi riempiono di rabbia e di vergogna. Che cosa voglio ottenere? Voglio forse farmi compatire – non sono più quello che ero? Voglio farmi ammirare –, vedete però come sono ancora pimpante? Voglio rimarcare l'inesperienza del mio interlocutore atteggiandomi a vecchio saggio – e pertanto la so più lunga di lei? Comunque sia, questo lamento (perché di lamento si tratta, santo Dio!) emana un sentore di pavida incontinenza. Scappo da mia madre per pararmi con aria sfrontata dinanzi a quel solido quarantenne. "Io ho settantanove anni e mezzo!"

79 anni, 5 mesi, 20 giorni *Domenica 30 marzo 2003*

Questi due vecchi (lui con il braccio ingessato) che giocano a fare i ciechi a Venezia rincorrendo le sensazioni della giovinezza sono i nonni di un morto che avrebbe amato questo gioco. Guardateli, ascoltateli ridere nella città liquida, come cinquant'anni fa quando vi celebravano il loro giovane amore. Sono invecchiati di mille anni.

79 anni, 5 mesi, 25 giorni *Venerdì 4 aprile 2003*

Acqua alta. Marea crescente delle lacrime. Sprofondati fino alle cosce negli stivali delle sette leghe, Mona e io avanziamo nella materia stessa del nostro dolore. A volte una pompa butta fuori l'acqua entrata in una casa, ed è la cateratta di una mucca in un prato.

79 anni, 5 mesi, 29 giorni *Martedì 8 aprile 2003*

Ma no, qui Mona e io stiamo bene, siamo felici, godiamo spudoratamente della gioia animalesca di stare insieme che ci ha sempre consolati di tutto! Andiamo in pellegrinaggio negli angolini dove facevamo l'amore da giovani e non c'è spazio per il ricordo di Grégoire. La sua morte è sepolta così in profondità nel viso di Mona che nessuno dei suoi lineamenti esprime la pena. Quanto a me, percorro a grandi passi le calli, i ponti, le piazze, annusando l'aria come un vecchio cagnolino.

79 anni, 6 mesi *Giovedì 10 aprile 2003*

Ahimè, dobbiamo prestar fede ai nostri risvegli. La mia gola stretta mi dice: Grégoire è morto. Grégoire non è più dove io mi ostino a rimanere. Grégoire non è scomparso, Grégoire non ci ha lasciati, Grégoire non è *deceduto*, Grégoire è morto. Non ci sono altre parole.

76 anni, 6 mesi, 3 giorni *Domenica 13 aprile 2003*

Pasta, risotto, polenta, minestra di zucca, minestrone, spinaci, antipasti di mare o vegetali, prosciutto tagliato più sottile della carta velina, mozzarella, gorgonzola, panna cotta, tiramisù, gelati, gli italiani mangiano molle. Conseguenza, cago molle. Vecchietti, a Venezia buttate le dentiere nel Canal Grande, siete arrivati!

79 anni, 6 mesi, 8 giorni *Venerdì 18 aprile 2003*

Per esprimere la delicatezza in tutte le sue forme, psicologica, sentimentale, tattile, alimentare, sonora, gli italiani dicono *morbido*. Non si può immaginare falso amico* più radicale per lo stato di ossessione morbosa in cui mi sveglio ogni mattina!

* La parola francese *morbide* non significa morbido, bensì morboso. [*N.d.T.*]

9.

Agonia

(2010)

Quando hai tenuto per tutta la vita un diario del corpo,
un'agonia non puoi certo negartela.

Mia cara Lison,

eccoti adesso di fronte a un'interruzione di sette anni. Dopo la morte di Grégoire, l'osservazione del mio corpo ha perso ogni interesse. Avevo il cuore altrove. I miei morti hanno cominciato a mancarmi tutti insieme! In fondo, mi dicevo, non mi sono mai ripreso dalla morte di papà, dalla morte di Violette, dalla morte di Tijo, e non mi riprenderò dalla morte di Grégoire. Ormai il lutto era la mia unica cultura, e da essa ho sviluppato un magone solitario e collerico. È difficile capire cosa ci portano via, morendo, coloro che abbiamo amato. Lasciamo stare il nido degli affetti, la promessa dei sentimenti e le gioie della complicità, la morte ci priva della reciprocità, è vero, ma bene o male, la nostra memoria compensa. (A volte, mi ricordo, papà mormorava... Tijo, se raccontava una barzelletta... Quando eravamo in collegio, Etienne... Quando Grégoire rideva...) Mentre i corpi sono vivi, i nostri morti tessono per noi i ricordi, ma questi ricordi non mi bastavano: mi mancavano i corpi! La materialità del loro corpo, questa alterità assoluta, ecco cosa avevo perduto! Quei corpi non popolavano più il mio paesaggio. I miei morti erano i mobili che avevano fatto l'armonia della casa e che erano stati portati via. Quanto mi è mancata, improvvisamente, la loro presenza fisica! E come mi sono mancato in loro assenza! Mi mancava vederli, sentir-

ne l'odore, udirli, qui, ora! Mi mancava il sudore speziato di Violette. Mi mancava la voce arrochita di Tijo. Mi mancavano il respiro quasi atono di papà e la gioiosa presenza corporea di Grégoire. Nei momenti di lucidità mi domandavo di quali corpi parlassi. Ma di quali corpi parli, santo Dio? Tijo era un ragno di cinque anni dalla voce sovracuta prima di diventare l'amico beffardo, massiccio e scuro con la voce arrochita dal tabacco, di quale Tijo stai parlando? Grégoire bambino pesava come un'incudine nel bagnetto, prima dei muscoli fini e della grazia dei gesti! Eppure a mancarmi erano proprio il corpo di Grégoire, il corpo di Tijo, il corpo di Violette, la loro presenza fisica! Il corpo di papà, quella mano ossuta, quella guancia che era un angolo. I miei morti avevano avuto un corpo, ora non l'avevano più, era questo il punto, e quei corpi unici mi mancavano totalmente. Io che quand'erano vivi li avevo toccati così poco! Io considerato così poco incline alle carezze, così poco fisico! Adesso reclamavo il loro corpo!

Seguivano attacchi di follia bonaria in cui diventavo il loro fantasma: la mano che tendevo verso la zuccheriera, per esempio, le due dita che vi tuffavo, incarnavano il gesto esatto che faceva Grégoire quando zuccherava il caffè, precisamente il gesto di Grégoire che prendeva una zolletta di zucchero per il caffè tra l'indice e il medio, non usava mai il pollice (ci avevi fatto caso?). Ero ridotto a queste brevi crisi di possessione: diventare per un lampo Grégoire che zuccherava il caffè, Tijo che rideva, Violette che vacillava sui sassi. Ma come avrei preferito vederlo, quel gesto! E sentirla, quella risata! E spingere ancora indietro il seggiolino di Violette! Dio come mi mancava quella compagnia e come ho capito la parola: compagnia!

Per mesi mi sono lasciato trasportare da queste ondate di dolore. Tua madre non poteva farci niente, e doveva sentirsi più sola di me. Se non mi trascuravo del tutto, era solo per abitudine. Automatismo della doccia, della barba e del vestirsi. Ma non c'ero più per nessuno. Assente e di cattivo umore. Alla fine ce ne si è accorti. Ti sei preoccupata. Papà sta rincitrullendo, soggetto a furori senili! La morte di Grégoire l'ha completamente sfasato. Hai supplicato Mona di riportarmi a Parigi. L'hai fatto per me ma anche per lei. Fanny e Marguerite si sono messe in testa di distrarmi. Mi hanno portato al cinema. Nonno, non ti sarai mica fermato a Bergman? Non devi morire idiota! The Hours, *hai visto* The Hours, *di Stephen Daldry? Sta' tranquillo, è della tua epoca, parla di Virginia Woolf! Mona mi ha consigliato di dar loro retta. Un gran bisogno di giovinezza: questa la sua diagnosi. Perché no? Mi piacciono proprio, le tue gemelle, Lison. Marguerite sotto la tua criniera rossa e Fanny con il naso finissimo sotto la tua fronte aggrottata. Le gemelle diventate donne. Giovani e donne e splendide. E vive! Nella metropolitana, quando un ragazzo cercava di attaccare bottone, facevano le idiote: Non possiamo, siamo col nonnino! Eh, vero nonnino, che siamo con te? Ci porta al cinema! Con uno spaventoso tono gracchiante e in un insieme perfetto. Due splendori di venticinque anni! La mia parte consisteva nell'annuire, con un triste cenno del capo. Il tizio scendeva immancabilmente alla fermata successiva. Le gemelle hanno dato prova di costanza: due o tre film alla settimana. Tuttavia ho dovuto abbandonare quelle uscite al cinema. Mi lasciavo invadere dalle immagini. I miei morti ne risentivano. Gli attori mi rubavano i miei fantasmi. Uscendo da* The Hours, *per fare solo un esempio, ero ossessionato dal corpo scarnito di Ed Harris. Non c'era più il benché minimo spazio per quello di Grégoire. Vedevo solo Ed Harris, con il torace scrofoloso, gli occhi spiritati e il sorriso perso, nella scena in cui si butta dalla finestra per farla finita con l'accanimento vitale. Ero posseduto da un'immagine! Grégoire cacciato via dal primo attore venuto!* The Hours *fu il mio ultimo film. Le gemelle fraintesero la mia rinuncia. Le ho sentite litigare: Te l'avevo detto, sei troppo cretina, la storia di quel frocio diventato tutto giallo per la malattia gli ha fatto venire in mente Grégoire, è ovvio!*

Nei mesi successivi ho trascinato i miei morti al Jardin du Luxembourg. Mi sedevo su una di quelle sedie oblique fatte apposta perché i vecchi non si rialzino più. Lasciavo che lo sguardo vagasse al di sopra del giornale, fra i passanti che per me non significavano nulla. Non è una battuta, sai, l'indifferenza dell'età avanzata! Ai giovani del Luxembourg avevo voglia di urlare: Ragazzi miei, non me ne frega una mazza delle vostre esistenze così contemporanee! E di quelle madri con le carrozzine non m'importa un fico secco! E il contenuto del passeggino mi è altrettanto indifferente di quello dell'articolo che vorrebbe illuminarmi una volta di più sul futuro dell'umanità. Umanità di cui me ne sbatto, ma così tanto che non ne avete idea! Sono l'epicentro della sua ciclonica indifferenza!

Così trascorreva la mia esistenza commemorativa quando, un pomeriggio di primavera (chissà perché questo dettaglio, me ne sbattevo delle stagioni come di tutto il resto), il presente ha fatto di nuovo irruzione nella mia vita. E mi ha restituito a me stesso! In un secondo! Resuscitato! Addio morti. È così che viviamo, attraverso sparizioni e successive resurrezioni. Ed è così che tu e le gemelle vi riprenderete dalla mia morte. Quel pomeriggio, dunque, al Jardin du Luxembourg, mentre ero seduto in una di quelle poltrone impossibili, con il giornale aperto per abitudine (stai attenta, Lison, che questo gesto quotidiano, comprare "Le Monde" per non leggerlo, è uno dei segni annunciatori della senilità), il mio sguardo è stato catturato da una passante che ho riconosciuto immediatamente. Brusca presenza del passato! Una donna della mia età dall'andatura pesante e tuttavia determinata, con la testa incassata nelle spalle, un blocco femminile, ma ben saldo al suolo. Di quelle che non le ferma niente e nessuno. Era una figura estremamente familiare. Recente. Benché la vedessi solo di spalle, l'ho chiamata per nome.

"Fanche!"

Si è voltata, sigaretta in bocca, mi ha rivolto uno sguardo privo della benché minima sorpresa, e mi ha chiesto:

"Come va il gomito, petardo?".

Fanche, la mia sorellina di guerra! Qui, presente, immutata malgrado i secoli. Più lenta, ma immutata! Il doppio di quel che era, ma immutata! Fanche, per me immutata! Riconosciuta all'istante, malgrado la mia memoria balenga. Mi sono chiesto quando l'avessi vista per l'ultima volta. Al funerale di Manès, credo. Quarantotto anni fa! E di colpo eccola davanti a me, assolutamente identica a se stessa. Fanche o la permanenza! Subito china sul mio giornale, mi ha chiesto cosa leggevo. Ed eccola urlare il titolo dell'articolo: "Un'agricoltura senza contadini!". *Due o tre passanti si sono voltati. Aveva preso fuoco. Sbraitava a gola spiegata. Tutti i piccoli contadini che praticano un'agricoltura di sussistenza mandati a ingrossare le bidonville del mondo intero dall'industria agroalimentare, e che si suicidano in massa, ti rendi conto petardo! In Africa, in India, in America Latina, nel Sudest asiatico, in Australia, persino! Persino in Australia! E con la complicità degli stati, ovunque! Un pianeta senza agricoltori! Conosceva l'argomento alla perfezione, mi recitava le sigle di tutte le aziende agro-antropofaghe e fra queste un enorme consorzio francese di cui conosceva l'intero consiglio di amministrazione. Ed eccola urlare il nome dei suoi membri, uno a uno, fra cui quello di un senatore che doveva sentirla dalla finestra aperta del suo ufficio. Fa orrore anche a te, petardo? Alla buon'ora, qui sì che ti riconosco! Ti ho letto, sai, e ti ho ascoltato! E prende a citare le mie conferenze – tutte! –, gran parte dei miei articoli e delle mie interviste. Ti seguo da sempre, da lontano ma da molto vicino, non so se mi spiego. Sono giustissime le cose che dici, sai! Sono quasi sempre d'accordo con te! L'ho sentita elencare le mie prese di posizione su questo o su quello, rari soprassalti della mia capacità di indignazione che lei scambiava per una vigilanza ininterrotta. Non sapevo che ti interessassi anche della bioetica. Mi ha molto colpito quel che hai detto sul diritto delle donne a proposito della maternità surrogata! Mi ha sorpreso e colpito! Le brillavano gli occhi, mi guardava come se avessi passato la vita a combattere le storture della Legge ovunque facessero capolino. A nulla è servito dirle che esagerava i miei meriti, che già quando eravamo giovani ero entrato nella Resistenza quasi per caso, che da anni non prendevo più posizione su alcun fronte, che la mia capacità di rivolta si era completamente spenta, che ero sprofondato nel lutto, niente da fare, ha tirato dritto, come se non sentisse, ha elencato un certo numero di scandali che era nostro impellente dovere denunciare. Non in nome dei bei vecchi tempi, petardo, ma* come *ai bei vecchi tempi, quelli del Consiglio Nazionale della Resistenza, quando elevammo a valore costituzionale il diritto di ciascun uomo di provvedere ai bisogni della propria famiglia! Ebbene quel diritto, precisamente quel diritto, oggi è più che mai minacciato! Lei mi arringava, io l'ascoltavo, e sentivo che stavo per cedere, la luce nei suoi occhi mi chiariva le idee! Morale, Lison, come ben sai, ho ceduto. Mi sono tirato su come un giovanotto, mi sono strappato da quella stupida sedia e l'ho seguita. Aveva aperto gli argini a un'ondata di sangue nuovo. È ora che io e te alziamo un po' la voce, ragazzo mio! E ci ascolteranno, dai retta a me! Soprattutto i giovani! I giovani hanno bisogno di maestri! E i genitori non sono di ispirazione. Così loro si rivolgono ai Grandi Vecchi. Un motivo in più per non lasciare la parola ai bacucchi rincoglioniti.*

L'ho seguita. Ho messo a disposizione tutti i miei dossier, ho aggiornato le sue note, ho rivisto le sue inchieste, le ho fatto da portaborse, e in questi ultimi anni mi sono preoccupato più del suo corpo che del mio. In tempi in cui l'unico dogma imperante è quello del salutismo, in cui la sola bandiera che sventola sulle nostre teste è quella del principio di precauzione, Fanche fumava come una turca, beveva come una spugna, mangiava in fretta e furia, lavorava così tanto da addormentarsi con la testa sulla scrivania; le dicevo stai attenta Fanche, vacci piano, mica puoi reggere cent'anni a questo ritmo. Ma no, petardo, se bisogna finire che sia a tutta velocità, nel punto più duro della salita, cominciare piano piano, certo, riflettere bene all'inizio, va da sé, ma finire a tutta birra, senza risparmiarsi, in fondo si tratta del principio di accelerazione, noi non siamo dei proiettili a caduta morbida, siamo cannonate di coscienza lanciate sulla china sempre più scoscesa della vita! Se poi le nostre quattro ossa seguono o non seguono, è affar loro!

Abbiamo quindi lasciato le quattro ossa al loro destino per occuparci della salute del mondo. Il seguito lo conosci, tesoro mio: conferenze, simposi, dibattiti, meeting, licei, scuole medie, aereo, treno, eloquio inarrestabile di vecchietti con la memoria lunga e la coscienza viva. Io, l'uomo dei dossier (finiti i vuoti di memoria!), Fanche la donna dei dibattiti. Incredibile quanto fosse popolare! I nostri avversari puntavano sulla nostra prossima fine. Questi ruderi mica ci scasseranno eternamente le palle! Dalla sua espressione vedo che si augura che io muoia prima di poterle rispondere, ribatteva Fanche ai temerari che la sfidavano nei faccia a faccia. Copriva di ridicolo gli avversari e conquistava le teste pensanti. I collerici trovavano qualcuno più in collera di loro e i sanguigni la giudicavano sanguinaria. Io l'allenavo a non gridare troppo, perché questo ingarbugliava i suoi discorsi. Le sue urlate erano insieme un effetto del suo temperamento e della sua sordità. Era più facile lottare contro quest'ultima. Mona e io le avevamo riempito le orecchie di piccoli apparecchi idonei che, migliorandole l'udito, moltiplicarono la sua potenza di fuoco, poiché ora lei coglieva i bisbigli degli avversari e non le si poteva più parlare alle spalle. Trascinò nel suo vortice un'intera generazione. Le gemelle, che assicuravano il sostegno logistico, mi rimproverarono di aver nascosto loro quella prozia da competizione. Nel frattempo la tua Marguerite ha messo al mondo il piccolo Stefano, e Fanny – effetto della gemellitudine, presumo – l'ha dotato del piccolo Louis suo cugino gemello, i miei pronipoti, dunque, cosa che di conseguenza ha reso te nonna, e Mona bisnonna! Dal momento che ogni cosa ne compensa un'altra, qualche morto si è aggiunto alla mia lista, fra cui la stessa Fanche, alla fine, che è uscita di scena tre settimane fa all'ospedale della Pitié-Salpêtrière.

Le sue ultime parole: Non fare quella faccia, petardo, lo sai che prima o poi si finisce tutti nella maggioranza.

*

86 anni, 2 mesi, 28 giorni *Giovedì 7 gennaio 2010*

Non aprivo questo diario dalla morte di Grégoire. Sette anni, quindi. Il corpo mi è divenuto indifferente come nella prima infanzia, quando l'imitazione di papà mi bastava come incarnazione. Le sue sorprese non mi stupiscono più. I passi più corti, le vertigini quando mi alzo, il ginocchio che si blocca, la rottura di una vena, la prostata di nuovo limata, la voce catarrosa, l'operazione della cateratta, i fosfeni che si aggiungono agli acufeni, il rosso d'uovo secco all'angolo delle labbra, i pantaloni che faccio sempre più fatica a infilare, la patta che dimentico di chiudere, le stanchezze improvvise, gli infiniti sonnellini, ormai una routine. Il mio corpo e io viviamo la fine del nostro contratto di locazione come due coinquilini indifferenti. Nessuno mette più in ordine, e va benissimo così. Tuttavia i risultati delle recenti analisi mi dicono che è giunto il momento di prendere la penna un'ultima volta. Quando hai tenuto per tutta la vita un diario del corpo, un'agonia non puoi certo negartela.

86 anni, 2 mesi, 29 giorni *Venerdì 8 gennaio 2010*

Da quando Frédéric mi tiene sotto controllo con un esame del sangue ogni sei mesi, l'apertura della busta ha perso molto della sua suspense. Frédéric interpreta i risultati e constatiamo insieme che i miei tassi di questo e di quello rimangono nella norma ragionevolmente alta che è il destino di quelli della mia età. Lei è un vecchio rimbambito assolutamente presentabile! L'altroieri, però, una cifra mi ha messo la pulce nell'orecchio: E questo calo di globuli rossi, non è un po'...? Non è niente, ha tagliato corto Frédéric, un po' di stanchezza, sta come un quarantenne che la sera prima abbia esagerato un po'. La sua amica Fanche l'ha stancata e la sua morte l'ha buttata giù, tutto qua. E adesso fuori dai piedi, non voglio vederla prima di sei mesi, a meno che nel frattempo Mona non mi inviti a cena, beninteso.

Questi sono i rapporti con l'amante vedovo di Grégoire. E in effetti Mona lo invita spesso a cena. Il suo umorismo brutale non le dispiace. Quando gli ha chiesto come mai tanti eterosessuali si convertono all'omosessualità mentre è rarissimo il contrario, lui ha risposto freddamente: Perché continuare a vivere in inferno quando si può avere accesso al paradiso?

86 anni, 5 mesi, 8 giorni — *Giovedì 18 marzo 2010*

Sfinito. Al momento di andare a letto, ho guardato le scale come se fossero una parete di roccia. Perché mai abbiamo collocato la camera da letto così in alto? Da qualche giorno è la mano destra che mi tira su fino a quella vetta. A ogni scalino tiro la rampa verso di me mormorando interiormente "ohissa". La rete del pescatore. Mi faccio risalire a bordo. Ogni sera un po' più pesante. Buona pesca. E niente pause, per carità, che da sotto mi seguono con lo sguardo. Non allarmare i figli. Mi hanno sempre visto salire quella scala di buon passo. Giunto al pianerottolo, quando non possono più vedermi, mi appoggio alla parete per riprendere fiato. Il sangue mi pulsa alle tempie, nel petto, fin sotto la pianta dei piedi. Sono ormai soltanto un cuore.

86 anni, 8 mesi, 22 giorni — *Venerdì 2 luglio 2010*

A quanto pare avevo ragione, bisognava prendere più sul serio quel calo di globuli rossi. È ciò che leggo negli occhi di Frédéric dopo l'interpretazione delle nuove analisi. Negli ultimi tempi si sente più stanco del solito? Senza fiato, soprattutto quando faccio le scale. Non c'è da stupirsi, la sua emoglobina è scesa a 9,8. Perde sangue? Che io sappia, no. Né dal naso né da altre parti? Parla di esami complementari. Questa carcassa, vale proprio la pena esaminarla? Non mi rompa le scatole e faccia quel che le dico! Nella fattispecie, un altro prelievo del sangue. Seduta stante. Che dà gli stessi risultati. Con in più un dettaglio: nessuna carenza di vitamina B12. Ah! tanto meglio, dico io. Come sarebbe, tanto meglio, non è affatto una buona notizia, potrebbe indicare un'anemia refrattaria! Refrattaria a cosa? A qualunque cura, risponde Frédéric, stizzito. Per un attimo ha dimenticato il paziente; fa la predica a uno studente impreparato. Come si può, alla mia età, non sapere cos'è un'anemia refrattaria? Silenzio corrucciato. Percepisco che la sta prendendo alla larga, finché non lo sento annunciarmi: Faremo un mielogramma. Che consiste in? In una puntura del midollo. Una puntura del midollo spinale? Un ago nella colonna vertebrale? Mai e poi mai! Mi guarda, allibito. Chi ha parlato del midollo spinale? Nessuno tocca mai il midollo spinale! Cosa si è messo in testa? Che le attraversiamo lo sterno, il mediastino, il cuore, l'aorta, per andarle ad aspirare il midollo spinale? Frédéric, è stato lei a parlarmi del midollo? Osseo! Non spinale, osseo! Il suo midollo osseo! Non si capacita. Tanta ignoranza lo lascia senza fiato. Ignoranza che, per la sua anima da pedagogo (è un professore eccezionale, diceva Grégoire), è sinonimo di indifferenza. Non sa proprio niente del suo corpo? È un argomento che non le interessa? *Terra incognita*? Attraversa il pianeta in lungo e in largo per salvare il mondo e la sua, di salvezza, la lascia in mano ai medici? Si tratta di lei, santo Dio, non di me! Del suo corpo! Silenzio. Mi scusi, borbotta. E non può impedirsi di aggiungere: Lei e la sua maledetta signorilità!

Attesa del mielogramma. È fissato per dopodomani. Chiesto a Frédéric di farmi la descrizione esatta di questo esame. Infilano un trequarti nello sterno del paziente e prelevano il midollo osseo per analizzarlo. In buona sostanza, mi considerano una specie di ossobuco. Ho chiesto di vedere il trequarti. È un punteruolo cavo, di un acciaio duro, lungo qualche centimetro, con un'elsa per impedirgli di penetrare troppo in profondità. Sembra uno di quegli stiletti usati dai cortigiani rinascimentali per scannarsi con discrezione. L'operazione in sé ricorda le innumerevoli morti di Dracula. Intendono conficcarmi un paletto nel petto, né più né meno. Il "trequarti di Mallarmé" è il nome esatto del paletto. Quale nesso con il poeta? Tutto quel che credo di sapere dei rapporti fra Mallarmé e la medicina è che lui sarebbe morto mimando davanti al medico i sintomi del disturbo che l'aveva spinto a farsi visitare. Morte beffarda. Come se il vero omicidio avesse luogo durante la sua ricostruzione.

Beninteso, la riflessione di Frédéric sulla mia indifferenza alle cose del corpo mi ha fatto sorridere. Sarebbe divertente rifilargli questo diario! Anche se in fondo non ha torto. Non ho mai considerato il mio corpo come un oggetto di curiosità scientifica. Non ho mai cercato di decriptarlo sui libri. Non l'ho mai piazzato sotto sorveglianza medica. Gli ho lasciato la libertà di sorprendermi. Questo diario mi ha semplicemente messo nelle condizioni di accogliere le sue sorprese. Da questo punto di vista, sì, ho optato per l'ignoranza medica. Che faccia farebbero, d'altronde, i medici, se ci vedessero piombare nello studio ricchi del loro sapere e padroni delle loro diagnosi? Volevano tagliare in due Condorcet per impedirlo, Frédéric dovrebbe ricordarselo!

86 anni, 8 mesi, 28 giorni *Giovedì 8 luglio 2010*

Mielogramma, dunque. Anestesia locale. Dopo essersi più o meno assicurati che la mia carcassa reggerà il colpo, mi piantano quel trequarti di Mallarmé nel petto. Un colpo d'ariete. Occhio a non fratturare lo sterno! La mia gabbia toracica si piega ma non si spezza. Bene. Il medico che opera – anche lui ex allievo di Frédéric – mi spiega gentilmente che l'elsa del trequarti serve a impedire che si attraversi l'osso. Quindi non sarò inchiodato al tavolo operatorio, tanto meglio. (Le farfalle di Etienne... La sua preziosa collezione di farfalle... Aggrottavo sempre la fronte quando l'ago le trafiggeva. Ma sono morte! diceva Etienne. Mi ritraevo lo stesso. Terrore atavico del palo e della croce.) E avanti con l'aspirazione del succo midollare, adesso. Vado, dice il medico. Risalita dello stantuffo. Un po' fastidiosa, mi ha avvertito Frédéric, ma a ottantasei anni, ha aggiunto con un brio sospetto, si vede meno bene, si sente meno bene, si piscia più corto, i muscoli sono meno tonici, si è tutti rallentati, *ergo* si soffre di meno; sono i giovani quelli che ci smenano in questo esame. Errore, il dolore ha conservato tutta la sua giovinezza: atroce. Un dolore come se ti strappassero. Il midollo urla con tutte le sue fibre. Non vuole mollare l'osso. Tutto bene? chiede il mio carnefice. Sì, dico io, mentre una lacrima mi cola sulla guancia. Allora continuo.

86 anni, 8 mesi, 29 giorni *Venerdì 9 luglio 2010*

Stamattina sensazione di avere il torace sfondato. Fiato corto. Più morto che vivo. La nostra anima è nelle ossa. Mi hanno strappato a me stesso e il dolore persiste. Sono rimasto a letto, e scrivo su un vassoio. Penso a questo eufemismo, "fastidio", in bocca ai medici quando parlano del dolore. Non del dolore irrimediabile che scaturisce dal corpo, sempre sorprendente, sempre incalcolabile, sempre nostro, ma del dolore prevedibile, ordinario, quel dolore operatorio che loro stessi infliggono ai pazienti. Zaffatura, sondaggio, rimozione delle sonde, trequarti di Mallarmé... Fa male? domanda il malato. Un po' "fastidioso", risponde il medico... Eppure avrebbero tutto l'agio di provare questi fastidi su se stessi (sarebbe il minimo), ma non lo fanno mai, poiché i loro maestri non l'hanno mai fatto, né i maestri dei loro maestri, nessuno ha mai iscritto il medico alla scuola del dolore che infligge. E se solo accenni all'argomento, passi per un fifone.

86 anni, 9 mesi, 6 giorni *Venerdì 16 luglio 2010*

Come c'era d'aspettarsi, i risultati non sono buoni. L'emoglobina è ancora calata, e si scopre che nel midollo c'è un elevato numero di blasti, cellule inadatte alla produzione di globuli, tanto rossi quanto bianchi. Ecco dunque i "blasti". (Tutto ha un nome.) Il mio midollo ha un elevato numero di blasti. Invasione paralizzante. L'officina si ferma. Fine della produzione. Niente più globuli. Niente più carburante. Niente più ossigeno. Niente più energia. Ormai vivo usando le mie riserve di sangue. Che diminuisce a vista d'occhio. E con esso le forze. Stasera mi sono arreso a metà della scala. Mona ha deciso di sistemare il nostro letto di sotto, nella biblioteca. Temporaneamente, ha detto. E ci scambiamo uno sguardo definitivo.

*

NOTA PER LISON

Tua madre che esce dalla biblioteca: l'ondeggiamento del suo corpo tra il battente della porta e il montante della libreria.

Oggi posso confessarlo, non ho mai voluto spostare quel mobile proprio per godere di quel movimento felino. (Un felino di ottantasei anni, capisci, figlia mia, in che stato di ipnosi mi ha ridotto Mona!) Improvvisamente mi rendo conto che un diario classico avrebbe dato un'immagine ben diversa della nostra coppia. Le nostre bizze coniugali, le congetture suscitate in me dai suoi silenzi, la distanza misteriosa che coltivava tra lei e te, la sua opacità insomma, avrebbero probabilmente fatto la parte del leone. Ti saresti dovuta sorbire grandi sbrodolate sui tormenti della "comunicazione". Qui invece no. Il punto di vista del corpo è radicalmente diverso. Ho amato il suo fino all'adorazione. Se i decenni hanno comunque avuto la meglio sulla nostra sessualità, quel che di Mona è rimasto in Mona non ha mai smesso di incantarmi. Dal primo istante in cui è apparsa nella mia vita, ho coltivato l'arte di guardarla. Non solo di vederla, ma di guardarla. Provocare il suo sorriso per la sua abbagliante subitaneità, seguirla per strada a sua insaputa per l'impercettibile lievitazione del suo passo, guardarla fantasticare quando si immergeva in qualche attività ripetitiva, contemplare la sua mano posata su un bracciolo, la curva della nuca piegata su una lettura, il biancore della pelle appena rosato dal calore del bagno, il graffio delle prime rughe all'angolo delle palpebre, finanche le sue rughe verticali, con gli anni, come se cogliessi in pochi tratti il ricordo di un capolavoro. Morale, quando avrò tirato le cuoia, potrete allargare il passaggio tra la porta e la libreria.

*

86 anni, 9 mesi, 8 giorni — *Domenica 18 luglio 2010*

Povero Frédéric, è venuto stamattina (giorno del suo onomastico!) a sbrigare al mio capezzale il lato insopportabile del suo lavoro: comunicare la prognosi. In qualunque modo lo si faccia, passata una certa età è come decretare una sentenza di morte. Gli ho semplificato il compito: Allora, Frédéric, per quanto ne abbiamo? Era un noi associativo, dopo tutto lui è il mio medico. Un anno con la chemioterapia, sei mesi senza. Più o meno. Abbiamo valutato vantaggi e svantaggi della chemioterapia. In fondo, è un prodotto di consumo come un altro. Sei mesi di sopravvivenza, che sono comunque apprezzabili, ma una aplasia sfinente, la perdita degli ultimi capelli (pazienza!), eventuali episodi di vomito, e la garanzia più o meno assicurata che il mio vecchio sangue avrà la forza di rigenerarsi senza blasti. Gli episodi di vomito, che Frédéric reputa di poca entità, hanno risolto la questione. Detesto vomitare. Quella sensazione di essere rivoltati come la pelle di un coniglio mi ha sempre riempito di vergogna e di rabbia. Perciò non intendo correre questo rischio. Mona non si merita che mi congedi da lei di cattivo umore. Quindi niente chemio. Ma esiste un'altra soluzione: la trasfusione di sangue. Mi darà una bella sferzata. I benefici dureranno fino alla trasfusione successiva, finché ci sarà un seguito possibile. Quanto alla fine, quella vera, che io scelga la chemio o la trasfusione – la scelta è fatta –, sarà il caso a decidere tra un'emorragia dovuta al calo delle piastrine, un'infezione qualsiasi, per esempio la polmonite, dovuta alla bancarotta dei globuli bianchi (*pneumonia is the old man's friend* dicono gli inglesi) o la lenta agonia debilitante con il suo corteo di piaghe da decubito, su un letto medico che mi priverà della compagnia di Mona. Preferirei la banalità di un arresto cardiaco notturno. Morire nel sonno, la fine ideale per uno che ha coltivato tutta la vita l'arte dell'addormentarsi.

86 anni, 9 mesi, 12 giorni — *Giovedì 22 luglio 2010*

L'immagine di Dracula è perfettamente calzante per la trasfusione di sangue. Sono su un letto di ospedale, riempito goccia a goccia del sangue di un altro. Avrei preferito filarmela durante la notte, dopo aver dissanguato tre infermiere, ma il vampirismo ha perso fascino da quando è stato legalizzato. E poi, non ho più i denti. Perciò flebo. Per farmi passare il tempo, Marguerite si offre di piazzarmi il suo Ipod nelle orecchie. L'ha preventivamente riempito di Shakespeare e di Mahler. No, no, tesoro, niente distrazioni, non ho mai avuto una trasfusione di sangue, capisci, voglio sentir scendere le gocce e spiare ogni miglioramento. Abbiamo una sorpresa per te, annuncia Fanny, la mamma passerà a prenderti! Non dire che te l'abbiamo detto eh!, le sorprese fanno piacere soprattutto a chi le fa! La mamma? Ah! Lison! Lison è tornata dalla sua tournée? In anticipo? Devo aspettarmi anche la visita di Bruno? Tutto questo sa di finale di partita.

La trasfusione si rivela lenta, soporifera. La mia resurrezione non sarà immediata. D'altronde ha richiesto tre giorni al migliore di noi. Stupidaggini che fluttuano nel dormiveglia, dove il cervello gioca mollemente con se stesso. Torna quella parola: "blasto". Credevo indicasse delle onde d'urto. Invece no, *blastos*, cellule omicide, blasti... Un'invasione di scarafaggi sui ripiani della libreria... S'ingrassano le ali con il sangue dei libri mentre le antenne fanno capolino... Li vedi, i blasti?

86 anni, 9 mesi, 15 giorni *Domenica 25 luglio 2010*

Per caso mi viene in mente la frase di quel musicista – effimero compagno di Lison – che si drogava da far paura e al quale Mona aveva chiesto di descrivere "con precisione" gli effetti di un buco di eroina. Aveva riflettuto un bel po' prima di rispondere con voce dolce (non ho mai conosciuto un ragazzo così assolutamente privo di aggressività): Un vero buco? Ah! Capisci tutto! Come se fossi cullato tra le braccia del buon Dio. Be', è l'effetto che mi fa questa trasfusione di sangue. Un neonato in braccio al buon Dio! Come descrivere altrimenti questo ritorno in massa della vita in un corpo esangue? Una resurrezione, niente meno. Con un non so che di innocente, di fresco. Non me l'aspettavo, proprio come uno non si aspetta di nascere. Un miglioramento, non vuol dire niente un miglioramento, ti dicono la trasfusione ti apporterà un miglioramento, ma io non mi sento *meglio*, mi sento vivere! Vivo, lucido, fiducioso e saggio. Fra le braccia del buon Dio. Con un certo desiderio di scenderne, peraltro, per salire le scale e ritrovare la nostra camera da letto. Cosa che ho fatto già ieri sera. La nostra camera, la mia scrivania, i miei quaderni, scrivere le pagine che precedono, scrivere i miei commenti a Lison. Perché, va da sé, nei giorni scorsi non avevo la forza di mettere una parola dietro l'altra. Giusto preso qualche appunto. Resurrezione! Intendiamoci, non rinasco ai miei vent'anni. Sono morti, e dopo di essi i sei decenni successivi. No, rinasco a me stesso oggi, alla mia età, e tuttavia nuovo. La guarigione senza l'anticamera della convalescenza, senza dover reimparare a vivere. Drogato, insomma. Un bel buco!

86 anni, 9 mesi, 16 giorni — *Lunedì 26 luglio 2010*

Siamo fino alla fine figli del nostro corpo. Figli disorientati.

86 anni, 9 mesi, 19 giorni — *Giovedì 29 luglio 2010*

Stamattina una risata è riaffiorata dall'infanzia mentre mi facevo la barba guardando, nello specchio, quell'orecchio perpendicolare che non ho mai fatto correggere – e di cui parlo qui per la prima volta! Me n'ero lamentato con papà. Mi aveva chiesto perché ce l'avessi con quell'orecchio. Perché non è come l'altro! E cosa ci trovi di straordinario nell'altro? Era stata questa risposta a farmi ridere. Poi papà si era messo a dissertare sulla simmetria: La natura ha orrore della simmetria, figliolo, non commette mai un simile errore di stile. Ti stupirebbe vedere com'è *inespressivo* un viso simmetrico, se ne incontrassi uno! Violette, che ascoltava la conversazione sistemando un mazzo di fiori sul caminetto, era intervenuta: Vuoi assomigliare a un caminetto? Questa volta era stato papà a ridere. La risata sibilante delle ultime settimane... Gli restava da vivere il tempo che ho davanti a me oggi.

86 anni, 9 mesi, 21 giorni *Sabato 31 luglio 2010*

Al ristorante dove festeggiamo la mia resurrezione, faccio i complimenti a Frédéric per la scelta del donatore: un gran cru, questo sangue! Scambia un'occhiata con Lison. Mona e io cogliamo il segreto pensiero che circola fra quelle due intelligenze amorevoli: lasciamolo godere di questa esaltazione, gli effetti della trasfusione svaniranno molto in fretta.

86 anni, 9 mesi, 22 giorni *Domenica 1° agosto 2010*

Fanny che esce nuda dalla doccia. Oh! Scusa, esclama. Passato lo stupore, ripenso al terrore che si era impadronito di me una sera dei miei dieci anni quando ero entrato in bagno per lavarmi i denti e avevo sorpreso la mamma che usciva nuda dalla vasca. La sorpresa, forse lo spavento, l'avevano fatta voltare verso di me. Mi stava di fronte, nuda, una sagoma sfocata in una nuvola di vapore. Rivedo ancora il corpo magro dal seno pesante (che ora mi sembra il corpo di un donna molto giovane), la pelle appena arrossata dal calore del bagno, la bocca aperta, stupefatta, gli occhi sgranati, poi lo specchio del lavabo dietro di lei, appannato dalla condensa. Ho lanciato un grido e ho subito chiuso la porta. Sono andato a letto senza lavarmi i denti, in preda a un terrore letteralmente sacro. Eppure all'epoca non sapevo nulla di Diana sorpresa al bagno e di Atteone divorato dai cani. Quella sera la mamma non si è limitata a verificare da lontano che fossi a letto, è venuta a darmi un bacio sulla fronte, poi ha ripetuto due volte: "Il mio ometto" passandomi la mano tra i capelli.

86 anni, 9 mesi, 23 giorni *Lunedì 2 agosto 2010*

Però però, pensare che lo scheletro sia il simbolo della morte quando le nostre ossa sono il principio della vita! Infatti il cervello che cogita, il cuore che pompa, i polmoni che ventilano, lo stomaco che scioglie, il fegato e i reni che filtrano, i testicoli che progettano passano per semplici accessori a paragone delle nostre ossa. La vita vera e propria, il sangue, i globuli, il *vivente*, scaturisce dal midollo delle ossa!

86 anni, 9 mesi, 29 giorni *Domenica 8 agosto 2010*

Un bel guaio. Il piccolo Fabien, sette o otto anni, grande amico di Louis e Stefano, ha scoreggiato durante la Messa. E per giunta nel silenzio dell'elevazione! I bambini sono tutti sottosopra. Li ho sorpresi in grande discussione, frutto del rovello numero uno dell'infanzia: trovare una correlazione fra le cause prodotte dal loro piccolo mondo e le conseguenze nella galassia degli adulti. Ovviamente Fabien "non doveva"; questa emanazione del corpo proprio lì dove soffia lo Spirito Santo "non si fa". Ma Fabien "non l'ha fatto apposta", il padre ha sbagliato a "sgridarlo davanti a tutti" e la punizione che gli ha inflitto è "una carognata". Il povero Fabien è consegnato in casa tutta la domenica pomeriggio, mentre era invitato al compleanno di Louis. (Del resto, il padre di Fabien è un emerito idiota che pratica con un entusiasmo glaciale una religione altrettanto irragionevole del mio ateismo. Suo figlio è traslucido come una scolopendra allevata in sacrestia. È un miracolo se scoreggia.)

Siccome vedevano che li ascoltavo, Stefano e Louis mi hanno chiesto il mio parere a proposito della faccenda delle scoregge, in qualità di bisnonno onnisciente. Non facile rispondere, quando tu stesso sei invischiato da anni nella problematica dei peti con tosse. Ma, risoluto, mi sono lanciato. Ho detto loro che trattenere le scoregge era pericoloso per la salute. Perché? Perché se lasciamo che il corpo si riempia di gas, bambini miei, poi voliamo via come delle mongolfiere, ecco perché! Voliamo via? Voliamo via e una volta in aria, se per disgrazia scoreggiamo – e succede sempre, perché non si possono trattenere le scoregge all'infinito –, ci sgonfiamo e ci schiantiamo sulle rocce, come i dinosauri. Ma davvero? È così che sono morti, i dinosauri? Certo, gli avevano ripetuto talmente tanto che era maleducato scoreggiare che loro si sono trattenuti, trattenuti, trattenuti, e poi si sono gonfiati, gonfiati, gonfiati e alla fine per forza sono volati via, e quando sono stati costretti a scoreggiare, poveretti, si sono sgonfiati e si sono schiantati sulle rocce, fino all'ultimo! (Le rocce hanno fatto molto colpo.)

86 anni, 10 mesi, 6 giorni *Lunedì 16 agosto 2010*

La tribù delle creature se n'è andata il giorno prima della mia seconda trasfusione. Arrivederci nonna! Arrivederci nonno! Se non dubitano di rivederci è perché ci conoscono da sempre. Quando siamo bambini, non vediamo gli adulti invecchiare; quel che a noi importa è crescere, e gli adulti non crescono, sono in salamoia nella loro maturità. Neanche i vecchi crescono, loro sono vecchi dalla nascita, la nostra. Le loro rughe sono per noi una garanzia della loro immortalità. Agli occhi dei nostri pronipoti, Mona e io esistiamo da sempre e di conseguenza vivremo per l'eternità. La nostra morte sarà tanto più un duro colpo per loro. Prima esperienza della fugacità.

86 anni, 10 mesi, 9 giorni *Giovedì 19 agosto 2010*

La seconda trasfusione non ha il sapore della prima. I suoi effetti, altrettanto tonificanti, saranno meno lunghi. Il solo fatto di saperlo mi guasta l'ebbrezza.

86 anni, 10 mesi, 13 giorni *Lunedì 23 agosto 2010*

Guardando Lison rifarmi il letto e Frédéric scrivermi la ricetta dopo il prelievo di sangue, mi sono reso conto che bisogna diventare molto vecchi per assistere all'invecchiamento degli altri. È un triste privilegio vedere il tempo scombussolare i corpi dei figli e dei nipoti. Ho passato gli ultimi quarant'anni a vedere i miei *cambiare*. Questo sessantenne con i capelli ingialliti, le mani chiazzate, il collo scarnito, che comincia a staccarsi dalla propria pelle, non è più il Frédéric dalla nuca piena e dalle dita agili di cui Grégoire si era innamorato. E Lison non ha più granché di Fanny e Marguerite che scendono le scale di corsa promettendo di venire a "spupazzarmi" il mese prossimo, e quelle due meraviglie, per quanto splendide, hanno già perduto la densità pneumatica che fa saltellare Louis e Stefano ai quattro angoli della casa.

Dal punto di vista dell'abbigliamento, i blue-jeans che indossano tutti, pantaloni da tempo universali, unisex e intergenerazionali, sono un terribile indicatore del tempo che passa. Nell'uomo, i jeans hanno la particolarità di svuotarsi con l'età, e nella donna di riempirsi. Le tasche posteriori dell'uomo cascano sui glutei ormai spolpati, il cavallo si è spiegazzato, la patta si affloscia, non è più il ragazzo ad abitare nei suoi jeans feticcio, ma un vecchio, che straborda dalla cintura. Al contrario, la donna matura riempie pateticamente i propri. Ah! Quella patta come una cicatrice gonfia! Ai miei tempi avevamo l'età dell'abito che indossavamo. Pantaloncini a sbuffo dei bebé, calzoni corti e colletto alla marinara dell'infanzia, pantaloni alla zuava dell'adolescenza, primo completo della prima giovinezza (flanella o tweed, con le spalle imbottite) e infine il completo tre pezzi, divisa della maturità sociale con cui tra poco mi metteranno nella bara. Passati i trent'anni, sembravate tutti vecchi con quello addosso, diceva Bruno. È vero, il completo tre pezzi ci invecchiava prematuramente, o meglio invecchiava al posto nostro, mentre oggi l'uomo e la donna invecchiano nei loro jeans.

86 anni, 10 mesi, 14 giorni *Martedì 24 agosto 2010*

L'irriducibile giovinezza, però, di quelli che hanno venti o trent'anni meno di noi! E la primissima infanzia ancora visibile nei nostri vecchi figli. Oh mia adorabile Lison!

86 anni, 10 mesi, 18 giorni *Sabato 28 agosto 2010*

*

NOTA PER LISON

Te la ricordi, Lison, quella lettura che aveva orripilato Fanny e fatto tanto ridere Marguerite? Era García Márquez. Quell'estate Mona leggeva loro Márquez. All'ora del sonnellino pomeridiano. Cent'anni di solitudine, *credo, se non ricordo male. Ma ricordo bene quella volta! La storia era questa: in occasione del Natale o del compleanno, una giovane donna riceve tutti gli anni un regalo dal padre. Il padre vive lontano per non so quale motivo ma è puntualissimo con l'invio del regalo. Una grande cassa dal contenuto sempre inaspettato, che manda in visibilio i bambini. (Sì, deve essere Natale, mi ricordo la gioia dei bambini.) Ma un anno la cassa arriva un po' prima del previsto. Stesso mittente, stesso destinatario, ma piccolo errore di data. In preda all'impazienza, tutta la famiglia si precipita sulla cassa: sorpresa, contiene niente meno che il corpo del padre! Putrefatto? Mummificato? Imbalsamato? Non me lo ricordo, ma comunque sia il corpo del padre, niente meno! Fanny orripilata, "Che schifooo!", Marguerite estasiata "Forteeee!", Mona felice dell'effetto ottenuto, "Viva il realismo magico!", e tu, come sempre, che scarabocchiavi la scena su uno dei tuoi taccuini da disegno. Dimmi, Lison, non è che ti sto facendo lo stesso scherzo? Sinceramente, non mi rivolterò nella tomba se butti questa roba nel fuoco.*

86 anni, 10 mesi, 29 giorni *Mercoledì 8 settembre 2010*

L'infermiera che misura la fuga dei miei globuli impreca contro le mie vene. Troppo spesso sollecitate, si induriscono o si nascondono. La mia perforatrice ne cerca altre, sul dorso della mano, alla base della caviglia. Ematomi, graffi, croste... Potrebbe almeno evitare di grattarsi! Guardi un po' qua che roba! Che ne direbbe di iniettarmi una bella pinta di eroina, dico a Frédéric per stuzzicarlo, tanto la mia reputazione è rovinata comunque, guardi le braccia! E poi per voi è facile, basta scassinare la farmacia dell'ospedale! Il poveretto se la prende una volta di più, protesta che non è uno spacciatore e mi accusa di confondere eroina e morfina: "Con la sua solita indifferenza! L'eroina e la morfina non sono affatto la stessa cosa! Lei è proprio...". Mi guarda scuotendo la testa e improvvisamente scoppia a piangere. Su dai. Singhiozzi. Esce dalla stanza. La stanchezza dei medici di fronte alla morte... Anch'io avrei vissuto arrabbiato se avessi visto i miei pazienti morire. Compresi quelli che guariscono. Alla fine, morire. Miglioramenti e morti... Ogni giorno della tua vita. C'è di che avercela con i moribondi. Povero medico! Passare la vita ad aggiustare un programma pensato per non durare. Altri scrivono *Il deserto dei tartari*. Frédéric è un capolavoro.

86 anni, 11 mesi, 1 giorno — *Sabato 11 settembre 2010*

Scrivendo le note a questo diario per Lison, mi salta agli occhi tutto quello che non ho annotato. Aspiravo a dire tutto, e ho detto così poco! A malapena ho sfiorato questo corpo che volevo descrivere.

86 anni, 11 mesi, 4 giorni — *Martedì 14 settembre 2010*

Più mi avvicino al termine, più ci sono cose da annotare, e meno ne ho la forza. Il mio corpo cambia di ora in ora. La sua disgregazione si accelera man mano che le funzioni rallentano. Accelerazione e rallentamento... Mi sento come una moneta che finisce di ruotare su se stessa.

86 anni, 11 mesi, 27 giorni — *Giovedì 7 ottobre 2010*

Conclusi finalmente i commenti per Lison. Scrivere mi sfinisce. La penna è pesantissima. Ogni lettera è un'ascensione, ogni parola una montagna.

87 anni, compleanno *Domenica 10 ottobre 2010*

La tavola anatomica del Larousse infilata un'ultima volta nello specchio. Nell'immagine riflessa, accanto all'uomo della tavola, io, Giobbe, sul mio letame. Buon compleanno.

87 anni, 17 giorni *Mercoledì 27 ottobre 2010*

Basta trasfusioni. Non si può vivere eternamente alle spalle dell'umanità.

87 anni, 19 giorni *Venerdì 29 ottobre 2010*

Adesso, mio piccolo Dodo, è ora di morire. Non aver paura, ti faccio vedere io come si fa.

Indice analitico

Abbigliamento, blue-jeans 329-330
dal sarto 125
d'inverno e d'estate 185
perizoma 284
Acufeni 193-196, 263-264
Andatura 201
Anemia 317-318
Anestesia uditiva *vedi* Dolore
Angina 35-36
Anima, odore della *vedi* Odore
peti della *vedi* Peti
sede della 166, 320
Ansia 136, 164, 228-230
attacco di 173
in un sogno 138-139
una strana manifestazione degli stati di 136
Arrampicate sugli alberi 79-80
Attacco di infanzia 225-226

Barbe di tre giorni 284

Callo del piede 169
Calvizie 40
Camminare 201
Cataplasmi 36-37
Cataratta 230-231
Cervello 202
Cieco (meglio essere sordo che cieco) 167-168
Cistografia 271-272
Coccole ai neonati 138
Colpo di fulmine 126-128
Corpo, come un recipiente 301-302
della madre 326-327
del padre 170
effetto della temperatura esterna sul 142
e ideologia 94
impercettibili cambiamenti del 212-213
in lutto 301-303
irruzione su un autobus 259-260
non accordato a quello degli altri 119-121
oggetto di curiosità 69
passar la vita a confrontarlo 157
sparpagliato dei bambini 140-141
unico, teoria del 77-78, 85, 101
Cuore 249, 298
vedi anche Danza

Danza 85-87, 251-252
del cuore 154

Defecazione 137, 163, 195
a proposito dello scopino del water 143-144
a proposito di un insulto 164
Densità corporea (una teoria) 219
Denti, conseguenza inaspettata di cure dentali 124-125
illusione sensoriale 119
lavaggio 141-142
un dente rotto 249
Depressione 179-180
Diarrea 105-106
Disegno infantile 148-149
Disinfezione delle ferite 51, 79
Disturbi, loro influsso sul carattere 111
Dolore, anestesia uditiva 53-54, 101
di esistere *vedi* Depressione
due concezioni del 51
percezione del 35-36, 53-54, 174
strana idea che se ne fanno i medici 331-332
tentazione del 121-122
Dolori alla caviglia 251

Emozioni, manifestazioni fisiche delle 28
Energia, amorosa 128
dell'infanzia 142, 156, 252
sfinente dei neonati 209-210
"tirare la corda" e "mollare il colpo" 172
Epistassi *vedi* Naso
Erezione, dal parrucchiere 227-228
inaspettata 82-83
in sogno 168-169
vedi anche Fiasco sessuale
Esami del sangue 231-232, 316-318
Età 303
Eternità dei vecchi 328-329
Ex voto 167

Febbre, vari modi di simularla 38
Ferite *vedi* Disinfezione
Fiasco sessuale 88-89, 185-186
Fobia dei contatti fisici *vedi* Paura
Funzioni elementari, loro apprendimento 33

Gamba artificiale 251
Gastroscopia 114
Gioco, del foulard 244-245
delle sette famiglie dell'ipocondriaco 292
dell'oca della prima volta 75, 252-253
dell'oca ipocondriaco 292
dello svenimento 30-31
Gravidanza 206-207, 216
Gusto, degli spinaci 71
del caffè 104-105
delle uova alla coque 148-149
e suggestione 152, 222

Incubi 105
Indiani e cowboy 154-155
Indigestione 143, 243
Invecchiamento 250, 278-279
degli altri 329-330
e sentimento di permanenza 251
Ipocondria 112-113

Lapidazione a colpi di fichi 235
Linee della mano 85
Liquefarsi del desiderio 248

Malattia psicosomatica *vedi* Psicosomatica

Mangiare come un maiale 191
Masturbazione 73-74, 252-253
infantile 234
in pubblico 69-70
l'espressione giusta per parlarne 74-75
Memoria e dimenticanze 146-147, 201-202, 226-227, 242, 253, 255
vedi anche Morbo di Alzheimer
Mestruazioni 40-41, 180-182
tamponi 182
Midollo osseo 327
Mielogramma 318, 320
Morbo di Alzheimer 245-246, 260-261
Morti, ricordo dei loro *habitus* 153, 187, 220
rivivono in noi attraverso i loro gesti 152-153, 187

Nascita 135, 137-138, 209
vedi anche Parto
Naso, caccole del 147, 183, 233
epistassi 176-177
polipo nasale 117
espulsione spontanea di un 170-171
rimozione eroica di un 129-130
tappato 111
Nuda, prima visione di una donna 87-88
Nuotare 186
imparare a 241-242

Obesità 121
Odorato 132
Odore, degli altri 37, 120, 165, 218
dei peti 135, 165, 265
dei rutti 134-135
dell'anima 124-125
delle ascelle 165
Omosessualità 262-263, 265-266
Orecchie, a sventola 325
perché i bambini giocano con le 211-212
Orgasmo 118, 128-129

Parto 139-140
presenza del padre al 205-206
Paternità 135
istinto paterno 136-137
Paura, addomesticata 51
degli altri 28
degli specchi 24, 48
del cancro *vedi* Ipocondria
del contatto fisico 183
delle formiche 17-19
nell'infanzia, un elenco 23
Peli 54-55, 215
Pelle, angiomi rubino 183-184
comedoni e punti neri 145
dopo l'amore 109-110
gocce di acqua fresca sulla 109
fiori di cimitero 212-213
Percezione della durata 253-254
Peti, a messa 327
con tosse 265, 297
dell'anima 153
vedi anche Odore
Piangere 102-103
Piegamenti *vedi* Sviluppo dei muscoli
Pisciare, come un cavallo 280
con estrema lentezza 293-294
contro un'auto della polizia 204-205
in un bar 229
più o meno dritto 145
più o meno lontano 31

una strana esperienza 155
vari modi di 31-32
Polipo nasale *vedi* Naso
Polluzione notturna 41-42, 246-247
Priapismo degli uomini politici 190-191
Prima volta 106-107
gioco dell'oca della *vedi* Gioco
Prostata 273-275
Prurito 215, 221, 300
Psicosomatica, malattia 101, 105-106
rifiuto della lettura 256-257
Punture di ortiche 233

Rasatura 200
Risurrezione 285-289
Risveglio totale 67-68
Ritratto fotografico 249-250

Saliva 18, 35
vedi anche Sputo
Sanguinamento, del naso *vedi* Naso
metodo per arrestare un 173-176
Sbadiglio 161-162, 297
Sciopero della fame 59-64
Scorticato vivo 79-80
Scrivere, imparare a 149-150
Seno delle donne 72-73
Sesso maschile, frenulo del prepuzio 117
lessico 91
scappellamento 116
Sfinimento 59, 209
Sonda urinaria, alcune peripezie 277-278
Sonno, arte dell'addormentarsi 32-33
insonnia 191-192
omino della sabbia 39
Sordo *vedi* Cieco e/o sordo
Specchi 24, 133
paura degli *vedi* Paura
Sporcizia 26, 155-156
Sport, contro la religione dello 214
nuoto *vedi* Nuotare
palla prigioniera 86-87, 252
pugilato 80, 103
arte della schivata 55, 70
KO 70
tennis 81
Sputo 95
Starnuto, e buona educazione 141
ed espulsione di un polipo *vedi* Naso
Suoni rassicuranti 298
scricchiolio della ghiaia 223
Sviluppo dei muscoli, e lavori agricoli 44
estensori 30
piegamenti 43-44

Tavola anatomica del Larousse 25, 27, 44, 89-90, 291, 333
carattere asessuato della 90-91, 168
Testicolo, assente alla nascita 46
ed empatia 134, 166
l'importanza di avere i coglioni 108-109
perso in guerra 157
Toilette nelle varie età della vita 208-209
Trasfusione 323-326, 329
Trucco 199-200

Udito 132

Varicella 215
Vene 331
Vertigini 49-50, 133-134, 243-244
per altre persone 134, 166, 205
senza motivo 86, 316
Visite in ospedale 274-275, 289, 291
Voce, e accento 108, 115
la propria 29
materna 25, 118, 153
paterna 41, 47
un'illusione sonora 296
Volto, quel che si legge sul nostro 162, 188-190
Vomitare 30

Indice

7 Avvertenza
9 Lettera a Lison

13 1. *Il primo giorno (settembre 1936)*
21 2. *12 – 14 anni (1936-1938)*
65 3. *15 – 19 anni (1939-1943)*
97 4. *21 – 36 anni (1945-1960)*
159 5. *37 – 49 anni (1960-1972)*
197 6. *50 – 64 anni (1974-1988)*
237 7. *65 – 72 anni (1989-1996)*
269 8. *73 – 79 anni (1996-2003)*
307 9. *Agonia (2010)*

335 Indice analitico

"I Narratori"

Ingo Schulze, *Bolero berlinese*

Erri De Luca, *Il giorno prima della felicità*

Piersandro Pallavicini, *African Inferno*

Gioconda Belli, *L'infinito nel palmo della mano*

Simonetta Agnello Hornby, *Vento scomposto*

Sandro Lombardi, *Le mani sull'amore*

Martino Gozzi, *Giovani promesse*

Amos Oz, *Una pace perfetta*

Manuel Rivas, *I libri bruciano male*

Peter Carey, *Piccolo fuorilegge*

Arnon Grunberg, *Il maestro di cerimonie*

John Wray, *Lowboy*

Yu Hua, *Arricchirsi è glorioso. Brothers, parte seconda*

'Ala al-Aswani, *Se non fossi egiziano*

Vinicio Capossela, Vincenzo Costantino, *In clandestinità. Mr Pall incontra Mr Mall*

A.M. Homes, *In un paese di madri*

Ma Jian, *Pechino è in coma*

António Lobo Antunes, *Lettere dalla guerra.*

Cristina Comencini, *Quando la notte*

T.C. Boyle, *Le donne*

Antonio Tabucchi, *Il tempo invecchia in fretta. Nove storie*

Ingo Schulze, *Adam e Evelyn*
Stefano Benni, *Pane e tempesta*
Alessandro Baricco, *Emmaus*
Erri De Luca, *Il peso della farfalla*
Imre Kertész, *Dossier K.*
Isabel Allende, *L'isola sotto il mare*
Cesare De Marchi, *La vocazione*
Ali Smith, *La prima persona*
Chico Buarque, *Latte versato*
Benedetta Cibrario, *Sotto cieli noncuranti*
Sebastiano Nata, *Il valore dei giorni*
Luis Leante, *La luna rossa*
Paolo Sorrentino, *Hanno tutti ragione*
Amos Oz, *Scene dalla vita di un villaggio*
Maurizio Maggiani, *Meccanica celeste*
Claudio Piersanti, *I giorni nudi*
Daniel Kehlmann, *Fama. Romanzo in nove storie*
José Saramago, *Caino*
Herta Müller, *L'altalena del respiro*
Tishani Doshi, *Il piacere non può aspettare*
Roberto Moroni, *I migliori di noi*
Ruggero Cappuccio, *Fuoco su Napoli*
Alberto Manguel, *Tutti gli uomini sono bugiardi*
Jonathan Coe, *I terribili segreti di Maxwell Sim*
Jabbour Douaihy, *Pioggia di giugno*
Paolo Rumiz, *La cotogna di Istanbul. Ballata per tre uomini e una donna*
Davide Ferrario, *Sangue mio*
Enrique Vila-Matas, *Dublinesque*
Herta Müller, *Bassure*
Salwa Al-Neimi, *Il libro dei segreti*

Simonetta Agnello Hornby, *La monaca*
Meir Shalev, *È andata così*
Pino Cacucci, *¡Viva la vida!*
Antonio Tabucchi, *Viaggi e altri viaggi*
Laurent Mauvignier, *Degli uomini*
António Lobo Antunes, *Spiegazione degli uccelli*
Giulia Carcasi, *Tutto torna*
Sinan Antoon, *Rapsodia irachena*
Alessandro Mari, *Troppo umana speranza*
Claudia Piñeiro, *Tua*
Stefano Benni, *Le Beatici*
Ryszard Kapuściński, *Cristo con il fucile in spalla*
Boris Biancheri, *Elogio del silenzio*
Rolf Bauerdick, *Come la Madonna arrivò sulla Luna*
Erri De Luca, *E disse*
Rana Dasgupta, *Solo*
Ilaria Bernardini, *Corpo libero*
Louise Erdrich, *Passo nell'ombra*
Paolo Rumiz, *Il bene ostinato*
Emir Kusturica, *Dove sono in questa storia*
Claudio Fava, *Teresa*
Ricardo Piglia, *Bersaglio notturno*
Susan Abulhawa, *Ogni mattina a Jenin*
Stefano Ferrio, *La partita*
Natan Dubovickij, *Vicinoallozero. Gangsta Fiction*
Ingo Schulze, *Arance e angeli. Bozzetti italiani.*
Marco Archetti, *Sabato, addio*
Nataša Dragnić, *Ogni giorno, ogni ora*
Herta Müller, *Oggi avrei preferito non incontrarmi*
Banana Yoshimoto, *High & Dry. Primo amore*

Gioconda Belli, *Nel paese delle donne*

Oliver Harris, *L'impostore*

Marcela Serrano, *Dieci donne*

Nicolas Barreau, *Gli ingredienti segreti dell'amore*

Paolo Di Paolo, *Dove eravate tutti*

Erri De Luca, *I pesci non chiudono gli occhi*

Rabee Jaber, *Come fili di seta*

Enrique Vila-Matas, *Esploratori dell'abisso*

Antonio Tabucchi, *Il piccolo naviglio*

Benedetta Palmieri, *I Funeracconti*

Amos Oz, *Il monte del Cattivo Consiglio*

Peter Carey, *Parrot e Olivier in America*

Davide Longo, *Ballata di un amore italiano*

Alessandro Baricco, *Mr Gwyn*

A.M. Homes, *Musica per un incendio*

Benedetta Cibrario, *Lo scurnuso*

Daniel Glattauer, *In città zero gradi*

Gonçalo M. Tavares, *Imparare a pregare nell'Era della tecnica. La posizione nel mondo di Lenz Buchmann*

Nicola Gardini, *Le parole perdute di Amelia Lynd*

Claudia Piñeiro, *Betibú*

Cesare De Marchi, *L'uomo con il sole in tasca*

Anna Funder, *Tutto ciò che sono*

Ambra Somaschini, *Le regole della nebulosa*

Ali Smith, *C'è Ma Non Si*

Piersandro Pallavicini, *Romanzo per signora*

Laurent Mauvignier, *Storia di un oblio*

Giovanni Montanaro, *Tutti i colori del mondo*

Alessandro Baricco, *Tre volte all'alba*

Janne Teller, *Niente*

Pino Cacucci, *Nessuno può portarti un fiore*
Mathias Malzieu, *La meccanica del cuore*
Pallavi Aiyar, *L'incredibile storia di Soia e Tofu*
Charles Bukowski, *Scrivo poesie solo per portarmi a letto le ragazze*
Alessandra Arachi, *Coriandoli nel deserto*
Erri De Luca, *Il torto del soldato*
Rodrigo Rey Rosa, *Severina*
Enrique Vila-Matas, *Un'aria da Dylan*
Danny Wallace, *La ragazza di Charlotte Street*
Paolo Sorrentino, *Tony Pagoda e i suoi amici*
Amos Oz, *Tra amici*
José Saramago, *Lucernario*
Antonio Ungar, *Tre bare bianche*
Salvatore Niffoi, *Pantumas*
T.C. Boyle, *Il ragazzo selvaggio*
Guido Rampoldi, *L'acrobata funesto*
Banana Yoshimoto, *Moshi moshi*
Mauro Corona, *La casa dei sette ponti*
Nicolas Barreau, *Con te fino alla fine del mondo*
Etgar Keret, *All'improvviso bussano alla porta*
Grazia Verasani, *Cosa sai della notte*
Ilaria Mavilla, *Miradar*
Kurt Vonnegut, *Guarda l'uccellino. Racconti inediti*
Stefano Benni, *Di tutte le ricchezze*
Liane Moriarty, *In cerca di Alice*
Jabbour Douaihy, *San Giorgio guardava altrove*
Ilaria Bernardini, *Domenica*
Virginia Virilli, *Le ossa del Gabibbo*
Paolo Rumiz, *Trans Europa Express*